十五少年漂流記

DEUX ANS DE VACANCES

Jules Verne

ジュール・ヴェルヌ

椎名誠・渡辺葉 訳

SHINCHO
MODERN
CLASSICS

十五少年漂流記

はじめに

ロビンソンの物語は、これまでにも、若き読者たちの興味をかきたててきた。ダニエル・デフォーは歴史から消え去ることのない偉大なロビンソン・クルーソーの物語で、孤独な男を描き、ウィースは「スイスのロビンソン」の物語で、家族の冒険を描いた。ジェイムズ・フェニモア・クーパーは、「クレイター」の中で、様々な要素を含んだ共同体について描き、「神秘の島」でわたしは、学問のある大人がぎりぎりの状況に直面した物語を描いた。他にも、十二歳のロビンソン、氷島のロビンソン、少女版ロビンソンなど様々な物語が描かれている。一連のロビンソン小説を完成させるには、しかし、八歳から十四歳の一群の少年たちが無人島に流され、国籍の違いを乗り越えて生き残るために戦っていく物語が必要だとわたしには思えた。言うなればロビンソン寄宿学校の物語である。

それから「十五歳の船長」でわたしは、十五歳の少年がその年齢をはるかに超える責任を背負い、勇気と知恵をもって生きていく様を描きはじめた。あの本に描いた教えがもしもみんなのためになるのなら、少年の成長の物語を描ききるべきだと考えた。

本書は、これらふたつの目的を果たすために書かれた。

ジュール・ヴェルヌ

登場人物

ジャック
フランス人/10歳

ブリアンの弟。
いたずら好き
だった。

ブリアン
フランス人/13歳

航海の経験があり、
大胆で活動的。

ドニファン
13歳

裕福な家の生まれ。
聡明で優雅
かつ誇り高い。

ゴードン
アメリカ人/14歳

冷静沈着で
几帳面な最年長。

ウィルコックス
12歳

罠などを使って
獲物を獲るのが
巧み。

ウェッブ
12歳

気が強く、
喧嘩っぱやい。

クロス
13歳

いとこの
ドニファンに
心酔している。

モコ
黒人/12歳

見習い水夫。
料理もできる。

年齢は島への漂着時。
特記した以外の少年たちは、みなイギリス人である。

ファン

ゴードンの
連れてきた猟犬。

サービス
12歳

陽気で
そそっかしく、
一番の道化者。

ガーネット
12歳

アコーディオンを
弾くが腕前は……。

バクスター
13歳

手先が器用で
真面目。
落ち着いている。

コースター
8歳

食いしん坊。

ドール
8歳

強情っぱり。

アイバーソン
9歳

やはり優等生。

ジェンキンス
9歳

優等生。

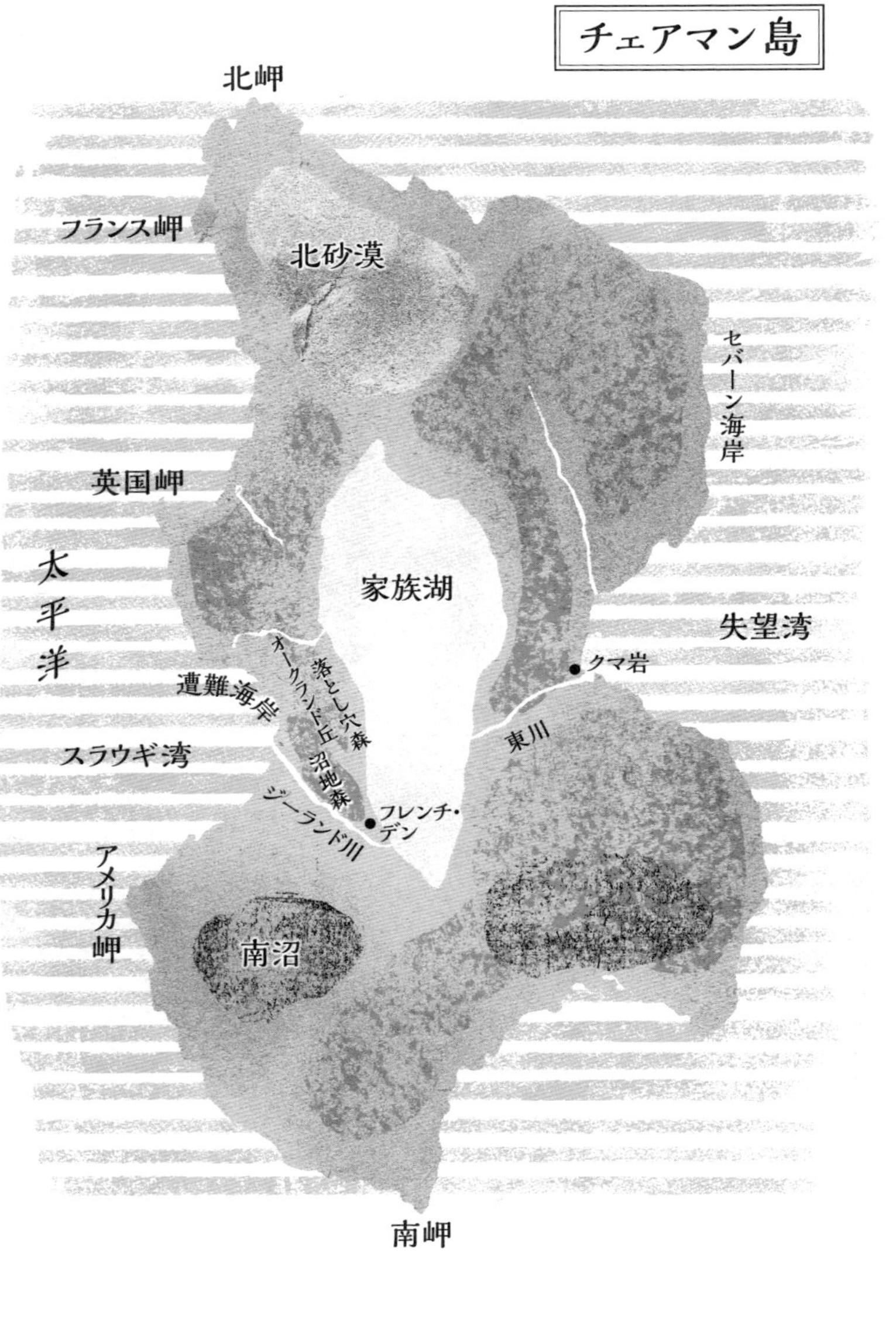
チェアマン島
北岬
フランス岬
北砂漠
セバーン海岸
英国岬
家族湖
太平洋
失望湾
クマ岩
落とし穴森
オークランド丘
遭難海岸
東川
スラウギ湾
沼地森
ジーランド川
フレンチ・デン
アメリカ岬
南沼
南岬

第一章　いきなりの漂流

嵐～操縦不能のスクーナー～スラウギ号甲板の四人の少年たち～引きちぎられた前檣帆～ヨットの船首へ～首を締められそうになった水夫見習い～船尾の波～朝靄の向こうの陸地～岩礁

一八六〇年三月九日だった。

その晩、雲と海は混然となり、視界はまるで利かなくなった。鈍色《にびいろ》の微かな光を散らして大波が砕けるなか、ほとんど帆を失いかけた一艘の小型船が漂流していた。スクーナーと呼ばれる百トンの帆船である。このスクーナーの名前はスラウギ号といったが、波に洗われたか衝突か何かの事故によるものか、船尾に付けられた船名は上部飾りの下からはぎ取られて読めなくなっている。

夜十一時。この緯度では三月の初旬、まだ夜が短い。朝五時ごろになれば、空が白みはじめるはずだ。けれども、スラウギ号を脅かす危険は、太陽が出て海全体を明るく照らせばやわらぐわけでもなかった。嵐が止み、突風が静まらなければ、この船は岸辺から遠く離れた大海の只中での遭難から逃れることはできないだろう。

スラウギ号の船尾では、四人の少年が力を合わせ、必死に舵にとりついていた。ひとりは十四歳、二人は十三歳。そして十二歳くらいの黒人の見習い水夫だ。四人は全身で舵にとりつき、船首が振れて船が横転する危険を避けようとしていた。けれど嵐の力はまったく衰えることなく、巨大な波のうねりによって少年たちはいつ舷墻《げんしょう》から暗い海に投げ出されるかわからない辛い仕事だった。まさに深夜少し前、そんな大波が船を脇から襲った。波に舵を持っていかれなかったのは奇跡に近い。

波の一撃に倒れた少年たちはすぐに立ち上がった。

「まだ舵を取れるかい、ブリアン？」ひとりが言った。

「うん、ゴードン」自分の位置に戻ったブリアンは冷静に答えると、三人目に向かって言った。「頑張ろう、ドニファン。他の子たちを助けなくちゃいけないんだからね！」

ブリアンは英語を話したが、その言葉つきにはフランス人らしい訛りがあった。それから、ブリアンは見習い水夫の少年に向かって尋ねた。

「怪我はないかい、モコ？」

「ありません、ブリアンさん」見習い水夫の少年は答えた。「なにより、波に向かってヨットをまっすぐに保つようにしましょう。そうしていないと波にやられて横倒しに沈んでしまう危険があります！」

そのとき、スクーナーの船室に続く昇降口の上げ蓋が勢いよく開いた。ふたつの小さな頭、それに善良そうな顔の犬が甲板の高さにひょっこり顔をだし、怖がって吠える声が聞こえた。

「ブリアン？　ブリアン？」そう言ったのは九歳のこどもだった。「いったいどうしたの？」

「なんでもないよ、アイバーソン。なんでもない！」ブリアンが答えた。「ドールと一緒に下に降りておくれ……おまえたち、早く、さあ！」

「こわいんだよ！」二人目のこどもが答えた。最初のこどもよりもっと幼いようだ。

「他の子たちは？」ドニファンが尋ねた。

「他の子たちもさ！」と、ドール。

「さあ、みんな中にお入り！」とブリアン。「扉を閉めて、シーツの下に隠れて目を閉じるんだ！　そうすれば怖くなんかない。危険はないから！」

「気をつけて！　またうねりが！」モコが叫んだ。

強い衝撃が船尾を襲った。波が舷墻を越えて入ってこなかったのは幸いだった。もしも水が上げ蓋から船内に入っていたら、すでに充分重みのあるこの船はうねりの中で船体を保つことができなかっただろう。

「さあ船室に入るんだ！」ゴードンが命令するように大きく叫んだ。

「ほら、こどもたち、お入り！」もう少し優しい口調でブリアンが言った。

ふたつの頭が消えたそのとき、もう一人の少年が昇降口に現れた。

「手伝うことあるかい、ブリアン？」

「いや、大丈夫だ。きみとクロス、ウェッブ、サービス、ウィルコックスは、小さい子たちと一緒にいてくれ！　四人いればこっちは大丈夫だから！」

それを聞いてバクスターは内側から扉を閉めた。

この暴風に翻弄される小型船に乗っているのは年はまちまちだったが全員こどもたちだけなのだ。十五人の少年たちだった。百トンのヨットなら、少なくとも船長と航海士、それに五、六人の船員が必要だ。けれども船を操る大人たちはまったく乗っていなかった。

嵐は荒々しさを増していた。風は雷鳴のように轟き、スラウギ号は四十八時間前から半ば操縦不能だった。メインマストは檣孔《しょうこう》（マストを通すための甲板貫通口）の四フィート（一フィートは約三十センチ）上から折れ、もはや帆を張れなくなっていた。帆を張ることができたなら、もっと操縦も楽だっただろう。前檣は上部が折れていたものの、なんとか健在だったが、マストを支える支檣索《ししょうさく》が伸びきっていたのでいまにも甲板の上に倒れるかもしれなかった。船首では三角帆がずたずたに割けて、ばたんばたんと銃の連射を思わせる音を立てていた。帆の中ではかろうじて前檣帆が残っていたが、帆を縮め、その表面積を少なくしてしのぐ力も技術も少年たちには到底なく、この帆もいつなんどき引き裂かれるかわからなかった。

島影はひとつも見えなかった。東方に大陸の姿もない。暗礁に乗り上げるのは恐ろしいことだったが、少年たちにとっては陸の恐怖よりも海の恐怖の方が大きかった。どんなものだろうと、海岸にさえ辿り着ければよかった。浅瀬や岩礁に襲いかかる巨大なうねりや、絶え間なく岩に打ちつける大波があったとしても、目の前に海岸さえあれば救われるだろうと少年たちは思っていた。いつ足下から口を開けるかもしれない海よりも、せめて揺るぎない大地のほうがどんなにいいだろうと思っていたのだ。少年たちは、光さえ射しはじめたらすぐに陸地へ向かおうと、懸命に陸地らしきところを探した。

けれど、深い闇の中、陸地を示す光など一条も見えなかった。

午前一時ごろ突然、風のひゅうひゅういう音の中、何かが裂ける音が響いた。

「前檣がやられたぞ！」ドニファンが叫ぶ。

「ちがいます！」とモコ。「縁索《ふちなわ》から帆が吹き飛ばされたんです！」

「取り外さないと」ブリアンが言った。「ゴードン、ドニファンとふたりで舵を取っていてくれ。モコ、君はぼくと一緒に来て手伝ってくれ！」

モコは見習い水夫として航海術の心得があったが、ブリアンにもいくらか心得があった。ヨーロッパからオセアニアへ来る途中に大西洋と太平洋を渡り、そのあいだに船の操り方についていくらかの知識を得ていたのだ。まったく航海の心得がない仲間の少年たちがスクーナーの指揮をモコとブリアンに任せていたのも、そんなわけだった。

ブリアンとモコは果敢に船首へと向かった。なんとしてでも前檣帆を取り外さなければならない。帆の下部がポケットのようにたわんで不均衡にふくらみ、転覆の危険があるほどに船を傾けようとしていた。もしそうなったら、金属のロープをひきちぎって前方マストを根元から切り取らない限りは、船の傾きを直すことはできないだろう。少年たちにその大がかりな仕事は難しすぎる。

この状況の中で、ブリアンとモコのしたことは聡明だった。突風が吹き続けるあいだスラウギ号を追い風で走らせるため、できるだけ多くの帆を残そうとふたりは決心していた。まず帆綱を解いて甲板の上、四、五フィートまで帆を降ろし、前檣帆の裂けた部分をナイフで切り取った。下の隅に二本の帆脚索《ほあしづな》をかけ、それを舷墻の止め栓にゆわえつける。その作業のあいだ、ふたりは二十回ほども甲板を洗う巨大な波にさらわれそうになった。

切り取って小さくなった帆の下で、スクーナーはこれまで走ってきた方角へとどうにか走り続けることができた。いまではもう船体が風を受けるばかりだったが、それでも水雷艇のような速さで進んでいた。波が舷墻から入り込まないためには、波より速く走り、かわす必要があったから、速さは味方だった。

ブリアンとモコが舵取りを手伝うためドニファンとゴードンのところへ戻りかけたとき、船室への扉がまた開き、こどもが顔をのぞかせた。ブリアンの三つ下の弟、ジャックだった。

「どうしたんだ、ジャック?」兄が尋ねた。

「来て!　来て!　船室の中にまで水が入ってるんだ!」

「そんなばかな!」ブリアンは叫ぶと、甲板昇降口のハッチに向かって突進し、階段を駆け下りた。

吊るしたランプが揺れて、船の客室はちらちらと奇妙に照らされていた。明かりの下、十人ほどの少年たちがソファや寝台に腰掛けていた。一番小さい子は八歳くらいで、怯えて互いに寄り添っている。

「危険はないよ!」ブリアンが安心させようと声をかけた。「大丈夫だ。怖がらないで」

ランタンで床を照らすと、たしかに水が入り込んで、ぴしゃぴしゃと揺れている。

この水はどこから来たのか?　外板の隙間から漏れてきたのか?　すぐにその場所を見つけ

出さねばならない。

客室の先には大寝室があり、その先は食堂、そして船員室だった。ブリアンはこれらの部屋をすばやく見て回ったが、喫水線の上からも下からも、浸水していないことがわかった。この水は船首付近の昇降口がしっかり閉まっていないときに隙間から入り込み、船の揺れで船尾に送られてきたらしいと見当をつけた。大きな浸水の危険はなかった。

ブリアンは客室に戻って仲間を安心させてから、いくらか心配の晴れた心で舵に戻った。スクーナーは頑丈にできている。新しく銅板を張り直してあるので、水漏れの心配はないし、波の一撃にも耐えるだろう。

時刻は午前一時。雲が増し、闇はますます深く、嵐は猛り狂っていた。船はまるで水の塊の中を突き進んでいるようだった。ミズナギドリの鋭い声が空を裂いた。陸地が近いのだろうか？　いや、岸から何里も離れた大海原でも、この鳥に出会うことがある。この鳥もまた、突風に逆らうことができずにスクーナーと一緒に流されて、ここまで来たのだ。

一時間後にまた、船上で何かが裂けるような音がした。前檣に残った帆が裂け、ビリビリに破けて、まるで大きなカモメのように風に散った。

「もう帆がないぞ」ドニファンが叫んだ。「もうひとつ張るわけにいかないんだからな」

「たいしたことないさ！」とブリアン。「いままでと同じ速さで進んでいるじゃないか」

「なんて答えだ！」ドニファンが応酬した。「それが君の操縦法だっていうのか」

「後ろの波に気をつけて！」モコが叫ぶ。「しっかりつかまらないと運ばれて……」

モコが言い終わらないうちに、数トンもの水塊が甲板の上へ襲いかかった。ブリアン、ドニファンとゴードンは甲板昇降口まで投げ出され、なんとかしがみつくことができた。けれども水夫見習いのモコは、スラウギ号を船尾から船首まで洗い流した水塊と一緒に、姿を消していた。大波は備品の一部や甲板の内側に収められていた小型ボート二艘と大型ボート二艘、予備マストや帆桁《ほげた》の円材、それに羅針盤の入った箱もさらっていった。それでも、舷墻が波の一撃で壊れたので水は甲板からすぐに流れ出てしまい、船はとてつもない海水の重みで沈没することをまぬがれた。

「モコ！　モコ！」口がきけるようになるやブリアンが叫んだ。

「海に投げ出されたのか？」とドニファン。

「どうだろう。見えない……声も聞こえない！」ゴードンが甲板から身を乗り出すようにして探しながら答える。

「助けなければ。ブイを投げるんだ。綱を！」ブリアンは大きな声を出した。

「モコ！　モコ！」

「助けて！　助けて！」かすかに見習い水夫のモコの声が聞こえた。

「海じゃないぞ」とゴードン。「船首から声がする！」

「いま助けにいくからな！」ブリアンはそろそろと船首の方へ這い進んでいった。

もう一度、モコの声が闇を伝って聞こえてきた。そのあと、すべてが沈黙した。

ブリアンはありったけの力を振り絞って、なんとか船員室の昇降口に辿り着いた。

叫ぶようにしてモコの名を呼ぶと、モコのさらに弱々しい声がブリアンの耳に届いた。ブリアンは揚錨機《ようびょうき》の方へと急いだ。揚錨機の台座に、第一斜檣《しゃしょう》（船の前に斜めに突き出たマスト）の基部がはめ込まれている。そこへブリアンが手を伸ばすと、だれかがじたばたともがいているのに触れた。

モコだった。舷墻が船首で接している狭い三角のところにひっかかっている。旗綱がその喉に絡みつき、ほどこうともがけばもがくほど、きつく締めつけていた。あの大波にさらわれたときにこの旗綱にひっかかったのだが、それがいまモコの首を締めようとしているのだった。

ブリアンはナイフを取り出し、苦労しながら、モコを縛りつけていたロープをなんとか切断した。ブリアンに連れられてモコは船尾へ戻った。口が利けるようになるまで時間がかかったが、モコはなんとか回復していった。

やがてモコは舵輪のところに戻り、ブリアン、ゴードン、ドニファンと共に、スラウギ号を追いかける巨大な波をかわそうとありったけの力を振り絞った。

ブリアンの予想に反して、前檣帆がなくなってから、ヨットの速度は少し落ちていた。それは新しい危険を意味していた。波が船より速く走ってきて追いつき、後ろから船を呑み込むことだってあり得るのだ。けれど、少年たちにはわずかな帆を張ることすら難しかった。

南半球の三月は北半球の九月に相当するから、夜はまだ中くらいの長さだ。時刻は午前四時ごろだった。もうすぐ東の空が白み始めるだろう。嵐がスラウギ号を追いやるのもまた、その東の方向だった。

四時半にさしかかるころ、ほの白い光が天頂まで広がった。あいにく朝靄が出て視界を遮り、四分の一マイル（約四百メートル。一マイルは約一・六キロ）ほど先しか見えない。ただ、雲がすごい速さで過ぎていくのだけがわかった。嵐はその力を微塵《みじん》も失わず、海は一面、波が砕けて泡立つ飛沫に覆われていた。スクーナーは、時に波の頂に持ち上げられ、時に波の谷間に叩きつけられていた。もしも横から波を受けたらたちまち転覆してしまうという危険が、もう何度となく船を襲っていた。

四人の少年は踊り狂う海を眺めた。もしもこのまま海が静まらなければ、状況は絶望的になると、彼らは感じていた。あと二十四時間嵐が続いたら、スラウギ号はもたないだろうし、波で昇降口も取り去られてしまうだろう。

そのとき、モコが叫んだ。

「陸地だ！　陸地だ！」

モコは、朝靄の裂け目から、東に陸地を見たと思ったのだ。だが雲と容易に溶け合う陸地の線を見定めるのは、とても難しい。

「陸だって？」とブリアン。

「そうです、東に！」モコは答え、朝靄に隠れた水平線を指差した。

「確かなのかい？」とドニファン。

「ええ、ええ、確かです！」モコが答える。「もう一度靄が途切れたら、目をこらしてください。あそこに、前檣より少し右側に、そら、そら！」

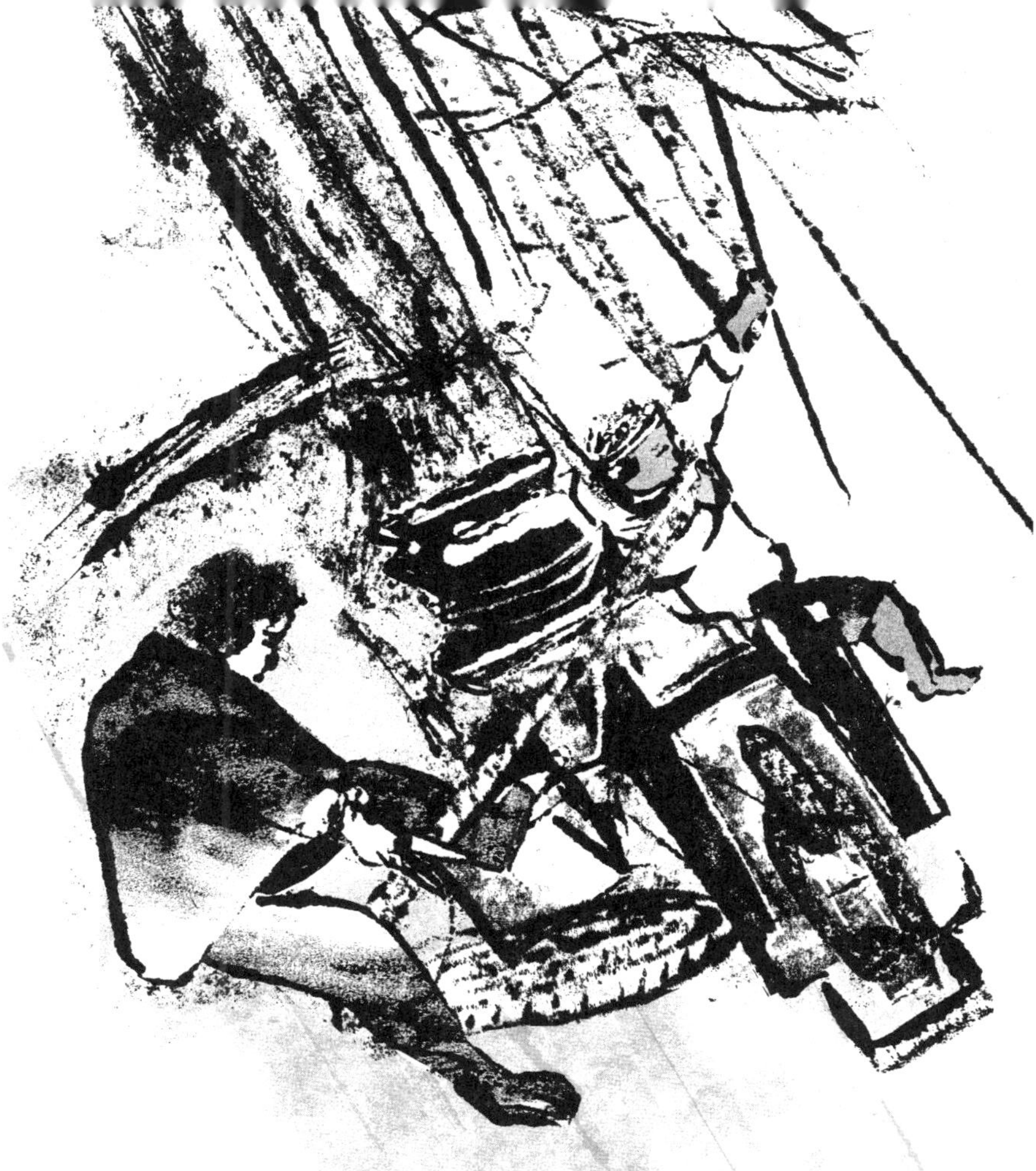

朝靄が途切れて、少しずつ海面から上へ向かって晴れはじめた。まもなく船の前に広がる大洋が数マイル先まで姿を現した。

「そうだ、陸地だ！　確かに陸地だ！」ブリアンが叫んだ。

「ずいぶんと低い陸地だ」指差した先の陸地を注意深く眺め、ゴードンが言った。

もう、疑いの余地はなかった。大陸か島かわからないが、水平線の上、五、六マイル先に陸地が浮かび上がっていた。船はそちらに向かって進んでおり、追いやる嵐もまた、船をその方向へと運び続けていた。あと小一時間で、あの陸地に着くだろう。陸地に辿り着く前に、暗礁に当たって船が木っ端《こ》《ぱ》微塵になる危険もあった。けれど少年たちは、そんな危険があることなど夢にも思わなかった。あの陸地、思いがけなく目の前に現れたあの陸地は、まさに天の助けでしかありえないと少年たちには思えた。

風はさらに激しさを増した。スラウギ号は羽のように軽々と運ばれ、岸辺に向けて突進した。岸辺は白い大空に墨で描いた線のようにくっきりと浮かび上がっている。向こう側には岸壁がそびえている。高さは百五十フィートから二百フィートくらいだろうか。手前には黄色っぽい岸辺が広がっている。右手のほうは内陸へ続く森と思われる木立に覆われていた。

スラウギ号が暗礁に乗り上げずに砂の浜辺へ辿り着けたら、そしてもしも河口が安全な避難所となってくれたら、少年たちも間一髪、危険を脱することができるだろう。ドニファン、ゴードンとモコに舵を握るのを任せ、ブリアンは船首からすごい速さで近づいてくる陸地を眺めた。

けれども、ヨットが安全に接岸できそうな場所は見つからなかった。河や小川の河口も、一息に乗り上げられそうな砂浜もない。実のところ、砂浜の手前には岩礁が並んで黒々とした頭を波のうねりのあいだにのぞかせ、そこにはたえず恐ろしい荒波が砕け散っていた。あれにぶつかったら、スラウギ号は一撃で木っ端微塵になってしまう。

もしもぶつかった場合、仲間たち全員が甲板に出ていたほうが安全だ。ブリアンはそう考え、昇降口を開けて叫んだ。

「みんな！　甲板に上がるんだ！」

たちまち犬が顔を出し、続いて十一人の少年たちが船尾に出てきた。一番小さな子たちは浅瀬になってますます激しさを増した波を見て、恐怖の悲鳴を上げた。

朝六時少し前、スラウギ号は岩礁にさしかかった。

「しっかり摑まるんだ！　しっかり摑まれ！」ブリアンは叫び、誰かが波にさらわれてもすぐ助けにいけるよう上半身裸になった。船が岩礁に衝突するのは確かだったからだ。

突如、衝撃が襲った。スラウギ号の船尾の竜骨が海底に触れたのだ。船体全部が揺れたものの、外板を破って水が入ってくることはなかった。

次の波に持ち上げられ、船は無数のぎざぎざを波間にのぞかせている岩をかすめることもなく、五十フィートほど前に運ばれた。そして左舷に傾いたまま、泡立つ波のただ中で船は静止した。

もう大洋の只中ではなかったが、岸辺からはまだ四分の一マイルほど離れていた。

第二章　波濤のむこう

砕ける大波の中で～ブリアンとドニファン～上陸の準備～ボートをめぐる言い争い～前方マストの高みから～ブリアンの勇気ある試み～海嘯の恵み

そのとき霧の幕が消え、スクーナーの周辺がぐるりと見渡せるようになった。雲は相変わらずものすごい速さで空を駈けていく。突風もまだその激しさを失ってはいない。それでも、太平洋のこの見知らぬ海域で、風は最後の一撃をふるっているだけかもしれない。

そう願うばかりだった。状況は、スラウギ号が荒波に揺られていた夜のあいだから少しも好転していなかったのだ。甲板の手すりに波が打ち寄せ飛沫を浴びせる。スクーナーが動けなくなっていただけに、波風の衝撃はそれだけ強く船を打った。けれど、たとえ衝撃のたびに船の肋材《ろくざい》がみしみし震えたとしても、外板に亀裂が入ったようすはまったくなかった。また、船底が暗礁に触れたときも、岩のとんがった頭のあいだに船が挟まったときも、船体に傷がついたようすはなかった。ブリアンとゴードンは船室に降りてみて、船倉にも浸水していないことを確かめた。

ふたりは出来るだけ仲間たちを勇気づけようとした。

「怖がらなくていい」とブリアン。「ヨットは頑丈に出来ている。それに岸辺は遠くない！

待つんだ。そして浜辺に達する方法を見つけよう」

「なぜ待つっていうんだ?」とドニファン。

「そうだよ、どうしてさ?」もうひとり、十二歳のウィルコックスも言う。「ドニファンの言うとおりだ。なぜ待つんだ?」

「まだ海は荒れている。岩に衝突するかもしれないからだよ」ブリアンが答えた。

「もしも船が壊れたら?」ウェッブという名の、ウィルコックスとほぼ同い年の少年も加わった。

「その心配はないと思う」ブリアンは答えた。「少なくとも、潮が引くまでは。潮が引いたら、風の許す限り、避難をはじめよう!」

ブリアンの意見は正しかった。太平洋では潮汐《ちょうせき》はそれほど著しくはないが、それでも満潮のときと干潮のときでは水位に大きな差が出ることがある。だから、数時間待ってみるほうが得策なのだ。待つあいだに風が弱まる可能性もあるなら、なおさらのことだ。干潮になれば、岩礁の一部が水面から顔を出すだろう。そのときにスクーナーを離れる方が危険が少ないし、岸辺までの四分の一マイルを渡るのも少しは楽になるだろう。

けれど、ブリアンの忠告が理に適っていようがいまいが、ドニファンと二、三人の少年たちはそれに従うつもりはないようだった。彼らは船首に集まって、ひそひそ声で話し合った。ドニファンとウィルコックス、ウェッブ、そしてクロスという名の少年は、ブリアンとはあまり仲がいいとはいえない。スラウギ号の長い旅のあいだはそれでもブリアンに従っていたのは、ブリアンに航海の経験があったからだ。けれども彼らはいつも、陸地へ着いたら自由に行動してやろうと考えていた。とりわけドニファンは、教養の点でも頭の回転でも自分はブリアンや他の少年たちよりはるかに優れていると思っていた。ドニファンはブリアンに対してずっと以前から妬ましい気持ちを抱いていた。この英国人の少年にとって、ブリアンがフランス人である点も、気に入らなかったのだろう。

すでに深刻な状況は、こうした事情でますます悪化する恐れがあった。

ドニファンとウィルコックス、ウェッブとクロスは目の前の海洋を眺めた。渦を巻き泡立ち、流れの筋が隆々と浮かび上がる。横切るにはあまりに危険と思われた。人一倍手慣れた泳ぎ手だって、強い風に運ばれ砕け落ちてくる大波に抗うことはできないだろう。数時間待つべきだ、という意見は実にまっとうなものだった。自分たちの目でそれを確かめたドニファンとその仲間たちはブリアンの言葉に従うほかなく、小さなこどもたちが集まっていた船尾へと戻って来た。

船尾ではブリアンが、ゴードンや彼を取り囲む他の少年たちに、こう言っているところだった。「どんなことがあっても、離ればなれにならないように！　一緒にいよう、でないとおしまいだ」

「ぼくたちに命令しようってつもりか！」それを聞いたドニファンが叫んだ。

「そんなつもりはないよ」とブリアン。「ただ、みんなで助かるためには協力して行動しなくては、と言いたかっただけだ」

「ブリアンの言うとおりだ！」いつも冷静で真面目なゴードンが言った。

「そうだ、そうだ！」二、三人の少年たちも叫んだ。彼らもまた、心のなかでひそかにブリアンを支持しているのだった。

ドニファンは何も答えなかった。彼とその仲間たちはみんなと離れて、船から脱出する時を待った。

けれど今、目の前にあるのはどんな陸地なのだろうか？　太平洋の島々のひとつなのか、あるいは大陸の一部なのか？　答えはまだ、少年たちには判っていなかった。スラウギ号は陸地に近づきすぎていたため、その答えを出すのに充分なだけの海岸線を見渡すことができなかったのである。陸地は窪んで大きな湾をなしており、両端はふたつの岬になっていた。片方は北に向けて鋭くそそり立ち、もう片方は南に向けて先細りになっている。けれど二つの岬の外側で、海は、島を囲んで、岸を洗い、広がっているのだろうか？　ブリアンは船縁《ふなべり》の望遠鏡で確かめようとしたが、無理だった。

この陸地が島だった場合、もしスクーナーを離礁させることが出来なかったら、いったいどうやってこの島を出る事ができるだろう？　満ちてくる潮が船を運び岩礁に打ちつけたら、船は木っ端微塵になるだろう。そして、もしこの島が太平洋に浮かぶいくつかの島々のように無人島だった場合、少年たちは自らの力に頼るほかなくなってしまう。そうなったとき、船に積み込んだ食糧だけで少年たちはいったいどのくらい生き延びることができるだろう？

逆に、もしこれが大陸の一部だった場合は、生き延びるチャンスはぐっと増す。大陸だったとしたら、ここは南米大陸に違いないからだ。南米大陸なら、ここがチリでもボリビアでも助けを求めることができるだろう。すぐに助けが来なくても、少なくとも陸地に着いてから数日後には助けが見つかることだろう。大草原に近い沿岸であったなら、恐ろしい目に遭う危険もある。けれどいまはとにかく陸地に辿り着くのが先決だ。

　空が晴れてきたので、岸の細かなところが見える様になってきた。前景に砂浜、その背後には崖がそびえ、崖の下に緑が茂るようすも見て取ることができた。ブリアンは浜辺の右手に河口があるのに気づいた。

　岸の様子に人を魅きつけるようなところは特になかったが、緑のカーテンは中緯度の土地によくあるように肥沃であることを示していた。断崖の向こうには、外海からの風に守られ豊かな土壌に恵まれて植物が茂っているに違いなかった。

　ひとが住んでいるかどうかについては、この沿岸にはそのようすは見られなかった。河口にさえ、家も小屋もない。もし原住民がいるのであれば、西から吹く強い風を逃れて内陸部にいるのかもしれなかった。

「煙も見えないな」望遠鏡を下ろしながらブリアンが言った。

「岸には小舟もないです」とモコ。

「港がないのに小舟なんかあるもんかい」とドニファンが言い返した。

「港がなくてもあり得るよ」とゴードンが答える。「漁のための小舟は河口に避難することもできる。嵐を避けるために河から引き上げることだってあるし」

ゴードンの見解自体は正しかった。とにかく、どういう理由かはわからないが、小舟は一艘も見当たらなかった。この岸辺一帯、人が住んでいる気配はまるでなかった。もしこの少年たち全員が数週間ここにとどまらなければならなくなったとしたら、この土地で生活できるのだろうか？　その点は、ゴードンが何より先に気にしていることだった。

その間にも潮は少しずつ引いていた。沖からの風が水を押し戻していたから、非常にゆっくりとではあったが。風は徐々に力を失い、北西に向きを変えつつあった。岩礁を渡れるようになる瞬間のために、準備をしておかねばならない。

もう七時近かった。誰もが最も大切なものを甲板に運ぶため忙しく立ち働いていた。それ以外のものは船に残し、波で岸に打ち寄せられたときに回収しよう。年長の少年たちも小さなこどもたちも力を合わせて作業を行なった。ビスケットや塩漬け肉、燻製肉など充分な量の保存食糧が船に積んであった。これらを包みにして、年長の少年たちが運ぶのだ。

けれどその運搬を可能にするためには、岩礁が水面に現れないと困る。砂浜まで岩が続いて現れるほどにまで、潮が引くだろうか？　ブリアンとゴードンは注意深く海を見つめた。

風の方向が少し変わったことで海は静かになり、荒い返し波も穏やかになりつつあった。突き出した岩の周辺で水位がだんだん低くなっているのも見て取れた。水位が低くなってきたことで、船は左舷に大きく傾いた。もしそのまま傾き続けたら横倒しになる怖れがある。スラウギ号は高速ヨットのように細身で、竜骨が高く反り上がり、床板の位置も高く造られていたからである。もしも少年たちが脱出する前に水が甲板に侵入した場合は極めて危険だ。

嵐のときに備え付けの大型ボートがみな流されてしまったのが、実に悔やまれた。全員が乗れる大型ボートがあったなら、ブリアンと仲間たちは今すぐにでも岸に到達できるよう準備をはじめていたことだろう。今は船に置いてゆかざるを得ないものも、船から岸へと運べただろう。それに、もし今夜、スラウギ号が壊れてしまったら、波に洗われ岩に打ちつけられたその残骸にどれほどの価値があるだろう？ 漂着物にも使い途があるだろうか？ 残った食糧もみんなだめになってしまうのではないか？ 遭難した少年たちはこの土地で食べものを探さなければならないのか？ 脱出作業をするのにボートがないなんて実に悔やまれることだった。

突然、前檣で声がした。バクスターが、重要な発見をしたのだ。

嵐の間になくなったと思っていた舟のうち、小型ボートが、第一斜檣《しゃしょう》の下の支索に絡まっていたのだ。小型ボートには五、六人しか乗れない。けれど無傷であるなら（それは甲板に小型ボートを引き上げて確かめることができた）、もしも浜まで足を濡らさずに渡れるほど潮が引かなかったときにも、役に立つだろう。とにかく潮が引くまで待つ必要があった。ところがその間にもまた、ブリアンとドニファンの対立が起きたのである。

というのも、ドニファンとウィルコックス、ウェッブとクロスが、そのボートを横取りして、甲板から下に降ろそうとしていたのだ。

「なにをしているんだ？」とブリアン。

「おれたちの勝手さ」とドニファン。

「このボートに乗っていこうというつもりなのか？」

「そうさ」とドニファンが答える。「きみなんかに止められないよ」

「止めるさ」とブリアン。「ぼくだけじゃない。きみたちが見捨てていこうとしているみんなだって！」

「見捨てる？　どこからそんな考えが出てくるんだ？」ドニファンが横柄に言った。「よく聞け、誰も見捨てたりなんかしないさ！　おれたちが浜辺についたら、おれたちのうちひとりがボートを船に返しにくる、そして……」

「もし戻れなかったら？」苛立ちを隠しきれずブリアンが答えた。「もしも岩に乗り上げたら？」

「さあ、乗ろうぜ、乗るんだ！」ウェッブがブリアンを押しのけて言うと、ウィルコックスとクロスの助けを借りて、ボートを持ち上げ水面に降ろそうとした。ブリアンは腕を伸ばし、それを止めた。

「乗らせはしない！」

「こっちが決めることだ！」とドニファン。

「乗らせはしない！」みんなのためにもそのボートを守り抜かなければと決心していたブリアンは、そう繰り返した。ボートは、小さなこどもたちのために取っておかなければならない。引き潮になっても彼らが歩いて浜まで渡れなかった場合のために。

「手をはなせ」ドニファンが苛立ちも露わに言った。「ブリアン、繰り返す。おれらがしようとしていることを、おまえなんかに邪魔されないぞ」

「ぼくも繰り返す」とブリアン。「絶対止めるとも、ドニファン！」

ふたりの少年は互いに飛びかからんばかりだ。このけんかではウィルコックス、ウェッブとクロスはドニファンの味方をし、バクスター、サービスとガーネットはブリアンの側についていた。すわ、という気配になったとき、ゴードンが間に入った。

ゴードンは最年長で、最も落ち着いた少年だ。彼は、仲違いは不幸な結果をもたらすと理解していた。良識からみて、ここはブリアンの側に立って仲裁した。

「ほら、ほら！　ドニファン、見ればわかるだろう？　海はまだ荒れている。ボートを失くしてしまう危険だってある」

「ブリアンがおれたちに命令するのが嫌なんだ！」ドニファンが答えた。「このあいだからずっとそうじゃないか」

「そうだ、そうだ！」クロスとウェッブも口を揃える。

「命令なんてしていない」とブリアン。「だけど、誰かに好き勝手をさせることもしない。それがみんなに関わることなら、なおさらだ！」

「おれたちだってきみと同じくらい気にかけてるさ！」ドニファンがやりあう。「それにもう陸地に着いたんだから……」

「残念ながら、まだ着いていない」とゴードン。「ドニファン、強情を張るのはやめて、ボートを使えるようになるまで待つんだ」

ゴードンは、ドニファンとブリアンの仲裁役を務めるようになっていた。こうしたことが、これまでにもときおりあったのだ。それに、仲間たちは彼の意見に従っていた。

潮はいま、二フィートほど引いていた。波のあいだに、通れるような水路はあるのだろうか？　それを確かめられれば大いに役に立つ。前方マストから観察すれば岩の位置がわかるのではと考えたブリアンは、船首へと向かい、右舷の支檣索《ししょうさく》を握ると両腕の力だけでマストの横木までよじ登った。

岩礁の向こうに、点々と頂を覗かせる岩に挟まれて水路が見えた。ボートで岸へと渡るなら、ここを辿ればいいだろう。けれどこの時間はまだ渦巻きと逆流が激しく、それを実行するのは不可能だった。ボートはそれらの岩礁に叩きつけられ、一瞬のうちに木っ端微塵になるに違いない。それに引き潮によって、渡るのが可能な道が出来るかもしれないのだから、やっぱり待つのが得策だった。

横木にまたがったブリアンは、海岸をもっと正確に調べようと、砂浜から断崖に沿って望遠鏡でくまなく観察した。ふたつの岬に挟まれた幅九マイルほどの岸辺には、人が住んでいる気配はまったく無かった。

半時間くらいもそうやって眺めた後、ブリアンはマストから降り、仲間たちに何が見えたか話した。ドニファンとウィルコックス、ウェッブ、クロスは何も言わず聞いていたが、ゴードンはこう尋ねた。

「ブリアン、スラウギ号が座礁したのは、だいたい朝の六時頃だったね？」

「そのとおり」とブリアン。

「そして潮が引いていくのにどのくらいの時間がかかるんだい？」

「五時間だと思う。そうだったね、モコ？」

「ええ、五、六時間です」と見習い水夫の少年は答えた。

「ということは、岸に向かうのに一番いい時間は十一時ごろになるね」ゴードンが続けた。

「ぼくもそう思っている」とブリアン。

「では、そのときに備えて少し何か食べておこう」とゴードン。「もしも水に入らなければならなくなった場合、食べた後、少し時間が経ってからの方がいい」

　聡明な少年ならではのいい考えだった。みな、ビスケットとジャムの朝食にとりかかった。ブリアンは特に小さい子たちの面倒をみた。ジェンキンス、アイバーソン、ドールとコースターはその年齢には自然な無邪気さで安心して食べはじめた。彼らの食べっぷりときたらみごとなものだった。何しろ、二十四時間ものあいだ何も口にしていなかったのだ。ブランデー数滴を水で割った飲みものも、みんなを元気づけた。

　食事の後、ブリアンはスクーナーの船首に戻り、舷墻に肘をつくと岩礁を観察した。

　潮の引くのはなんて遅いのだろう。そのうえ水位が下がるにつれて船は傾きを増していく。モコが測鉛で計ると、岩盤から水面までまだ八フィートあった。干潮は岩が水面から出て乾くほど引くだろうか？　モコにはそう思えなかった。みんなを怖がらせないよう、モコはそのことをブリアンにそっと告げた。

　ブリアンはこのことをゴードンに話した。やや北へ向けて吹く風のせいで凪《なぎ》の時ほどは水位が下がらないことが、ふたりにも判っていた。

「どうする?」とゴードン。

「わからない。わからない!」ブリアンが答える。「悔しいけど、こどもしかいないんだ、大人が必要なのに!」

「必要に迫られれば、わかってくることもあるさ! 希望を失わずにいよう、ブリアン。冷静に行動するんだ」

「そうだね、ゴードン。潮が戻る前にまだぼくらがスラウギ号を離れていなかったとしたら、もう一晩船の上で過ごすことになったら、ぼくたちはおしまいだ」

「そのとおりだ、このヨットは木っ端微塵になってしまうだろう! やはり、なんとしても計算した時間内にこの船を離れなくてはならない」

「そうだね、なんとしても!」

「行ったり来たりするための、筏《いかだ》のようなものを作ることは出来ないだろうか?」

「それはぼくも考えた」とブリアンは答えた。「残念なことに、円材はほとんどすべて嵐の間に流されてしまったんだ。舷墻を壊してその破片で筏を作るにも、もう時間がない。残っているのは小さなボートだけ、でも海が荒れていて使えない! ぼくたちにできるのは、岩礁の向こうに綱を渡して、綱の端を岩に結びつけることだ。そしたらきっと、それを伝って岸のそばまで辿りつけるだろう」

「誰が綱を張るんだ?」

「ぼくがやる」

「手伝うよ」とゴードン。

「いや、ぼくひとりでやるよ！」ブリアンは答えた。

「ボートを使うのか？」

「いや、ゴードン。ボートを失う危険は冒せない。ボートは最後の手段にとっておこう」

けれどもこの危険な賭けに出る前に、ブリアンは万全を期してひとつ予防策を講じた。ボートにはいくつか救命用の浮き輪が搭載されていた。ブリアンはそれを取ってくると、直ちに小さなこどもたちに着けさせた。ボートを離れることになった場合、まだ水底に足が着かないほど水深があったら、浮き輪がこどもたちを助けてくれるだろう。大きな少年たちはロープにつかまりながら、小さなこどもたちを岸に向かって押してゆける。


十時十五分だった。あと四十五分で、干潮になる。スラウギ号の船首では水深が四、五フィートもなかった。けれどそれ以上、海面がぐっと低くなるとは思えない。六十ヤード（約五十五メートル。一ヤードは約〇・九メートル）先では水深が浅くなっていた。それは海の水が黒っぽく見えることからも、また突き出している岩の数からも見て取れた。問題はヨットのすぐ前にあるこの深みを渡ることだ。もしブリアンがこの方向に綱を張ることができたら、そして岩のひとつにその端を結びつけられたら、その綱を揚錨機でぴんと張れば、綱を辿って水の中で足が立つ場所を見つけることができるだろう。それに綱を伝って食糧品や必要な道具を安全に岸まで送りとどけることもできる。

その試みがどんなに危険なものだろうと、ブリアンは誰にも替わってもらおうなどと考えず、準備をはじめた。船には長い綱が何本かあった。舫《もや》い綱や牽引用の綱だ。ブリアンはちょうどよさそうな中くらいの太さの綱を選び、服を脱ぐと綱の一方の端を腰に結びつけた。

「さあ、みんな」とゴードン。「綱を繰り出すのを手伝ってくれ。いくぞ！」

ドニファン、ウィルコックス、クロスとウェッブもこの試みの重要さを判っていたから、手を貸すのを惜しみはしなかった。内心何を考えていたかはともかく、彼らもまた、ブリアンの負担にならないよう綱を少しずつ繰り出す準備に加わった。

ブリアンがさあ海に入ろうというとき、弟の声がした。

「兄さん！」

「ジャック、怖がらないでいいよ。ぼくのことは心配ないから」

次の瞬間、ブリアンはもう波間にいた。力の限り泳ぐ彼を追って、綱が繰り出されていく。凪の海であったとしても、波が絶え間なく岩に打ちつける中を泳いでいくのは困難な仕事だった。勇敢な少年がまっすぐ泳いでいこうとするのを潮流と逆流が阻む。一旦潮に捉えられると、抜け出すのはきわめて困難だった。

仲間たちが綱を繰り出す中、ブリアンは少しずつ岸へと近づいていた。けれども、まだスクーナーから五十フィートほどしか離れていないにもかかわらずだんだん力尽きているのは明らかだった。彼の目の前で、二つの潮流がぶつかってできた渦巻きが水面を穿っている。その外側を廻っていくことができたら、渦の向こうの静かな水面に出られたら、岸へ辿りつけるかもしれない。ブリアンはありったけの力を振り絞って左に抜き手を切ろうとした。けれども、その努力は虚しかった。成年期の力強い泳ぎ手でも、この渦の中を泳ぎ切ることはできなかっただろう。潮にとらえられ、ブリアンは抗うことも出来ず渦の中心に呑み込まれそうになった。

「助けて！　綱を引いてくれ、引いてくれ！」声を絞ってそう叫ぶと、ブリアンの姿は消えた。

甲板では恐怖が頂点に達した。

「綱を引け！」顔面蒼白でゴードンが命じる。仲間たちはブリアンが溺れて息絶える前に甲板に引き上げようと、必死に綱を巻き上げた。

一分も経たないうちに、ブリアンは甲板に引き上げられた。気を失っていたが、弟の腕の中で意識を取り戻した。

岩礁まで綱を渡す試みは失敗に終わった。もう一度試みたとて、成功は見込めないだろう。


正午をすぎていた。潮はすでに戻りはじめており、波も高くなっていた。しかも新月なので、潮は昨日よりも高くなる。沖からの風は少し弱まっていたが、スクーナーは岩の床から持ち上げられるかもしれない。また竜骨が海底に触れたり、岩礁に叩きつけられるかもしれない。遭難したら誰も生き延びられないだろう。なのにもう、何も手だてはないのだ。

小さな子たちは年長の少年たちに囲まれて、みんな船尾に集まり、水かさをましていく海を見つめていた。岩がひとつひとつ水の下に消えていく。運の悪いことに東向きの風が戻ってきて、前の晩のように岸に向かって吹きつける。水深が深まり高くなった波のしぶきがスラウギ号を包み、波が船体に打ちつける。若き遭難者たちを救えるのはもはや神しかいなかった。少年たちの祈りは恐怖の叫びと交じり合っていた。

二時少し前、スクーナーは潮のおかげで船首を立て直し、左舷への大きな傾きも戻った。けれども縦揺れが続き、船尾はまだ岩床に挟まれている一方で、船首が大きく振られ続けた。やがて竜骨下部に続けざまに衝撃があり、スラウギ号は左右に揺さぶられた。こどもたちは海に放り出されないよう、お互いに抱き合い、しがみつかねばならなかった。

そのとき、泡立つ山のような大波が沖からやってきて、ヨットから二鏈《れん》（約三百七十メートル）のあたりで盛り上がった。それは海嘯《かいしょう》の大波、あるいは津波のようで、高さは二十フィートを越えていた。その波は猛り狂う潮と共に押し寄せて岩礁を覆い、その船体をかすめることなくスラウギ号を岩から持ち上げた。

一分もしないうちに、この巨大な逆巻く水の塊に運ばれて、スラウギ号は浜の真ん中、断崖の下の茂みから二百フィートほどのところまで押し流された。船は、堅い地の上で、動かなくなった。波が引くと、浜が現れた。そして船はもう身じろぎすることもなく、陸の上に取り残された。

第三章　少年航海者

オークランドのチェアマン寄宿学校～年長者と年少者～海上の休暇～スクーナー、スラウギ号～二月十四日の夜～乗船～漂流～嵐～スクーナーに残った者たち

その時代、ニュージーランドは太平洋における英国の重要な植民地であり、その首都オークランドでチェアマン寄宿学校といえば名門校に数えられていた。生徒は全国でも名家の子息ばかり。この列島の原住民であるマオリ族はこの学校には迎えられず、彼らには別の学校が用意されていた。チェアマン寄宿学校にいるのは若い英国人、フランス人、アメリカ人、ドイツ人で、大地主や金利生活者、仲買人、国家公務員の息子たちだった。彼らは、英国の全寮制学校で行なわれるような、すべて揃った教育を受けていた。

ニュージーランドはふたつの主な島から成る。北にはイカ・ア・マーウイ、別名「魚島」があり、南にはテ・ワイ・ポウナム、別名「翡翠島」がある。クック海峡で隔てられたふたつの島は南緯三十四度から四十七度の間に位置する。これは北半球でいえば、フランスと北アフリカの間にあたる。

イカ・ア・マーウイ島は南の部分が大きくえぐれており、不規則な台形となって北西に伸び、曲線を描いて北端のマリア・ヴァン・ディーメン岬で途切れている。

この曲線が始まるあたり、半島の幅が僅か数マイルになるあたりにオークランドがある。ギリシャで言えばコリントの辺りに相当するので、南半球のコリントと呼ばれている。波止場がふたつ、ひとつは西に、もうひとつは東に向いている。東の波止場はハウラキ湾に面し、水深が浅い。中型の重量の船舶が入れるように、英国風の長い桟橋をいくつか設けねばならなかった。これらの桟橋のひとつが商人埠頭で、この街の目抜き通りのひとつ、クイーンズ通りに通じている。

この通りの中程に、チェアマン寄宿学校はあった。

一八六〇年二月十五日の午後、この寄宿学校から、親に付き添われた少年たちが出て来た。和気藹々《あいあい》として明るく、籠から放たれた鳥たちの様でもあった。

なにしろ、休暇がはじまったばかりだった。規則の拘束から逃れられる、二ヶ月の自由。そして何人かの生徒にとっては、チェアマン寄宿学校で何ヶ月も話題になっていた海の旅の出発間近でもあった。スラウギ号でのニュージーランド周辺をぐるりと廻る航海に参加する幸運に恵まれた少年たちは羨望の的となっていた。

生徒たちの親がこの美しいスクーナーを借り、六週間の旅の準備が整えられていた。この船の持ち主は生徒のひとりの父親であるウィリアム・H・ガーネット氏で、昔から商船の船長を務め、信頼の篤い人物だった。出来る限り安全で快適な旅になるよう、様々な家庭からの申込金が費用にあてられた。この旅以上に素敵な休暇があるだろうか？　少年たちはこの旅を心から楽しみにしていた。

英国式の全寮制学校の教育は、フランスの全寮制学校の教育とかなり異なっている。ここでは、生徒たちには自主的な行動が許される。そこで与えられる自由は、彼らの将来に好ましい影響をもたらす。なぜなら、こどもでいる期間が短いからだ。ひとことで言えば、教育が訓練と肩を並べているのである。その結果、ほとんどの場合において、生徒たちは丁寧で思いやりがあり、身だしなみもきちんとしていた。そして特筆すべきことに、何か罰を受ける場合にも、それを免れるために欺瞞や嘘をつこうとする者がまずいないのである。同時に学問的な場で見られるのは、少年たちは共同生活の規則やそこから派生する暗黙の掟にあまり縛られない、ということであった。一般に、生徒たちには別々の個室が与えられ、そこで食事することも多い。食堂に会する場合はまったく自由におしゃべりができる。

生徒たちは年齢によって学年が決められる。チェアマン寄宿学校は五学年制で、第一学級や第二学級のこどもたちはまだ両親と挨拶するとき頰に軽い接吻を交わすが、第三学級にもなると上級生、親子のあいだのキスではなく、大人同士のような握手を交わすようになる。そして、生徒たちは細々と監督されるのではなく、小説や雑誌を読むことも許され、休日も頻繁に与えられて、ほどよく制限された勉強時間と、体操やボクシングや、あらゆる類いの競技を含めたバランスのいい体育の授業が与えられていた。こうした独立自由の気風を生徒たちが悪用することは滅多になかったが、そのような事態が起きた場合にはたいてい鞭打ちの体罰が慣例となっていた。鞭打たれることは若い英国人の少年たちには不名誉なことではなかったし、この懲罰の利点も理解していたため、それに抗うことなく従った。

これはよく知られていることだが、英国人は公的な生活だけでなく私生活でも伝統を重んじている。学校生活も同様なのだ。フランスの学校の新入生いじめとは全く異なっているが、たとえそれが馬鹿げたものであったとしても伝統が軽んじられることはない。上級生が新入生を守るのは、新入生が上級生のためにさまざまな使役を行なうことと引き換えであり、それを免れることはできない。こうした使役、たとえば朝食を運んでくることや、衣服のブラシかけや靴磨き、ちょっとしたおつかい、またそれを行なう下級生を「つかいっぱしり」と呼ぶ。一番下の第一学級生が上級生のためにつかいっぱしりを務め、それを拒むと何かと辛いめに遭わされる、というわけだ。けれども拒もうなどと夢にも考える者はいない。フランスのリセではあり得ないような規律にみなが従い、それに慣れているのである。伝統がそれを求めているのだ。最も貧しい下町のロンドンっ子から上院議員までみなが伝統を重んじる国、それが英国なのである。

スラウギ号の航海に参加する生徒たちは、チェアマン寄宿学校の様々な学年に属していた。よって、スクーナーの甲板には八歳から十四歳までの様々な年齢の少年たちがいた。黒人の見習い水夫を含めた十五人のこの少年たちが、長く遠い、恐ろしい冒険に出ていくはめになったのである。

彼らの名前や年齢、適性や性格、家族のこと、そして休暇で学校を去る前に学校生活の中でお互いにどんな関係にあったかを、ここで簡単に紹介しておく必要があるだろう。

フランス人であるブリアンとその弟、そしてアメリカ人であるゴードンを除いては、彼らはみな英国人である。

ドニファンとクロスはニュージーランドの社交界でも最上層の裕福な地主の家庭出身だった。年齢は十三歳と数ヶ月、ふたりはいとこで、第五学級に属していた。優雅でそつのない身なりのドニファンは、反論の余地なくだれもが認める最も秀でた生徒であった。頭がよく、勤勉で、学ぶことと同様に仲間より秀でていたいとの気持ちから、成績が決して下がることがなかった。どこか貴族的な尊大さから「ドニファン卿」というあだ名を頂戴していた彼は、威圧的な性格でどこにいても人に命令を下さなければ気が済まないのだった。ブリアンとドニファンの間には数年前に遡る一種のライバル意識があり、このような状況でブリアンが仲間たちに影響力を持つようになってから一層それは強まっていた。クロスは普通の少年だったが、従弟のドニファンの考えや行為、その言葉には、いつも心酔していた。

バクスターも同じ学年だ。十三歳で、いつも落ち着き、思慮深く真面目で、手先が極めて器用である。それほど裕福ではない商人の息子だった。

ウェッブとウィルコックスは十二歳半で、第四学級。ふたりとも学力は中くらい、気が強く喧嘩っぱやい。彼らはいつも「つかいっぱしり」について何かとうるさいのが特徴だ。共に裕福な家庭の出で、父親はこの国の行政官の中でも要職についていた。

ガーネットとサービスは第三学級で、十二歳。ひとりは引退した商船の船長の息子、もうひとりは北岸の、ワイテマラ港の近くに住む裕福な入植者の息子だ。ふたりの家族はとても親しかったので、その結果ガーネットとサービスはいつも一緒だった。ふたりとも気だてのよい少年だったが特に勤勉というわけではなく、規律に縛られた世界からもっと自由な世界へ出るチャンスを手に入れたら、すぐに素っ飛んでいくタイプである。ガーネットは船長の息子にふさわしく、英国の水夫たちにも愛されるアコーディオンの演奏に情熱を注いでいた。空いた時間に演奏しようと、スラウギ号にも愛用の楽器を持ち込んでいた。サービスときたら間違いなく仲間たちの中でも最も陽気でそそっかしい少年だ。チェアマン寄宿学校一のおどけ者で、いつも冒険を夢見ており、「ロビンソン・クルーソー」と「スイスのロビンソン」の熱心な読者だった。

次に、九歳のふたりの少年を紹介しよう。ひとりめのジェンキンスは科学協会「ニュージーランド王立協会」の会長の息子、もうひとりのアイバーソンはセントポールのメトロポリタン教会の神父の息子である。第三学級と第二学級。ふたりともこの寄宿学校の中でも優等生だ。

それから、八歳半のドールと、八歳のコースター。ふたりとも父親は、オークランド、マヌカウ港から六マイル先の、オウチュンガという小さな町に駐屯している英国・ニュージーランド軍将校。ふたりともまだ小さなこどもで第一学級。ドールは強情っぱり、コースターは食いしん坊である。学年の中で特に目立つというほどではなかったが、読み書きができるので自分たちはけっこう勉強ができるのではないかと思っている。この年齢では大して自慢にするほどのことでもないのだが。

一見すると、これらのこどもたちはみんなニュージーランドに長く住む名誉ある家庭の出身のようである。

ここで、スクーナーに乗り合っている他の三人、アメリカ人とふたりのフランス人の少年たちについて触れよう。

アメリカ人はゴードン、年齢は十四歳。体つきや風貌にはすでに「ヤンキー」に独特のある種の荒っぽさが見える。少し不器用でもっさりした感じだが、第五学級の生徒の中では明らかに最も落ち着いた雰囲気の少年だった。仲間のドニファンのような聡明さがなかったとしても、公正な精神と実用的なものの考え方は、これまでにも何度か証明されてきた。真面目な気質で、ものごとを観察し、冷静に判断する。細かなことにも几帳面に取り組み、物事を頭の中で捉えるときもまるで机の上のものを分類し、札をつけ、特別な帳簿に記入するように思考する。仲間たちは彼を評価し、その資質を理解し、英国人ではないにしろ、好意的に受け入れられていた。ゴードンはボストン生まれだったが、父にも母にも死別していた。身寄りといえば後見人しかなく、その後見人は元領事代理で、財を築いたあとニュージーランドへ移住し、何年か前からマウント・セント・ジョンの村のそばにある山に囲まれた美しい山荘に住んでいた。

若いふたりのフランス人、ブリアンとジャックの父親は優れた技術者で、イカ・ア・マーウイの真ん中にある沼地の干拓という大事業の監督をするため、二年半前にやってきた。

兄のブリアンは十三歳。非常に頭がいいのだが勤勉ではなく、第五学級の中ではしばしば最下位を頂戴していた。けれどもやる気を出したときは、その吸収力と目覚ましい記憶力のおかげでたちまち最上位に登りつめ、それがドニファンのやっかみの種になるのだった。ブリアンと彼はチェアマン寄宿学校では決して仲良くすることはできなかったが、その影響はスラウギ号甲板でのいざこざにも見て取れた。ブリアンは大胆で活動的、身体を使うことに長《た》け、当意即妙の才があり、さらには面倒見もよく気だてのいい少年で、ドニファンのような尊大さが微塵もない。むしろ、少しだらしなくて行儀が悪い。ひとことでいえば極めてフランス人的、そしてそれだけでも英国人である仲間たちとは大きく異なっているのだった。それに、彼はしばしば、上級生にいじめられている最も弱い者たちを守った。彼自身、「つかいっぱしり」を誰かにやらせることは決してなかった。そこから諍《いさか》いや喧嘩、争いが生じることもあったが、ブリアンはその力強さと勇気でほとんどいつも勝利を収めるのだった。彼はみなからも好かれ、スラウギ号の行方に関しても、少数の例外を除き、仲間たちはためらうことなく彼の指示に従った。彼がヨーロッパからニュージーランドまで航海した際に、航海についてのいくらかの知識を得ていることをみな知っていたためでもある。

弟のジャックは、第三学級の中でいちばんのいたずら者だった。チェアマン寄宿学校全体の中でいちばんのいたずら者でないとすれば、それはサービスがいるせいである。ジャックはいつもなにか新しいいたずらを考え、仲間たちにいたずらをしかける。そのためお仕置きを受けることもしょっちゅうだった。けれどもこれからわかるように、その性格はスラウギ号が港を出ていらいがらりと変わっていた。それがなぜなのか、誰にもわからなかったのだが。

太平洋のある島に、嵐によって漂着したのは、これらの少年たちだった。

ニュージーランド沿岸に沿っての数週間の旅のあいだに、スラウギ号の指揮は持ち主であるガーネットの父が執ることになっていた。オーストラリア周辺の南太平洋海域で、もっとも腕の確かなヨットマンである。このスクーナーはニューカレドニア沿岸や、トレス海峡からタスマニアの南端までのオーストラリア沿岸、また重量のある船舶が時に致命的な損傷を被るモルッカやフィリピン、セレベス諸島の海域をも旅してきたのだ。この帆船は頑丈に造られ、航海に適しており、悪天候の中でもみごとに耐える船だった。

乗組員は、船長と六人の水夫、料理人と見習い水夫の少年、モコとなるはずだった。モコは十二歳、彼の家族はニュージーランドの入植者に長いこと仕えていた。それから、美しい猟犬のファンも忘れてはならない。アメリカの犬種で、ゴードンの愛犬。いつも主人のそばを離れようとしない。

出発の日は二月十五日に定められた。それを待つあいだ、スラウギ号は港の中、商人埠頭の端に係留されていた。

十四日の夜、少年たちが乗船したとき、乗組員は船にいなかった。ガーネット船長は出帆の時まで乗船しないことになっていた。水夫たちが陸と別れる前、最後のウイスキーを一杯やりに外出しているあいだ、料理人と見習い水夫の少年だけがゴードンと仲間の少年たちを迎えた。少年たちがそれぞれの部屋に入って就寝したあと、料理人もまた港の酒場で乗組員たちに加わろうと考えた。そこで夜中の一時過ぎまでぐずぐずしていたのが、取り返しのつかない誤ちとなってしまった。見習い水夫の少年は眠気に負けて椅子に倒れ込んでしまっていた。

そこで何が起きたのか、おそらく誰も確証を得ることはできないだろう。確かなのは、不注意あるいは悪意によってヨットの係留綱がほどけていたことである。船の上では誰もそれを知らなかった。

漆黒の夜が港とハウラキ湾を覆っていた。陸地からの風は強さを増し、やがてスクーナーは引き潮に捉えられて大海へと流れていったのである。

見習い水夫が目を覚ましたとき、スラウギ号は通常の返し波とはまちがえようのない波浪に揺られていた。モコはすぐに甲板に上がった。船は漂流していた！

見習い水夫の叫び声に、ゴードン、ブリアン、ドニファンと何人かの少年たちが寝台から飛び起き、昇降口の上げ蓋から甲板に飛び出した。助けを呼ぶ声は虚しく響くばかりだ。町や港の灯りさえも見えない。スクーナーはすでに岸から三マイル離れた湾の中だった。

ブリアンの助言にモコも賛成し、少年たちはまず帆を張って、ジグザグに進みながら港に戻ろうと試みた。けれども帆が重すぎてきちんと張ることが出来ず、西風に捉えられて、結局ますます陸から遠くに流されてしまった。スラウギ号はコルヴィル岬を迂回し、グレートバリア島と本島を隔てる海峡を抜け、ニュージーランドから既に数マイル離れていた。

深刻な事態であることは明らかだった。ブリアンと仲間たちは、陸地からの助けを頼みにすることはできなかった。港の船舶が彼らを捜しに出たとしても、彼らを見つけるまでに数時間がかかるだろう。それも、この深い闇の只中でスクーナーを見つけることができたらの話だ。それに、朝が来たとしても、大海の中でこんなに小さな船をどうやって見つけよう？　この事態を自らの力で切り抜けようにも、こどもたちに何ができるだろう？　もし風向きが変わらなければ、陸地へ戻る望みは諦めるほかはない。

残されたのは、ニュージーランドの港へ向かう他の船に出会うかもしれないチャンスだ。僅かな可能性に一縷《いちる》の望みを託し、モコはマストの上に標識灯を掲げた。あとは朝を待つしかなかった。

小さい子たちはこの騒ぎにも目覚めることはなかったので、そのまま寝かせておくのがよいと思われた。彼らが怯えたら、船の中がますます混乱するだろう。

その間にもスラウギ号でまた風を捉えようといういくつかの試みがあった。けれどもそれらは失敗に終わり、船は東へ向けどんどん流されていった。

突然、二、三マイル先で灯りが見えた。白いマスト灯で、蒸気船の航行を知らせるものだった。やがて赤と緑の舷灯《げんとう》も見えた。両方の舷灯が同時に見えたということは即ち、この船がまっすぐこのヨットの方へ向かっているということだ。

少年たちがあげた助けを求める声はしかし、届かなかった。波の大音響と蒸気船の排気管から流れ出す蒸気のしゅうしゅういう音、大洋の中ますます激しくなる風の音にかき消されて、彼らの声は空に消えていったのだ。だがもし彼らの声が聞こえなかったとしても、当直水夫にスラウギ号の標識灯は見えやしないだろうか？　それが最後のチャンスだ。

不幸なことに縦揺れがきて帆綱がちぎれ、灯りは海に落ちて消えた。もはやスラウギ号の存在を教えるものは何も無かった。蒸気船はこの船に向かって時速十二マイルの速さで近づいている。

数秒後、蒸気船はヨットに接触した。もし横から追突されていたら、一瞬のうちにヨットは沈んでいただろう。けれども衝突したのは後部のみで、船体に直接衝突することはなく、船名を書いた板が剝がされるに留まった。

全体にみて衝撃は弱く、スラウギ号を迫り来る突風に煽られるにまかせて蒸気船はその航路を進んでいった。

しばしば、衝突した船の救助などおかまいなしという船長がいる。それは犯罪行為なのだが、たくさんの例がある。けれどもこの場合には、蒸気船の方ではこの軽いヨットとの衝突をまったく感じなかった可能性もある。なにしろヨットは闇に隠れて姿も見えなかったのだから。

そのまま風にもてあそばれ、少年たちは、あわやと覚悟するほかなかった。朝が来たとき、大洋には他に何も見えなかった。行き交う船も少ない太平洋のこの海域では、オーストラリア周辺からアメリカへ向かう船、あるいはアメリカからオーストラリア周辺へ向かう船は、もっと南あるいはもっと北の航路を取る。ヨットからは、他の船はただの一隻も見えなかった。

ふたたび夜が来た。前の晩よりも悪天候になった。突風はときどき和らぐことがあったが、風は常に西から吹き続けた。

この漂流がどれほど続くのか、ブリアンにも仲間たちにも見当がつかない。船をニュージーランドの水域に戻そうという試みもすべて失敗に終わった。船の航行を調整する手段、たとえば帆を張る力が、少年たちにはなかった。

その年齢を超えるような力を発揮してブリアンが仲間たちに影響力を持つようになったのはこの頃である。それにはドニファンも従うほかなかった。モコの助けを得てもヨットを西へ向けることはできなかったが、少なくともブリアンは、船をまともに航行できる状態に保つことが出来た。彼は骨身を惜しまず昼も夜も見張りを続け、救助を探して常に水平線を見つめ続けた。彼はまた、スラウギ号に何が起こったか記した紙を空き瓶に詰め、海に流した。僅かな望みかもしれなかったが、どんなチャンスも無駄にしたくなかったのだ。

第四章　見知らぬ島

海岸の最初の探検～ブリアンとゴードン、森を抜けて～洞穴を探すも見つけられず～物資の目録～食糧、武器、衣服、道具、本、楽器～島で最初の昼食

　ブリアンが前方マストの横木に上って観察したように、海岸にはひとの気配がなかった。スクーナーが砂に座礁してからかれこれ一時間、原住民の気配は見られなかった。岸壁の前に茂る灌木の下にも、上げ潮で水かさを増した河岸のあたりにも、家も、小屋も、簡単な掘建て小屋すらなかった。潮が運んだ海藻に縁取られた岸辺には、人の足跡もなかった。河口には漁の小舟もない。そして、南北ふたつの岬に挟まれた湾のぐるりを見渡しても、煙の一筋も見えなかった。

　最初、ブリアンとゴードンが考えたのは、森を突っ切って崖に辿り着き、もし可能であればそこをよじ登ってみるということだった。

「陸地に着いたんだ。それだけでたいしたもんじゃないか！」ゴードンは言った。「でもここはどんな土地なんだろう。誰も住んでいないようだけど」

「大事なのは、住めない土地ではないってことさ」とブリアン。「しばらくのあいだ、食糧も武器もある。でも安全なすみかがない。どこか見つけなくちゃ。少なくとも小さい子たちのた

めに。彼らのことが先決だ」

「そのとおりだ」ゴードンが頷いた。

「ぼくたちがどこにいるか見つけるのは、あとでも出来る。もしこれが大陸だったら、助けを求めるチャンスもあるだろう。もしこれが島だったら、無人島だったら……ええい、そのときはそのときだ。行こう、ゴードン。探検だ！」

二人はすぐに、木立の外れに辿り着いた。木立は崖と、河口から三、四百歩遡ったあたりの右岸の間に斜めに広がっていた。

この森には、人の通る道も、誰かが通った跡も一切なかった。老いて倒れた樹が横たわり、少年たちは落ち葉に膝まで埋もれながら歩いた。時折、鳥たちが驚いたように飛び立った。人を怖れることを知っているのをみると、もしこの場所に誰も住んでいなかったとしても、近隣の土地から原住民が時折やってくることもあり得た。

十分もするとふたりの少年は森を抜けた。崖が百八十フィートもの高さの壁のようにそそり立つあたりで、森はいっそう鬱蒼と茂っていた。岩盤の下部に、雨風よけになるようなくぼみがあれば最高だ。どんな悪天候でも樹々のカーテンで風から守られ、海からも離れた洞穴があれば、すばらしい避難所になるだろう。若き漂流者たちはそこに一時避難して、おいおいこの土地の内陸部を探検することもできる。

残念なことに、この岩盤は城の外壁のようにのっぺりとしていた。ゴードンとブリアンには、洞穴はおろか、足がかりにして崖を登れるような裂け目すらも見つけることができなかった。

内陸の様子を探るには、この崖をぐるりと廻っていかねばならないのだろう。この崖の配置は、ブリアンがスラウギ号の横木から観察していた通りである。

半時間ほど、二人の少年は岩盤の基部に沿って南へ向かって歩き、河の右岸に辿り着いた。河は東の方からくねくねと流れているのだった。こちら岸には鬱蒼と樹々が茂っているが、向こう岸には樹もなく真っ平らな土地が続き、南の地平線まで広大な沼地が広がっているように見えた。まるで違う国のようだ。

断崖のてっぺんまで登れたら数マイル先まで見晴るかすことができただろう。それが果たせなかったことに肩を落としながら、ブリアンとゴードンはスラウギ号へと戻った。

ドニファンと他の何人かは岩の上を行ったり来たりしていた。ジェンキンスとアイバーソン、ドールとコースターは、貝を集めて遊んでいた。年長の少年たちの問いに答えながら、ブリアンとゴードンは探検の結果を報告した。もっと遠くへ探検に行けるまでは、スクーナーを離れないほうがよさそうだ。船底を損傷し、左舷に大きく傾いていても、打ち上げられたこの場所で仮の宿になってくれるだろう。船員室の上、甲板の前部に穴があいていても、客室と後部船室は少なくとも突風を避けて安全にすごす場所を提供してくれる。厨房は暗礁での激しい衝撃にもびくともしなかった。これは小さなこどもたちにはとりわけ好い知らせだった。なにしろ食事のことは、みんなの心配の種だったから。

実のところ、少年たちが必要なものを船から浜辺へと運ぶはめにならなかったのは幸運だった。もしうまくいったとしても、どれほどの困難とどれほどの疲労に見舞われていたことだろう。そしてもしスラウギ号が最初の岩礁に留まっていたら、どうやって物資を救い出すことができただろうか。波がたちまち船を木っ端微塵にし、こどもたちが生き延びるために必要な食糧品や武器、弾丸、衣服、寝具、あらゆる類いの道具は漂流物となって波間に散らばっていただろう。そうなったらそれらを取り戻すことができただろうか？　幸運なことに、あの大きな波がスラウギ号を岩礁から外して運んでくれた。もしこの船がもう二度と航海できる状態ではなかったとしても、少なくとも中に住むことはできるだろう。この船はまず突風に、そして衝撃に耐えてくれた。そして砂浜に座礁し竜骨が深く砂に埋もれたいまとなっては、もう何もこの船を根こそぎにはできないだろう。太陽と雨に晒されるうちにやがて船は朽ち果て、外板は剝がれ、甲板はぱっくりと裂けるだろう。そのときには、船はもはや避難所の役目を果たさなくなるだろう。けれどもそのときまでに若き漂流者たちはどこかの町や村を見つけるかもしれない。もしも嵐が彼らを運んだこの土地が無人島であったなら、沿岸の岩に洞穴を見つけることもあるだろう。

つまり、しばらくはこのままスラウギ号を仮の宿とするのが最善策なのだ。その日のうちにそれは実行となった。傾いた側の船縁《ふなべり》から降ろした縄梯子を伝って、年長者も年下のこどもたちも甲板から地面へと上り下りができる。料理の心得のあるモコは、煮炊きの好きなサービスに手伝ってもらい、食事のしたくに取りかかった。誰もがお腹いっぱい食べ、ジェンキンスやアイバーソン、ドールとコースターたちも我を忘れてはしゃいだ。ただひとり、いつもならサービスと学校一の道化者の座を争うジャックだけが、ひとり離れて黙っていた。いつものふるまいや性格とのあまりの違いはみなを驚かせたが、ジャックは貝のように口をつぐみ、そのことについて仲間たちに尋ねられてもはぐらかすのだった。

嵐と危機の中で幾日も幾晩も過ごした疲れで、すぐにみな眠くてたまらなくなった。小さな子たちはヨットの船室に引き上げ、年長者もそれに従った。けれどもブリアンとゴードン、ドニファンは交代で起きて見張りに立った。野生の動物が出てきやしないか、あるいはもっと恐ろしい原住民の襲撃に遭いやしないか？　けれども何も現れず、夜は穏やかに過ぎていった。太陽が再び姿を現したとき、神への感謝の祈りを捧げたあと、少年たちは差し迫って必要な仕事にとりかかった。

まず、ヨットに積んである食糧、そして武器や道具、器具、衣服や工具のリストを作る必要がある。この海岸が無人であるらしいことを考えると、食糧の問題は最も深刻だった。食糧調達は漁と狩りに頼るしかないだろう。狩りといっても野禽類がいれば、の話だが。ドニファンは優れた狩りの腕を持っているが、いまのところまだ岩礁や岩の上の鳥しか見ていない。海鳥を食べなければならないとしたら、みじめなことだ。スクーナーに搭載した食糧がどれだけもつか調べ、注意深く按配していく必要がある。

調べてみると、ビスケットは沢山あることがわかった。けれどもそれ以外、たとえばジャム、ハム、肉のビスケット（これは上質の小麦粉と細かく叩いた豚肉、香辛料で出来ている）、それにコーンビーフやその他各種肉の塩漬け、さまざまな煮込みの瓶詰めなどは、どんなにけちけち使っても二ヶ月と持たないだろう。今後、この沿岸の港あるいは内陸部の町を探すために遠征することもあり得る。その場合に備えて食糧を配分するためには、当面はまず、この土地で獲れるものに頼るべきだろう。

「この食糧品がだめになっていなければ、だよね?」とバクスター。「座礁したとき、海水が入っていたら……」

「傷がついてるように見えるのを開けて、試してみればいい」ゴードンが答えた。「中味に火を通せば、食べられるかもしれない」

「やってみます」モコが答える。

「早く作業にとりかかったほうがいいよ」とブリアン。「最初の一、二日は、スラウギ号の食糧品でしのぐしかないんだからね」

「どうして今日からはじめないのさ?」ウィルコックスが言う。「湾の北にある岩に行って、食べられそうな卵を採ってくればいいじゃないか」

「そうだ! そうだ!」ドールとコースターも叫ぶ。

「それに漁だってはじめられる」と、ウェッブ。「船には糸があるし、海には魚がいるだろう? 釣りに行きたいひとは?」

「ぼく! ぼく!」小さいこどもたちが叫ぶ。

「わかった、わかった」とブリアン。「でもこれは遊びじゃないんだよ。まじめな漁師にしか糸をあげないぞ」

「安心して、ブリアン!」とアイバーソン。「ぼくたち、仕事だと思って本気でやるから!」

「よろしい、でもまずぼくらのヨットに何が載っているか調べないと」とゴードン。「食べもののことだけ心配するわけにもいかないしね」

「でも、朝ごはんには貝を集めればいいじゃないか」とサービス。

「よし！」とゴードン。「ちびさんたち、三人か四人の組になるんだ。モコ、付き添ってくれるかい」

「はい、ゴードンさん」

「しっかり監督してくれよ」とブリアン。

「もちろんです」

この見習い水夫の少年は頼りがいがあり、器用で、勇気があり、若い漂流者たちの大きな支えとなっていた。彼は特にブリアンに絶大なる信頼を寄せていたし、ブリアンのほうではまた、モコに友情を感じていることを隠そうとはしなかった。英国人の仲間たちはおそらく、それを快く思ってはいなかったが。

「さあ、行くぞ！」とジェンキンス。

「ジャック、みんなと一緒に行かないのかい？」弟を気遣い、ブリアンが言う。

ジャックは首を横に振るばかりだ。

ジェンキンス、ドール、コースターとアイバーソンは、モコに付き添われて出かけ、遠浅になった海岸を歩いていった。岩の隙間に巻貝やハマグリ、もしかしたら牡蠣《かき》も見つかるかもしれない。火を通しても生でも素晴らしい早めの昼食となるだろう。こどもたちは飛び跳ねながら進んでいった。この遠足は必要に迫られたものというより遊びに思っているに違いなかった。彼らの年頃ではしかたないだろう。切り抜けてきたばかりの困難も、この先待っているかもしれない危険も、いま彼らの目には映っていなかった。

小さい子たちが行ってしまうと、年長の少年たちはヨットの中を調べはじめた。片方ではドニファン、クロス、ウィルコックスとウェッブが、船内に装備された武器と弾薬、衣服、寝具、工具や道具類を調べた。もう一方ではブリアンとガーネット、バクスターとサービスが、船倉の奥、十から四十ガロンの様々な大きさの樽に入っていた各種飲料、ワイン、エール、ブランデー、ウイスキー、ジンなどの飲みものを調べた。それぞれの品の量がわかると、ゴードンがそれをノートに書き留める。このノートには他に、スクーナーの船荷や整備関連のことも書かれていた。秩序だてるのが好きで現実的なこのアメリカ人の少年は、生まれついての会計士と言ってもよく、既に物資のおおかたの状態は把握していて、あとはそれを確認すればいいだけらしかった。

まず記すべきは、予備の帆やロープ、ケーブル、大索《おおなわ》など、あらゆる種類の操帆具がそっくり一式揃っていたことである。もしもヨットがまた航行可能な状態になったら、再装備するのに充分すぎるほどだ。けれど、この上質の帆や新品の綱はもはや船の装備に使われることはあるまい。むしろ他に住居を構えることになったとき、これらは有用となるだろう。釣り具、たも、深海用の網や地引き網も目録の仲間入りをした。この辺りでは魚が豊富であれば、これは貴重な道具となる。

武器の部では、以下の品々がゴードンの目録に記された。

猟銃八丁、長距離用の鴨猟銃一丁、ピストル一ダース。弾薬は、銃尾充填式の薬莢《やっきょう》が三百、各二十五リーブル（十二・五キロ）樽に詰まった弾薬が二樽、かなり大量の鉛弾、小型銃弾とピストル用弾丸があった。ニュージーランド沿岸ではスラウギ号寄港時に使うためのものであったこれらの弾薬が、ここではみんなが生きていくための道具として役に立つに違いない。船倉には他に、夜間に連絡を取るための信号弾がいくらか、それに三十個前後の薬包と砲弾、小型の大砲もあった。原住民の襲撃にやむなく使用する、などという日が来なければよいのだが。

洗面用具や調理器具については、たとえこの土地で暮らさねばならない日々が長くなったとしても、少年たちの必要を満たすに充分な備品があった。スラウギ号が岩礁に乗り上げた衝撃で食器に割れ欠けがあったものの、食事やその支度には充分な量が残っていた。それに、食器は絶対に必要な品ではないのだ。それよりも、気温の変化にあわせて取り替えられるよう、フランネルの衣服、木綿や麻のシーツがたっぷりあることのほうが肝要だ。オークランドを出てからずっと西からの風に流されてきたから、この土地はニュージーランドと同じような緯度という可能性がある。もしそうだったら、夏はずいぶん暑くなるだろうし、冬はかなりの寒さになるだろう。幸い、船にはたっぷり衣類が積んであった。海では重ね着が必要なことも多いから、数週間分の遠征にも耐えうるほどの衣類が積んであった。その上、乗組員の衣服箱には、ズボンやウールの上着、防水加工した外套、少年たちの身体の大きさに合わせて大きさが調節しやすい厚めのセーター類など、厳しい冬をしのぐため役立ちそうな衣類が豊富に詰まっていた。寝台にはマットにシーツ、枕に毛布が完備されていたから、もっと安定した住居を求めてスクーナーを離れることになったら、それぞれに寝具一式を持っていけばいい。そしてきちんと手入れをすれば、これらの品々は長いこと役に立ってくれるだろう。

船の備品目録にゴードンが書き込んだ品々は、こんな具合だった。アネロイド気圧計二つ、アルコール温度計ひとつ、航海時計二つ、霧の中や長距離の連絡に便利なトランペット型の銅製拡声器数個、短距離用と遠距離用の望遠鏡三つ、羅針盤がひとつに小型羅針盤二つ、嵐の到来を知らせるストームグラス、そして旗がいくつか。航海に使う各種の旗はもちろんのこと、英国旗もいくつかあった。それからハルケット式ボートという、ゴム引き防水布で出来た小さなボートもあった。鞄のように折りたたみができるタイプのボートで、小川や湖を渡るには充分に役立つものだ。

工具についてては釘の入った袋、ねじ、ビス、ヨットのちょっとした修理に必要なあらゆる種類の金具類など、大工道具箱に一揃い納められていた。また、ボタンや針と糸も充分にあった。頻繁につくろいものをする必要があるだろうと、少年たちの母親が用意してくれたものだ。火種についての心配も無用だろう。マッチもたっぷりあったし、多量の火打石と導火線があるので長いこと心配はないはずだ。

船には細かな地形まで記した地図もいくつかあったが、これはニュージーランド沿岸のものばかりで、この見知らぬ土地では無用のものだった。幸いゴードンが世界地図を一枚持っていた。旧世界と新世界を網羅するもので、この類いの地図では最も評判の高いスティーラー地図である。それから、船内の図書室には英語とフランス語の本、特に航海や科学についての書籍が納められていた。かつてカモンイスという詩人がその作品、『ウス・ルジーアダス』を守ったように、サービスはもちろんロビンソンの冒険物語二作をしっかり守ったことだろう。一方ガーネットは、大切なアコーディオンが座礁の衝撃で壊れないようがっちり守っていた。読むものに加えて、書くための道具も揃っている。羽根ペン、クレヨン、インク、紙、それにこの年、一八六〇年の暦も。これはバクスターが係となって、過ぎ去った日に一日ずつ印をつけることにした。

「三月十日に、ぼくたちのスラウギ号が海岸に投げ出された。だから三月十日に印をつけるね。それから、今年のそれまでの日も」

さらに船の金庫には金貨五百リーブル（フランスで一七九五年まで使われていた旧い通貨）があった。このお金も、もしも少年たちがどこかの港に辿り着けたら、あるいは家に戻る日が来たら、役に立つだろうか。

ゴードンは船倉に積まれた様々な樽の目録を忙しく作り続けていた。ジンやエール、ワインの入っていた樽はいくつか岩礁に乗り上げたときに底が抜けており、中身は縁から漏れていた。失くしたものはしかたがないが、残ったものはきちんと管理していくしかあるまい。

スクーナーの船倉にはまだ、赤ワインとシェリー酒が百ガロン、ジンとブランデー、ウイスキーが百五十ガロン、そしてエールが四十樽あった。一ガロンは約四リットル半である。加えて様々な類いのリキュールの瓶も三十ほどある。藁に包まれていたので壊れるのを免れた。

スラウギ号の遭難生存者である十五人の少年たちは、物質的な部分では、少なくともしばらくのあいだ大丈夫と言えそうだ。あとは、持てる糧を長持ちさせるためにこの土地で食べるものを確保できるかどうか。実のところ、彼らが嵐によって打ち寄せられたこの土地が島であった場合、この海域にやってきた他の船に彼らがなんとか合図できれば別だが、そうでなければここを脱出する望みはほとんど皆無だろう。土台のところでひび割れてしまった肋材を修復し、外皮板を張り直してヨットを修理するとなると、少年たちの持てる力を超えた力が必要だし、少年たちには手に入らない道具も必要になってくる。古い船の残骸から新しい船を造るなど夢見ることもできなかった。それに、航海術を習ったこともないのに、どうやって太平洋を渡ってニュージーランドへ戻れるだろうか？　スクーナー備え付けの大型ボートがあったなら、そしてこの島からほど遠くないどこかに大陸あるいは別の島があるなら、渡ることも不可能ではなかったかもしれない。けれども大型ボートは二艘とも波に運ばれて消えてしまった。もはや小型ボートしかないし、小型ボートではせいぜい、沿岸を廻るのが精一杯だ。

昼近く、モコに付き添われた年少の少年たちがスラウギ号に戻ってきた。みんなのために役立つよう、まじめに働いてきたのだ。彼らが持ち帰った貝類をモコがさっそく料理にかかった。モコの報告によれば崖の高みにある岩のくぼみにたくさんの食用になる岩鳩がいるというから、卵もたくさんありそうだ。

「それはいいね」とブリアン。「近いうち、朝にでも卵狩りに行こう。きっと沢山獲れるぞ」

「間違いないです」モコが答える。「三、四発の銃弾で鳩だって一ダースくらいしとめられるでしょう。ロープの端を身体に巻きつけて上から降りれば、難なく巣に近づけると思います」

「決まりだ」とゴードンが言った。「ではドニファン、明日にでも狩りに出てくれるかい？」

「望むところさ！　ウェッブ、クロス、ウィルコックス、一緒に来るかい？」

「もちろん！」三人の少年は、何千もの鳥に弾を撃ち込めることにわくわくしながら答えた。

「でも、あまりたくさんの鳩を殺してはいけないよ」とブリアン。「必要になったときどこに鳩がいるか、もうわかっているのだし。何よりも今は、鉛弾頭と火薬を無駄にしないのが一番大切だから」

「わかってるさ！」とドニファン。忠告されることが、そしてとりわけそれがブリアンから来た場合は尚更、我慢ならないのだ。「まだ最初の一発だって発してないのに、忠告だけでも聞かなきゃいけないのか」

一時間後、モコが昼食の用意ができたと告げた。みんな急いでスクーナーに上がり、食堂で席につく。船そのものが傾いているからテーブルも左舷に大きく傾いているけれど、船の横揺れにすっかり慣れた少年たちにとってはなんでもなかった。貝類、とりわけ牡蠣は最高との評判だった。とはいえ、味つけについては今後に期待したい、という評価がもっぱらだったけれど。だがこの年頃では、食欲が一番の薬味だった。ビスケット、おいしいコーンビーフ、それに塩水が混じらないよう干潮のときに河口から汲んできた新鮮な水（これにはほんの数滴ブランデーを落とした）。これですっかり、満足な食事だった。

午後は船倉での様々な片付けと、目録に記した品々の整理に費やされた。そのあいだ、ジェンキンスと年若い少年たちは様々な種類の魚が沢山いる河口での魚釣りに取り組んでいた。夕食の後は、朝まで見張り役のバクスターとウィルコックスを除き、みんな早く床に就いた。

太平洋のこの土地での最初の一日は、こんなふうに過ぎていった。

第五章　探検隊出発

島か大陸か?～遠征～ブリアンひとり旅立つ～海の動物～ペンギンの群れ～昼食～岬のてっぺん～沖の三つの島嶼～水平線の青い線～スラウギ号への帰還

島なのか、大陸なのか?　それはいつもブリアン、ゴードン、ドニファンの心を占めていた疑問だった。その性格と利発さから、この三人は自然にみんなのリーダー格になっていた。年少の子たちがいま目の前にあることだけに夢中になっているあいだも、彼らは将来のことを考え、このことについてよく話し合った。いずれにせよ、この土地が島だろうが大陸だろうが、熱帯地方ではないことは確かだ。ブナ、柏、白樺、ハンノキ、松、さまざまな種類の樅《もみ》の仲間、フトモモ科の樹々、ユキノシタなど、太平洋でも赤道に近いところには分布していない樹々や草花が見られることからも、それは明らかだった。むしろ、ニュージーランドよりも緯度が高く、より南極に近いのかもしれない。つまり、冬はかなり厳しくなるかもしれないのだ。崖の下に広がる森では、すでにふかぶかとした落ち葉の絨毯が地を覆っている。季節が巡っても裸になることのない松と樅の類いだけが、いつまでも枝に葉を茂らせていた。

「だからこそ」とゴードン。「スラウギ号が浜に座礁した翌日、この海岸に腰を落ち着けないほうが懸命だって思ったんだ」

「ぼくもそう思っていた」ドニファンが答える。「天候の悪くなる季節をこのまま待っていたら、住めそうな場所を探すのが遅くなりすぎてしまう。何百マイルも歩かなければならないかもしれないからね！」

「少しの辛抱だ」とブリアン。「まだ三月の半ばなんだよ！」

「だから、いい空模様が続くのは四月の終わりまでだろう」ドニファンがやりかえす。「六週間あればかなりの距離を歩けるよ」

「道があればの話だ」とブリアン。

「ないって保証もないだろう」

「おそらくね」とゴードン。「でももし道があったとして、それはどこに続いているんだろう？」

「ぼくに判るのはただひとつ」とドニファン。「寒さと雨の季節が来る前にスクーナーを離れないのは馬鹿げているってことだ。そのための一歩一歩が難しいってことばかり言ってるわけにはいかないんだよ」

「見知らぬ土地をやみくもに旅するなんて馬鹿げた真似をするより、前途の難しさを見つめるほうがよっぽどいいだろう」とブリアンが言う。

「自分とは違う意見はすべて馬鹿げてるなんて、ずいぶんお安い考えだな！」鋭い調子でドニファンが返した。

ドニファンの答えが更にブリアンの応酬を呼んで、またもや言い争いかけんかになりそうな雲行きになったとき、ゴードンが間に入った。

「言い争ったって何にもならないだろう。この事態を切り抜けるためには、お互いの言い分に耳を傾けることからはじめよう。もしもこの近辺に人が住む土地があるのなら、一刻も早くそこに辿り着いたほうがいいというドニファンの意見は正しい。でもそれは出来るのか？　というのがブリアンの言い分だ。そしてその問いだって間違ってはいない」

「だけど、ゴードン！」とドニファン。「北に行っても、南に行っても、東に行っても、いずれ辿り着くだろう」

「もしここが大陸だったらそうだろう」とブリアン。「でもここが島で、もし無人島だったらそうはいかない」

「だからこそ」とゴードン。「ここがどんな土地なのか見つけ出すべきだ。東に海があるのかどうか確かめる前にスラウギ号を見捨てるのは……」

「へん、その前に船がおれらを見捨てるだろうさ！」ドニファンが叫んだ。「悪天候の時期が来たら、この海岸で嵐に持ちこたえることなんかできやしないだろう！」

「ぼくもそう思う」ゴードンが答えた。「けれども、内陸への冒険の前に、どこに向かうのかまず知っておかなきゃ」

もっともなゴードンの言葉に、ドニファンも従うほかなかった。

「ぼくが偵察に行くよ」とブリアン。

「おれが行く」とドニファン。

「みんなその気持ちはあるだろう。でも、長く疲れる遠征になるかもしれないから、小さい子たちを連れて行くわけにはいかない。ぼくたちのうち二人か三人が行けばいい」

「山があれば、頂上からこの土地を見渡すことができるのにね」とブリアン。「残念ながらぼくたちは低地にいる。いまのところまだ、見渡す限りひとつも山を見ていない。浜の後ろにあるあの崖以外、高いところはなさそうだ。あそこの上からなら、ぼくたちが河口にいるあの川が通ってくる土地が森なのか、草原なのか、あるいは沼地なのかわかるだろう」

「ブリアンとぼくが洞穴を探して見つからなかったあの崖、あの向こう側に回ろうとする前に、この土地がどうなっているのか見渡すことができたら役に立つだろうね」とゴードンも言う。

「そうだ、湾から北を目指したらどうだろう?」とブリアン。「端の岬に登ってみたら、遠くまで見えるんじゃないか」

「まさにぼくもそのことを考えていた」ゴードンが答える。「そう、岬だ！　高さも二百五十から三百フィートはあるだろうから、崖の向こう側も見えるはずだ」

「ぼくが行ってみるよ」ブリアンは言った。

「そんなことして何になるんだか」とドニファン。「高いところから何が見えるっていうんだい?」

「そこに何があるか見えるだろうよ！」ブリアンが答えた。

湾の一番端には岩山がそびえている。海に向かった側面は切立っているが、反対側は崖につながっているように見えた。スラウギ号からこの岬まで、浜辺に沿ってぐるりと歩けば七、八マイル。アメリカ人のいう「蜂のようにまっすぐ」な直線距離では五マイルちょっとといったところだ。この岬の高さを海抜三百フィートとするゴードンの見積もりはおおむね当たっているだろう。

いずれにせよ岬の頂からなら、この海岸が北に向かってずっと続いているのか、あるいは岬の向こうは海なのかもはっきりするだろう。それを見極めるには、湾の端まで行って岬を登ってみるほかない。少しでも東に視界が開けていれば、数マイル向こう側に何があるのかもわかるだろう。

そこで、この探検をやってみよう、ということになった。たいした役に立たないだろうというのがドニファンの意見だったが、だからといって素晴らしい結果が出ないと決まったものでもない。

同時に、スラウギ号が座礁したのが島か大陸かはっきりするまでは船を離れないことも決まった。もし大陸であれば、南米大陸のはずだ。

けれどもそれから五日間は探検に出ることはできなかった。霧が出て来て、時には霧雨も降った。風が霧を払ってくれない限り、霧が地表にたちこめていては探検も無意味となってしまう。

その数日間も無駄ではなかった。少年たちはこの間にも、さまざまな作業をこなした。ブリアンは年少のこどもたちの面倒をずっと見ていた。父親のように彼らを見守るのが、この少年の持って生まれた性質のようでもあった。ブリアンが絶えず面倒を見ていたおかげで、こどもたちはこの状況が許す限り、こざっぱりと身だしなみもととのっていた。気温が下がってきたので、船員の衣服箱に入っていたものを調整して温かい服を着る必要があったのである。この針仕事には、針よりも鋏が大活躍だった。万能見習い水夫の面目躍如、繕いものも得意なモコはその器用さを存分に発揮した。おかげでコースターとドール、ジェンキンス、アイバーソンは、幅はずいぶんたっぷりしているものの、袖と足筒は切って身体に合わせたズボンと上着を優雅に着こなした。細かいことはどうでもよかった。着替えも必要だということで、残りの衣服にも同じ処理をほどこした。

それに、小さい子たちにもたっぷり仕事はあった。ガーネットとバクスターに連れられて、貝を採りにいったり、河口で釣りをしたり。彼らにとっては遊びのように楽しいものだったが、その成果はみんなのお腹も満たすものだった。楽しい作業に夢中になって、彼らはこの状況について考え悩むこともなかったし、その重大さもまだ理解できていないようだった。年長の少年たちが感じていたように、家族のことを思い出し悲しくなった日もあったろう。けれども家族ともう二度と会えないかもしれないという考えは、こどもたちの頭には浮かぶはずもなかった。

ゴードンとブリアンはほとんどスラウギ号を離れず、この船の補修に努めた。サービスはしばしばふたりと一緒に船に残り、いつも明るくふたりを手伝っていた。彼はブリアンが大好きで、ドニファンといつも一緒にいる仲間たちに交じることはなかった。ブリアンもまた、サービスに優しい愛情を注いでいた。

「けっこう、結構！」というのがサービスの口癖だった。「親切な大波がスラウギ号をちょう

どいい具合に浜辺に運んでくれたんだ。それも無傷で！　ロビンソン・クルーソーだってスイスのロビンソンだって、空想の島でこんな幸運には恵まれなかったんだぞ！」

ジャックは兄のために船の上のさまざまな作業を手伝っていたが、何か聞かれてもほとんど答えず、誰かと目が合うと急いで目を逸らしていた。

ブリアンは弟のこの態度をとても心配していた。三つ歳上の兄として、ブリアンはジャックにいつも大きな影響力をもっていた。スクーナーが港を出てからというもの、ジャックは悔恨に苛まれた少年のようだった。何か咎められるようなひどい過ちがあったのだろうか？　確かなのは、これまでに二度以上、泣いていたように真っ赤に目を腫らしていたことだ。

ブリアンはジャックの健康をも案じるようになっていた。弟が病気になったのであれば、どんな薬を与えたらよいのだろう？　心配のあまり何に悩んでいるのか尋ねても、弟はこう繰り返すだけだった。

「いや、なんでもない！　なにもないよ！」

それ以上を引き出すのは無理だった。

三月十一日から十五日のあいだ、ドニファンとウィルコックス、ウェッブとクロスは岩に巣をつくった鳥たちの狩りをした。四人はいつも一緒で、明らかにみんなと離れて行動したがっていた。ゴードンはそんな彼らの様子に少なからず懸念を抱いていた。機会を見つけては彼らのひとりひとりと話して、みんなの団結が重要なことを言い聞かせた。けれどもとりわけドニファンはそういった話にあまりに冷たく返すので、ゴードンはそれ以上言っても効果はないと判断するようになった。それでも彼は、分裂の種を絶やすのをあきらめなかった。諍いが起こったら、ひどいことになるかもしれない。一方、予測のつかない出来事によって、助言では達成できなかった和解が可能になるかもしれない。

湾の端へ向かう探検を延期せざるを得なかった霧の数日間、狩りは大猟だった。ドニファンは狩りを好むだけでなく、銃の扱いにも長けていた。自分の腕に誇りを持つ（少々持ちすぎの感もあったが）彼は、罠や網、くくり罠などウィルコックスが好む他のタイプの猟を軽蔑していた。少年たちのいる状況では、彼よりもこの少年のほうがより役に立ったかもしれなかったのだが。ウェッブも銃の扱いはまあまあだったが、自分がドニファンと張り合えるなどと夢にも思っていなかった。クロスは狩りには才能がなく、もっぱらいとこの卓越した才能を褒めそやす役割に回っていた。犬のファンはこの狩りでは大活躍で、岩礁のほうに獲物が落ちたときも勇敢に波間に飛び込み取りに行くのだった。

若き狩人たちがしとめた獲物の中には、沢山の水鳥もいた。カモメ、ユリカモメ、ウ、カイツブリなどの水鳥は、モコにも料理することができなかった。だが沢山いる岩鳩のほか、雁や鴨もいて、その肉にはみんなとても喜んだ。雁は顔白雁《かおじろがん》で、鉄砲の音に驚いて一斉に羽ばたき逃げた方向からすると、内陸部に住んでいるようだった。

ドニファンはまた、「牡蠣獲り」と呼ばれるミヤコドリも何羽か仕留めた。カサガイ、アサリやハマグリなどの二枚貝、牡蠣などを好んで食べる海鳥だ。つまり、選択肢はいろいろあった。けれどもこれらの海鳥には独特の脂臭さがあって、それをなくすためにモコがどんなに工夫をこらしても、みんなを満足させる味にするのは難しいのだ。とはいえ、先見の明のあるゴードンがしょっちゅう言っているように、選り好みをしている場合ではない。船の保存食は節約しなければならない。ふんだんにあるビスケットだけが例外だった。

それゆえにまた、岬への探検が待ち遠しかった。岬への登頂によって、この土地が大陸なのか島なのかという重要な疑問にも答えが出るのだから。未来はこの答えにかかっている。この答え次第で、この土地での暮らしが一時的なものなのか、「これからずっと」続くのかが決まるのだ。

三月十五日。この探検が実行できそうな空模様になってきた。数日のあいだ地表に留まっていた厚い霧は、夜のうちにきれいさっぱり取り払われていた。風が数時間のうちに霧を吹き飛ばしたのだ。強い太陽の光が、崖の稜線を黄金に彩っている。おそらく午後には斜めに射す陽光に照らされて、東の果てでも見晴るかすことができるだろう。そこに水平線が広がっているなら、この土地は島なのだ。もしそうだったら、この海域にたまたま通りかかる船に発見してもらう以外に、助かる道はない。

湾の北岬へ登る探検を思いついたのはブリアンだった。ブリアンはこの探検にひとりで出かけようと考えていた。もちろん、ゴードンの同行なら喜んで応じただろう。けれどもみんなを見守る存在なしに探検に出るのは、あまりにも心配だった。

十五日の夜、気圧計が安定しているのを確認して、ブリアンはゴードンに、翌朝未明に出かけることを告げた。往復十マイルから十二マイルの距離は、疲れを知らない元気な少年にとってはなんでもない。一日あればこの探検を成し遂げるのに充分だろう。ゴードンも、ブリアンが夜までに戻ると確信していた。

ブリアンはこうして、他の少年たちが気付かぬうち、未明に出発した。武器は、棒と拳銃だけ。万が一、野生動物の攻撃に遭ったときのためだ。とはいえ、狩り部隊はこれまでのところ、野生動物の通った跡さえ見つけてはいなかった。

これらの武器に加えて、ブリアンは岬の突端で役に立つと思われる道具も携えていた。スラウギ号の望遠鏡だ。遠距離用のもので、明晰さも素晴らしい。それから、ベルトにぶら下げた鞄にはビスケットと塩漬け肉、そしてちょっぴりブランデーを加えた水を満たした水筒を入れた。昼食用、そしてもし何らかの事情でスクーナーに戻るのが遅れたら、夕食にするためだ。

ブリアンは軽快な歩調で、引き潮に取り残されたまだ濡れた海藻が縁取る浜辺に沿って歩き出した。一時間もすると、ドニファンと仲間たちが岩鳩を撃ちにきた一番遠くの地点を過ぎた。鳥たちは目下、ブリアンを怖れるようすはまるでなかった。ブリアンは、出来るだけ早くに岬に到達したいと考えていた。空は晴れて、霧もない。いまのうちだ。もしも午後になって東に靄が立ちこめたりしたら、この探検は無駄骨になる。

最初の一時間、ブリアンは道程の半分をかなりの速さで歩くことができた。もしなにも障害物がなければ、朝の八時前に岬に着けるように思えた。けれども崖と岩礁の間が狭まるにつれ、浜辺を歩くのが難しくなってきた。砂浜の部分が減って、かわりに岩場になってきた。河口付近の森と海の間に広がる柔らかで確かな足場のかわりに、ブリアンはつるつる滑る岩やぬるぬるした海藻の中を渡っていかなければならなかった。水溜りを迂回したり、足場の悪いぐらぐらする岩を越えるのはとても疲れる行程で、そのうえ悔しいことに二時間も遅れをとってしまった。

「満ち潮になる前に岬に到着しないと」ブリアンはひとりごちた。先の満ち潮で、浜のこのあたりはすっぽり水に覆われていた。ということは、次の満ち潮でも崖の真下まで水に沈むだろう。「取って返したり、どこか岩の上に避難したりってことになれば、岬に着くのが完全に遅れてしまう。だからどうしても、この浜が波に覆われる前にここを切り抜けないと！」

ブリアンは手足に感じはじめた疲れを振り切るようにして、先を急いだ。いくつもの場所で靴や靴下を脱ぎ、膝下までの水溜りをざぶざぶ越えた。岩場にまた戻ると、何度も滑って転びそうになりながら、巧みさと機敏さで切り抜けた。

海鳥たちは、この辺りに最も群れていた。鳩や牡蠣獲り《ミヤコドリ》や鴨たちでいっぱいだった。この地にはまた、オットセイも二、三頭、波の砕け散る岩棚の上で楽しそうに水を撥ねて遊んでいた。何を怖れている様子もなく、水の中に逃げる素振りもない。これら海の生きものが人間を怖がらないということは、何も怖がる理由がないからだ。少なくとも、何年ものあいだ彼らを獲る漁師がやってくるということがなかったのだろう。

さらに考えてみると、これらのオットセイが岸にいるということは、ニュージーランドよりもこの土地は南緯が高いということになる。つまり、スクーナーは太平洋を航海中、かなり南東にずれて進んでいたことになる。

ブリアンが岬のすぐ下に到達したとき、その推察は更に確かなものとなった。南極地方にいるペンギンがいたのだ。ペンギンたちは何百羽もの群れをなし、空を飛ぶよりも泳ぐのに適している小さな翼をパタパタさせながらよちよち歩きをしていた。油っぽい悪臭がするのでこの鳥は食用にはならない。

朝十時になっていた。ブリアンは最後の一マイルを行くのを前にしてへとへとに疲れ、空腹でもあったから、海抜三百フィートの岬を登る前に一休みするのが賢明と思えた。

ブリアンは、すでに岩礁まで押し寄せていた満ち潮を避けて、岩の上に腰掛けた。一時間遅れていたら、押し寄せる波に取り囲まれる危険なしには崖と波浪の間を通り抜けることはできなかっただろう。けれども、もうその心配はなかった。それに干潮がすべての水を沖へと引き戻す午後には、この場所を再び通ることができるだろう。

おいしい肉をひと齧り、そして水筒の水を数口。飢えと乾きを癒すにはそれで充分だった。一息ついて、疲れた身体も休めることができた。同時に、考える時間もあった。仲間たちから離れてひとり、ブリアンは冷静にこの状況について考えてみた。みんなが助かるために、自分にできることはなんでも力を尽くして最後までやる、と決めた。ドニファンや他数人の態度が分裂の一因となるのであれば、それは困ったことだ。仲間たちを危険に巻き込むような行動にはなんとしても毅然と立ち向かおう、ブリアンはそう決心した。それから弟ジャックのことを考えた。弟のことが、ひどく心配だった。ジャックは何かを隠しているようだった。おそらくは出発前に起こった、なにかの過ちを。ジャックから答えを導きだせるように、戻ったらもっと強く尋ねてみよう。

体力を取り戻すため休憩を一時間に延ばした後、ブリアンは鞄を再び背負い、最初の岩に取りついて登りはじめた。

湾の端にあるてっぺんの尖ったこの岬は、地理的には奇妙な形をしていた。遠くから見えたのと違って、岬は崖とは繋がっていなかった。岩の性質からしてまるで違う。崖の方はヨーロッパの英仏海峡に見られるような石灰岩の層だが、一方、岬は花崗岩で出来ている。深成火成岩の結晶と思われた。

それは近くでやっとわかる違いだった。ブリアンはまた、岬と崖の間の細い切り込みを発見した。その切り込みから北を覗くと、見渡す限り砂浜が続いていた。けれども二、三百フィートの高さの岬に登れば、ずっと遠くまで見通せるはずだ。それが肝要だ。

登るのはかなり難しかった。なにしろ、時にはブリアンがやっとその縁に届くくらいの大きな岩を、次から次へとよじ上らねばならないのだ。けれどもブリアンは登山家タイプの少年で、幼少のころから挑戦を好んでいたし、挑戦を通してずば抜けた勇気や順応性、敏捷さを培っていた。あわや死に結びついていたかもしれない瞬間も何度か切り抜けて、ブリアンはようやく岬の頂きに立った。

まず、ブリアンは望遠鏡を手に東を眺めた。

見渡す限り、平らな土地だった。最も高度の高いのは例の崖で、内陸部に向けて緩やかに傾斜している。ところどころ丘陵のように盛り上がっているが、大きく地形を変えるものではない。この一帯は豊かな森に覆われている。秋の気配に紅葉しはじめた樹々の葉に隠れて、何本かの小川が海岸に向かって流れている。見渡す限り、おそらく十二マイルほど先まで、そんな地形が続いている。こちら側に海があるようには見えなかった。大陸か島かを確かめるためには、東へもっと踏み込んだ遠征が必要だろう。

北に向かっては、浜がまっすぐに七、八マイル伸びている。もうひとつ、長く裾を引いた岬があり、裾の凹んだ部分は広大な砂漠を思わせる砂地になっていた。

南を見ると、湾の先端にある別の岬の向こうは岸が北東から南西に向かって伸びており、内側は沼地。北に広がる砂地と対照的だ。

ブリアンは望遠鏡を覗きながら周辺をぐるりと見渡した。ここは島なのか？　大陸なのか？わからない。いずれにせよ、もしも島ならばかなり広い面積の島だということ、それだけは確認できた。

次に、西を眺めた。ゆっくりと水平線に傾いていく太陽の強い光の下で大洋が広がっている。

突然ブリアンは、望遠鏡を目に当てて大洋の向こうに目をこらした。

「船だ、船が通る！」

きらきらと輝く水面の向こうに、小さな黒い点が三つあった。岸から四十マイルは先だろう。

ブリアンは興奮で頭がくらくらしていた。幻想を見ているのか？　それともあれは三艘の船か？

望遠鏡を目から放し、水蒸気で曇ったレンズを拭いて、また覗く。

実際のところ、三つの点は船舶のように見えた。船体だけが見えるようだ。マストは見えない。蒸気船の蒸気もない。

ただちにブリアンの頭に浮かんだのは、もしこれらが船だったら、遠すぎてこちらの合図が見えないだろうということだった。仲間たちにはこの船団が見えない可能性もあるから、スラウギ号に取って返し、砂浜で大きな火を焚くのがいいかもしれない。日が沈めば……。

あれこれ考えをめぐらせながら、ブリアンは三つの黒い点を見つめ続けた。何かがおかしい。三つの点は動かないのだ。

もう一度望遠鏡を構え、数分間見つめた後、気づいた。それは西の沖に浮かぶ、小さな三つの島に過ぎなかった。その傍らをスラウギ号は、嵐の夜、岸に向けて引きずられながら通ったに違いない。ただ霧に包まれて見えなかったのだ。

失望は大きかった。

二時になっていた。崖の側の岩礁に細い乾いた帯を残して、潮が引きはじめている。スラウギ号に戻る時間だと、ブリアンは岬の下へと降りる準備をはじめた。

それでも最後にもう一度、東の地平線を見たくなった。強さを増した太陽の下で、さっきは見えなかった地形が何か見えるかもしれない。

こうして何の気無しにその方向へ最後の一瞥をくれたのだったが、ブリアンはそれを後悔することはなかった。

ブリアンは、はるか向こう、森の緑の果てに、北から南へ数マイル走る青みを帯びた線をはっきり見たのだ。その両端は、樹々の茂みに隠されて見えなかった。

「なんだろう?」ブリアンはひとりごちて、さらに目をこらした。

「海だ……! あれは、海なんだ!」

危うく望遠鏡を落とすところだった。東に海が広がっているのなら、もう疑いはない。スラウギ号が漂着したのは、大陸ではなかった。それは島、広大な太平洋に隔てられた、逃げ出すことの出来ない島なのだ。

起こりえる危険の数々が、この少年の頭に立て続けに浮かんだ。胸が締めつけられ、心臓の鼓動さえわからない。けれども、思いがけず襲った心の動揺に立ち向かいながら、ブリアンは、動揺に任せてはいられないのだと理解した。この先どうなるかわからないなら、尚更だ。

十五分後すでに、ブリアンは浜辺に降りていた。そして朝通った道筋を逆に辿りながら、仲間が待つスラウギ号へと急いだ。

第六章　最初の失望

話し合い～遠征の計画と遅れ～悪天候～釣り～巨大な海藻～コースターとドール、馬に乗る～出発の準備～南十字星にひざまずきながら

その晩、ブリアンは年長の少年たちに、探検で見た事を話した。つまり東の方角、森の果てに、北から南へと繋がる水の線がはっきりと見えたことを。それが海の水平線であることは確かだと、彼には思えたことも。つまり、スラウギ号が漂着したのは大陸ではない、島なのだ。

ゴードンと他の仲間たちは、この報せに動揺した。島にいるのか、助けを求める道はないのか。大陸への道を求めて東へと探検する計画も、取りやめにするべきなのか。この海岸で、沖を通る船の姿をただ待つしかないのか。それだけが助かるための、唯一の道なのか。

「でもブリアンが間違えたって可能性もあるだろう？」ドニファンが尋ねた。

「雲を海と間違えたってことはない？」とクロス。

「いいや」とブリアンは答えた。「自信がある。間違えてなんかいないよ。東に見えたのは水の線だった、水平線だった」

「どのくらい遠く？」とウィルコックス。

「岬から六マイルくらいだ」

「でもその向こうに山や高地はなかったの？」ウェッブも問いを挟んだ。

「空以外は、何もない……！」

ブリアンが確信をもって言うので、この点について疑いを挟むのはもはや無意味だった。

それでも、いつもブリアンと口論になるとむきになるドニファンは続けた。

「でもね、もう一度言うけど、ブリアンが間違えた可能性だってある。だいたいおれたちはこの目で見ていないんだから」

「では見に行こう」とゴードンが言った。「何がどうなっているのか、確かめなきゃね」

「一日も無駄にするわけにはいかないよ」バクスターが言う。「もしもぼくらが大陸にいるのなら、天気が悪くなる前に出発しなきゃ」

「空模様が許せば明日にでも、ね」とゴードン。「何日かかかる遠征をするんだ。天気がよければ、の条件つきだよ。悪天候の中で内陸の森を通り抜けるなんて、無謀もいいところだから」

「わかったよ、ゴードン」とブリアンが答えた。「ぼくたちがこの島の反対側に着いたら……」

「これが島ならね！」ドニファンが叫ぶ。

「島だとも！」いらだちを隠せずブリアンが答えた。「間違えてはいない！　この目ではっきり、東の方に海を見たんだ。ドニファンはいつものようにぼくにケチをつけたいだけなんだろう！」

「へっ！　ブリアン、おまえだって間違いをしないわけじゃないだろう」

「それはそうだ、でも今回はぼくの間違いかどうか、じきにわかるさ！　ぼく自身がこの目で確かめにいく。そうだドニファン、きみも来るなら……」

「上等だ、行くとも！」

「ぼくらも！」他の三、四人の少年たちも声をあげた。

「そら、そら」ゴードンが割って入った。「みんな、落ち着くんだ。ぼくたちはこどもかもしれないが、大人のように行動するよう努めよう。ぼくらの置かれた状況は深刻だ。軽率な行動をすればひどい結果となって跳ね返ってくる可能性だってある。ぼくたち全員が森を越えて探検するなんて無茶だ。まず、小さい子たちは付いていけないだろう。それに彼らだけをスラウギ号に置いていくわけにもいかない。ドニファンとブリアンがこの探検に行くなら、もうふたり仲間がいれば充分だ」

「ぼくが行く！」とウィルコックス。

「ぼくも！」とサービス。

「決まりだ」ゴードンが答えた。「四人で充分だろう。もしも君らの戻りが遅れたら、残った者のうち誰かが探しにいく。みんなは船で待つ。忘れるな、ここがぼくたちの陣営なんだ。ここがぼくたちの家、ホームなんだ。この土地が大陸だと確信できない限りは、ここを離れるわけにいかない」

「ぼくたちは島にいるんだよ！」とブリアン。「いいかもう一度言う、ぼくは見たんだ」

「それはこれからわかることさ」ドニファンが答えた。

ゴードンの賢明な発言で、少年たちの仲違いはひとまず収まった。森を抜けて、ブリアンが見たという水の線を確かめなければならない。それはブリアンにもわかっていた。それに、もしも東にあるのが海だとして、その方向に海峡に隔てられた島がある可能性もあるではないか。その海峡を渡ることも不可能ではないかもしれない。もしそれらの島が群島をなしており、水平線にその姿を確かめることができたら、救助を求める策を講じる前に、そのことを把握し考える必要がある。太平洋のこの辺りからニュージーランドまで、西に島が無いことは明らかだ。つまり、人の住む土地を探すのであれば、太陽の昇る方角を見るしか無いということである。

けれども、この探検を実行するにはよい天候を待たねばならなかった。ゴードンが言ったように、こどもっぽい行動をしているときではなかった。大人として行動しなければならない。この状況のもと、未来にこれほどの脅威が待ち受けている中では、少年たちは早急に賢くならねばならなかった。彼らの年齢ならば軽はずみであったり矛盾だらけであったりするのは自然なことだが、もしそれにまかせ、そのうえ仲違いなどしてしまったら、すでに充分危うい状況が絶対的に悪化してしまう。ゴードンが、仲間たちのあいだに秩序を保とうと必死なのはそのためだった。

ドニファンとブリアンは出発を急いでいたが、天候の変化により探検はしばらく延期にせざるを得なかった。翌日から冷たい雨がぱらつくようになった。低下を続ける気圧計は突風の吹き荒れる日々が近いことを示していたが、それがどのくらい続くのかわからない。このような悪い状況の中で出かけようとするのは無謀というものだった。

悔やまれる展開かといえば、そうでもなかった。海がこの土地をぐるりと囲んでいるのか知りたいのは皆やまやまだった（とはいえ、まだ小さい子たちには知らせていなかったが）。だが仮に、大陸にいるのだと確信していたとしても、何があるのかも知らない土地にどんどん入り込んでいくような試みなど、賢明に行なうのであれば、悪天候を心配しなければならない冬でなく、日の長い季節にするべきだ。つまり、この冬はスラウギ号を陣営にして過ごさねばならないのだ。

そのあいだにも、ゴードンは太平洋のいったいどのあたりで遭難したのか調べるのを怠らなかった。ヨットの図書室に置いたスティーラー版の世界地図には、太平洋海域の地図がいくつか含まれていた。オークランドから南米大陸への海路を辿ると、北にトゥアモトゥ諸島、イースター島、そして実在した「ロビンソン・クルーソー」、セルカークが流れ着いたファアン・フェルナンデス諸島がある。南には南極海まで島は無い。東には、チリ沿岸のチロエ島、そして「神の母の島」マドレ・デ・ディオス島。もっと南にはマゼラン海峡と「火の島々」ティエラ・デル・フエゴがある。ここはホーン岬周辺の恐ろしい荒波に洗われる海域だ。

もしもスラウギ号が草原の国の沖に位置する無人島に流れ着いたのであれば、チリやアルゼンチンの人が住む地域は数百マイルも先ではあるまいか？　人里離れた地に、どんな助けの手がやってくるというのか？　どんな危険が待ち受けているというのか？

このような状況の中では、極めて慎重にふるまう必要がある。見知らぬ土地をやみくもに冒険して、恐ろしい目に遭い身を滅ぼすことがないように。

ゴードンの考えていたのは、そういうことだ。ブリアンやバクスターも同じように考えていた。ドニファンやその仲間たちも、最終的にはそれに賛成するだろう。

東へ海を探しにいく計画は、それから二週間というもの実行に移せなかった。天候は最悪で、朝から晩まで雨が続き、突風が激しく吹き荒れた。こんな時に森を抜けるなど到底無理な話だ。この地が大陸か島か突き止めたい思いはつのるばかりだったが、探検は延期しなくてはならなかった。

来る日も来る日も突風が吹き荒れる中、ゴードンと仲間たちは船に閉じ込められていた。けれども、怠けている時間はなかった。この悪天候でヨットがあちこち傷んでくるのを、ひっきりなしに修理するのに追われていたのだ。船の外皮板の上部がめくれ上がりはじめ、甲板から水漏れしはじめていた。継ぎ目から雨水が漏れている部分は、詰め物が少しずつぼろぼろになってきており、絶え間なく水を拭わなければならなかった。

もう一つ火急の問題は、もっと安全な隠れ家を探すことだ。仮にみんなで東へ向かうとしても、これから五、六ヶ月のあいだはそれを実行に移すことはできない。けれどスラウギ号はそれほど長くもたないだろう。もしも悪天候のさなかに船を後にしなければならなくなったら、どこに安全な逃げ場所があるだろう？　西に向かったあの崖には、何かの役に立つちょっとしたくぼみさえもないのだ。海風から守られた崖の裏側に避難場所を見つけなければなるまい。もし必要であれば、仲間たちみんなが暮らせるような大きさの家を建てなければなるまい。

水の通り道だけでなく、風の通り道も早急に防いで修理する必要があった。船底に開いた隙間から入り込んだ空気で内羽目板がずれていた。こうした修繕に取り替え用の帆が使えたら、とゴードンも思っていたが、野営しなければならない場合にテントになるこの貴重な布を使うわけにはいかなかった。船の修理はタールを塗って防水加工した亜麻布を使うほかなかった。

そのあいだにも船の積荷をいくつもの包みに分け、それぞれに番号をつけてゴードンの手帳に書き込んだ。何かあったらすぐに、その順番に従って樹の下に運ぶのだ。

数時間ほど天気が安定すると、ドニファンとウェッブ、ウィルコックスは岩鳩を仕留めに出かけた。モコはそれを様々な方法で、多くの場合は美味しく、料理した。一方、ガーネットとサービス、そしてクロスは、小さなこどもたちを連れて（そこには時々、ジャックも加わった。兄のブリアンが強く言って聞かせたからだった）釣りにでかけた。湾の中、岩礁に海藻が絡みついた辺りには魚が豊富にいた。ノトテニアと呼ばれるスズキの類いや、大きな鱈。長さ四百フィートにもなる、ケルプと呼ばれる巨大な海藻には小さな魚がいっぱいに群がり、これらは手で捕まえることができた。浜辺で網や釣り糸を引きながら、幼い漁師たちは叫び声をあげるのだった。

「とったよ！　すごいやつだ！」ジェンキンスが叫ぶ。「うわあ！　ばかでかいぞ！」

「ぼくのだって、きみのよりでっかいぞ！」そう叫ぶのはアイバーソン。ドールに助けを求めている。

「逃げられるぞ！」とコースター。

みんなが助けにかけつける。

「そら、ひっぱれ！　そら！」ガーネットとサービスが代わる代わる叫ぶ。「さあ、網を曳くんだ！」

「できないよ、できないよ！」がんばっても網がひっぱられっぱなしのコースターがくりかえす。

そこでみんなが応援に駆けつけ、力を合わせて網を浜に引き上げるのだ。そうしないと、澄んだ水の中から突然現れる獰猛なヤツメウナギがやってきて、網目にかかった魚を食べられてしまう。そうやってかなりの魚を横取りされてしまうこともあったが、みんなが食べるのに充分な量の魚が獲れるのだった。特に鱒は、新鮮なものも、塩漬けにしたのもおいしかった。

河口での釣りはガラクシアという、あまり面白くない川ハゼの一種が獲れるくらいだった。モコもこれは唐揚げにするしかなかった。

三月二十七日、ちょっとした愉快な成り行きでかなりの大物が獲れた。

午後に雨が上がったので、年少の少年たちは釣り具を持って河岸に出かけていた。突然、彼らの叫び声が響いた。嬉しそうな叫び声だったが、それでも助けを求めている。ゴードン、ブリアン、サービスとモコはスクーナーの上にいたが、すぐに作業をやめて、叫び声のする方角へ駆けつけた。船から五、六百歩ほど先の河岸から声は聞こえた。

「はやく！　はやく！」ジェンキンスが叫んでいる。

「コースターの馬をみて！」とアイバーソン。

「はやく、ブリアン！　はやく！　逃げちゃうよ！」とジェンキンス。

「もういいよ、もういいよ、おろして！　こわいよ！」コースターは必死で叫んでいる。

「はいどう！　はいどう！」巨大な動く塊にのっかったコースターの背中に捕まって、ドールが叫ぶ。その塊は、巨大なウミガメで、よく海の上で眠るようにたゆたっているのを見かける類いの亀だった。

浜で奇襲に遭い、亀は必死で力を振り絞り逃げようとしていた。亀の努力も虚しく、こどもたちは甲羅から長く伸ばした首に綱をかけて、力強いこの動物を捕獲しようとしていたのだ。亀は必死で逃げようとする。とっとと逃げる、という具合ではなかったが、少なくとも少年たちの一群を相手に凄い力で引っぱり返して抵抗していた。いたずら好きなジェンキンスは、コースターを甲羅の上に乗せたのだ。ドールはその後ろで馬乗りになって、亀が海へ近づこうとするたびに恐怖の叫びをあげるコースターを支えていた。

「ほらしっかり！　しっかりつかまるんだ、コースター！」ゴードンが声をかける。

「お馬さんが暴れ出さないようにつかまえるんだよ！」とサービス。

ブリアンは笑いをこらえきれなかった。危険などなかったからだ。ドールがコースターを放せば、コースターは怖くて手を放し、亀の甲羅からすべり落ちるだけだ。

けれども目下の問題は、亀を捕まえることだ。ブリアンたち年長の少年が加わっても、その歩みを止めることはできなかった。亀が水中に逃げ込む前にその歩みを止める方法を考えるのが先決だ。スクーナーを出るときにブリアンとゴードンは拳銃を持って来たが、亀の甲羅は弾を弾くから拳銃は無意味だ。斧を振り下ろそうにも、亀は攻撃をかわすために首と脚をひっこめてしまうだろう。

「残る道はただひとつ、甲羅をひっくりかえすんだ！」ゴードンが言った。

「どうやって？」とサービス。

「重さ三百キロはあるから無理……そうだ、円材、マストの円材だ！」ブリアンが叫んだ。モコが全速力でスラウギ号に向かって走る。

そのとき、亀は海まで三十フィートのところまで来ていた。ゴードンが急いで、亀の甲羅にしがみついていたコースターとドールを救いだした。チェアマン寄宿学校の全校生徒がかかっても太刀打ち出来ないような力で引っ張る亀に、全員が綱に取りついてまけじと引いた。

幸い、亀が海に戻る前にブリアンとモコが戻ってきた。円材二本を胸甲の下に渡し、てこの原理を使って、意外にやすやすと亀の甲羅をひっくり返すことができた。もう亀は囚われの身だった。脚を使って海へ戻ることができないのだから。

甲羅を返した瞬間、ブリアンが斧を振り下ろし、亀はほとんどその場で息絶えたのである。

「コースター、まだこいつが怖いかい？」とブリアン。

「ううん、ブリアン！　だってもう死んでしまったから」

「よろしい！」とサービスが言った。「だけどこれを食べるといったらどうする？」

「食べられるの？」

「もちろん！」

「おいしければ食べるよ！」コースターが、もう舌なめずりしながら言った。

「とびきりおいしいんですよ」ウミガメの肉はすばらしいご馳走だとまでは言わないものの、モコがそう請け合った。そのまま船に運ぶわけにはいかないので、その場で解体することとなった。楽しい作業ではないが、少年たちがロビンソン生活を営むためには、時には楽しくない作業もしなければならない。最も困難だったのは、斧の歯がこぼれるほど鋼のように硬い胸甲を切ることだった。それは、胸甲の継ぎ目に斧の一打をふるうことで解決した。肉を細かく切って、船に運ぶ。そしてみんなが亀のスープはおいしいと納得した。焼いた肉もおいしく食べた。肉片のいくつかは、勢いの強い火にまかせてサービスが少し焦がしてしまったけれど。ファンも、亀肉の残りのお相伴にあずかり、犬族にとっても大変おいしいものだと太鼓判を押したようである。

この亀から約二十五キロの肉がとれた。おかげで船の保存食の足しになった。

三月はこんな調子で過ぎていった。スラウギ号の遭難から三週間、この岸辺での生活が長引くことを予見して、冬がやってくる前に、みんなそれぞれに働いてきた。けれども、ここが大陸なのか島なのかという疑問が残っている。

四月一日になると、やがて気候が変わる兆しが見えて来た。風も和らいできた。穏やかな天気の日々がやってくること、それがどうやら長く続くことは間違いようがなかった。ついに内陸への探検の準備が整ってきたようだ。

年長の少年たちはそのことについて話した。そして話し合いのあと、皆がその重要さを認めるこの探検の準備を進めることになった。

「明日の出発を妨げるものは何もないと思うんだ」とドニファンが言った。

「そう、なにもない」とブリアン。「朝にでも出発できるよう準備をしなければ」

「きみが東に見た水の線は、岬から六、七マイル先だったね?」とゴードン。

「その通り、でも湾は凹んでいるから、ぼくたちの陣営からは少し距離が短いかもしれない」

ブリアンが答えた。

「ということは、君たちは二十四時間以内に遠征から帰ると考えていいだろうか?」

「そうだね、ゴードン。東へまっすぐ歩いていくことができれば。でも、崖を回ったところで森をまっすぐ突っ切る道が見つかるだろうか?」

「ハ！　そんなこと問題じゃないさ」とドニファン。

「そうかもしれない」とブリアン。「でも、別の何かに道を塞がれることもあるかもしれない。川や沼地、どんなものがあるかわからない。だから、少なくとも数日の旅を考えて用意したほうがいいと思うんだ」

「それに弾薬もね」とウィルコックス。

「もちろんだ」ブリアンが答える。「それから、ゴードン、もしぼくたちが四十八時間以内に戻らなくても、心配しないで」

「きみたちが半日いないだけでも心配するよ。それはしかたないことさ。でもこの探検をすることはもう決まったことだから、やり遂げてくれ。それに、東に海を見つける、それだけを目的とする必要はないと思うんだ。崖の向こうにどんな地形が広がっているのか、それを探ることも同じくらい重要だから。こちら側では、洞穴も見つけられなかった。スラウギ号を去る時、沖からの風から守ってくれる隠れ家に陣営を移さなければならない。この浜辺で冬の悪天候を過ごすのは、考えられないと思うから。

「そのとおりだね」とブリアン。「どこか腰を落ち着けられる場所を探さないと」

「少なくとも、この島とか言われている場所を去ることができるかどうかは、はっきりするさ！」とドニファンが言った。いつも自分の考えに固執しないと気が済まないのだ。

「そうだね、でもそれを実行するには、もう季節が変わりはじめているんだ」ゴードンが答えた。「出来る限りのことをしなければ。だから、明日出発だ！」

準備は早急に進められた。四日分の食糧を四つの肩掛け鞄に詰め、銃四丁、拳銃四丁、船に装備されていた小さな斧一挺《いっちょう》、羅針盤ひとつ、そして三、四マイル先まで見渡せる望遠鏡ひとつ。外泊用の毛布、持ち運び用の食器、火口《ほくち》道具、マッチ。数日という短い期間の探検（とはいえ危険がないとは限らないが）には、これらの道具で充分と思えた。ブリアンとドニファン、それに同行するサービスとウィルコックスは、充分に気をつけて進むこと、それに決して別れ別れにならないことを決めた。

ゴードンは、ブリアンとドニファンの間を仲裁するために自分も同行したほうがいいと判っていた。けれども年少の少年たちばかりをスラウギ号に残していくのは賢明ではない。ブリアンには、決して仲違いやけんかをしないよう言っておいた。

気圧計の予想が当たった。夜になる前に雲は西に向かって消えた。くっきりした水平線に沿って、海が弧を描いている。南半球の美しい星座が夜空に輝いた。中でも南の天空の頂に輝く南十字星が、ひときわ美しい光を放っていた。

この別れの前夜、ゴードンと仲間たちは心が締めつけられるのを感じていた。この重要な探検のあいだに、何が起こるのだろうか？　目は空に向かいながら、思いは両親や家族、祖国へと、もう二度と会えないかもしれない愛しいものたちへ向かっていた。

小さい子たちは、まるで教会の十字架の前にひざまずくように、南十字星の下にひざまずいた。

第七章　まだ何もわからない

崖の高み〜森を越えて〜飛び石の堰〜川に導かれて〜夜の野営〜草と小枝で作った小屋〜青い線〜ファン、喉の渇きをいやす

ブリアン、ドニファン、ウィルコックスとサービスは、朝七時にスラウギ号を出発した。太陽は雲一つない空に上り、穏やかな一日を約束していた。北半球の温暖地帯で十月に訪れるような穏やかな気候である。暑さの心配も寒さの心配もない。少年たちの歩みを遮ったり遅らせたりするものがあるとすれば、それはまったく土地の事情によるものだろう。

四人はまず、崖の下に行き着くために浜を斜めに横切った。犬の本能は助けになってくれるからとファンを連れて行くよう薦めたのはゴードンだった。そんなわけで、賢いファンも探検隊の一員となった。

出発から十五分ほどすると、四人の少年は森の中へと姿を消した。何羽かの鳥たちが樹の下を飛び交っている。追って時間を無駄にする余裕はないので、ドニファンも狩りをしたい気持ちを抑えた。ファンも、いまは無駄に行ったり来たりしてはいけないと理解して、四人のそばを離れなかった。

計画ではまず、崖の下に沿って北に歩く。もしも途中、北端まで行く前に崖を反対側に越え

る手段がなければ、湾の北端の岬まで行くことになっていた。そのあと、ブリアンが目にした水の線に向かって歩く。この道程だと最短距離をいくことにはならないが、最も確かな経路だ。一、二マイル道程が延びる事くらい、元気ざかりの少年たちには何でもない。

石灰質の崖に着くとすぐにブリアンは、前の探検のときに行く手を阻まれた場所を思い出した。このあたりから南にかけて、崖には通り抜ける道がまったくない。だから、通り抜けることができるような道を探すなら北に行くしかないし、岬まで北上しなければならない可能性もある。そうなれば、一日がかりだろう。けれども崖の西側に向こう側へと抜ける道がないのであれば、他に方法がない。

一時間ほど歩いた後、やはり岬まで行くしかないと気づいたブリアンは、途中が通れる状態かどうか不安になった。潮が岩礁を覆っている時間だろうか？　もし波が引いて岩礁が乾くまで待たねばならない場合には、ほぼ半日を失うことになる。

「急ごう」ブリアンは、満ち潮の前に岩礁を渡らなければならない理由について仲間たちに説明した。

「ハ！　足首が水に浸かったくらいで引き下がるもんか！」とウィルコックス。

「足首と思うまに胸、胸と思うまに耳まで浸かっているぞ！」ブリアンが答える。「少なくとも五、六フィートは水位が上がる。本当だ。まっすぐ岬を目指したほうがいいとぼくは思う」

「そういう提案ならやむをえまい」とドニファン。「ブリアン、案内役はきみだ。もしもおれらが遅れたら、責任はきみひとりにあるんだぞ！」

「いいよ、ドニファン！　いずれにしても一瞬も無駄にできない。サービスはどこだ？」

ブリアンは声をあげた。「サービス！　サービス！」

サービスの姿は見えない。仲良しのファンと一緒に一同から離れ、百歩ほど先の右の崖が出っ張った辺りで姿を消していた。

けれどもすぐに、犬の吠える声と一緒に叫び声が聞こえた。

一瞬ののちに、ブリアン、ドニファンとウィルコックスはサービスを見つけた。サービスは崖が部分的に崩れ落ちた場所の前に立っていた。ずいぶん昔に崩れ落ちた跡だ。雨水の浸透によるものか、風雨に晒されたためか、崖のてっぺんから下へとすり鉢を縦に割ったような半円錐状に石灰岩の一部が崩れている。切り立った崖に刻まれたすり鉢の側面はせいぜい四十度から五十度の傾斜となっている。そのうえ、壁面がギザギザしているのでちょうどよい足場になりそうだった。活発で敏捷な少年たちなら、さほどの苦もなく崖の上まで登れるだろう。ただし、あらたな崖崩れをしないよう注意は必要だが。

危険を伴うとはいえ、少年たちは躊躇しなかった。

崖下に積もった石の山にまっさきに駆け上がったのはドニファンだった。

「待って、ちょっと待つんだ！」ブリアンが叫ぶ。「無鉄砲なまねは無用だぞ」

けれどドニファンの耳には届かない。誰よりも一番乗り、とりわけブリアンには負けないという生来の負けず嫌いで、たちまち壁面の半分まで登ってしまった。

仲間たちも、転がり落ちてくる小石を避けるためドニファンから少しずれた位置で後に続いた。すべてうまく運び、ドニファンは仲間たちを尻目に崖の頂に一番乗りしてご満悦だった。

ドニファンはすでに望遠鏡を取り出し、東の方へと見渡す限り続く森の果てを眺めていた。そこに広がっているのは、ブリアンが岬の頂から眺めたのと同じ、森と空だった。ただし崖は岬よりも百フィートかそこら低いため、岬からの眺めほど遠くまで見えないのだったが。

「で？　何か見える？」とウィルコックス。

「まったく何も！」ドニファンが答えた。

「ぼくの番だ」ウィルコックスが言う。

望遠鏡を渡すドニファンの顔には満足げな表情が浮かんでいた。ウィルコックスは望遠鏡を下ろすと言った。「水の線なんてまるで見えないね！」

「それは、たぶん」とドニファン。「あそこにはそんなものありはしない、という証しだね。ブリアン、君も覗いてみたらいい。間違えたって認める気になるだろう」

「無駄だよ！」ブリアンが答える。「わかっているんだ、間違いなんかじゃない！」

「強情っぱりだな！　何も見えないっていうのに」

「あたりまえさ。崖は岬より低いんだから。目の届く範囲も、その分狭くなる。ぼくが登った高さまで登れば、六、七マイル先に水の線が見えるよ。それを見れば、ぼくが言っていたことがわかるよ。空の雲なんかと間違えようがないってことも」

「そんなの言うのは簡単さ」とウィルコックス。

「確かめるのもね」とブリアンが答える。「崖の上を越えて、森を抜け、歩いていけばいいのさ。そこに辿りつくまで……」

「いいさ！」ドニファンが言った。「かなり遠くまでいくことになるだろうね。本当にそんなことをする意味があるのかどうか」

「じゃあドニファン、君は残っていればいいよ」ゴードンの助言に忠実に従って、仲間たちの意地悪なものいいにも取り合わず、ブリアンが答えた。「残りたまえ！　サービスとぼくがふたりで行くから」

「ぼくたちだって行くさ！」とウィルコックス。「さ、いこう。ドニファン、さ、いこう！」

「その前に昼食だよ！」とサービスが答えた。実際、出発前に少し休むのが得策だった。半時間ほど休憩をして、四人は再び出発した。


最初の一マイルは楽々だった。草の生えた大地には何も行く手を阻むものはない。石ころの凸凹を苔類の絨毯がくるみ、灌木がところどころ、種属ごとに群れるようにして生えている。こちらには木生シダやヒカゲノカズラ、あちらにはヒースやヘビノボラズ。鋭いとげのついた葉をもつ柊《ひいらぎ》の茂みや、硬い葉をもち高緯度でも育つメギ科の木もあった。

高台を渡り終えたブリアンと仲間たちを待っていた反対側の側面も、海岸側と同じくらい高くて急だった。奔流が乾いた跡があり、そのくねくねを辿ることで急な傾斜をかろうじて降りることができたが、そうでなかったら岬へと引き返さなければならなかっただろう。

森に着くと、進むのがより難しくなった。地面は勢いのいい植物や背の高い草がいっぱいに生い茂り、ところどころで倒木が行く手を塞いだ。藪がぎっちりと密に生え、道を切り開かなければ通れない。まるで新大陸の森を切り拓く開拓者たちのように、少年たちは斧をふるった。ほとんど一歩ごとに立ち止まり、腕を振り上げる。脚よりも腕のほうが疲れるありさまだ。こうして遅れたせいで、朝から夕方までかかってやっと三、四マイル進むことができた。

実のところ、この森にはいままで一度も人間が立ち入ったことはないように思われた。少なくとも人の立ち入った形跡はひとつもない。どんなに狭い小径でも何か跡があれば人の存在を感じられるものだが、その片鱗もない。樹々を倒したのは樹齢か突風によるもので、人の手によるものではない。ところどころ草を踏んだ跡はあったが、中くらいの大きさの動物が最近そこを通ったことを示すものだと思われた。どんな種属の動物かわからなかったが、数匹で逃げていく姿をちらりと見かけた。いずれにせよ、あんなに素早く一目散に逃げていくところを見ると、怖れるような相手ではないだろう。

堪え性のないドニファンは怯えて逃げていく四つ足の動物を見るたびに撃ちたくてうずうずしているようだったが、理性による抑えも働いたのか、我慢していた。性急に発砲してこちらの存在を知らせるのはやめたほうがいいと、ブリアンもわざわざ言わずに済んだ。

お気に入りの武器を今日は黙らせておいたほうがいいとドニファンも理解してはいたが、替りに、しばしば狩りについての話をした。一歩、一歩踏み出すたびに、足下から鳥が飛び立つ。ウズラに似た柔らかくておいしい肉を持つシギダチョウや、雨燕、ツグミ、野生の雁、ライチョウ、他にも沢山の鳥たち。百羽だって簡単に仕留められただろう。

もしこのあたりにとどまることになるなら、狩りで食糧は充分に確保できるはずだ。だがドニファンもそう確認するにとどめ、いま狩りができないことの埋め合わせを後でしよう、と考えていた。

この森に生えているのは主に白樺とブナで、地上から百フィートほど頭上に緑の枝を広げていた。他には美しい枝ぶりの糸杉、赤みを帯びた枝がこんもり茂ったフトモモ、「冬の樹《ウィンター》」と呼ばれる、樹皮からシナモンに似た香りを放つみごとな樹々も生えている。

二時ごろ、浅い小川の流れる小さな空地で休憩をとった。北米では「クリーク」と呼ばれる小川だ。小川の水は完璧に透き通り、黒っぽい岩の上をさらさらと流れていく。朽ちた樹や草などの浮かんでいない穏やかで浅いその流れを見るかぎり、水源はそう遠くないのではないかと思われた。小川を渡るのも、川床に並ぶ石を伝えば実に簡単だ。場所によっては石があまりにも規則正しく配置されていることに少年たちは気づいた。

「これは奇妙だぞ！」とドニファン。

事実、石はまるでこちらの岸からあちらの岸へ渡した堰《せき》のように並んでいる。

「まるで堤防みたいだね」そう言いながらサービスが石を渡ろうとした。

「ちょっと待て、待て！　この石の並び方をよく見なければ」とブリアン。

「こんなふうに自然に並ぶなんて考えられない」ウィルコックスも言う。

「その通りだ。まるで誰かが小川を渡るためにここに置いたみたいだ。もっと近くで見てみよう」ブリアンが答えた。

四人はこの堰をなしている石を、ひとつひとつ観察した。石はほんのわずか水面に顔を出している。雨期には水に沈むだろう。

小川を渡るために誰かがこれらの飛び石を配置したと言えるだろうか？　否。むしろ、増水時の激しい流れに引きずられて少しずつ積み重なり、自然に堰が作られたのだと考えるべきではないか？　細かに観察したあと、ブリアンと仲間たちはそう結論づけた。右岸にも左岸にも、ここを誰か人が通ったしるしが無かったことも、付け加えるべきだろう。

小川は北東、湾からは反対側に向かって流れていた。つまり、岬の頂からブリアンが見た、あの海に向かって流れているのだろうか？

「あるいは」とドニファン。「この小川は西へ向かって流れる川の支流かもしれない」

「じきわかるよ」この話題について蒸し返しても仕方がないと悟ったブリアンは、ただそう答えた。「でも東へ向かっている間は、あまり遠回りにならない限り、川を辿ってみたらどうかな」

四人の少年は、川を渡ってから再び歩きだした。下流で渡ろうとしたらもっと難しいかもしれない、それを考慮してのことだった。

土手を辿っていくのはたやすかった。ただ、いくつかの場所で樹々が川の流れの中へと根を張り、同時に枝が向こう岸まで伸びて絡み合っている場所では少し苦労をした。川は時折急に曲がりくねっていたが、羅針盤によれば、おおむね東へ向けて流れていた。川の流れは速さを増すこともなく、川床が広がる様子もなかったので、河口はまだ遠いと思われる。

五時半ごろ、ブリアンとドニファンは川の流れがはっきりと北に向いていることを確かめざるを得なくなった。それまで川に導かれて歩いてきたが、このまま行けば目的地に向かう方角から外れ、遠回りになってしまう。少年たちは川岸を離れ、白樺とブナが密生する森を抜けて東を目指すことを決めた。

辛い行進だった。時には頭まで隠す背の高い草の中、少年たちは離ればなれにならないよう、互いの名を呼びながら進んだ。

一日中歩いても水の線に近づいた兆しすら見えない。ブリアンは思わず不安になってきた。岬から水平線を見た時、あれは幻想を見ていたのだろうか?

「いや、違う!」ブリアンは心の中で叫んだ。「間違えてはいない。そんなはずはない。そんなことはない!」

夜七時近くになっても、森の端には着かなかった。闇が濃くなりはじめ、このまま進むのは不可能だ。

ブリアンとドニファンは、樹の下で一晩を過ごすことを決めた。塩漬け肉のおかげで、空腹に悩むこともないだろう。毛布があるから、寒さに凍えることもないだろう。枯れ木で焚き火を起こすことも考えた。野生動物に対してはよい策だが、原住民を引きつける可能性を考えると火を熾《おこ》すのはやめたほうがいいかもしれない。

「見つけられるような危険を冒さないほうがいい」とドニファン。

みんなも同意して、夕食にとりかかった。食欲がなくなるということだけはない。持って来た食糧をずいぶん軽くしてから、四人は大きな白樺の下に横になろうとした。そのとき、サービスが数歩向こうに鬱蒼とした茂みがあるのに気づいた。薄闇の中で見る限り、それは中くらいの高さの樹で、枝が地表まで垂れている。こんもり積もった枯葉の上で、四人は毛布にくるまった。眠気がなくて困るなどということのない年齢である。みな一気に眠りについた。番をするはずのファンも、四人に倣って目を閉じた。

夜のあいだ一度か二度、ファンは長いうなり声をあげた。野生動物か何かが森の中をうろついていたのだろう。けれどもその何かは少年たちのそばまではやってこなかった。

七時近くに、ブリアンと仲間たちは目を覚ました。一晩眠った茂みの中に陽の光が斜めに差し込んでいる。

最初に茂みから這い出したのはサービスだった。そして驚きの声をあげた。

「ブリアン！　ドニファン！　ウィルコックス！　来て、ほら、来て！」

「どうした？」とブリアン。

「どうしたんだよ？」とウィルコックス。「サービス、きみはいつも叫び声をあげるから、驚くじゃないか！」

「すごいぞ！　すごいぞ……！　昨日、どこで寝ていたと思う？」

それは茂みではなかった。それは木の葉で葺《ふ》いた小屋で、枝を絡み合わせてつくる、インドのひとびとが「アジュパ」と呼ぶ類いのものだった。この小屋はずいぶん前に作られたものに違いない。屋根組みも仕切り壁も立てかけられている樹のお蔭で崩れないで残っているというありさま。その樹の枝が伸びて小屋を覆っており、南米の原住民が住む小屋のようにも見えた。

「誰かが住んでいるってことか?」すばやく辺りを見回しながらドニファンが言った。

「あるいは、少なくとも住んでいたってことだね」とブリアン。「こんな小屋がひとりでに建つわけはないもの!」

「これで小川の堰の謎が解けたぞ」とウィルコックス。

「上等だ!」サービスが声をあげた。「もし誰かが住んでいるなら、実にいい人じゃないか! ぼくらのためにこんな小屋を建ててくれたんだから!」

実際のところ、サービスが言うようにこの土地の住人がいい人なのかどうかはまったくわからない。はっきりしているのは、原住民が森のこの辺りによく来ていたとしたら、それはずいぶん前ということだ。もしもこの土地が大陸の一部だとしたら、この原住民はアメリカの原住民ということになる。でももしこの土地が島だとしたら、原住民はポリネシア人か、人食い族ということもある。その場合には、危険がぐっと増すことになる。

ブリアンが再び出発しようとしたとき、ドニファンがもっと細かく小屋の中を調べようと提案した。小屋はずいぶん昔に見捨てられたようだった。何か道具や食器が見つかるかもしれないし、その出所もわかるかもしれない。

小屋の床に敷きつめられた枯葉の下を注意深く調べてみたら、隅っこでサービスが土器のかけらを見つけた。碗か甕の破片のようだ。人の手によるものがここにもあった。けれどもそれ以外には何も手がかりはなく、四人はそこを後にした。

七時半には少年たちは羅針盤を手にまっすぐ東へ向かっていた。地面の傾斜が少しずつ増していた。二時間のあいだ、草と灌木がびっしりとこんがらがった中を、のろのろと進んだ。二度、三度と斧をふるって道を切り開かねばならなかった。

十時少し前、ついに果てなく広がる緑のカーテンの向こうに水平線が見えた。森の向こう側は広々とした草原で、乳香樹やタイム、ヒースが生えている。東へ半マイル先は砂浜になっており、波が押し寄せていた。ブリアンがみたあの海、水平線の向こうまで続く海だ。

ドニファンは黙っていた。この自惚れの強い少年にとって、仲間が間違っていなかったことを受け入れるのは我慢ができなかったのである。

ブリアンも黙っていた。勝ち誇る気持ちなんてなかった。望遠鏡を覗いて、この海域を見ていた。

太陽に照らされた北の岸は、少し左寄りに曲折していた。南の岸も同様だったが、曲線はもっと急だった。

もう疑う余地はなかった。嵐の中、スクーナーが漂着したのは大陸ではない、島だったのだ。もう、外からの救出を待つ以外には助かる見込みはないのだ。

沖には他の島はひとつも見えなかった。この島は広大な太平洋の只中、ぽつんと離れた孤島らしかった。

ブリアンとドニファン、ウィルコックスとサービスは砂浜へと続く草原を渡り、砂の小山の下で立ち止まった。昼食をとってから再び森を抜け、帰路に就くつもりだった。急げば夜までにスラウギ号に戻れるかもしれない。

沈んだ心で昼食をとりながら、四人はほとんど言葉も交わさなかった。とうとうドニファンが鞄と銃を手に立ち上がり、ぽつりと言った。

「さあ、いこう」

四人は海を最後に一瞥してから、背を向けて草原を歩きはじめた。その時、ファンが急に、浜辺に向かって走り出した。

「ファン！　こら、ファン！」サービスが叫ぶ。

けれどもファンは砂煙をあげて走り続ける。そして押し寄せる波の中に飛び込んで、がぶがぶと水を飲みはじめた。

「水を……飲んでる！　飲んでるぞ！」ドニファンが声をあげた。

次の瞬間、ドニファンも砂浜を越えて岸に駆けつけ、ファンが喉の渇きを癒したその水を掬って口へと運んだ。真水だった。

東の水平線へと広がっていたのは、湖だったのだ。大洋ではなかった！

第八章　洞穴の発見！

湖の南への探検～岸辺へと降りて～駝鳥を見かける～湖から出て行く川～静かな夜～崖の分脈～土手～ボートの残骸～刻まれた文字～洞穴

少年たちの生存がかかった大きな疑問は、ここで完全に解けたわけではなかった。海だと思った水の拡がりが湖だったことは間違いない。だが、島の中の湖ということもあり得ないだろうか？　湖の向こう側をもっと奥に行った先には海が、越える手段のない海が広がっているのではないか？

しかし、この湖はかなりの広さだった。ドニファンが見てとったように、三方は空と交わる水平線に囲まれている。ということは、少年たちがいるのが島ではなく大陸という可能性も大きい。

「ということは、アメリカ大陸に漂着したのか」とブリアン。

「ぼくはいつもそう思ってたけどね」とドニファン。「ぼくが正しかったらしいな」

「いずれにせよ」とブリアンが続ける。「東にぼくがみたのは確かに水の線だったんだ」

「でも海ではなかったね！」

ドニファンが満足げなのは、誠実な気持ちというよりは虚栄心によるものらしい。ブリアンはそれ以上何も言わなかった。それに、みんなのためを思えば、ブリアンが間違っていたほうがいいのだ。ここが大陸であったなら、島と違って、この土地に囚われの身となることもない。それにしても、さらに東を探検するためにはもっと気候のよい時期を待たねばならない。この湖に来るために通り抜けたわずか数マイルの行程でも困難だったのだから、小さい子たちも連れて全員で歩くとなるとさらに厳しいものとなるだろう。すでにもう四月上旬。南半球の冬は北半球の冬よりも到来が早い。また春が巡ってくる前にさらに東へ向けて出発するのは無理だ。

　けれども、常に沖からの風に晒されている西の浜に長く留まることもできなかった。今月の終わりまでにはスクーナーを離れなければならないだろう。ゴードンとブリアンは崖の西側に洞穴を見つけることはできなかったが、この湖畔にもっと快適な形で住めないか、調べる必要はないだろうか？　この周辺をもっと注意深く見ておく必要がある。たとえ船に戻るのが一日、二日遅れても、この探検はしておくべきだ。ゴードンが心配することは判っていたが、ブリアンとドニファンに迷いはなかった。食糧はもう二日分はある。天候の急変を告げる兆しもない。少年たちは湖岸に沿って南へ下ることに決めた。

　もう少し先へ探検するにあたり、もうひとつねらいがあった。この辺りに人が住んでいた、あるいは少なくとも人が入っていたことは疑いようがなかった。小川に渡した堰も、藁葺き小屋も、それほど遠くない過去にこの地に誰かがいたことを示している。冬が来る前に新しい場所に引っ越すためには、もっとよく調べておく必要がある。すでに見つかった手掛かりに加えて、もっと手掛かりがつかめるかもしれない。原住民でなければ遭難者が、この大陸の別の村に出発する前にここで過ごしたのかもしれない。探検を少し延長しても、湖の沿岸を調べる価値はある。

ただ一つ、ブリアンとドニファンが決めなければならないのは、北に行くか南に行くかということだった。南に行けばスラウギ号により近くなる。それなら、ということで南に決まった。湖の端へ行くべきかどうかは、後で決めればよい。

方針が決まり、昼過ぎに四人は出発した。西には緑の森を見ながら、草に覆われた砂丘を越えていく。

ファンは先に立って進み、シギダチョウの群れを驚かせていた。鳥たちは慌てて乳香樹やシダの陰に逃げこんだ。赤や白のツルコケモモの茂みや、健康によい野生のセロリもあった。けれども原住民がこの辺りにいるかもしれないことを警戒して発砲はしないよう注意していた。

砂丘や砂浜を岸に沿って歩きながら、少年たちはさほど疲れることなくその日のうちに十数マイルを歩いた。原住民のいた形跡はまったくなかった。樹々の陰から煙が上がることもなく、寄せる波で濡れた浜には人の足跡もなく、水がただ沖まで広がっているばかり。ただ西側の岸が南にむかって湾曲しているだけだ。人の姿は全く見えない。水平線に帆が見えることもなければ、ボートが姿を現すこともなかった。もしこの地に昔人が住んでいたとしても、いま住んでいる形跡はまるでなかった。

野生動物については一匹も姿を見かけなかった。午後に二度、三度、森のはずれに鳥が姿を現したが、近づくことが出来なかった。

「駝鳥だよ！」とサービスは言った。

「そうだとすれば小さな駝鳥だね」とドニファン。「背丈も中くらいしかない」

「もし駝鳥だとすれば」ブリアンが言う。「そしてもしぼくらが大陸にいるのだとすると……」

「まだ疑っているのかい？」皮肉たっぷりにドニファンが言う。

「だとすると、駝鳥がたくさんいるという南アメリカ大陸に違いない、そう言いたかっただけだよ！」

晩の七時近くになって、一行は宿営の準備をした。明日、何も遮るものがなければ、スラウギ湾に向けて帰路を辿る。スラウギ湾というのは、スクーナーが難破した岸に少年たちがつけた名前だ。

この晩はもう南へ向けて進むのは無理と思われた。湖から流れ出した水が小川になっており、渡るには泳ぐしかなかったからだ。薄闇の中ではその場所がどうなっているのかよく見えなかったし、この川の右岸には崖があるように思われたからだ。

ブリアンとドニファン、ウィルコックスとサービスは夕食をとると、もう眠ることしか考えられなくなった。荷物になるので野営のためのテントや寝袋は持ってきていなかった。今の陽気なら服だけでそれほど寒さを感じずに眠れる。あおむけに寝ると頭上には美しい星空が広がっていた。星々は天穹《てんきゅう》にキラキラと輝き、三日月がゆっくり太平洋の方角へと沈んでいく。湖も岸もすべてが静かだった。大きなブナの根元に横たわった四人の少年は、たとえ雷が鳴っても目を覚まさないと思えるほどぐっすりと深い眠りに落ちた。ファンと同様に彼らの耳にも、ジャッカルであろう吠え声も、何か野生の動物と思われる遠くの唸り声も届かなかった。野生の駝鳥がいるこの地域では、ジャガーやピューマが近づいてくる可能性もある。ジャガーとピューマは、いわばアメリカ大陸の虎とライオンである。でもその夜は何事もなく過ぎた。朝の四時近く、まだ暁が湖の水平線を白く染める前、ファンは落ち着かない様子を見せた。低くうなり、何かを探しにいきたがっているように地面を嗅いだ。

ブリアンが毛布にくるまって眠っていた仲間たちを起こしたのは、七時近くだった。みんなすぐに飛び起き、サービスがビスケットのかけらをもぐもぐやっているあいだに他の三人は川の反対側の様子を見にいった。

「こりゃあ」とウィルコックス。「昨日の晩にこの川を渡ろうとしないでよかったよ！　沼地にはまるところだった」

「まったくだ」とブリアン。南に広がっていたのは沼地で、しかも向こう岸が見えなかった。

「ごらんよ！」とドニファン。「沼地の上を飛んでいる鴨や小鴨、シギの数といったら！　ここで冬を越すとしたら、獲物には困らないぞ」

「そうだね」川の右岸に向けて歩きながら、ブリアンが言った。

奥には切り立った壁面の崖がそびえていた。二つの側面がほぼ直角をなしており、片方の面は小川の岸と平行、もう片方の面は湖に面している。この高台はスラウギ湾の崖の、北東に伸びているあの高台と同じものだろうか？　それはこの辺りをもっと綿密に探検してみないとわからない。

川の右岸は幅二十フィート以上、崖に沿って走っている。一方、左岸はずっと低く、南へ見渡す限り広がるこの沼地の水たまりやくぼみとの境界もよくわからなかった。水の流れる方向を確認するには、崖に登るしかない。ブリアンは、スラウギ湾に戻る前に登って確かめてみようと心に留めた。

まずは、湖の水が川に注ぎこんでいる辺りを調べることだ。その辺りの幅は四十フィート程度。だが下流にいくと、湿地帯や高地から小さな支流が注ぎ込むので幅も深さも増していく。

「あれを見て！」崖の下に着いた途端、ウィルコックスが叫んだ。

石を積み上げた、森の中で見たのとよく似た堰があったのだ。

「もう疑いようがないな」とブリアン。

「もう疑いようがないよ！」ドニファンも答え、堰の端の木片を指差した。

それは確かに小舟の変わりはてた姿だった。半ば朽ちて緑の苔に覆われているが、湾曲具合から船首の形がわかる。そこにはまだ、錆びた鉄の輪がついていた。

「輪だ、輪がついてる！」とサービス。

四人は立ちすくみ、辺りを見回した。このボートを使い、あの堰を作った男が、いまにも目の前に現れるかというふうに。

けれども誰もいなかった。川岸にこの小舟が置き去りにされてから、何年もの月日が経っているようだった。ここで暮らした男は、仲間たちと再会できたのだろうか。あるいはこの地を去ることが出来ないまま、孤独な一生をここで終えたのか。

すでに疑いようのない人の存在の証しを見て、少年たちの胸にさまざまな思いが去来した。

そのとき、ファンが奇妙な行動をとった。何かの跡を嗅ぎ取っているようである。耳をピンと立て、しっぽを激しく振り、鼻はぴったりと地面につけて草木の下を嗅ぎ回っている。

「ファンを見て！」とサービス。

「なにかを嗅ぎつけたんだ！」ブリアンも言い、ファンの方へ近づいた。

ファンは片方の前足をあげ、口を開けたまま立ち止まった。次の瞬間、突然、湖に面した側の崖のふもとに生えていた灌木に向かって駆け出した。

ブリアンと仲間たちも後を追う。数秒後、犬と少年たちは古いブナの木の前で立ち止まった。幹に、ふたつの文字と年が刻んであった。

「ＦＢ　１８０７」

四人は、長いこと黙りこくり、身動きもせずに刻まれた文字をみていた。けれどファンは再び元来た方へと返し、崖の方に向かって姿を消した。

「おーい、ファン！　おーい！」ブリアンが呼んでも戻らず、吠える声が聞こえてきた。

「気をつけよう」ブリアンが三人に言う。「離れるな、気をつけて！」

事実、警戒は充分に必要だった。もしもこの辺りに原住民がいるとしたら、特にそれが南米の草原地帯で暮らす獰猛な種族であったなら、彼らの存在は危険だった。小銃に弾をこめ、拳銃を手に、四人は警戒して進んだ。

崖の角を曲がると、川の水がすぐそこに迫った狭い土手だった。二十歩ほども歩かぬうち、ドニファンが身を屈めて何かを拾った。

それは、半分朽ちかけた柄にかろうじて刃のついたつるはしだった。ポリネシア諸島の原住民が作ったようなものではなく、アメリカかヨーロッパで作られたものだ。小舟についた輪っかのように、つるはしの刃もひどく錆びていた。この場所に忘れられ、もう長いこと経っているのは間違いない。

そこにもまた、ひとの暮らしの跡があった。不規則に掘られた畝、小さな四角い畑に植えられたヤムイモは好き放題に伸びている。

突然、陰鬱な吠え声が空を裂いた。一瞬後、ファンが現れた。正体のわからない何かに興奮しているようだ。くるくると回り、少年たちの前に走ってくると、少年たちを見上げ、ついてこいと言っているようだった。

「とんでもない何かがあるんだ」ブリアンがなだめようとしても、犬の落ち着きは戻らない。

「ついていってみよう!」ドニファンが言い、ウィルコックスとサービスに合図した。

十歩ほども歩かぬうちにファンは、枝が崖のすそに絡みついた灌木の茂みの前で立ち止まった。

その茂みには何か動物の、あるいは人の屍が隠れているのだろうか? それをファンは嗅ぎつけたのか? ブリアンは、確かめようと前へ踏み出した。からみついたやぶを取り除くと、そこにあったのは狭い岩の裂け目だった。

「洞穴があるんだろうか?」数歩後ずさりながら、ブリアンが問う。

F B
1807

「そうかもしれない」とドニファン。「でも中に何があるんだろう」

「見てみよう！」ブリアンは言い、入り口を塞いでいる枝を除くため、バッサ、バッサと斧をふるった。そうしながらも耳を澄ましてみたが、中から怪しい物音は聞こえてこない。やっと開いた洞穴の入り口に身体をすべりこませようとするサービスを、ブリアンが止めた。

「ちょっと待った、ファンを見るんだ！」

ファンが声を殺して低く唸る。聞く者がぞっとするような声だ。もし洞穴の中に誰かが隠れていたら、これだけでとっくに逃げ出していただろう。

どうなっているのか、確かめなくてはならない。中の空気が汚れていないかどうか確かめるために、ブリアンは枯れ草に火をつけて投げ入れてみた。地面に落ちた枯れ草はぱっと燃えた。呼吸のできる酸素があるということだ。

「入ろうか？」とウィルコックス。

「うん」ドニファンが答える。

「ちょっと待って、中が見えるように」ブリアンがいい、川岸から伸びた、やにのついた松の枝をとって火をつけた。彼の後から仲間たちも一緒に、やぶのあいだの入り口へ入っていった。

入り口は高さ五フィート、幅二フィートくらい。けれども中に入ると、天井が十数フィート、幅はその二倍くらいの空間が広がっている。足の下はよく乾いてしっかりした砂地だ。

中に入ると、ウィルコックスは木で作った腰かけにぶつかった。腰かけはテーブルのそばに置かれ、その上にはいくつかの道具や砂岩質の壺、皿に使っていたと思われる大きな貝殻、刃がこぼれて錆びたナイフ、釣り針が二つか三つ、それにブリキのコップがのっている。コップも壺もからっぽだった。向かいの壁のそばには粗末なつくりの箱が置かれ、中にはぼろぼろの服が入っていた。

この洞穴がひとのすみかだったことは、明らかだった。けれどいつ、誰が住んでいたのか？ここに住んでいたひとは、いまどこにいるのか？

奥には粗末な寝台があった。ぼろぼろの毛布がかかっている。枕元の棚にはコップがもうひとつ、それと木でつくった燭台が置かれていた。燭台の受け皿には焼けこげた灯心が残っているばかりだ。この寝台の毛布の下に屍が隠れているのかと少年たちは後ずさりした。

嫌悪感を抑えてブリアンが毛布をはだけると……寝台は空だった。

ほどなくして四人は、外で待っていたファンに合流した。ファンは明らかに興奮しており、悲痛な吠え声をあげた。

少年たちは川岸を降りた。けれども、二十歩ほどもいかぬうちに立ち止まった。恐怖で動けなかった。

目の前でブナの根にからまっているのは、ひとの骸骨の残骸だった。

あの洞穴で長いこと暮らしていた不幸な男は、ここで最期を迎えたのだ。あの粗末な隠れ家《が》、彼がすみかにしていた洞穴は、彼の墓場にすらならなかったのである。

第九章　遭難者からの贈りもの

洞穴への訪問～家具と道具～ボーラと輪縄～時計～ほとんど読めないノート～遭難者の地図～どこへ～野営への帰路～川の右岸～湿地～ゴードンの合図

ブリアン、ドニファン、ウィルコックスとサービスはそれぞれ、黙りこくった。ここで命絶えたこの男は、誰だったのだろう？　最期まで来ない助けを待ち続けた遭難者だったのか？　どこの国から来たのか？　若いときにこの地に来たのだろうか？　老いさらばえて死んでいったのだろうか？　どうやって必要を満たしていたのだろう？　もし遭難者だとしたら、他の者たちは生き延びたのだろうか？　共に遭難した者たちが死んだ後も、彼ひとりが生き延びたのだろうか？　洞穴で見つけた道具類は、船から持って来たものだろうか、あるいは彼が自分の手で作ったものだろうか？

これらの問いにも、答えは永遠に返ってこないのだ。

そしてもっと重要なことがあった。この男が生き延びた地は大陸なのに、なぜどこか内陸の町や、どこかの港へ逃げなかったのか？　母国に帰るのはそれほどに難しく、それほどに困難で、それゆえに戻れなかったのか？　あまりの遠さゆえに、戻ることを断念せざるを得なかったのか？　確かなのは、この不幸な男が病に倒れたにせよ老齢で弱ったにせよ、洞穴に戻る力もなく木の根元で息絶えたということだ。洞穴に戻ってもっと詳しく調べてみる必要がある。何かこの男について、どこから来たのか、どんなふうに暮らしたのかについて、手がかりになる文書が見つかるかもしれない。それにもうひとつ、ヨットを離れた後で洞穴に引っ越すことができるかどうか調べるのも有用だろう。

「行こう！」ブリアンが言った。

ファンを従えて、四人は二本めの松明を灯し、ふたたび洞穴に入った。

右側の壁にしつらえた棚の上に最初に見つけたのは、脂に麻くずを浸して作った粗末なロウソクだった。サービスがそれを燭台にのせて火を灯し、探索がはじまった。

何よりまず、洞穴のつくりを調べる必要がある。ここに住めることはもう疑う余地がないからだ。それは、地質時代に遡ると思われる空間だった。土手に面した入り口以外に開いた口はないのに、少しも湿気がない。石灰岩で出来ているらしい壁も、さらりと乾いている。斑岩や玄武岩の洞窟で鍾乳石をつくる、数珠玉のように繋がった浸透水の結晶はどこにも見られなかった。洞穴の向きは、海からの風も入らない方向に面している。確かに、日中はほんのわずかな陽光しか入らない。でもそれは、岩壁にひとつかふたつ、窓を穿《うが》つことで解決するだろう。空気の通りをよくすれば、十五人が暮らすことも可能だろう。

洞穴の大きさは幅が二十フィート、奥行きが三十フィートくらい。みんなの寝室と食堂、広間、台所の役をいっぺんに果たすには不充分だ。けれども、冬のあいだ五、六ヶ月をすごせればよいのだ。その後は北東に進み、ボリビアかアルゼンチンのどこかの町を目指すのだから。

もしもここでずっと暮らさねばならないとしたら、比較的柔らかい石灰岩の壁を穿って、暮らしやすいように整える必要がある。けれどもこの洞穴でも、夏がふたたび来るまで満足にすごせるだろう。

それがわかると、ブリアンは洞穴で見つけたものを記録しはじめた。実のところ、ごくわずかな品しかなかったのだ！　この不幸な男は、ほとんど何も持たずにここにやってきたにちがいなかった。遭難の後、何を拾い集めたのだろうか？　形をなさない漂流物、壊れた円材、船板のかけらを使って作った寝台、テーブル、箱、椅子、そして踏み台。この質素なすみかの家具といえばそれだけ。スラウギ号の遭難者よりも運の悪かったこの男は、道具もほとんど持っていなかった。わずかな工具、つるはしと斧、二、三の調理器具、ブランデーが入っていたらしい小さな樽、槌、金属用のたがね二本、のこぎり一本。一見するところ、持ちものといえばそれだけだった。これらは、河口堰近くに残骸しか残っていない、あの小舟から持って来たものだろう。

ブリアンはそう考え、仲間にそれを伝えた。骸骨を見た時は少年たち自身も同じように死んでいくのかという不安を感じて恐ろしかった。けれど、この男にはなかったものを少年たちは持っている。そう考えると、再び自信が戻ってくるのだった。

しかしこの男は誰なのか？　どこから来たのか？　いったいいつ頃遭難したのか？　その死から多くの年月が流れていることは間違いない。木の根元で見た骨の状況からしてもそれは明らかだった。それに、つるはしや小舟の輪の鉄の錆び具合や洞穴の入り口を覆っていた灌木の茂りかたも、この遭難者の死は遠い昔であることを物語っている。この仮説を確信に変えるようなしるしが、何か見つかるだろうか？

調べ続けるうちに、他のものも見つかった。コンパス、やかん。鉄の留め釘、索の結び目を解くための太い針《マリーンスパイク》など、水夫の使う道具。けれども船で使う道具は他になかった。望遠鏡も、羅針盤も、野鳥を撃ったり、野生動物や原住民から身を守ったりするための銃さえもなかった。

生き延びるために、この男は罠を使ったに違いない。そう判ったのは、ウィルコックスが叫び声をあげたときだった。

「なんだこれ？」

「これ？」とサービス。

「ボールのおもちゃだ」とウィルコックス。

「ボールのおもちゃだって？」驚いたブリアンが答えた。けれどもすぐに、ウィルコックスが見つけた二つの丸い石が何に使われていたのか判った。それは南米の原住民がよく使う「ボーラ」と呼ばれる狩りの道具で、一本の紐の両端にそれぞれ球がついている。使い慣れた人がこれを投げると、うまく動物の脚に絡みつく。動けなくなった動物を狩人が捕獲する、というわけだ。

洞穴の住人がこれを作ったことは疑いの余地がない。それから、ボーラと似た働きをするけれどももっと近距離で使う、ラソという輪縄もあった。

洞穴で見つかったものといえばそれくらいだった。ブリアンと仲間たちのほうが、比べものにならないくらい恵まれている。ただし、向こうは大人だが、こちらはこどもばかりだ。

この男は単なる水夫か船の士官で、前から持っていた知識を応用したのだろうか？　もっと事情をはっきりさせるような材料を発見しないことには、それを確かめるのは無理だった。

寝台の枕元、ブリアンが脇にどけた毛布の端に隠れて、壁に釘で打ちつけた時計があるのをウィルコックスが見つけた。

それは水夫が使うものよりも珍しい繊細な作りで、二重になった銀のケースに入っており、同じく銀の鍵がついていた。

「時間を！　時間をみて！」とサービス。

「時間は何も教えてはくれないよ」ブリアンが答える。「あの不幸な男が亡くなる何日も前に止まっていたに違いないからね」

ブリアンはケースを開けた。継ぎ目が錆びていたので少々苦労したが、針が三時二十七分を指しているのが見えた。

「でも」とドニファンが言った。「この時計には名前が彫ってある。それが何かの手がかりになるかも」

「そうだね」とブリアン。

ケースの中を見ると、こう刻んであるのがかろうじて読めた。

「デルプーク、サン・マロ」

時計製作者の名前と、住所に違いない。

「フランス人だったんだ。ぼくと同じ！」驚いてブリアンが叫んだ。

この洞穴にはフランス人が住んでいたのだ……その孤独に、死が終止符を打つまで。

その発見の直後、さらに大きな発見があった。ドニファンが寝台をずらすと、床にノートが落ちていた。黄色くなったページは鉛筆の走り書きで埋まっていた。

残念なことに、そのほとんどは読み取ることができなかった。けれども、いくつかの言葉は読み取ることができた。その中に、「フランソワ・ボードワン」とあった。

遭難者があの樹の幹に刻んだ、あのＦＢはこの名前の頭文字ではなかったか？ ノートは彼がこの地に漂着してからの日々を綴った、日記だった。時の流れにかろうじて消されることなく残ったいくつかの解読可能な箇所から、ブリアンは次の言葉も読み取った。「デュゲイ・トルーアン」太平洋のこの海域で遭難した船の名前と思われる。

最初のページの日付は一八〇七年。頭文字の下に刻まれていたのと同じ年だ。それが遭難した日付に違いなかった。

フランソワ・ボードワンがこの岸に到着してから、五十三年が経っていた。そのあいだずっと、外からの救いは訪れなかったのだ。

もしもその間、フランソワ・ボードワンがこの大陸の別の場所に移動できなかったとすると、それは何か越え難い障壁に行く手を阻まれたからなのだろうか？

少年たちは、自らが置かれた状況の厳しさについて、改めて気づきはじめていた。大人の男が、それも厳しい旅にも慣れた水夫が、疲労に負けて達成できなかったことが、自分たちに達成できるのか？

最後に見つけたものによって、少年たちは、この地を立ち去るという彼らの望みは叶えられないのだということを思い知らされた。

ドニファンがノートをめくるうち、ページのあいだから折り畳んだ紙が出てきた。それは地図だった。水と煤で作ったらしいインクで書かれている。

「地図だ！」ドニファンが叫んだ。

「おそらく、フランソワ・ボードワンが描いたんだ！」ブリアンが答える。

「そうだとしたら、このひとは普通の水夫じゃないね」とウィルコックス。「地図を描けるってことは、きっとデュゲイ・トルーアンの士官だったんだ」

「そうかな」とドニファン。

それはこの辺りの地図だった。スラウギ湾は一目でわかった。岩礁、少年たちが陣営を張っている砂浜、西側を歩いてきた湖、沖の三つの島、川岸まで迫る崖、そして森の全域も記してある。

湖の向こう岸の先にはまた森が広がり、その先には浜が、そしてその浜の向こうには海が、ぐるりと周囲を取り巻き広がっていた。

東方へ救助の手を求めて旅する計画もこれでおじゃんだ。ドニファンではなく、ブリアンが正しかったのだ。大陸だと思ったこの地は、ぐるりと海に囲まれていた。ここは島だった。だからこそ、フランソワ・ボードワンはここを脱出できなかったのだ。

この地図には島の輪郭がほぼ正しく記録されているのは明らかだった。三角測量で測定したわけではないから、距離は概算に過ぎないだろう。けれども、スラウギ湾から湖までのブリアンとドニファンの観察に基づくと、距離の誤差はさほどの問題ではなかった。

この遭難者は島をくまなく歩き、地理的な特徴をつかんでいた。藁葺き小屋も川の堰も彼が作ったものだろう。

フランソワ・ボードワンが描いた島の様子は、こんな具合だった。

この島は横長で、大きな蝶が羽を広げたような形をしていた。中央の部分はスラウギ湾ともうひとつの東に位置する湾に挟まれており、南にはもっと開いた三つ目の湾がある。広大な森の真ん中の湖は縦が約十八マイル、幅が五マイル。ブリアンとドニファン、ウィルコックスとサービスが西側の岸に立ったとき、北岸も東岸も南岸も見えなかったのは無理もない。だから最初はそれが海だと思ってしまったのだ。湖からは何本かの川が流れ出していた。洞穴の前を流れる川はスラウギ湾の、少年たちの野営のすぐそばへと流れ出ていた。

この島の中で特筆に値する唯一の高地は例の崖で、湾の北の岬から川の右岸まで続いている。島の南側については、荒れ地で砂が多いようだ。川の向こう側は沼地で、南にいくにつれ幅が狭まっている。北東と南東には砂丘が続き、スラウギ湾とはだいぶ様相が異なっている。

地図の下に書かれた縮尺を見ると、この島は南北の最も長い部分が五十マイル、東西の最も幅の広い部分が二十マイルほどの大きさだった。形の不規則さを計算に入れると、島の周囲は概ね百五十マイルになる。

この島がポリネシア諸島に属するものなのか、太平洋の孤島なのかについては、推測ができない。

ひとつ確かなのは、スラウギ号の遭難者たちにとってこの地は仮の宿ではなく、永住の地となることだ。そして、冬の嵐がスクーナーを木っ端微塵にする前に、ちょうどよい避難所となりそうなこの洞穴に引っ越すことが先決だ。

一刻の遅れもとらず野営に戻らなければならない。ゴードンは心配しているだろう。ブリアンと仲間たちが出発してから、三日目になっていた。なにか災難に見舞われたと思っているかもしれない。

ブリアンの提案で、その日のうち、十一時に出発することにした。崖を再び登るのは遠回りだ。地図によれば、最短距離は東から西に流れる川の右岸を通っていくことだった。湾までは七マイルちょっとだから、数時間で歩き通せるだろう。

出発前に、少年たちはフランス人の遭難者に最後の手向《たむ》けをした。つるはしをふるってフランソワ・ボードワンが自分の名を彫った木の根元に墓を掘り、木の十字架でしるしをつけた。

厳かな儀式を終えると四人は洞穴に戻り、動物が入り込まないように入り口を塞いだ。残りの食糧を食べ終えると、少年たちは川の右岸を崖に沿って下っていった。一時間ほどすると、崖が北西へ逸れる地点に出た。

土手には木や灌木も少なく、川に沿っていくのは歩きやすかった。

歩きながら、川が湖とスラウギ湾とを繋ぐことを念頭に、ブリアンは周囲を注意深く観察していた。少なくとも上流の部分では、小舟か筏を綱で曳くか竿で押せば、荷物の運搬が楽にできるだろう。とりわけ、湖まで及ぶ潮の満ち引きを利用できれば尚更だ。大切なのは、急流や、川幅の狭すぎる場所、川底の浅すぎる場所がないかどうか確認することだ。だがそのような箇所はなく、湖を出てから三マイルほどのあいだ、川は極めて航行しやすい状態だった。

けれども午後四時頃、土手のルートを諦めなくてはならなくなった。土手は幅が広くて足場の脆い湿地帯に変わり、歩くのが危険になったからである。森を通っていくのがよいだろうということになった。

羅針盤を手にブリアンは、スラウギ湾まで一番近道の北西を目指した。背の高い藪がからみあって行く手を阻んでいたので、切り抜けるのに時間がかかった。白樺や松、ブナの梢が天蓋をつくり、ほとんど夕暮れ時のような薄暗さだった。

この状態で二マイル、疲れのたまる行程を切り抜けた。かなり北まで広がっている湿地をようやく回りきったとき、最善のルートは再び川の土手へ戻ることだった。なぜなら、川はそのままスラウギ湾に流れ込んでいるのだから。けれども遠回りが大きく、ブリアンとドニファンは川まで戻ることで時間を取りたくないと考えた。そのまま森を進み続けたが、七時近くになって道に迷ったことに気づいた。

このまま森の中で一晩を過ごすはめになるのだろうか？　もしも空腹を激しく感じはじめたときに食糧がまだあったなら、それでもなんとかなっただろう。

「進もう」とブリアン。「西を目指していけば、野営に辿り着けるだろう」

「ただし、地図が間違っていなかったらね」とドニファン。「あれが湾に注ぎ込む川じゃなかったらどうする！」

「ドニファン、どうして地図が間違っていると思うんだい？」

「ブリアン、どうして正しいと思うんだい？」

ドニファンはまだ失望をうまく消化していないらしく、遭難者の描いた地図に対しても半分ほどしか信用していないのだ。けれどもこの島の中で少年たちがこれまでに通ってきた行程を見ると、フランソワ・ボードワンの地図は正確だった。ブリアンはこのことについて議論しても無駄と考え、ただ毅然として歩き続けた。

八時近く、闇はいよいよ濃く、あまり先が見えなくなった。この森の果てにはもう辿り着くことさえできないと思えた。

そのとき、樹々の間から激しい閃光が空を切り裂いて飛んだ。

「あれはなんだ？」とサービス。

「流れ星かな？」とウィルコックス。

「ちがう、信号弾だ！」とブリアン。「スラウギ号から打ち上げた信号弾だよ！」

「ゴードンからの合図だ！」ドニファンが叫び、返答のしるしに空砲をあげた。

二度目の信号弾が闇を裂いて上がったとき、少年たちは夜空に目指すべき星を見つけた。ブリアンと仲間たちはその星の下を目指して進み、四十五分後にはスラウギ号の野営に帰還した。

やはりあれは、仲間が迷ったのではないかと危惧したゴードンが、スクーナーの場所を知らせるために撃った信号弾だった。そのひらめきがあったからこそ、ブリアンとドニファン、ウィルコックスとサービスの四人はその晩、ヨットの寝台の中で疲れを癒すことができたのである。

第十章 新しい〝家〟へ

探検の話～スラウギ号との別れを決断する～ヨットからの引越し、そして解体～テント生活～筏を作る～積荷、そして出航～川の上での二晩～フレンチ・デン到着

ブリアンと三人の仲間は歓待を受けた。ゴードン、クロス、バクスター、ガーネットとウェッブは両手を広げて彼らを抱きしめ、小さい子たちは首っ玉にかじりついた。喜びの声と、堅い握手。ファンも、小さいこどもたちに負けないくらいにぎやかな吠え声をあげて、再会の喜びを分かち合った。なんと長い不在に思えたことだろう！

「道に迷ったのだろうか？　原住民に捕まったのだろうか？　人食い族に襲われたのだろうか！」スラウギ号に残った仲間たちはそう考えては心配していたのである。けれどもブリアン、ドニファン、ウィルコックスとサービスは無事に帰還した。探検の話をたっぷりとたずさえて。けれども四人は長い強行軍で疲れ果てていたので、探検の話は翌朝に持ち越しになった。

「ここは島なんだよ！」

ブリアンにはそう言うのが精一杯だった。それだけでも仲間たちには、どんな苦難が待ち受けているのかがわかった。けれどもゴードンは落胆をあらわにはせずブリアンの知らせを受け止めた。

「そうか。そんなことだと思っていたよ」とゴードンは言っているように見えた。「でもたいした問題じゃないさ」

翌日、四月五日未明に、年長のゴードン、ブリアン、ドニファン、バクスター、クロス、ウィルコックス、サービス、ウェッブ、ガーネット、そしていつも賢い助言をくれるモコが、船首に集まった。年少の子たちはまだ、眠っていた。ブリアンとドニファンは代わる代わる話し、仲間たちに見てきたことを伝えた。川に石を並べて作られた堰や、藪に隠れた藁葺き小屋を見て、誰か人が住んでいると思ったこと。はじめ海と思えた広大な水の広がりが湖だと知ったときのこと。新しい手がかりに導かれて湖から流れ出る川のほとりに洞穴を見つけたことや、フランス人のフランソワ・ボードワンの遺骨をどんなふうに見つけたか、ということ。そしてこの遭難者によって描かれた地図をみて、スラウギ号が漂着したこの地が島だと知ったこと。

ブリアンもドニファンも詳細を端折ることなく、くわしく報告した。そして皆で地図を眺めた。もう外から来る助けを待つしかないのだと、心に刻みながら。

もしも未来に暗雲がかかっていても、そしてもしも若い遭難者たちに神への祈りしか残されていなくとも、ゴードンはだれよりも冷静を保っていた。このアメリカ人の少年は、ニュージーランドで待つ家族もいない。現実的で論理的、組織だった考えをするこの少年にとって、小さな共同体を作ることはどうということはないのだ。ゴードンにとってこれはもともと持っている能力を活かす機会だった。仲間たちにも、協力さえしてもらえればみんなでやっていけるからと言い聞かせた。

この島はある程度の大きさがあるので、太平洋の南アメリカ近辺の地図に載っていないはずはないと思われる。細かく調べてみたが、スティーラーの地図には、ティエラ・デル・フエゴやマゼラン海峡周辺、デソラシオン島、レイナ・アデライダ群島、クラレンス島を含む列島以外には主要な島はない。もしもこの島がこれら群島の一部であり狭い海峡をはさんで向うに陸を望むなら、フランソワ・ボードワンもそう地図に描いているはずだった。つまり、これは孤島であり、これらの群島よりも北、あるいは南にあるはずだ。けれども充分な資料や必要な道具がなければ、太平洋のいったいどこにあるのか知ることはできない。

まずは、冬がきて移動が困難になる前に、引っ越すことが先決だ。

「湖畔に見つけたあの洞穴をすみかにするのが一番いいと思う」ブリアンが言った。「あそこなら安全だ」

「全員が住めるくらい広いの?」とバクスター。

「いや」とドニファン。「でも内壁を掘って、広げることができるだろう。道具もあるし」

「とりあえず、そのままの状態で引っ越してみよう」ゴードンが答えた。「もしも窮屈だったら、そのときは……」

「なによりも、なるべく早く荷物を移せるようにしよう!」とブリアン。

実のところ、急がねばならなかった。ゴードンの言うように、スクーナーは日、一日とどんどん住みづらくなっていた。最近の雨とそれに続く太陽の熱で、船体や甲板がはがれてきていた。帆の裂け目から風や雨も入ってくる。それに、砂に浸透した水の作用で船体が沈み、柔らかくなった砂の中でヨットは明らかに傾きを増していた。春分や秋分の季節にやってくる彼岸嵐が吹き荒れたら、スラウギ号は数時間のうちにばらばらにされてしまうだろう。一刻も早く船を出るだけでなく、秩序だてて解体する必要がある。フレンチ・デン（少年たちはフランス人遭難者を偲び、「フランス人の洞窟」を意味するこの名をつけた）への引越しに際して、船《ふな》梁《ばり》、船板、鉄に銅など使えるものすべてを取っておくためだ。

「あそこに引っ越すまでのあいだ、どこで暮らす？」ドニファンが尋ねた。

「テントさ」とゴードン。「川岸の、樹々の間にテントを立てるんだ」

「それがいいね」ブリアンが答える。「一刻も早く取りかかろう！」

船の解体、資材や食糧、備品の移動、筏づくり、そして荷物の輸送、これらのことを成し遂げるには少なくとも一ヶ月かかる。スラウギ湾を出発する前に五月を迎えることだろう。それは北半球でいえば十一月にあたる。もう冬の入り口だ。

荷物の移送を水路から行なうため、新しい野営を張るのにゴードンが川岸を選んだのは合理的な判断だった。他のどのルートよりもまっすぐ目的地につながっているし、便利である。ヨットを解体した後に残ったもののすべてを運ぶのに、森の中や川の土手を通るのはほぼ不可能だ。逆に、湖まで及ぶ潮の力を利用して筏で運べば、最小限の労力ですむ。

川の上流には急流もなく、川幅が狭まったり川底が浅くなったりすることもないのは、すでにブリアンが確かめていた。湿地から河口までの下流についても、ブリアンとモコがボートを使って遡り、航行可能であることを確かめた。つまり、スラウギ湾からフレンチ・デンまで、ずっとつながった水路があるというわけだ。

これに続く数日、少年たちは野営を川岸に移すのに大忙しだった。二本のブナの下枝を、三本めのブナの枝に繋ぎ、そこに予備の大檣帆《メインセイル》を張った。係留具でしっかり帆を固定したこのテントの下に、寝具や必需品、武器に弾薬、そして食糧品を運び込んだ。筏はヨットの船材で作るので、まず船を解体しなければならない。

晴れが続き、空模様は申し分なかった。風のある日も陸地から吹いていたので、作業は滞りなく進んでいた。

四月十五日ごろ、ほとんどすべてのものを船から運び出した。残っているのは、重すぎて解体しなければ出せないものばかりだ。バラスト用の鉛塊、船倉に納めた水槽、帆の巻き上げ機、厨房など、機具がなければ持ち上げることのできないもの。船具については、前方マスト、帆《ほ》桁《げた》、支檣索、金属製の後支索、鎖、錨、また船に大量に備えてある綱具、引き網、麻糸などを、少しずつテントのそばに運んでいた。

これらの作業を急いだのはもちろんのことだが、日々必要なことを忘れていたわけではない。ドニファンとウェッブ、ウィルコックスは時間を作っては、岩鳩や沼地にやってくる他の鳥たちを仕留めに出かけた。小さい子たちは浜から潮が引くと貝を採りにいった。ジェンキンスとアイバーソン、ドール、コースターたちが、潮だまりの上をひな鳥のようにぱたぱた駆けていく様子は可愛らしかった。こどもたちが足を濡らすと、厳しいゴードンに叱られ、優しいブリアンに慰めてもらう。ジャックも年少のこどもたちと一緒に貝を採ったが、みんなと一緒に笑い声をあげることはなかった。

いつも冷静で実践的なゴードンのおかげで、作業は問題なく進んでいた。明らかに、ブリアンや他の者の言うことは聞かないドニファンも、ゴードンの言うことなら聞いた。少年たちのこの小さな世界は調和に包まれていた。

しかし、急がねばならない。四月後半は天気が悪くなってきた。平均気温もぐっと下がり、未明には温度計が零度以下になる日もあった。冬が迫っている。そして冬と一緒に雹《ひょう》や雪、突風が迫っていた。太平洋のこのあたりでは、悪天候は恐ろしいものだ。

病を予防するために、年少組も年長組も温かい服を着るようにした。冬のために準備した、ぶ厚いセーターやズボン、ウールの上着。これらの衣服は質やサイズによってゴードンの目録に分類されていたので、たやすく見つけることができた。ブリアンはこまめに小さい子たちの世話を焼いた。彼らの足が冷えていないか、泳ぎにいったあと、冷たい風に当たっていないか。ちょっとでも風邪気味なときには、日夜絶やさない火のそばに寝かせた。ドールとコースターは何度かこうしてテントに寝かされ、モコが船の薬箱から見つけてきた煎じ薬をせっせとのませるのだった。

船がすっかり空っぽになったので、少年たちはすでにあちこちに裂け目の出来ていた船体の解体にとりかかった。被覆用の銅板はフレンチ・デンの内装を整えるのに使うため、丁寧に剝がした。次に、やっとこ、ペンチ、ハンマーを持ち込み、外板を肋材に留めていた金釘や木釘を取り除いた。経験の浅い、まだ充分に筋力もない少年たちには辛い仕事だった。解体はなかなか進まなかったが、四月二十五日に襲った嵐が作業を助けてくれた。

すでに寒い季節に入っていたが、気圧計のしらせどおり、夜の間に激しい嵐がやってきた。稲妻が空を裂き、雷鳴は朝まで止む事なく続いて年少のこどもたちを怯えさせた。幸い雨は降らなかったが、二度、三度、突風に飛ばされないようテントを支え直す必要があった。樹に支えられたおかげでテントは一撃を免れたが、船は突風にさらされ、巨大な波に打たれていた。

解体は終わった。外板が剝がされ、肋材も外され、竜骨は砕け、船は残骸となって横たわっていた。文句ない出来だった。引いていく波は船の残骸のほんの一部だけを連れ去り、それらもほとんどが浜に押し戻されていた。金具類は難なく砂の上に見つけることができた。

その後数日間、みんな大忙しだった。船梁、船板、船倉の錘《おもり》、重くて持ち上げられないものがそこら中にちらばっていたので、それらを川の右岸、テントから数歩のところまで運んだ。

まったく、大変な仕事だった。だれもがへとへとになったが、それでもなんとか最後の一つまで運びきった。少年たちが一緒になって、声をかけ合いながら重い木材を曳いている姿は奇妙な光景だった。円材をてこにつかったり、小さな丸い木を下において重いものを動かす助けにしたりした。もっともてこずったのは、巻き上げ機と厨房のかまど、そして水槽だった。これらの重さときたら生半可なものではなかったからだ。彼らを指導してくれる大人たち、ブリアンやガーネットの父がいたら、エンジニアや船長がいたら、どんなによかっただろう。少年たちが犯した間違いや、これからも犯すであろう間違いを、正してくれただろうに！　それでも、機械類の仕組みに明るいバクスターは熱意をもって創意工夫に取り組んだ。バクスターが考え、モコの助言を得て、砂に杭を打ち込んで複滑車を固定した。これで少年たちの力が十倍になり、なんとか目的を達成したのである。

二十八日の夕方には、スラウギ号に残っていたものをすべて川岸に運ぶことができた。ここからフレンチ・デンまでは川が運んでくれるから、最も大変な作業をやりとげたことになる。

「明日から、筏を作るぞ」ゴードンが言った。

「うん」とバクスター。「筏を動かす手間を省くために、川の上で作ったらどうかな」

「それは大変だぞ」とドニファン。

「いや、大丈夫だ」ゴードンが答える。「作るのが少々大変でも、その分浮かべるのは楽になるだろう」

実際のところそれは良案だった。翌日には筏の骨組みづくりがはじまった。なにしろ、重くてかさばる荷物も充分載せられるようなものでなくてはならない。

スクーナーの船梁、二つに折れた竜骨、前檣、根元から四フィートのところで折れた大マスト、格子柵や船中部の梁、第一斜檣、前檣帆桁、ブーム、支え棒《ガフ》などを、川岸の満潮時にだけ水が押し寄せるところに運んだ。やがて潮が満ちると木材は水にのって川の水面に浮かんだ。そこで長い材木を縦に並べ、短い材木を横に渡し、しっかりと繋ぎ合わせた。

こうして、組み立てた骨組みの長さはおよそ三十フィート、幅十五フィート。一日中みんなで働き続けたおかげで、夜になるころには筏の枠組みが完成した。潮に押されて上流に持っていかれたり、あるいは引き潮にのって海へ流れ出さないよう、ブリアンが筏を川岸の樹に結びつけた。

働きずくめの一日が終わりみんなへとへとではあったが、旺盛な食欲で夕食を平らげると朝までぐっすり眠った。

翌日三十日、夜明けと共に全員が働きはじめた。筏の甲板を作らなければならない。それにはスラウギ号の甲板板と外皮板を使った。しっかりと金槌で打ち込んだ釘や綱で材木を繋ぎ合わせ、頑丈な甲板ができた。

作業には三日かかったが、全員大急ぎでやった。一時間も無駄にはできないのだ。岩礁のあいだの水溜りや川岸にはうっすらと氷が張るようになった。火を焚いていても、テントの中では寒すぎて辛い。ゴードンと仲間たちは毛布にぴったりくるまって互いに寄り添い、寒さをしのいだ。なんとしても早くフレンチ・デンに引っ越さねばならない。洞穴では少なくとも、冬の厳しさをやりすごすことができるだろう。緯度の高いこの辺りでは、冬の寒さはかなりのものになる。

言うまでもなく、筏の甲板は頑丈でなければならなかった。もしも途中でばらばらになったりしたら、積荷を川底に失うことになる。そんな悲劇を防ぐためにも出発を一日遅らせる必要があった。

「それでも、五月六日には出発したほうがいい」ブリアンが言った。

「なぜだい？」とゴードン。

「明後日は新月だ。それから数日は潮が高い。潮が高ければ高いほど、川を遡る助けになる。ゴードン、想像できるかい？　この重い筏を綱で曳いたり、竿で押したりするはめになったら、目的地には到底辿り着けないよ！」

「きみの言う通りだ。どんなに遅くとも、三日後には出発しよう」

準備が整うまで、全員が休みなく働くと決めた。


五月三日、船荷を積みはじめた。筏の平衡を保つよう、注意深く積まなくてはならない。それぞれの力に応じてみんなが働いた。ジェンキンス、アイバーソン、ドールとコースターは様々な道具や器具など小さいものを運び、ブリアンとバクスターがゴードンの指示にしたがってそれらを配置した。かまどや巻き上げ機、水槽、金具類や被覆用の銅板などスラウギ号に最後まで残した重いもの、曲がった肋材、船板、甲板の格子柵や上げ蓋は積み込むのにかなりの苦労を要した。それから食糧、ワインやエールの樽、酒類、それに海岸の岩のあいだで見つけた塩を詰めた袋二つも忘れてはならない。荷物を積みやすくするよう、バクスターは二本の円材を四本の綱で固定した。上端から垂らした綱に巻き上げ機を付ける。これは、ヨットに装備してある水平ウィンチのひとつを使った。これによって、地上に置いたものを持ち上げ、コントロールした力で甲板にそれを降ろすことができる。

すべての作業を賢明に、熱心にこなしたおかげで、五月五日の午後にはすべての準備が整った。もうあとは、筏の係留綱を解くだけだ。でもそれには翌朝八時、満ち潮が河口に押し寄せるのを待たねばならない。作業はすべて終わった、これで夜まで少し羽根が伸ばせる……少年たちはそう思っただろうか。けれどもゴードンの一声で、また新たな仕事が出来た。

「みんな。これからぼくたちは、この湾を離れる。だから、この目で海を見張ることはもう出来なくなる。もしこの島の沖を船が通っても、合図することも出来なくなる。だから、崖の上にマストを立てて、そこに旗を掲げておいたらいいと思うんだ。そうすれば、沖を行く船の注意を引くことができるんじゃないか」

みんなこの提案に賛成だった。筏を作るのに使わずに残っていたトップマストを崖のふもとまで運んだ。川の土手に近いところで、ここなら登りもそれほど急ではないのだが、それでも曲がりくねった勾配を崖の頂まで登るのは骨が折れた。

なんとかやりおおせ、マストを崖の上にしっかりと立てることが出来た。旗綱を引いてバクスターが英国旗を揚げると、同時にドニファンが記念の祝砲を撃った。

「おい、おい！」ゴードンがブリアンに言う。「ドニファンが英国の名においてこの島を領地にしているぞ！」

「もうとっくに彼のものにしていたって驚かないさ」とブリアン。

ゴードンはしかめっ面をしただけだった。彼がこの島を時おり「ぼくの島」と呼んでいるのを見ると、どうやらこの島をアメリカ領だと考えているのかもしれなかった。

翌日、夜明けと共に全員が起きた。急いでテントをたたみ、寝具を筏に運んだ。筏には、目的地まで無事にそれらの荷物を運べるよう帆布を敷いてある。すくなくとも、天候が激変する兆しはない。それでも風の方向が変わったせいで、沖から霧が流れてくるかもしれない。

　七時、準備は終わった。筏の甲板は、必要とあらば二、三日はそこで暮らせるように準備してある。食糧も、二、三日は火を使わずに済むよう、モコがたっぷり料理してあった。

　八時半、全員が筏の上で持ち場についた。年長の少年たちは縦帆の支え棒《ガフ》やスパー（マストなどに使う円材）を手に乗り込んだ。潮の流れに舵は利かないので、それを竿がわりにして操ろうというわけだ。

　九時少し前、潮が満ちてきた。筏の骨組みがきしみ、係留具がガチャガチャと音を立てる。けれども最初のきしみの後は、筏がばらばらになるような心配は一切なかった。

「さあ出発だ！　みんないいかい！」とブリアンが大きな声で言った。

「いいよ、出発だなあ！」とバクスター。

　ふたりはそれぞれ前部と後部にいて、筏を岸に繋ぐ綱輪を握っている。

「出発だ！」ウィルコックスと一緒に筏の前方に陣取っていたドニファンも叫ぶ。

　筏が潮にのっていることを確かめ、ブリアンが叫んだ。

「綱を解け！」

　綱は解かれ、自由になった筏はゆっくりと左右の土手のあいだを上流に向かった。後ろにはボートを曳いている。

　重い筏が動きだしたとき、全員が歓声をあげた。たとえ外洋航路船を造ったとしてもこれほどには、というほどの喜びようだった。

樹々の茂る右岸の方が、狭い土手で沼地と隣あっている左岸よりも高さがある。左岸はそれほど切り立っていないために乗り上げる危険があったので、ブリアン、バクスター、ドニファン、ウィルコックスとモコは筏が左岸に近寄らないよう全力で操った。反対の右岸の方が水も深く、潮の流れもまっすぐで、竿を操りやすかった。

出発から二時間。何かとぶつかることもなく、おおよそ一マイル進んだ。無事にフレンチ・デンに辿りつけるだろう。とはいえブリアンの見積もりによれば、川は湖からスラウギ湾の河口までほぼ六マイルあること、一度の満ち潮でおよそ二マイルしか進めないことを考えると、目的地に着くまで何度か上げ潮を乗り継ぐ必要があった。

十一時には干潮が水を下流に引き戻しはじめた。海に押し戻されないよう、少年たちは大急ぎで筏を岸に繋がねばならなかった。夜になってまた潮が満ちたとき再出発することもできるが、そうなると闇の中での旅になる。

「それはあまりいい考えじゃないと思う」とゴードンが言った。「何かに衝突したら筏が壊れる危険だってある。明日の朝まで待って、日中の上げ潮に乗ったほうがいい」

もっともな意見に、反対する者はなかった。二十四時間待つことになっても、大切な船荷が川の流れにのまれる危険を冒すよりもいい。

そんなわけで、その場所で半日と一晩をすごすことになった。ドニファンと狩りの仲間たちは、ファンを連れて右岸に上陸した。

遠くまで行かないようにというゴードンの助言に、彼らも耳を貸さないわけにいかなかった。

それでもよく太った野雁を二つがい、それに一連のシギダチョウを仕留めてきたので、彼らの虚栄心も満たされた。モコの助言にしたがって、これらの鳥はフレンチ・デンの食堂でとる最初の食事のためにとっておくことになった。それが昼食になるのか、夕食、あるいは軽い夜食になるのかはまだわからなかったが。

この探検のあいだ、ドニファンはこの森の中に人間がいたことを示す古いしるしも、新しいしるしも、見かけなかった。動物については、背の高い鳥がやぶの中に逃げ込むのをみたが、何の種類かはわからなかった。

一日が終わり、夜のあいだはバクスター、ウェッブとクロスが寝ずの番をして、潮の変化によって筏のもやい綱を二重にするか、あるいは綱を繰り出して余裕を持たせるかの加減をした。夜も無事に明けた。翌朝は九時四十五分ごろに潮が満ちてきたので、前日と同じようにして川を遡った。

夜は寒かったし、昼もまた同様だった。一刻も早く目的地に着くしかない。もしも川の水が凍ったらどうする？　もしも湖から氷塊が流れ出てきて、スラウギ湾に向かって川を下ってきたら？　フレンチ・デンに着くまでは、気を緩めることができない。

それでも、潮よりも速く進むことはできないのだ。干潮の時に流れに逆らって遡っていくこともできない。一時間半で一マイル、それ以上の速さで進むことはできないのだ。まだその日のようやく半分が終わったところだ。午後一時になって筏が止まったのは、スラウギ号に戻るときにブリアンたちがそこから回り道をした湿地帯の辺りだった。そこで、川のこの辺りを探検しておくことにした。一マイル半ほど、モコとドニファン、ウィルコックスがボートに乗り込んで北へ向かい、水が途切れるところまで行ってみた。この湿地帯は川の左岸に広がる沼地の続きで、水鳥がたくさん棲んでいるようだった。ドニファンがシギを数羽仕留めたので、これも野雁やシギダチョウと一緒に筏の食糧貯蔵庫行きとなった。

夜は静かだったが凍りつくような寒さで、激しい風が川の流れる谷にも入り込んできた。薄い氷さえ張ったが、これらは少し触れると割れて溶ける程度のものだった。前もって備えていたにもかかわらず、しっかり毛布にくるまっても、筏の上は寒かった。小さいこどもたち、とりわけジェンキンスとアイバーソンは機嫌が悪くなりスラウギ号を離れたことに文句を言いはじめたので、ブリアンは彼らにそのことの理由をわかりやすく説明し、さらにいろいろ気持が明るくなるような面白い話をしてなだめることにつとめた。

翌日の午後三時半まで続いた満ち潮に助けられて、とうとう湖が姿を現し、筏はフレンチ・デンの前の岸に辿りついた。

第十一章　新しい生活

フレンチ・デン、最初の一夜〜遭難者の墓へお参り〜筏から積荷を降ろす〜ゴードンとドニファン〜厨房のかまど〜けものと野鳥〜アメリカダチョウ〜サービスの計画〜厳しい季節の到来

岸に降りながら小さなこどもたちは歓声をあげた。彼らにとっては、普段の生活に訪れる変化は、新しい遊びのようなものなのだ。ドールは子やぎのように土手の上ではねまわった。アイバーソンとジェンキンスは湖の岸を駆け回り、コースターはモコを横にひっぱっていって尋ねた。

「ねえ水夫君、おいしい夕食をつくってくれるって約束したよね？」

「今日はまだですよ、コースターさん」とモコ。

「どうして？」

「だって今日は、夕食を作る時間がないからです」

「どういうこと、夕ごはんがないの？」

「夜食にするんです。野雁は夜食にしてもおいしいでしょう！」モコは歯並びのよい白い歯をみせて笑った。

コースターは親しみをこめてモコをつつくと、仲間たちのところへ走っていった。とはいえブリアンは、いつも誰かの目が届くようにと、こどもたちに遠くにいかないよう言い渡していた。

「みんなと一緒にいかないのかい？」ブリアンは弟に尋ねた。

「ううん。ここにいるほうがいい」とジャック。

「少しは運動したほうがいいぞ。ジャック、ぼくはきみが心配だよ。なにか隠しているね？どうしたんだ、病気なのか？」

「ちがうよ兄さん、なんでもないよ！」

いつも同じ答えだ。ブリアンがそれに満足するはずもなく、はっきりさせようと心に決めていた。たとえこの頑固な弟とけんかすることになっても、だ。

とはいえ今は、フレンチ・デンで夜をすごすのであれば一刻の猶予もなかった。

まず、今日はじめてやってきた仲間たちに洞穴を見せる必要がある。川の流れから離れ、水が静かにたゆたっているあたりの岸に筏をしっかりと繋いだあと、ブリアンは仲間たちを案内した。モコが船の舷灯を持ってきた。中に入れた灯りがレンズの力で何倍も強い光を放っている。

まず、入り口の覆いを外さなければならない。入り口のやぶは、ブリアンとドニファンが覆ったときのままになっていた。どんな人間も、動物も、フレンチ・デンに入ろうとはしていないということだ。

やぶを除いたあと、狭い入り口からみんなで中に入った。船の舷灯は、松の枝のたいまつや遭難者の作った粗末なロウソクよりもずっと強い光で中を照らした。

「うへっ、これじゃあぎゅうぎゅう詰めだな！」洞穴の奥行きを計っていたバクスターが言う。

「へっちゃらさ！」ガーネットが叫ぶ。「船室みたいに寝台を重ねれば……」

「なんのためにさ？」とウィルコックスが聞いた。「床の上にきちんと並べればいいじゃないか」

「そうしたら、行ったり来たりする隙間もなくなっちゃうよ」ウェッブが答える。

「それなら、行ったり来たりしなきゃいいってことさ！」とブリアン。「他にもっといい場所があるのかい、ウェッブ？」

「そりゃないけど……」

「大事なのは、雨風をしのげる場所があるってことだよ！」とサービスが言った。「ウェッブだってここに客室や食堂、寝室、大広間、喫煙室に浴室まで揃った邸宅を想像してたわけじゃないだろう？」

「そんなわけないさ。でも料理ができる場所がないと……」

「外でしますよ」モコが答える。

「天気が悪い時にそうはいかないだろう」とブリアンが真剣なまなざしで言った。「明日にでも、スラウギ号のかまどをこの中に入れなければ……」

「食べたり眠ったりするのと同じ部屋にかまどだって！」そんなのまっぴらだ、といわんばかりにドニファンが言った。

「ドニファン卿は気つけ薬でもお使いになられてはいかがかな！」サービスはそう言って笑い出した。

「そうしたければするさ、給仕見習い君！」プライドの高いドニファンは眉をしかめて答えた。

「いいか、みんな！」ゴードンが慌てて言った。

「快適だろうがそうでなかろうが、最初は覚悟を決めなきゃならないさ！　それに料理だけでなく、かまどは洞穴の中を温めてくれる。岩壁を掘り崩して部屋を広くするなら、冬じゅうずっと時間がある。だけどまずは、いまのままのフレンチ・デンで出来る限り我慢して生活していこうじゃないか！」

夕食の前にみんなで寝台を運び込み、砂の上に順序よく並べた。ぴっちりと隙間なく並べたが、小さな船室に慣れっこになっていたこどもたちは狭苦しいとは感じなかった。

最初の一日の終わりはこんなふうに引越仕事で過ぎていった。ヨットの大テーブルが洞穴の真ん中に置かれ、さまざまな食器を運んできたこどもたちと一緒にガーネットがテーブルクロスを敷いた。


サービスに助けられ、モコは料理の腕をふるっていた。崖の下の大きなふたつの石のあいだに置いたかまどでは、ウェッブとウィルコックスが土手の灌木の下から集めてきた枯れ木がぱちぱちと燃えている。六時近くになると、ポトフのようなものが（それは、干し肉をまぜて固めたビスケットをお湯に入れて数分煮立てただけ）出来あがり、それでも美味しそうな香りのする湯気を盛大にあげていた。その横では、きれいに羽をむしって鉄串に刺したシギダチョウが一ダースほど火に炙《あぶ》られて美味しそうな匂いを放っている。肉の下に置いた脂と肉汁の受け皿の中に、食いしん坊のコースターはビスケットをひたしたくてたまらなかったが自分だけがそんなことをする訳にもいかず考えるだけで我慢していた。ドールとアイバーソンがまじめな面持ちで焼き串を回す横で、ファンが興味しんしんにその手つきを眺めている。

七時前に全員が、フレンチ・デンの寝室と食堂を兼ねた唯一の部屋に集った。スラウギ号から持ってきたベンチや腰掛け、折りたたみ椅子、柳で編んだ肘掛け椅子などが運び込まれている。少年たちはモコに手伝ってもらったり自分でよそったりしながら、満ち足りた食事をとった。熱々のスープ、コーンビーフ、シギダチョウの炙り焼き。パンの替わりのビスケット、それに十分の一のブランデーを加えた水。チーズひときれと、デザート代わりのシェリー酒で、それまでの質素な食事も充分に補われた。状況は厳しいものでも、小さなこどもたちは年齢にふさわしく陽気な声をあげた。ブリアンも、彼らの笑い声を楽しんでいた。

大変な一日だったけれどお腹がいっぱいになり、みんなはもう眠ることしか考えられなかった。けれども、信心深いゴードンが提案して、少年たちがそのすみかを受け継いだ遭難者、フランソワ・ボードワンの墓にお参りすることになった。

湖の上には薄闇が舞い降り、水面はすでに夕陽の最後の光すら映してはいない。張り出した崖の向こう側で、少年たちは木の十字架を立てた小さな土墓を囲んだ。小さい少年たちはひざまずき、年長の少年たちは頭を垂れ、この遭難者の魂のために神に祈りを捧げた。

九時には寝台に入り、毛布にくるまってみんなぐっすりと眠った。見張り番のウィルコックスとドニファンだけは、洞穴の入り口で火を焚き、危険な訪問者が来ないよう見張りながら洞穴の中を温め続けた。

翌日の五月九日から三日間は、全員で筏の積荷を降ろす仕事にかかった。西風にのって霧がたちこめている。雨か、ひょっとすると雪になるだろう。温度計が零度を超えることはまれで、高緯度にある島の厳しい冬の到来を告げていた。弾薬や食糧、飲みものなど凍るとだめになるものはすべてフレンチ・デンの中に運び込まなくてはならない。

この数日間のあいだ、急を要する作業のためにドニファンら狩人たちは遠出を控えた。けれども湖や沼、川の左岸などに鳥たちは豊富にいたので、モコは食事の材料に困ることはなかった。シギにカモ、尾長鴨に小鴨などを、ドニファンらは仕留めてきたのだ。

けれども、たとえ獲物を仕留めても、狩りをすることで弾薬が確実に減っていくことをゴードンは心配していた。手帳に記した弾薬の量が大きく減らないよう気をつけて管理する必要がある。ゴードンはドニファンに、弾薬を節約するように言った。

「将来のためだよ」

ゴードンは言った。

「わかったよ」とドニファン。「だけど缶詰だって節約しなきゃならないだろう。使い切ってしまったら、もしも島を離れることになったとき後悔するよ」

「島を離れるだって？」とゴードンが聞き返す。「ぼくたちに海を渡るような船が造れるっていうのかい？」

「ありえないことじゃないさ。大陸がそばにあるかもしれないじゃないか？　ぼくはブリアンみたいにここで死のうなんて思ってないからな」

「いいだろう」とゴードン。「離れることを夢見る前に、ここに何年も何年も暮らさなければならないって可能性も考えたほうがいいんじゃないのか？」

「まったくきみらしいよ、ゴードン！」ドニファンが叫んだ。「ここに少年国を作るって言い出すんじゃないかと思っていたさ」

「他に道がなければそうするまでさ」

「へええ。ゴードン、きみの変わった考えに賛成する仲間はそう沢山いないと思うけどね。きみの友だち、ブリアンでもさ！」

「それについてはまた話せばいいさ」ゴードンは答えた。「それからブリアンのことだけど、ドニファン、きみの彼に対する考えはまちがっている。彼は献身的ですばらしい仲間だ」

「もちろんさ、ゴードン！」軽蔑を隠しきれない調子でドニファンが返す。「ブリアンは才能にあふれてる！　まあ一種の英雄ってことさ」

「ちがうよ、ドニファン。彼だって、ぼくらみんなと同じように欠点もある。だけどきみの彼に対するふるまいからは、仲間割れだって起きかねないように見える。そうなったらぼくたち全員にとって、いまよりもっとひどいことになる。ブリアンはみんなからも尊敬されてるし……」

「はあ？　みんなから、だって！」

「そうさ、すくなくとも仲間たちのほとんどから。ぼくには、ウィルコックスやクロス、ウェッブときみが、なぜ彼に反発するのかわからないよ。ついでだから言ったけれど、このことはよく考えてみてほしいんだ」

「もうとっくに考えたさ、ゴードン！」

ゴードンは、この思い上がった少年には忠告を聞くつもりなどまったくないことを見て取った。このままだと将来重大な問題が起きる、そう考えて彼は心を痛めた。

筏の荷をすっかり降ろすのには、ちょうど三日かかった。あとは筏の骨組みと甲板を解体するだけだ。木材はこれから、フレンチ・デンの内装をととのえるのに重要になるだろう。

ところが、洞穴にはすべての資材を納められるほどのゆとりはなかった。もしも洞穴を広げないのであれば、材木を悪天候から守るための倉庫のようなものを作るしかない。

さしあたりゴードンのすすめにしたがい、資材は崖のくぼみに重ね、防水布で覆っておくことにした。

十三日の昼間、バクスター、ブリアン、モコの三人はかまどを備え付ける作業に取りかかった。フレンチ・デンの中へは、ローラーにのせて運び込まねばならなかった。中では、煙突の吸い込みがうまくいくよう、入り口そばの右側の壁にもたせかけた。煙突は煙を外に出さねばならないので、どこに設置するか少々やっかいだった。けれどもバクスターが柔らかい石灰岩を上手に削って煙突用の穴を開けたので、煙突をそこに通し煙を外に出すように工夫した。午後になってモコがかまどの火をつけたときにはすっかりうまくいった。これで、天気の悪いときでも食事の支度の心配はなくなった。

それから数週間のあいだ、ドニファンとウェッブ、ウィルコックスとクロス、そこにガーネットとサービスも加わって、満足のいくまで狩りをした。ある日、一行は湖畔のフレンチ・デンから半マイル離れた白樺とブナの林に分け入った。そこに人間がいた形跡を示す場所が、いくつかあった。それは地面に掘った穴に網のように組んだ木の枝をかぶせた罠で、落ちたけものが這い上がれないほど深いものだった。けれどもそれらの穴の状態からみて、もう何年も前のものだということがわかった。穴のひとつにはけものの骨が残っていたが、何の動物かはわからなかった。

「それにしても大きな動物の骨だなあ！」ウィルコックスがすばやく穴の中にすべり降り、時の流れに洗われて白くなった骨を拾った。

「四つ足のけものだね。四本の足があるもの」とウェッブ。

「あるいは五つ足の」とサービス。「羊か、驚くべき子牛か！」

「サービス、きみはいつも冗談ばかりだな！」とクロスがあきれた顔をした。

「お笑い禁止じゃないからね！」ガーネットがサービスのかわりに答える。

「確かなのは」とドニファン。「この動物はかなり強かっただろうってことさ。ごらんよ、頭だって大きいし、顎にはまだ牙がついてる。見せ物小屋の子牛や縁日の羊でサービスがふざけるのはかまわないさ！　だけど、もしこのけものが生き返ったら、笑ってなんかいられなくなるぞ」

「じゃあ、肉食動物だと思う？」ウェッブがドニファンに尋ねた。

「うん、明らかにね」

「ライオンかな？　それとも虎？」落ち着かないようすでクロスが聞いた。

「虎でもライオンでもないなら、少なくともジャガーかピューマだろう」ドニファンが答える。

「気をつけなくちゃいけないな」とウェッブ。

「あまり遠くにいかないようにしなくちゃ」とクロス。

「いいかい、ファン」サービスがファンに向かって言った。「このあたりには大きなけものがいるからね！」

ファンはサービスの心配などそっちのけで嬉しそうに跳ねながら少しだけ吠えた。少年たちはこんな話をしながら、フレンチ・デンに戻りかけた。

「ひとつ考えがあるんだけどさ」とウィルコックス。「この穴を新しくまた枝で覆ってみたらどうだろう？　また他のけものがかかるかもしれないよ」「きみのしたいようにすればいいさ」とドニファン。「ぼくなら、穴の底に落ちたけものを殺すより、自由に駆けているのを撃つほうがいいけどね！」

それは狩人としてのドニファンの言い分だったが、それからしばらくして罠づくりにおけるウィルコックスの才能は、ドニファンの狩りよりも実用的だったということがわかった。

ウィルコックスは急いで考えを実行に移した。仲間たちも近くの木から枝を取ってきて協力した。長い枝を端から端へと渡し、穴の隙間を落ち葉で覆った。確かに原始的な罠だったが、それは実際に南米の草原で狩りをする人々がよく使うものだった。

穴を掘ってある場所を見分けるために、ウィルコックスは森の出口まで続く樹々から何本か枝を折って、目印にした。こういうことも昔から山で狩りをする人が伝統的にやっていることだった。このようにして少年たちは、フレンチ・デンに戻った。

狩りの結果は実り多いものだった。鳥は豊富にいた。野雁やシギダチョウ以外にも、白い斑点の入った羽毛がほろほろ鳥を思わせる雨燕、群れをなして飛ぶ森バト、焼いて脂っぽい味を落とすとなかなかおいしい南極雁などだ。けものは、煮込み料理をつくるとき兎肉の代わりになる「トゥクトゥコ」という齧歯《げっし》類の動物や、しっぽの上に白い三日月の模様がついた「マーラ」という灰色の野兎。これはアグーチという齧歯目の動物と同様、食用になる。それからアルマジロの一種の「ピチ」。堅い殻で身を覆ったほ乳類で、肉は味わい深い。さらに小さいイノシシ「ペカリ」や、鹿に似てすばしっこい「ガキュリ」もいた。

ドニファンもこれらの動物を仕留めることがあったが、近づくのが難しいため、使う弾丸や火薬の量と比べて狩りの成果はお粗末なものだった。そのことでゴードンからも注意があったけれど、ドニファンはあまり真剣に聞いていないようだった。

これらの遠出の際に少年たちは、探検のときにブリアンが見つけた貴重な二種の野菜を採集した。湿地に多く生える野生のセロリと、地面から顔を出したばかりの若芽を食べると壊血病の予防になるクレソンである。健康のために、これらの野菜は少年たちの食卓にいつも並べられた。

寒さは増していたが、まだ湖と川の水面が凍てつくことはなかったので鱒とカワカマスの一種がよく釣れた。これはたくさんの小骨が喉につっかえることさえなければ、大変おいしい魚だった。ある日、得意顔のアイバーソンが美しい鮭を両手に抱えて洞穴に帰ってきた。長いことこの魚と闘い、もう少しで釣り糸を持っていかれるところだったのだ。もしもこの魚が川を上流に遡る期間にたくさん釣ることができれば、冬の間の貴重な食糧になるだろう、とゴードンは期待した。

そのあいだにも、少年たちは例の目印をたよりに何度もウィルコックスがしかけた罠を見にいった。肉食動物をおびき寄せるために大きな肉片を置いてみたこともあったが、何も獲物はかからなかった。

けれども、五月十七日に事件が起きた。

その日、ブリアンと何人かの仲間たちが、崖の近くの森に入っていた。フレンチ・デンのそばに、資材の残りを入れておけるような自然の洞穴がないか、探していたのだ。穴のそばを通ったとき、しゃがれ声が聞こえてきた。

ブリアンがすぐさまそちらに向かうと、遅れをとらじとドニファンも加わった。他の少年たちも銃を構え、すぐ後を追う。ファンも耳としっぽをピンと立てて少年たちと共に急いだ。

穴まであと二十歩というとき、叫び声が一層強く響いた。枝を敷いた真ん中に、何か動物が落ちた穴が口を開けている。

それがいったいどんなけものなのか、少年たちにはわからなかった。だが、いずれにせよ、臨戦態勢にしておくべきだと判断できた。

「ファン、行け！」ドニファンが叫んだ。

ためらうことなく、ファンは唸り声をあげて突進した。

ブリアンとドニファンは穴に向かって駆け寄り、その上にかがみ込むなり叫んだ。

「はやく！　こっちへ！」

「ジャガーじゃなかったの？」とウェッブ。

「ピューマでもないの？」とクロス。

「ちがうよ！」ドニファンが答えた。「二本足の、駝鳥さ！」

それは本当に駝鳥だった。この鳥が島の中の森に生きていることは、幸運だった。なにしろ、胸のあたりのよく肥えた肉はとりわけおいしいのだ。

駝鳥の一種ではあったが、鳥の背丈は中くらいで、頭部が雁に似ており、全身を白っぽい灰色の羽毛が覆っている。どうやら、南米の草原に多く住む「レア」と呼ばれるアメリカダチョウらしかった。レアはアフリカの駝鳥と比べるとかなり小さいが、巨大な鳥としては見劣りしない。

「生け捕りにしなくちゃ！」とウィルコックスが興奮した声で言った。

「そうだね！」と同じくらい勢いづいてサービスが叫んだ。

「無理だよ！」クロスが言う。

「でもやってみよう！」とブリアンが言った。

この力の強い動物が外に出られなかったのは、垂直に切り立った穴壁を駆け登ることができなかったためだ。やむなく、ウィルコックスが穴の中に降りることになった。もしつかれたら、大きな怪我を負う危険もある。けれども上着を放って鳥の頭を覆ったので、鳥は身動きが取れなくなった。端を結び合わせたハンカチで鳥の足を縛り、少年たち全員が力を合わせて下と上からふんばり、鳥を地上に引き上げた。

「捕まえたぞ！」とウェッブが叫んだ。

「さてどうしよう？」とクロス。

「簡単なことさ！」サービスが言う。沢山の苦難を経験してきたこの少年たちには、迷うということがなかった。「フレンチ・デンに連れて行って、飼いならす。そしてこの鳥に乗るんだよ」

ゴードンはこの巨大な鳥を仲間にすることで食糧の心配がまた増えるのかと不安を覚えたが人間ではないのだから草や葉っぱを与えればよいのだと思い直し、サービスの意見に特に何も言わなかった。巨大な鳥が年かさの少年たちに連れられてあらわれたので留守番をしていた小さい子たちは大はしゃぎだった。ゴードンにきびしく言われてあまり近くに寄り過ぎないよう注意しながら、長い綱でつながれたこの鳥にくっついて廻る。サービスがこの鳥に乗ろうと考えていることを知ってからは、その後ろに乗らせてくれるようにせがみながら。

「いいとも、赤ちゃんたち。いい子にしていたらきっと乗せてあげようね！」サービスが笑いながら言う。年少の少年たちはすでに、彼を英雄のように眩しく見ている。

「ぜったいいい子にするよ！」コースターが叫ぶ。

「コースター、きみもこの鳥に、乗りたいっていうの？」

「うん、きみの後ろに乗って、つかまるから！」

「おや！　亀の甲羅にのっかったとき、あんなに怖がったのを忘れたのかい？」

「あれとはちがうよ」コースターが答える。「だって、今度のやつは水の中に入ったりしないでしょう」

「そうだね、だけど今度のは空に飛んでいくかもしれないよ！」ドールが言う。


フレンチ・デンに引っ越して以来、ゴードンと仲間たちは日々の生活を規則正しく送ろうとしてきた。引越しがひととおり終わると、ゴードンはそれぞれの仕事をできるだけ規則正しくすること、とりわけ年少のこどもたちをほったらかしにしないように努めた。各自が自分の能力に応じてみんなのための仕事をこなすこともちろんだった。けれどもチェアマン寄宿学校ではじめた勉強をここで続けることもあってよいのではないだろうか、と考えた。

ゴードンは年かさの少年たちがまだ起きているときにこのことを説明し、「勉強を続けるための本もある」と言った。「ぼくたちがいままで勉強したこと、いまでも学んでいること、それを年少の仲間たちのために活かそうじゃないか」

「そうだね」ブリアンがすぐに賛成した。「もしいつかこの島を出て、もしいつか家族と再会できる日がやってきたら、その日のためにも時間を無駄にしないように努めよう！」

それならぼくたちそれぞれが得意な教科ごとに時間割を作るのがいいんじゃないか。ゴードンはそう考えた。みんなの賛成が得られたら、細心の注意を払ってそれを実行するのだ。

冬がやってきたら、年長組も年少組も外に出られない日が続くだろう。そんな日々が無駄に過ぎないようにしなければならない。さしあたり、フレンチ・デンに住んでいる自分たちが窮屈な思いをしているのは、すべてがこの一室に詰め込まれているからだ。できるだけ早く、この洞穴を充分な大きさに広げるための手段を考える必要がある。ゴードンの思いはそういうところにまで広がり、つながっていった。

第十二章　島に名前をつける

フレンチ・デン拡大計画～怪しい物音～ファンの失踪～ファンの帰還～広間を整える～悪天候～名前をつける～チェアマン島～少年国の長

最近の狩りを目的にした遠出の際に彼らは、もうひとつの洞穴を見つけたいと思いながら特に崖のあたりを注意深く調べてきた。もしそんな洞穴が見つかったら、外に置きっぱなしになっている資材の残りを運び込むことができる。けれどもなかなか新しい洞穴を見つけることはできなかったので、壁の岩を削っていまの洞穴に隣接した部屋をつくるという考えが再び浮上していた。

花崗岩では無理な計画だったが石灰岩ならつるはしをふるえば掘っていくことができるだろう。時間は問題なかった。長い冬の日々を費やすにはちょうどいい仕事になるだろうし、何事もなければ春までに完了するだろう。注意するのは落盤や水の浸透だった。それだけは注意しなければならない。

いろんな工作のうまいバクスターはすでにフレンチ・デンの入り口を少々広げてスラウギ号の金具つきのドアをはめ込んでいた。それから、入り口左右の壁には切り込みを掘って、日中は少しでも光を入れ、また洞穴の中の風通しがよくなるようにした。

一週間前から激しい突風が島に吹き荒れていた。けれども幸いフレンチ・デンは南東に面していたので直接風に打たれることはなかった。雨雪まじりの突風が轟音をたて、崖の頂を削ぐようにして吹き荒れた。少年たちは湖のそばで、鴨やシギ、タゲリ、クイナ、オオバン、南太平洋では「白バト」とも呼ばれるサヤハシチドリなどの鳥を仕留めるしかなかった。湖や川はまだ凍っていなかったが、突風が吹き荒れた後、静かな晴れた夜が訪れると一夜にして氷が張った。

荒天続きで洞穴の中に閉じ込められていた少年たちはいよいよ洞穴拡大計画にとりかかった。まず、つるはしで右の壁を叩いていく作業だった。

「斜めに掘っていけば、湖畔に出るかもしれない」とブリアンが計画を立てる。「そうすれば、フレンチ・デンにもうひとつ出入り口ができるよ。回りの様子をうかがうにも便利だし、天気が悪くなって片方から出入りできないとき、もう片方から出入りができる」

みんなの共同生活にとってそれはいい考えだったし、力を合わせれば達成できそうに思われた。

洞穴の内側から東側の崖までは、四十フィートから五十フィート。磁石で方向を確認した後、その方向に向かって掘り進めばいいのだ。大切なのは、落盤を起こさないように注意することだった。小さな工作だけでなくこういう大きな仕事にも計画能力のあるバクスターは、まず狭い坑道を掘ってちょうどよい奥行きになったところで幅をひろげてはどうか、と提案した。つまり、フレンチ・デンの二つの部屋を、両側に扉をつけた廊下でつなげるわけだ。廊下の左右に、ひとつかふたつ小部屋を掘ってもいい。あきらかにそれは一番いい考えだった。他の利点に加えて、岩盤の様子を探りながら掘り進むことができる。水がしみ出してきたら、すぐにそこで掘るのを止めることもできる。

五月二十七日から三十日までの三日間、作業はどんどん進んだ。石灰岩は柔らかく、短刀で切りつけて削ることさえできる。もうひとつ大切なのは、框《かまち》を作って内部を補強することだ。これはなかなか難しかった。掘り出した石片は場所ふさぎにならないようにすぐ外に運び出す。場所が狭くてみんながその仕事を手伝えなくても、代わる代わる休まず作業を続けた。雨や雪が止むと、ゴードンと仲間たちは筏の解体を続けた。骨組みや甲板に使った資材を、洞穴の内装に使うためだ。また、崖のくぼみに重ねておいた資材の点検もした。防水布では、突風が吹いたときには完全な覆いにならないからだ。

辛い手探りの作業ではあったけれども仕事は少しずつ進み、坑道を四、五フィート掘り進めたころ、五月三十日の午後に思いがけない出来事が起きた。

鉱山の坑道を進む坑夫のように奥でひざまずいていたブリアンは、岩の内側から何か音を聞いたように思った。仕事の手を休めて耳を澄ますと、また新たに音が聞こえてきた。すぐさま坑道を戻り、出入り口のあたりにいたゴードンとバクスターにそのことを話した。

「幻聴だろう」とゴードン。「何か聞こえたと思ったんだよ」

「ゴードン、ぼくのいた場所に来て、壁に耳を当てて聞いてみてくれ！」

ゴードンは狭い坑道に入ると、数秒後に出てきた。

「確かにきみの言う通りだ……！　遠くから唸り声のようなものが聞こえる！」

バクスターも入って確かめてみた。

「いったいなんだろう？」

「想像もつかないよ」とゴードン。「ドニファンやみんなに知らせなきゃ」

「でも小さい子たちには話さないでおこう」とブリアンは言った。「怖がらせたくないからね」

夕食どきでちょうどみんなが入ってきたところだったので、小さいこどもたちも何があったのかいくらか知ることになった。やはり何人かは怖がっているようすだった。

ドニファン、ウィルコックスとウェッブ、ガーネットは順番に坑道に入って耳を澄ました。けれども音はもう止んでおり何も聞こえなかったので、仲間たちが間違えたのだと考えた。

いずれにせよ、作業を中断するにはあたらない。夕食が終わったらまた作業を進めようということになった。

夕べには何も聞こえなかったが、九時近くになってあらたに、壁の向こうからはっきりと唸り声が聞こえてきた。

そのとき、ファンが坑道に飛び込んでいったかと思うと、まるで壁の向こうの唸り声に答えるかのように毛を逆立たせ、口を開いて牙をむきながら出てきた。

小さい子たちはそれまでは驚きのまじった怖れを感じていただけだったが、これですっかり震えあがってしまった。英国の少年たちは北欧の伝説を聞かされて想像力を豊かにする。そうやって親しんだこびとやちいさな妖精、吸血鬼、風の精や水の精、ありとあらゆるところからやってきた魔法使いが、こどもたちのゆりかごの回りをうろつき回っているのだ。ドールとコースター、ジェンキンスとアイバーソンまでもがすっかり怯えきってしまった。ブリアンが怖さをやわらげるような言葉をかけてなだめようとしたが、最後には遅くまで彼らの寝床に付き添って、眠るのを見守らねばならなかった。それでもこどもたちは崖の奥深くに棲む幽霊や怪物、超自然界のいきものなどの悪夢にうなされた。

ゴードンと他のなかまたちは低い声で、この不思議な現象について話し合った。何度も繰り返し唸り声がまた聞こえ、ファンはそのたびに苛立ったようすを見せた。

翌日、だれもが早起きをした。バクスターとドニファンは坑道の奥まで這っていってみたが何も音がしない。ファンは何も心配なようすを見せずに行ったり来たりし、前の晩のように外に飛び出そうともしなかった。

「作業を続けよう」とブリアンはみんなに言った。

「そうだね」バクスターが答える。「もし変な音を聞いたら、すぐに中断すればいい」

「あの唸り声のような音は、岩の中を流れる水の音ってことはないかな?」とドニファン。

「それならまだ聞こえてるはずだ。でももう聞こえないよ!」とウィルコックス。

「そのとおりだ」とゴードンが言った。「むしろ、崖の上の裂け目から入り込んだ風の音かもしれないと思ったんだが……」

「崖の上に登ってみればわかるかもしれない」サービスが言った。

みんなもその提案に賛成した。

土手を五十歩ほど下ったあたりにくねくねとうねった小道があり、崖の上へと続いている。バクスターと二、三人の少年たちはそこをよじ登り、崖の上、ちょうどフレンチ・デンの真上あたりに行ってみた。無駄だった。ロバの背のような地形の表面には短い草がいっぱいに生えており、風が吹き込んだり水がしみいる隙間はまったくなかった。

その間にも洞穴を掘っていく作業は、夜まで続けられた。もう前の晩のような音は聞こえなかった。これはバクスターが気づいたことだが、ついさっきまで壁の向こう側には岩が続いているように聞こえたのに、まるで空洞のように音が響くようになっていた。向こう側には、坑道が突き抜けるような空洞があるのだろうか？　その奇妙な音が聞こえてくるのは、その空洞からではないのか？　隣りあった第二の洞穴の仮説は、まったくありえないことではなかった。むしろ、坑道を広げるための労力を節約してくれるのだから、望ましいくらいだ。そこでみんなさらに全力を尽くして働いた。いままでで一番働いたうちの一日に入るといってもいいくらいだった。何事もなく過ぎていくかと思われたが、夕刻になって、愛犬ファンの姿が見えないことにゴードンが気づいた。

普段なら、夕食どきになるとファンは必ず主人の腰掛け椅子のそばにやってくる。けれどもこの日、犬の姿はどこにも見えなかった。

「ファン！」みんなで呼んでみても返事はない。

ゴードンは入り口からもう一度呼んでみたが、沈黙が返ってくるだけだった。

ドニファンとウィルコックスが出て行って、ひとりは川の土手を、もうひとりは湖畔を走って探したが、犬の足跡すらなかった。

フレンチ・デンの周辺、数百歩のあたりも探索してみたが、ファンは見つからなかった。ゴードンの呼び声にはいつも答えるから、声が届く範囲にいないのは明らかだった。ではどこかにいってしまったのか？　あり得ないことだった。なにか野獣の牙に倒れたのだろうか？　その可能性はあった。失踪も、それなら説明がつく。

夜の九時になっていた。崖と湖を濃い闇が包んだ。捜索を諦めて、フレンチ・デンに戻らねばならなかった。

だれもが心配を胸に、洞穴へ戻った。心配なだけではない。あの利口な犬に、もしかしたらもう逢えないかもしれないという思いに、みんなともするとうちひしがれた。

少年たちの何人かは寝台に横たわった。テーブルのまわりに座る者もいた。みな眠ることなど考えられなかった。孤独さが、ひしひしと感じられた。いままでよりもっと孤独で、何からも見捨てられ、故郷からも、家族からも遠い遠いところにいるという孤独感だった。

沈黙を破って突然、あらたに唸り声が聞こえてきた。今回は、吠え声に続いて苦痛に満ちた叫び。その叫びは、一分ちかく続いた。

「あそこだ、あそこから聞こえてくる！」ブリアンが叫び、坑道に突進した。

誰もが、まるで幽霊が姿を現すのを待っているかのように飛び起きた。小さい子たちは恐怖にとらわれ、毛布の下に隠れた。

ブリアンが出てくるなり、言った。「あの向こうにもうひとつの洞穴があるに違いない。そこへの入り口が崖のふもとのどこかにあるんだ」

「そしてそこに、夜になるとけものがやってくるに違いない！」とゴードンの悲痛な声。

「では、明日それを探しにいかないとな！」とドニファンがあえて力強く言った。

そのとき、崖の岩の中から犬の吠える声と何か動物の咆哮が聞こえた。

「ファンが中にいて、何かけものと戦っているんだろうか？」とウィルコックス。

坑道に戻ったブリアンは、壁に耳をあててみた。何も聞こえない。けれども、そこにファンがいるにせよいないにせよ、第二の洞穴があることは疑いようがなかった。それはおそらく、崖のふもとの、からみあったやぶのあいだに隠れた穴へ繋がっているのに違いない。

もう吠え声もうなり声も聞こえないまま、夜が過ぎていった。

明け方、ふたたび川岸や湖畔での捜索が行なわれたが、崖の上からの探索と同じく、何の結果も得られなかった。

みんながファンの姿を探し、口々にフレンチ・デンの近くでその名前を呼んでみたが、やはり姿を現さなかった。

ブリアンとバクスターは交代で作業を続けていた。つるはしは、休むことがなかった。昼の間に、坑道は二フィートほど奥へ掘り進められた。時おり少年たちは手を休め、壁に耳をあてた。けれども何も聞こえなかった。

昼食のために作業を中断し、一時間後に再開した。つるはしの一打が壁を突き抜けてそこからけものが襲ってこないように、充分に注意して進めた。小さい少年たちは土手に連れて行った。弾薬を仕込んだ銃を手に、ドニファン、ウィルコックスとウェッブが万が一の場合に備えてブリアンたちの左右に待機していた。

二時ちかくなって、ブリアンが小さく叫び声をあげた。つるはしが石灰岩を破って、かなりの大きさの穴を開けたのだ。

ブリアンはすぐさま仲間の元に戻った。

けれどブリアンが口を開く前に、一匹のけものが坑道の壁をかすめて走り、洞穴の中に飛び込んできた。

そう、それはファンだった。ファンは一目散に水を張った桶に直進して、がぶがぶと水を飲んだ。次にしっぽをちぎれそうなくらいに振りながら、うれしそうにゴードンの回りを跳ね回った。もう何も怖れることはないのだ。

ブリアンは舷灯を手に、坑道の中へ入った。ゴードン、ドニファン、ウィルコックス、バクスターとモコが続いた。岩が落ちてできた入り口をくぐり、一行はたちまちのうちに、外からの光がまるで入らない、暗い洞穴の中に立っていた。

それは、フレンチ・デンとほぼ同じ幅、高さの第二の洞穴だった。けれども奥行きはずっと深く、床は四方五十ヤードほどの面積が細かな砂に覆われていた。

その洞穴は外からは遮断されているようだったので、空気は呼吸に適していないのではないかと思われた。けれど舷灯の灯りは煌々と燃えている。どこからか外気が入ってきているのだ。

そもそも、そうでなければファンはどうやってここに入ってきたのだろう？　そのとき、ウィルコックスが何かにつまずいた。手でなぞってみると、それは冷たい、動かない屍だった。

　ブリアンが舷灯を掲げた。

「ジャッカルの屍だ！」バクスターが叫ぶ。

「そうか……！　勇敢なぼくらのファンが殺したジャッカルだ！」とブリアン。

「これでわからなかったことが、全部説明できるぞ」ゴードンが深いため息とも安堵の呼吸ともつかない様子で付け加えた。

　けれど一匹あるいは数匹のジャッカルがこの洞穴をねぐらにしていたのなら、どこからもぐり込んでいたのだろうか？　なんとしてもそれを見つけ出さねばならない。

　ブリアンがフレンチ・デンを出て、湖畔を崖に沿って歩いた。歩きながら声を上げると、中の仲間がそれに答える。そうやって見つかったのは、地面ギリギリのところにある、やぶに隠れた入り口だった。ここからジャッカルは中に潜りこんでいたのだ。けれどもファンがジャッカルを追って中に入ったあと、部分的な落盤があり隙間がふさがれた――ということが、少年たちにもほどなくしてわかった。

　こうしてジャッカルの唸り声も、犬の吠え声も、すべて謎がとけた。ファンは二十四時間のあいだ、外に戻ることができなかったのである。

　なんとも満足すべきことに、ファンは帰ってきたし、それだけでなく仕事の手間も省けたのだ。すべて揃った「できあい」の広い洞穴、死んだボードワンが夢にも知らなかった洞穴がそこにあったのだ。さっそく少年たちは入り口を広げ、そこを湖畔側に開く第二の玄関とした。少年たちは新しい洞穴に集まり喜びの歓声をあげた。ファンも嬉しげにワンワン吠えてこれに参加した。

ところでこの事件によって、少年たちの仕事はまた一気に増えた。

坑道を広げて実用的な廊下に変えねばならない。第二の洞穴は広々とした空間なのでそこは「広間」と名付けられた。さしあたり、二つの洞穴は廊下を通って行き来できるので、すべての資材はこの広間に移した。さらにそこはみんなの寝室と作業部屋を兼ねる。最初の洞穴は、厨房と書斎、食堂を兼ねる。そこは食糧貯蔵庫でもあったので、この部屋を「貯蔵室」と呼んではどうかというゴードンの提案が採択された。

まずみんなで寝台を運び込み、広間の砂の上に規則正しく置いた。次に、スラウギ号から運んできた長椅子や肘掛け椅子、テーブル、たんすなどをそこに置いた。大切なのは、ヨットの客室居間と寝室にあったストーブである。これらをこの広い空間を暖めるように配置した。同時に、湖畔の側の入り口を充分な大きさにくり抜いて、バクスターが苦労しながらスクーナーのドアのひとつをはめ込んだ。その上、そのドアの左右に二つの窓を開けて、昼は広間にも光りが入るようにした。夜は天井から下げた舷灯が室内を照らしている。

これらの内装を整えるのに二週間かかった。天候のひどい日もあった。静かな日が続いたあと、天気が変わったのである。極端な寒さはまだ訪れていなかったが、突風が激しくなり、外に出て行くことが不可能な日もあった。

実際、風はあまりにも強くなり、崖が風よけになっていても湖面では海の様に波が立つこともあった。波は大音響をあげて砕け散り、もしそこに小舟や釣り船、原住民の丸木舟などがあったら木っ端微塵になっていただろう。少年たちはボートを陸に揚げておいた。でないと川に持っていかれてしまうかもしれなかった。時には川の水が逆流して土手から溢れ、崖まで広がりそうになったこともある。幸い風は西から吹いていたので、貯蔵室も広間も嵐の直撃を受けるのは免れた。それに、ストーブも厨房のかまども、たっぷり集めてあった枯れ木のおかげでパチパチとここちのいい音をたてて燃え、いい具合にはたらいていた。

スラウギ号から救い出したものすべてをきちんと雨風をしのげる場所に移すことができて、なんと幸運だったことだろう！　食糧品も、天候の影響を受ける心配がない。悪天候に閉じ込められたゴードンと仲間たちは、快適に暮らすための工夫をこらす余裕ができた。廊下を広げて二つ、小部屋を掘った。そのうちのひとつは扉をつけて弾薬を収めた。爆発の危険を防ぐためである。けれどドニファンら少年狩人たちはフレンチ・デンの周辺にしか出られなかった。水鳥だけは獲れた。モコはいつも水鳥の沼くさい風味を除くことができず、しかめっつらと抗議の声を呼ぶのだった。でもそれは考えようによってはやっと日常生活が戻ってきたということだった。もうひとつ、アメリカダチョウのために貯蔵室の一角を仕切った。天気がよくなったら、外にしきり柵をつくる計画がたてられていた。

ゴードンは、みんなの賛成を得られたら、各人が従うべき日程表をつくろうと考えていた。暮らしに必要な物が揃ったところで、精神的な面についても考えるべきだ。この島での生活がどれほど続くのか今は誰も見当もつかないが、いつかここを離れることができたら、ふりかえって、時間を無駄にはしなかったと思いたいではないか！　スクーナーの図書室にあった本をつかって、年長の少年たちはすでに持っている知識をさらに増やし、年少の少年たちに教えることもできるだろう。長い冬の日々を有用に、かつ楽しくすごすには最高の案だ。ゴードンはそう考えていた。

このプログラムを起案する前に、もうひとつ別の案が実行された。それは、こんな具合に起こった。

六月十日の夜、夜食の後、広間で轟々と音を立てて燃えるストーブのまわりにみんなが集っていたときのことだ。会話の中で、この島の主だった場所に名前をつけようということになった。

「それはとても役に立つね」とブリアンが言った。

「そうだよ、名前をつけよう！　とびきり素敵な名前を」とアイバーソンが叫んだ。

「物語のロビンソンや、実際のロビンソンがやったみたいに！」とウェッブ。

「実際のところ、ぼくたちだってロビンソン以外の何者でもないんだから」とゴードン。

「ロビンソン寄宿学校生！」サービスが叫んだ。

「たしかに」とゴードンが加える。「湾や川、森、湖、崖、沼地、岬に名前をつけたら、もっとずっとわかりやすくなるね」

　この提案は採択された。あとはちょうどいい名前を考えるばかりとなった。

「ぼくたちのヨットが漂着したスラウギ湾は、この名前にもう慣れてるから、これはこのままとっておいたほうがいいと思うんだ」とドニファン。

「賛成！」とクロス。

「ぼくたちのすみか、フレンチ・デンも同じようにしよう」とブリアン。「ぼくらがここを受け継いだ、あの遭難者の思い出のためにも！」

　ブリアンの提案に、ドニファンさえも反対しなかったので、これもすぐに決まった。

「じゃあ、スラウギ湾に流れ込むこの川はどうする？」とウィルコックス。

「ジーランド川！　ぼくらの故郷を思い出すために！」バクスターが提案した。

「賛成！　賛成！」

　満場一致だ。

「じゃあ湖は？」とガーネット。

「川にぼくらの国、ジーランドの名前をつけたのだから、湖にはぼくらの家族を思い出すよう、家族湖と名付けよう」とドニファンが言った。

　これも全員が賛成した。

　同じように、崖は「オークランド丘」と名付けられた。その端の岬、ブリアンがそこから眺めて東に海があると思ったあの岬は、ブリアンの提案で「にせ海岬」と名付けられた。

続いて、これらの地名が命名された。

落とし穴の罠が発見された森は「落とし穴森」。スラウギ湾と崖の間に位置する湿地の多い森は「沼地森」。島の南部に広がる沼地は「南沼」。小石で造った堰を見つけた川は「飛び石川」。ヨットが漂着した岸辺は「遭難海岸」。それから河口と湖のあいだ、広間の洞穴の前の原っぱは、ここで毎日の体操などを行なうことから「運動場」と名付けた。

島の他の部分については、それぞれ見分けやすさや、そこで起こった出来事などにちなんで名前がつけられた。

フランソワ・ボードワンの地図に描かれている主な岬にも名前をつけたほうがいいだろうということになった。島の北端は「北岬」。南の端は「南岬」。それから、太平洋に面した島の西側の岬には、この小さな少年国を構成するフランス人、英国人、アメリカ人の少年たちそれぞれの祖国に敬意を表して、「フランス岬」「英国岬」「アメリカ岬」と名付けた。

少年国！　そう、ここがもう仮の住まいではないことを思い出すために、この言葉が提案された。当然ながら、ゴードンの提案によるものだ。彼はこの新しい土地で、ここから逃れるよりもここでの暮らしを整えることを常に考えているのである。少年たちは、もうスラウギ号の遭難者ではなく、この島の住民なのだ。

けれどもこの島はなんという島だろう？　島にも名前をつける必要がある。

「あのね！　あのね！　いい名前があるよ！」年少者のコースターが叫んだ。

「きみが思いついたのかい？」とドニファン。

「いいぞ、ちびっこコースター！」ガーネットが叫ぶ。

「もしかして、赤ちゃん島っていうのかい」サービスがふざけた。

「こら、コースターをからかうんじゃない」とブリアン。「みんなでコースターの意見を聞いてみようじゃないか」

小さな少年はびっくりして黙ってしまった。

「ほら、コースター、教えておくれ」ブリアンは励ますように言った。「きっと素晴らしい名前を思いついたんだろう」

「うん、あのさ」とコースター。「ぼくたちはみんな、チェアマン寄宿学校の生徒だから、この島をチェアマン島って呼んだらいいかな、と思ったんだ！」

実のところ、これほどいい名前はないように思われた。全員の拍手でこの名前に決まり、コースターはすっかり得意そうな顔になった。

チェアマン島！　確かに、地名としてもいい響きがあるし、将来地図に載っても見劣りしないだろう。

名付けの儀式がこうしてすすみ、みんなすっかり満足した。さあそろそろ床に就こうというとき、ブリアンが話しだした。

「ねえ、みんな。こうして島に名前をつけたのだから、この島を治める長を決めようじゃないか？」

「長だって？」ドニファンが鋭く尋ねる。

「そう。もしもぼくらのうち誰かに、みんなが従うことにすれば、いろいろうまくいくと思うんだ。他の国だってみんな長がいるのだから、チェアマン島でもそうしたらいいんじゃないかな?」

「そうだね、島の長……長を選ぼう!」年長組も年少組もいっせいに叫んだ。

「じゃあ長を選ぼう」とドニファン。「でも、決まった期間のあいだ、という条件つきにしよう。たとえば、一年とか」

「そして、再び選ばれることもあり、としよう」ブリアンが加えた。

「いいとも! じゃあ誰にしようか?」ドニファンが、心配そうな調子で言った。

この少年が心配しているのは、ただひとつ——彼の代わりに、ブリアンが選ばれることを案じているらしかった。けれどもすぐに、その心配が見当違いであったことに気づくことになる。

「誰にしようかって?」ブリアン。「ぼくらの中でもっとも賢い、ゴードンさ!」

ゴードンは最初、自分は統治するよりもあれこれ整えるほうが向いているといって、仲間たちから授かった名誉を辞退しようとした。けれども、大人に劣らず激しいものがある少年たちの熱意が衝突したらこの先なにか問題が起きるかもしれないことを考えると、自分が指導権を握るのも無駄にはならないと考え直したようだった。

こうして、ゴードンはチェアマン島の小さな少年国の長に任命されたのである。

第十三章　共同生活のためのきまり

勉強の時間割～日曜日～雪合戦～ドニファンとブリアン～厳寒～燃料の問題～落とし穴
森への遠征～スラウギ湾への遠征～オットセイとペンギン

チェアマン島では五月に入って、まぎれもなく厳しい冬となった。冬はどのくらい続くのだろうか？　もしもこの島がニュージーランドと同じくらいの緯度に位置するのであれば、少なくとも五ヶ月。ゴードンは、この長い冬に備えるための対策を考えていた。

このアメリカ人の少年はこれまでに、いくつか気象上の観測を書き留めていた。冬は五月にはじまる。つまり、南半球では七月が北半球の一月にあたるが、その二ヶ月前である。だから、ここでは九月ごろに冬が終わる、と考えられる。しかしそれ以外に、春分や秋分のころに吹き荒れる嵐のことも計算に入れなければならない。つまり、若き入植者たちは十月の初旬までフレンチ・デンに閉じ込められる可能性がある。チェアマン島を横断して、あるいはぐるりと廻って、反対側への長い遠征をするのは、その後だ。

洞穴の中でも生活をなるべくよい環境に整えるために、ゴードンは日々の作業の時間割を考えた。

それは、こういうものだった。

午前中に二時間、午後に二時間、みんなが広間で勉強する。第五学級のブリアン、ドニファン、クロスとバクスター、そして第四学級のウィルコックスとウェッブが交代で第三学級、第二学級、第一学級の年少組に授業をする。

教えるのは数学、地理と歴史で、以前に学んだ知識を補足するためにフレンチ・デンにしつらえたスラウギ号から運び込んだ本による洞穴図書棚の本を使った。これは彼らにとって、すでに学んだことを忘れないようにするための機会でもあった。それから、週に二回、日曜日と木曜日に討論会をする。科学や歴史、また日々の暮らしにおける出来事でも、議題にのせて討論する。年長組はひとつの話題について賛成か反対か立場を決め、みんなの同意を得るためだけでなく年少組の教育のためにもなるよう議論を交わす。

チェアマン島の長としてゴードンは、何か緊急の出来事がない限りはこの時間割が変更されないように努めた。

まず、時間についての取り決めをした。幸いなことに彼らにはスラウギ号の暦がある。これを一日過ぎるごとに塗りつぶしていく。それから、船から持ってきた時計。きちんと時を刻むよう、毎日ねじを巻かなければならない。

これらは年長組のふたりが受け持つことになった。ウィルコックスが時計を、バクスターが暦を担当する。このふたりの几帳面さは信頼できる。気圧計と温度計についてはウェッブが日々の記録を取ることになった。

他のことについても同じように決めていった。重要なことのひとつは、チェアマン島でいままでに起きたすべてのことと、これから起こるすべてのことを書き留める仕事である。これにはバクスターが名乗りをあげ、彼のおかげで「フレンチ・デン日誌」が細かな部分まで正確に記録されることとなった。

同じように大切で、しかも一刻の猶予もならないのは、衣服の洗濯だった。幸い、石鹸は豊富にあったが、それでも洗濯は大仕事だった。モコの手にかかればお手のものだったが、ひとりではとても手が足りない。この仕事にはあまり気の乗らない年長の少年たちも、フレンチ・デンの衣類を清潔に保つためにみんな手伝った。

日曜日は特別の日になった。英国や米国では日曜日になるとすべての娯楽、すべての気晴らしは禁止される。退屈するだけでなく、退屈しているそぶりすら漂わせてはならない。この決まりは大人だけでなく、こどもにも厳しく課されていた。

しかし、チェアマン島ではこの厳格な規則を少しゆるめることが取り決められ、日曜日は少年たち全員で家族湖の岸まで遠出することになった。けれどもあまりに寒かったので、二時間ほど歩いたあと、小さいこどもたちは運動場でかけっこをして早々に戻った。暖かい広間に戻って全員がほっとし、貯蔵室ではフレンチ・デンの料理長モコが腕をふるった熱々の夕食にありついた。

夕べのおしまいは音楽会で、ガーネットのアコーディオンがオーケストラの代わりをつとめた。他の少年たちは自信をもって調子っぱずれの音程で歌った。ただひとり綺麗な声をしていたのはジャックだったが、例のわけのわからない陰鬱さで歌の仲間にも入らなかった。チェアマン寄宿学校ではあんなに上手に歌っていたのに、この夕べでは歌ってくれと請われてもどうしても歌うのを拒んでいた。

サービスのいう「ゴードン牧師」の短い演説ではじまるこの日曜日のしめくくりに、みんな揃って祈りを捧げた。十時前にはファンを見張りに残し、全員がぐっすり眠っていた。怪しい何かが近寄ってきても、ファンがいれば心強い。

六月のあいだ、寒さはどんどん増していった。ウェッブの記録によれば、気圧計は平均で二十七インチ以上、温度計は摂氏で零下十度から十二度だった。南から吹いていた風が西に向けて吹きはじめると温度は若干上がり、フレンチ・デンの周囲は深い雪に覆われた。少年たちは雪合戦をして遊んだ。ある日、遊びには加わらずに見物していたジャックがけがをした。クロスがかなりの力をこめて投げた玉が的をはずれて、それが命中したジャックが痛みに声をあげた。雪合戦の雪球は英国式のかなり固くしたものだった。

「わざとしたんじゃないよ！」とクロスがすぐに謝った。おっちょこちょいがよくやる言い訳だ。

「もちろんそうだろうが」弟の叫び声に、雪合戦の戦場から駆けつけたブリアンが言った。「それにしても、そんなに強く投げつけるのはやりすぎだろう！」

「だけどジャックは遊びに入らないくせになんでそこにいたのさ」クロスが言い返す。

「まったくなんて大騒ぎだ！」ドニファンが大声で割って入った。「たいしたことないのにヨチヨチ、イタイイタイ、なんてさ！」

「たいしたけがではないかもしれないさ」ドニファンが口出ししたくてたまらないのを見て取ったブリアンは言った。「でも、クロスにはもうこんなことのないよう気をつけてもらいたい」

「へえ、わざとしてないのに、どうやって気をつけろっていうんだ？」冷やかすようにドニファンが言い返す。

「どうしてきみが口出しするのかわからないな、ドニファン」とブリアンが珍しく怒った口調になった。「これはクロスとぼくのあいだのことだ」

「いや、ぼくにも関係あるね、ブリアン。きみがそういう調子で言うのならな！」

「じゃあ好きにすればいい。好きにすればいいさ！」ブリアンは腕を組んで言った。

「ああ、いますぐしてやるよ！」とドニファンが叫んだ。

ちょうどそのときゴードンがやってきて、けんかが殴り合いになるすんでのところで割って入った。ゴードンはドニファンの非をとがめた。ドニファンはぶつぶつ文句をいいながら、フレンチ・デンに帰っていった。けれどもこれでは、ふたりのライバルの間にまたいつ火花が散るかわからない新たな問題をつくったのは間違いないようだ。

二日間、雪は降りやまなかった。年少のこどもたちを楽しませるために、サービスとガーネットは巨大な雪だるまをつくった。大きな頭に巨大な鼻、並外れて大きな口。童話に出てくるおばけ男のようでもある。ドールとコースターときたら、昼間のうちは果敢にも雪だるまに向かって雪玉を投げつけていたが、夜の闇にその影がいっそう大きく見えはじめると、さも恐ろしげにしていた。

「へん、怖がりだなあ！」アイバーソンとジェンキンスはいばっていたが、おちびさん同様に内心は怖がっていた。

六月の終わりには雪遊びもできなくなった。三フィートから四フィートの深さに積もった雪の中で、歩き回るのもほぼ不可能だった。フレンチ・デンから数百歩離れただけでも、戻れなくなる危険があった。

少年たちは、七月九日まで二週間のあいだ、ずっと洞穴に閉じ込められた。勉強は滞ることなく、みんなきちんと時間割を守った。討論会も決まった日に行なわれ、みんながそれを心から楽しんだ。驚くまでもないことだが、弁も立ち、勉強もできるドニファンはいつも最上位だった。

遊戯の時間はすべて室内で過ごさなければならなかったが、ふたつの部屋を通して空気の出入りが確保されていたので、健康を損なうことはなかった。健康は大切な問題だった。誰かが病気になったら、どうやって充分に面倒を見られるだろう？　幸い、具合が悪くなったといっても風邪や喉の痛み程度のもので、休息と熱い飲みもので追い払うことができた。

もうひとつ、解決しなければならない問題があった。ふだん、フレンチ・デンで必要な水は、塩水が混じらないよう干潮のときに、川から汲んでいた。けれども川の水面がすっかり凍ってしまったため、これが出来なくなった。ゴードンはいまや「専任技師」となっているバクスターにどうしたらいいか相談した。しばらく考えた後バクスターは、凍らないよう土手の地下数フィートに水道管を通してはどうかと提案した。この困難な仕事をバクスターがこなすことができたのは、スラウギ号から持ってきた飲料水用の水道管があったからである。バクスターはそれを何度も試してついに貯蔵室に水を引くことに成功した。照明については、まだ舷灯のための油が充分にあった。でも冬のあとには、モコが取っておいている脂でロウソクをつくる必要があるだろう。

この時期にもうひとつ心配だったのは、この小さな集団生活の食べもののことだった。なにしろ、狩りも釣りもできなくなっていたからである。確かにお腹をすかせた動物が、運動場のあたりをうろついていたことは何度かある。けれどもそれはジャッカルで、食用にはならない。結局ドニファンとクロスが銃で追い払うしかなかった。あるときなどはジャッカルが二十匹ほどの群れをなしてやってきたこともあった。そのときには広間と貯蔵室の扉を堅く守らなければならなかった。飢えて獰猛になった肉食動物の襲撃は恐ろしい。ことごとくファンが前もって知らせてくれたから、フレンチ・デンに入りこませずに済んだのである。

この辛い状況の中、モコは、なるべく節約するよう努めていたヨットの食糧を少し使わなければならないこともあった。ゴードンは船の食糧を使ってもよいと進んで許可することはなかったし、手帳の中で収入の項目が変わらないのに支出の項目がどんどん増えていくのを、苦々しい思いで眺めていた。それでも、おおかた火を通して密閉しておいた鴨や野雁があったし、塩水に漬けておいた鮭もあったので、モコはそれらを使うこともできた。とにかくフレンチ・デンでは、八歳から十四歳の十五人の少年たちの食欲旺盛な胃袋を満たさなければならないのだ。

それでも冬のあいだ、まったく新鮮な肉が手に入らないわけではなかった。狩猟用の罠をしかけるのがうまいウィルコックスは、土手に罠をしかけていた。「4」の字型に組んだ木を使った単純な罠だったが、ときには食用になる鳥がかかることがあった。

またウィルコックスは、仲間たちの手を借りて、スラウギ号の魚獲り網を長い竿につけた罠を川岸に張った。すると、南沼の鳥たちが片方の岸から向こう側へと渡る時に、長々と渡した網の目にひっかかった。空中の網としては網目が小さすぎるため、ほとんどの鳥は逃げてしまったが、時には一日に二度の食事を補うに足りるくらいの獲物がとれることもあった。

けれども食べさせるのに一番苦労したのは、例のアメリカダチョウである。この野生動物を手なずける試みは、その飼育に特別に任命されたサービスが何と言おうが、いっこうに進歩を見せなかった。

「すごい走り手になるぞ!」サービスはよくそう言っていた。とはいえ、いったいどうやってこの鳥に乗れるようになるのか、誰にも皆目見当もつかなかったが。

駝鳥は肉をまったく食べないので、サービスは二、三フィートの雪の下から鳥が毎日食べるための草や木の根を取ってこなくてはならなかった。

七月九日の朝、ブリアンはフレンチ・デンから一歩踏み出してみて、風が南から吹いているのを確かめた。

寒さがあまりに厳しくなっているので、ブリアンは急いで広間にとってかえし、この温度の変化をゴードンに知らせた。

「怖れていたことだ」とゴードン。「厳しい冬が何ヶ月か続くかもしれないよ」

「ということは」ブリアンが言葉を継いだ。「スラウギ号はぼくらが考えていたよりもずっと南に漂着したのかもしれない」

「おそらくね。でもぼくらの地図では、南極海の周辺にこんな島はないんだ！」

「説明がつかないね。ゴードン、もしもこのチェアマン島を離れることができたら、いったいどちらの方角を目指せばいいんだろう？」

「ぼくらの島を離れるって！」ゴードンは叫んだ。「そのことをまだ考えているのかい、ブリアン？」

「いつもさ、ゴードン。もしも海を渡れるような船をつくることができたら、一か八か、ぼくはやってみる覚悟があるよ！」

「そうか……。でも急ぐことはない。少なくとも、このチェアマン島の多くを探検出来るようになるまで待とうじゃないか」

「勇ましいぼくの友だち、ゴードン！　忘れたのかい、海の向こうに、ぼくらの家族がいることを」

「もちろん忘れちゃいないさ、ブリアン。でも、ここでもぼくらはけっこう恵まれている。なんとかやっていけている。実際、欠けているものってあるだろうか？　そうぼくは思っているよ」

「たくさんあるよ、ゴードン」ブリアンは、この話題についてもうあまり話を続けたくなかった。「たとえば、もう燃料がない」

「なんだ、島の森はまだ燃やし尽くされていないよ！」

「そうだけど、そろそろ薪を作らなきゃ、もう蓄えが底をつきかけてる！」

「じゃあ今日にでもなんとかしよう！　温度計の目盛りはどうなっている？」

貯蔵室においた温度計は、ストーブが轟々燃えているのに五度を指している。それを外の壁に置いてみると、たちまち零下十七度になった。

厳しい寒さだ。晴れて乾燥した日が数週間続いたら、寒さは一層つのるだろう。広間のふたつのストーブと厨房のかまどで火を焚いているにもかかわらず、すでにフレンチ・デンの中でもそれとわかるほど温度が下がっている。

九時近くなって、朝食の後、薪を集めるために落とし穴森へ遠征することが決まった。風が吹いていなければ、温度が下がっても耐えられる。辛いのは、激しい寒風に晒されて顔や手が刺されるように痛むときだ。寒風から身を守るのは難しい。幸いにもこの日、風は至極穏やかで、まるで空気が凍ったかのように空も完璧に澄んでいた。

腰まで埋まるほどの柔らかい昨晩の雪の代わりに、地面は金属でできたみたいにコチコチに堅かった。足場に気をつければ、すっかり凍っている家族湖やジーランド川の上も歩くことができるだろう。極地帯の原住民が使うようなかんじきや、犬やトナカイに引かせる雪ぞりがあれば、湖の北から南まで数時間で踏破できるだろう。

けれども今日は、長い遠征の時間はない。隣の森にいって燃料を調達する。それがさしあたっての課題だ。

しかし運ぶ手段は腕に抱えるか背負うしかないから、充分な量の薪をフレンチ・デンまで運ぶのはかなりの重労働である。モコがいい案を思いつき、ヨットの材木を使ってなにか荷車をつくるまでの代用に、それを実行することにした。貯蔵室のテーブルはがっしりしており、長さ十二フィート、幅四フィートある。これをひっくり返して、凍った雪の上を滑らせればいいではないか？　これはうまくいくだろう。テーブルの脚に結んだ綱を年長の少年四人がひっぱって、一行は落とし穴森に向かった。

年少のこどもたちは鼻のあたまとほっぺたを真っ赤にして、子犬のように跳ねていく。ファンが彼らのお手本だ。彼らは時おり、ひっくり返したテーブルの上にふざけて飛び乗り、叱られた。滑り落ちる危険もあったが、たいしたけがをするわけじゃない。凍って乾いた空気の中に、こどもたちの歓声が響いた。少年たちが健康で陽気にしている姿を見るのは、実に心躍るものだった！

オークランド丘と家族湖のあいだは、見渡す限り白銀の世界だった。枝にキラキラと輝く水晶のような霧氷をまとった樹々が集まって、おとぎ話の一場面のようだった。湖面では鳥たちが群れをなして崖の頂を目指して飛んでいた。ドニファンとクロスは銃を忘れずに携えていた。それは賢明だった。なぜなら雪の上に怪しい足跡がついていたからだ。それは、ジャッカルやピューマ、ジャガーのものではない動物の足跡だった。

「きっとそれは『パペロ』という野生の猫だろう」とゴードンが言った。「ちっとも怖くないよ！」

「ああ、猫なら怖くないさ！」肩をすくめてコースターが答える。

「へん、だけど虎だって猫だよ！」とジェンキンス。

「サービス、本当なの？　その猫、怖いの？」とコースター。

「本当だとも」とサービス。「こどもなんか、ねずみみたいにバリバリ食べちゃうよ！」

その答えにコースターはますます不安げになった。

フレンチ・デンから半マイルの落とし穴森にはすぐに着いたので、若いきこりたちははりきって働きはじめた。ある程度の大きさの樹だけ斧をふるい、枝を切り落とす。すぐに燃えてしまう枝ではなく、かまどやストーブでじっくり燃える薪を得るためだ。テーブルを使ったそりはずっしり重くなったが、堅くなった雪原の上をみんなで引いていくのは楽しく、どんどんはかどったので、昼前に二往復してしまった。

昼食のあと再び作業をはじめたが、四時前には陽が落ちてきたので中断した。みんなへとへとだったし、余分なことをする必要もないので、ゴードンは残りの作業は明日に回すよう指示した。ゴードンの指図とあれば従うほかない。

フレンチ・デンに戻ると今度は木をのこぎりで切り、斧で縦に割って、貯蔵する。この作業は寝る時間まで続いた。

六日間のあいだ、休むことなくこの作業が続いたおかげで、数週間分の薪を蓄えることができた。もちろん、すべてを貯蔵室に蓄えることはできなかったが、崖のふもとにむきだしで置いておいても何の心配もない。

八月の最初の週、温度計は零下二十七度まで下がった。外では息が雪に変わった。手で金属に触れると、びりっと火傷のような鋭い痛みが走った。室内の温度を暖かく保つため、細心の注意を払わなければならなかった。

最も辛い二週間だった。誰もが運動不足に苦しめられた。ブリアンにとっては年少の子たちの顔色から血の気が消えて青白くなるのを見るのが心配の種だった。それでも、温かい飲みものはふんだんにあったから、何人かが風邪や、やむを得ない気管支炎にかかった他は少年たちだけの国は大きな損害を受けずにこの危険な時期を乗り切った。

八月十六日、風向きが西になり、大気の様子が少し変わった。温度も零下十二度になった。風が吹いていなければ耐えられる程度の温度だ。

ドニファンとブリアン、サービス、ウィルコックスとバクスターは、スラウギ湾への遠征を考えていた。朝発てば、その日の夕方までに戻れるだろう。

目的は、南極付近にたくさんいるオットセイの群れがこの岸辺にやってきたかどうか探るためだった。漂着したころすでに、何頭か目撃している。それから、冬の嵐ですっかりぼろぼろになっているであろう旗を取り替えること。またブリアンの提案で、旗をみた船がこの岸にやってきたときのため、フレンチ・デンの場所を記した板をマストに打ちつけることにした。

ゴードンはこの遠征に賛成したが、必ず夜までに帰るよう指示した。遠征隊は八月十九日の未明に出発した。空は澄み、下弦の月が青白い光を放っている。湾まで六マイル。充分休息をとった脚にはなんということもない距離だ。

一行はどんどん進むことができた。沼地森の湿地は凍りついていたので、回り道をする必要はなく、それによって行程はぐっと短くなった。九時前にはドニファンと仲間たちは岸辺に降り立っていた。

「鳥の群れがいるぞ！」ウィルコックスが叫ぶ。

指差す先、岩礁の上には太った鴨に似た鳥が何千と群れをなしていた。ムール貝を思わせる長いくちばしと、よく響く耳障りな鳴き声。

「まるで将軍の謁見を待っている兵隊たちみたいだ」とサービス。

「あれはただのペンギンさ」とバクスター。「あんなものに銃の弾を無駄づかいする価値もない！」

脚が後ろについているばっかりに直立するしかないまぬけな鳥たち。逃げることも考えない彼らは棒切れひとつで簡単に一網打尽にできただろう。ドニファンはもしかしたら、意味のない殺戮の誘惑にかられているのかもしれなかった。ブリアンはあえてドニファンに反論しなかったので、ペンギンたちは休息を乱されずにすんだ。

それに、もしもこの鳥たちに何の用途がなくても、次の冬にフレンチ・デンを照らすための脂を取れるような動物は他にたくさんいる。

それはゾウバナアザラシといわれる類いのアザラシだった。厚い氷に覆われた岩礁の上ではしゃぎまわっている。けれどもこのうちの何頭かを仕留めるには、岩礁から彼らの逃げ道を断たねばならない。ブリアンと仲間たちが近づいた途端、アザラシたちはものすごい跳躍を見せて波間へ消えてしまった。アザラシを捕まえるためには、後であらためて遠征隊を組織する必要がある。

持ってきたいくらかの食糧で昼食をとったあと、少年たちは岸をくまなく調べた。

真っ白なシーツのような雪が、ジーランド川の河口からにせ海岬まで一面を覆っていた。ペンギンやミズナギドリ、カモメなどの海鳥の他は鳥の姿が見えない。他の鳥たちはえさを求めて岸辺を離れ、島の内陸部にいってしまったらしかった。二、三フィートの雪が岸をすっぽり包み、スクーナーの残骸は厚い雪の毛布の下に隠れて見えない。潮の運んだ海藻が岩礁の近くに残っているところをみると、スラウギ湾には季節の変わり目の大潮は訪れなかったとみえる。海は少年たちが眺めた三ヶ月前と変わらず、水平線の限りまでただ水がたゆたうばかりだ。あの向こう、数百マイル先にニュージーランドがある。そこに再び戻ることを、まだ諦めてはいない。

バクスターはさっそく持ってきた旗を掲げ、それから河口から六マイル遡ったところにあるフレンチ・デンの場所を示した板を釘で打ちつけた。午後一時前、一行は左岸を歩いて帰路についた。

帰り道、ドニファンは川の水面を飛んでいた尾長鴨とタゲリをそれぞれひとつがいずつ殺した。四時前、陽が沈む直前に一行はフレンチ・デンに到着した。ゴードンは遠征の一部始終を聞き、スラウギ湾にたくさんのアザラシがやってくるので天気がよくなったら狩りに行くという案に賛成した。

実のところ、冬はそろそろ終わりを迎えていた。八月の最後の週と九月の最初の週、海からの風が強くなった。強い嵐が何度か訪れて、温度が急速に上がった。雪はたちまち溶け、耳をつんざく大音響を上げて湖面の氷がひび割れた。その場で溶けなかった氷は川に水が注ぎこむ辺りで積み重なった。こうしてできた氷の堤防は九月十日まで崩れず残っていた。

こうして冬が過ぎた。入念な予防策のおかげで、この小さな少年国では大きな被害もなくて済み、全員が健康で、勉強も熱心にこなし、ゴードンはいうことをきかない者を叱ることもなくすんだ。

九月十日で、スラウギ号がチェアマン島の岩礁に漂着してから六ヶ月になる。

第十四章　厳しい季節が過ぎて

冬の最後の一撃〜手押し車〜サービスと駝鳥〜春の再来〜北部遠征の準備〜巣穴〜草木といきもの〜泊まり川〜家族湖の果て〜北砂漠

暖かい季節が戻ってきたので、冬のあいだ考えていた計画をいくつか、実行に移すことになった。

島の西には、何ら隣り合った陸地がないことは明らかだった。北、南、東もそうなのか？　あるいは、この島は太平洋の群島の一部なのか？　フランソワ・ボードワンの地図によれば、そうではない。けれども、ボードワンは双眼鏡も望遠鏡も持っていなかった。それに、オークランド丘からは、水平線まで数マイルしか見ることができない。そう考えると、もしかしたら陸地があるのかもしれない。

地形的には、チェアマン島の中央の部分、フレンチ・デンの東側は幅がわずか十二マイルである。スラウギ湾の反対側の岸もえぐれており、この方向へ探検にいくのは容易そうだ。けれども島の様々な場所へ行ってみる前に、オークランド丘、家族湖、落とし穴森の地域を探索することが重要だ。どんな資源があるのだろう？　役に立つ樹や灌木があるだろうか？

十一月初旬に、それを見つけ出すための探検に出ることになった。

暦の上では春でも、高緯度にあるチェアマン島では春の訪れはなかなか感じられなかった。九月から十月中旬までは悪天候が続いた。まだ寒さが厳しくなることがあったが、風向きがよく変わるので厳寒が続くことはなかった。春分のころの天候の荒れは他に類をみない激しさで、太平洋を越えてスラウギ号を運んだあの大嵐を思わせた。嵐の連打を受けてオークランド丘は崖ごと震えるようだった。遮るもののない南沼を越えて吹き寄せる南からの風は南極海の突き刺すような寒さを運んできた。風の強さに押されて、フレンチ・デンの入り口を閉めなければならないときは大変だった。二十回も、風は扉を抜けて貯蔵室に入り込み、広間にさえも忍び込んだ。そんなときは、温度計の目盛りが零下三十度に下がった厳寒のときよりももっと辛かった。風だけではない、雨や霰《あられ》とも戦わなければならなかった。

さらに困ったことには、鳥たちの姿が消えた。季節の変わり目の嵐の一打から守られるような島の別の地域へ移っていったらしかった。魚もまた、湖の岸で水がうねり荒れ狂うのに恐れをなしてどこかに隠れてしまったらしかった。

けれどもフレンチ・デンでは、少年たちはのらくらと過ごしているわけではなかった。すでに雪は消えてしまったので、もうテーブルのそりは使えない。バクスターは重いものを運搬できるような装置を作る方法を探していた。

これについては、スクーナーの揚錨機についている同じ大きさの歯車を使おうと思いついた。大人の職人なら犯さなかったであろう過ちを何度も繰り返しての、試行錯誤をした。歯車はギザギザなので、バクスターはそのギザギザをつぶそうとして失敗した後、くぼみの部分に小さく切った木を嚙ませ、その上から金属のバンドを巻いた。そして、ふたつの車輪を鉄の棒でつなぎ、その車軸の上にしっかりした板の枠をつけた。実に原始的な車である。それでも大いに役立ってくれるだろう。言うまでもないが、馬やロバがいないので、この車を引くのは少年国の中で最も力持ちの少年たちである。

もしも四つ足のけものを捕まえて手なずけることができたら、辛い仕事からも解放されるのに！　これまでに足跡を見つけた肉食動物は別として、なぜチェアマン島では反芻動物よりも鳥のほうが多いのだろう？　サービスの駝鳥をはじめ、いつかは鳥を飼いならして使役させることもできるようになるのだろうか？

実のところ、駝鳥は野生の性質をまったく失っていなかった。誰かが近寄ろうとすれば必ずくちばしと脚で攻撃してくるし、繋がれた紐をひきちぎろうといつも必死だ。ちょっとでも油断すれば、落とし穴森にすたこら逃げていってしまうだろう。

サービスはそれでも諦めなかった。駝鳥には「ブラウゼヴィント（暴れ風）」と名付けた。言うことをきかないこの鳥を飼いならすことにサービスはプライドを賭けていた。

そしてサービスは、天気がよくなり次第、この駝鳥に乗ってみると言い出した。まず帆の布地で引き具と取り外しのできる目隠し付きの頭巾を作った。さらに麻綱で駝鳥の首輪を作った。けれど頭巾を駝鳥の頭にのせるのは不可能だった。

こんな作業をしながら、日々が過ぎていき、フレンチ・デンは住みやすくなっていった。勉強や仕事に振り当てた時間を削らないようにしながら、外に出られない時間を過ごすには、これが最良の方法だった。

春分の季節の変わり目も、いくらか落ちつこうとしていた。太陽の光は強さを増し、空は明るく晴れていた。十月中旬である。地面の暖かさを吸い込んだ樹々が、ふたたび芽吹く準備をしていた。

もう、日中はずっとフレンチ・デンの外に出ていてもよいことになった。温かい衣服、厚い布地のズボン、セーターやウールの上着は、叩いて埃を払い、繕うところは繕ってたたみ、ゴードンが札をつけた後、きちんと箱にしまった。軽い衣服で身動きしやすくなった少年たちは、美しい季節の再来を喜んで迎えた。抱き続けている希望もあった。つまり、少しでも状況をよりよくできるような発見ができれば、という希望である。夏のあいだに船がこの辺りを通らないだろうか？　そしてチェアマン島のそばを通ったとき、オークランド丘の頂に翻る旗に気づきはしないだろうか？

十月の後半、フレンチ・デンの周囲二マイルのあたりに何度か遠征をした。これはドニファンら少年狩人だけの遠征だった。ゴードンの忠告で火薬と弾丸はかなり節約しなければならなかったが、だからこそ少年狩人たちは以前に増して一発必中の闘志に燃えていた。ウィルコックスは銃や弾丸を使わず輪差《わさ》を使ってシギダチョウや野雁を何羽か仕留め、時にはアグーチによく似た野生のうさぎ、マーラも捕まえた。これらの罠は、日中しばしば見にいく必要があった。でなければ、ジャッカルやパペロが先取りして、少年たちがやってくる前に獲物を平らげてしまうからである。まったく、これらの肉食動物のために余計な手間をかけるのは、実に腹立たしいことだった。昔作られた落とし穴に手を加えたものや、森のはずれに新たに作った罠にこれらの迷惑なけものがかかっていることもあった。時おり野獣の足跡をみかけることもあり、いつ襲われるかもわからないので、常に警戒している必要があった。

ドニファンは小さなイノシシのペカリや、小型の鹿ガキュリを仕留めた。これらの肉は味わい深く、美味だった。駝鳥についていては、これ以上捕まることがなかったのでみんな胸をなでおろしていた。サービスの駝鳥飼いならし計画を見る限り、あまり望みは持てなかったからだ。

まったくその通りで、二十六日の朝、きかん気なサービスは、かなり苦労して引き具をつけたあと、駝鳥に乗ると言い出した。

誰もが運動場に出てきて、この興味深い実験を眺めた。小さい子たちはサービスを、ある種の羨望と不安の交じった思いで見つめていたが、どうもあまりにも危なっかしいので、駝鳥をつかまえてきた当初あれほどサービスのうしろに乗りたがっていた子も、いざ、となると、せがむ子はひとりもいなかった。年長の少年たちは肩をすくめるばかりだった。ゴードンは、この危険と思われる試みをやめるようサービスを説得しようとした。けれどもサービスは頑として聞かなかったので、好きなようにさせるしかなかった。

頭巾につけた覆いで目隠しをした駝鳥をガーネットとバクスターが押さえるあいだに、サービスはなんどか空振りしたあと、ようやくその背にまたがった。そして、あまり説得力のない声でガーネットたちに言った。

「離していいよ！」

目隠しをされた駝鳥は、両足でしがみついた少年を乗せたまま、はじめはただ突っ立っていた。けれども引き具と繋がった紐をひっぱって目隠しが取れると、驚異的なジャンプをして、森を目指して一目散に駆け出した。サービスはもはや、矢のように猛烈に駆けるその鳥の「主人」などではなかった。目隠しをしたら止まるだろうかと、必死に試みたがうまくいかない。駝鳥が頭を一振りすると、頭巾は首にすべり落ちた。その首にはサービスが、両腕でしがみついている。次の瞬間、激しい身震いでこの少々頼りない騎手は振り落とされた。サービスが地面に落ちたときにはすでに、駝鳥は落とし穴森に向かって一目散に駆けていった。

仲間たちは一斉にサービスに駆け寄った。その間に駝鳥はもう姿を消していた。

幸い、サービスはこんもり茂った草の上に落ちたので、けがは少しもなかった。

「なんてやつだ、なんてやつだ……！」サービスはすっかり混乱したようすで叫んでいる。

「ああ！　もし今度つかまえたら……」

「きみにはつかまえられっこないよ」仲間を笑うのが楽しくてしかたないといったふうに、ドニファンが言った。

「まだ飼いならしかたが足りなかっただけだよ」とサービス。

「そして、今後も飼いならすことはないさ！」ゴードンが答えた。「これでよかったんだよ、サービス。もう二度とあの鳥に関わらなくて済むんだから」

こうして結果的にはちょっとした面白ショウにもなった冒険が終わり、小さい子たちは駝鳥に乗らなかったことを後悔せずにすんだ。

十一月の初旬、家族湖の東側と島の北側を偵察にいく長い遠征にちょうどいい天候になってきた。空は澄み、暑さもさほどではなく、野宿するにも何の心配もない。そこで遠征の準備がはじまった。

この遠征に出るのはドニファンら少年狩人たちと、ゴードンも自らの判断で行くことになった。フレンチ・デンに残る仲間たちはブリアンとガーネットが世話をする。よい天候の時期の後半になったら、今度はブリアンが湖の南の部分を探検することになった。その探検はボートで岸辺をいくのでも、あるいは横切るのでもいい。なにしろ、フレンチ・デンからはたったの四マイルか五マイルだからだ。

そんなわけで十一月五日の朝、ゴードン、ドニファン、バクスター、ウィルコックス、ウェッブ、クロスとサービスの一行は出かけていった。

フレンチ・デンではいつもと変わらない生活だった。勉強に振り当てられた時間以外は、アイバーソン、ジェンキンス、ドールとコースターがいつものように湖か川に魚釣りにいく。これは彼らのお気に入りの遊びだった。モコは探検隊に同行しなかった。

ゴードン、ドニファンとウィルコックスは小銃で武装していた。その他、全員が拳銃をベルトにさしていた。この他には狩り用の短刀が二本と斧が二挺。出来る限り、火薬と弾丸は身を守るため以外には使わないようにする。使うのは、何かに攻撃されたり、他に倹約的な方法で狩りができない場合だけだ。このために、輪縄とボーラを再現したものをバクスターが携えて

いた。バクスターはこれらの使い方を練習していたのだ。彼はもの静かだが実に器用で、これらの道具もすぐに使い方を習得した。ただ、それまでは静止したものにしか使ったことがなかった。一目散に逃げる動物を相手に使って成功するかどうかはまだわからない。ゴードンはまた、ハルケット式ボートを持参していた。これは持ち運びが簡単で、鞄のように折りたたみができ、せいぜい五キロほどの重さしかない。地図によれば湖から二本の小川が流れ出ているらしいから、もしも浅瀬がなかった場合にはこれで渡れるだろう。

ゴードンは参考にしたりその正確さを確かめたりする目的でボードワンの地図の写し書きを持参していたが、これによれば、家族湖の西岸は湾曲している部分を含め、十八マイル伸びている。遠征は、何にも足

止めを喰わなかったとしても、往復で少なくとも三日はかかるだろう。

ゴードンと仲間たちはファンを先頭に、落とし穴森を左手に、軽やかな足取りで岸辺の砂地を歩いていった。二マイルも歩くと、フレンチ・デンに居を移してからこれまでに行なった遠征の中でも最も遠い地点を過ぎた。

この辺りには「シロガネヨシ」と呼ばれる草が茂みをつくって群生している。最も背の高い少年ですら頭が隠れてしまうほど背の高い草だ。

歩みに少々遅れが出た。けれども悔やむべきものではなかった。というのも、ファンが地面にぼこぼこと数ヶ所空いた巣穴の前で立ち止まったからである。

明らかに、巣穴で簡単に殺せるようなえもののにおいを嗅ぎつけたのである。ドニファンが腕を上げ、銃を構えたとき、ゴードンがそれを止めた。

「ドニファン、火薬を節約するんだ。たのむから、火薬を節約してくれ！」

「だけどゴードン、ぼくたちの昼食になるえものが中にいるかもしれないよ」ドニファンが答える。

「それに夕食にもなるかも……」サービスが言って、巣穴を覗き込んだ。

「巣穴から出てきたらね」とウィルコックスが答えた。「弾丸を使わずに、巣穴からおびき出す方法があるよ」

「どうやって？」とウェッブ。

「巣穴から燻し出すんだ。いたちや狐の巣穴でやるみたいに！」

シロガネヨシの茂みのあいだの地面は枯れ草に覆われていた。巣穴のそばの枯れ草に、ウィルコックスが火をつけた。たちまちのうちに半分窒息しそうになった一ダースほどの齧歯目の動物が逃げ出そうとして捕まった。トゥクトゥコだ。サービスとウェッブが二、三匹を斧で殺し、ファンも三匹、鋭い歯でかみ殺した。

「すてきな炙り焼きができるぞ！」とゴードン。

「ぼくに任せて！」料理長の大役を果たそうとはりきってサービスが叫んだ。「なんならいますぐにでも焼くよ！」

「最初の休憩のときにしよう」ゴードンが答えた。

このシロガネヨシの小さな森を抜けるのに、半時間ほどかかった。森の外では、長い稜線を描く砂丘が点々と現れた。この砂はとても細かくて、息を吹きつけただけでもあたりに大きく舞い散るほどだった。オークランド丘の背はすでに二マイル以上西に遠ざかっていた。フレンチ・デンからスラウギ湾まで崖が斜めに走っているので、これは辻褄があう。島のこの辺りは深い森に覆われていた。ブリアンと仲間たちが最初の遠征で湖に行くために越えた森で、飛び石の小川があった森である。

地図が示している通り、この小川は湖に流れ込んでいる。少年たちは午前十一時ごろ、出発から六マイルほど歩いた後で、まさにその小川が流れ込んでいる地点に到達した。

みごとな傘松《かさまつ》の根元で一休みし、大きな石をふたつ置いた間に乾いた木を集め、火を焚いた。ほどなくして、サービスが毛皮をはいで臓物をとった二匹のトゥクトゥコが、パチパチはぜる炎で炙り焼きされた。焚き火の前に陣取ったファンが野生の獣肉が焼けていくおいしそうなにおいを嗅ぐあいだ、サービスはトゥクトゥコがきちんと焼けるよう串を返すのに大忙しだった。

みんなお腹をすかせていたし、サービスのこの最初の料理には文句のつけようもなかった。トゥクトゥコでお腹いっぱいになったので、パン代わりのビスケットを除いては鞄に入れてきた食糧に手をつけることもなかった。トゥクトゥコがえさにしている香りのよい草のおかげで肉は風味がよかった。

食事がすみ、浅瀬があったが折りたたみ式ボートを出すまでもなく小川を渡った。

湖畔が少しずつ沼地のようになってきたので、少年たちは森の端を辿らねばならなかった。地面が乾いてきたらまた、東側に進路を修正するつもりだ。ここでもブナや白樺、常磐樫《ときわがし》、あらゆる種類の松など、樹々の種類に変化はない。沢山の美しい鳥たちが枝から枝へと飛び回っていた。頭の紅いクマゲラ、白い冠毛のハイイロヒタキ、オタテドリの仲間のキクイタダキ、葉陰で笑い声のような鳴き声をたてるキバシリ。一方、ズアオアトリ、ヒバリ、ツグミは歌ったり、口笛のような音をたてる。遠い空ではコンドルやヒメコンドル、南米でよく見かける獰猛な鷹の一種カラカラが滑翔している。

ロビンソン・クルーソーを思い出してのことだろう、サービスはこの島に棲む鳥のなかにオウムがいないのを残念に思っていた。駝鳥を飼いならすことはできなかったけれど、あのおしゃべりな鳥ならそんなに反抗的でないかもしれない。でも残念ながらオウムは一羽もみかけなかった。

野生の動物は豊富にいた。マーラ、ピチ、そして特にヨーロッパオオライチョウとよく似たライチョウの類い。ゴードンはドニファンが中くらいのペカリを撃つのを許した。ペカリは、もしその日の夕食にならなければ翌日の昼食になるだろう。

歩きづらい森の中を歩く必要はなかった。森の端を歩いていけばいい。こうして夕方五時まで歩いた頃、四十フィートほど幅のある二番目の川が目の前に現れた。それは湖から注ぎ出る川のひとつで、オークランド丘の北を流れ、スラウギ湾の外で太平洋に注ぎ込む。

ゴードンはここで休むことに決めた。一日で徒歩十二マイルなら充分な距離だ。さしあたり、この川に名前をつけなければならない。ここで泊まることにしたので、「泊まり川」と名付けた。

湖畔に近い樹々の下で野営することにした。ライチョウは明日の食事にとっておいて、トゥクトゥコをメインディッシュにした。ここでもサービスがなかなかの料理の腕前を発揮した。食欲が満たされると眠気がそれにとってかわり、さっきまで空腹に口を開けていた少年たちは、もう目を閉じて眠りの世界に旅立っていた。大きな焚き火がパチパチ燃えるのを囲んで、みんな毛布にくるまり横たわった。ウィルコックスとドニファンが交代で焚き火の番をした。燃えさかる炎はどんな野獣も寄せつけず少年たちの安眠を守った。

何も危険はなく過ぎて、翌朝には全員がふたたび出発する準備が出来ていた。

さて、川に名前をつけただけで満足するわけにはいかない。川は渡らないといけないのだ。浅瀬ではなかったので、ハルケット式ボートの出番となった。この小さなボートには一度にひとりしか乗れないので、泊まり川の左岸から右岸まで、合計七回往復させねばならず、これで一時間以上を要した。たいしたことではない。なにしろ、ボートのおかげで食糧や弾薬が濡れずに済んだのだから。

ファンは足を濡らすのもなんとも思わないらしく水に飛び込んで、何度かバチャバチャと水を撥ねかしたあと揚々と向こう岸に渡った。

向こう岸はもう湿地ではなかったので、ゴードンは湖の岸を目指して斜めに横切ることにした。こうして十時前には再び湖畔に達した。昼食にペカリを焼いて平らげた後、少年たちは北を目指した。湖の端に近づいているというしるしはまるでなく、東の水平線は相変わらず、空と水しか見えない。けれども正午近くに、ドニファンが望遠鏡をのぞいて言った。

「向こう岸が見えたぞ！」

みんな目を凝らす。水平線の上に、ちょこちょこと樹の梢がのぞいている。

「このまま歩こう」とゴードン。「夜までにあそこに辿り着けるように！」

なだらかな砂丘がうねり、そこここに灯心草や葦が小さな群れになってそよぐほかは何もない風景が、北の果てまで広がっている。緑ゆたかな島の中央と対照的に、チェアマン島の北部にはただ砂だらけの空間が続いているらしい。ゴードンはそこで、ここを「北砂漠」と命名した。

三時頃には湖の向こう岸が北東二マイルもいかないあたりにはっきり見えていた。この辺りには、海岸の岩めざして渡っていくウやミズナギドリ、カイツブリなどの水鳥以外には、まったくいきものの姿がなかった。

実際、もしスラウギ号がこの岸辺に漂着していたら、少年たちはこの荒漠とした風景を見て、やせた不毛な土地に流れ着いてしまったと思ったことだろう。この砂漠には、フレンチ・デンのように居心地のよいすみかは望むべくもない。スクーナーに守られることがなかったら、この土地では身を隠す場所さえも見つからなかったことだろう。

このまま先に進んで、住むことのできないこの地帯を踏破する必要があるだろうか？　湖の右岸、もうひとつの森に何か役に立つものが発見できるかどうか、第二の遠征隊を組織するほうがよいのではないか？　それに、もしチェアマン島が南米大陸と近いのであれば、それを確かめられるのは東海岸だ。

けれどもドニファンの提案で、湖の端までは行ってみることにした。二重に湾曲したその岸のようすはどんどん明瞭になっているから、端まで遠くはないだろう。

薄闇が舞い降りた。少年たちは家族湖の北に注いでいる、細い小川のほとりで一夜を明すことにした。この辺りには樹は一本もない。群生する草や乾いた苔類さえもない。燃料になるものもないので、鞄につめてきた食糧を食べるしかなかった。覆いになるものもなく、少年たちは砂の上に毛布を広げ横たわった。

夜のあいだ、北砂漠の静けさを乱すものは何もなかった。

第十五章　遠征隊の収穫

帰路～トルルカとアルガローバ～お茶の樹～飛び石川の急流～ビクーニャ～恐ろしい夜～グアナコ～バクスター輪縄を投げる～フレンチ・デンへの帰還

小川から二百歩ほど先に高さ五十フィートほどの砂丘があった。ゴードンと仲間たちは、その上に登ればこの辺りを一望できると考えた。

太陽が昇ると、少年たちはこの砂丘の頂に登ることにした。頂上につくとすぐ、北に向けて望遠鏡を構えた。

もしこの砂漠が、地図に書いてある通り海岸まで続いているとしたら、ここからその端を見るのは不可能だろう。なぜなら、海は北へ十二マイル、東へ七マイル以上先だからだ。チェアマン島の北端のその地まで行ってみることは不毛に思えた。

「さて」とクロス。「これからどうする？」

「戻ろう」ゴードンが答えた。

「朝ごはんを食べてからだよ！」あわててサービスが言う。

「じゃあ食事のしたくをしなよ！」とウェッブ。

「どうせ戻るなら、フレンチ・デンまで別のルートで戻れないかな？」ドニファンが言った。

「それはいい考えだ」とゴードン。

「ぼくが思うに」ドニファンが続けた。「家族湖の右岸を回っていけば、ぼくらの探検も完成するんじゃないか」

「それは少し長距離すぎるね」ゴードンが答えた。「地図によれば、三十から四十マイルも先だ。行く手を阻むものが何もなかったとしても四、五日かかるだろう。フレンチ・デンに残ったみんなが心配するし、そんな心配をさせるわけにはいかないよ」

「だけど」とドニファン。「早かれ遅かれ、島のあっち側も探検するべきじゃないか！」

「そのとおりだよ」とゴードン。「そのための探検をまたするつもりだよ」

「それにしてもさ、ドニファンは正しいよ。同じルートで戻らない方がいい」とウィルコックス。

「わかっている」ゴードンが答えた。「ぼくの考えでは、泊まり川までは湖の岸を進んで、そのあと崖までまっすぐ歩く。そこで崖のふもとに沿って戻る」

「なぜもう通ってきた岸をまた通るのさ？」ウィルコックスが尋ねた。

「そうさ」とドニファン。「もっと近道すればいいじゃないか。落とし穴森の入り口をめざしてこの砂浜を横切れば、南西の方角にせいぜい三、四マイルだ」

「なぜって、泊まり川を渡る必要があるからだよ」ゴードンが言った。「昨日渡った場所なら、確実に渡れるってことがわかっている。だけど、もっと下流に行って川が急流になっていたら、渡るのが難しくなる可能性がある。だから、泊まり川の左岸に渡るまでは森に入らない。その方が賢明に思えるね」

「ゴードンはいつも慎重だからなあ！」皮肉な調子でドニファンが言った。

「慎重すぎて困ることはないからね」とゴードン。

少年たちは砂丘を滑りおりて一泊した場所へ戻り、ビスケットのかけらと冷たい肉を齧った。毛布をくるくるまるめ、武器を携えると、昨日通ってきた道程を元気に歩きだした。

空はみごとに晴れ渡っていた。湖の岸辺にさざ波が寄せる。いい一日になるだろう。よい天候が三十六時間続いてくれれば申し分ないとゴードンは思っていた。明日の夕方にはフレンチ・デンに到着できると計算していたからである。

午前六時から十一時までのあいだに、湖の北端から泊まり川までの九マイルを楽々踏破した。道すがら何事もなく過ぎたが、川のそばでドニファンが冠毛のついた二羽の美しい野雁を仕留めた。上は赤褐色、下は白の交じった黒い羽毛の鳥だ。これでドニファンはすっかり上機嫌になった。またサービスも上機嫌だった。いつでもどんな鳥でも、羽をむしって臓物をとり、炙る準備ができているのだ。

一時間後、ハルケット式ボートで川を無事に渡ると、サービスは真っ先に食事の支度にとりかかった。

「さて、森にやってきたことだし」とゴードン。「バクスターが輪縄やボーラを試してみる機会があるといいね！」

「事実、ここまでたいしたことは何もしてないからね！」とドニファン。銃以外の狩りの道具を軽蔑しているのだ。

「鳥には効きめあるかな？」とバクスター。

「バクスター、鳥だろうが四つ足だろうが当てにはしてないよ」

「ぼくもしてない」ドニファンの意見にいつでも賛成するいとこのクロスが言った。

「そんなふうに言うのは、バクスターに試すチャンスが来てからにすべきだよ」とゴードン。

「きっとうまくやれるとぼくは信じている。もし火薬がすっかり全部なくなったとしても、輪縄やボーラは底を尽かないからね！」

「そうなったら獲物だって底を尽くのさ！」頑固なドニファンは言い張った。

「まあ、そのうちわかるよ」とゴードン。「とりあえず、食事だ！」

けれども食事の支度には少し時間がかかった。サービスは、ライチョウにきちんと火を通したかったのである。一羽でも少年たちの空腹を満たすほど、みごとな大きさだった。重さは十五キロ、嘴から尾まで三フィートもあるキジ目の鳥だ。少年たちは最後の一口まで食べ尽した。ファンも少年たちと同じように一口も残さず食べたので骨の一本も残らなかった。

昼食が終わって少年たちは、泊まり川が太平洋に注ぐ前に流れていく「落とし穴森」の未踏の地域に分け入った。地図によれば、川は北西に向けて曲がっており、崖の外側を通って、にせ海岬の外側に流れ出している。そこでゴードンは、川岸を離れることにした。川に沿っていくとフレンチ・デンから遠ざかるからだ。彼のねらいは、オークランド丘の端までできるだけ近道を行くことだった。そしてそこから崖のふもとに沿って南下する。

羅針盤で方角を確かめると、ゴードンは西へ進路をとった。落とし穴森の南側よりも樹々はまばらで、足下にも灌木や草むらが少なく、歩きやすい。

ブナや樺の樹々のあいだに時おり空地が開けており、太陽の光が踊っていた。灌木の緑や草の絨毯を、野生の花々が目に鮮やかな色彩で飾る。あちこちで二、三フィートの高さの茎にちょこんとのっかった可憐なサワギクが揺れている。サービスとウィルコックス、ウェッブはその花を摘んで上着に飾った。

そのとき、ゴードンがちょっと胸おどる発見をした。彼の植物学の知識はさまざまな場面で、小さな少年国の暮らしを豊かにしていた。彼の目にとまったのは、あまり葉はついていないものの鋭い棘のある枝がみっしりと絡み合ったやぶで、豆ほどの大きさの紅い実がついている。

「もしまちがいでなければ、これはトルルカだよ。この実はアメリカの原住民が珍重しているんだ！」

「食べられるなら食べようよ、なにしろただなんだから！」

ゴードンが止める間もなく、サービスはその実を二、三粒、口にほうりこんだ。

続いて、苦々しいしかめっつらになった。仲間たちが大笑いするなか、サービスは舌をチクチク刺す酸っぱい実をぺっぺっと吐き出した。

「ゴードン！　食べられるっていったじゃないか！」サービスは叫んだ。

「食べられるなんて言ってないよ」とゴードン。「アメリカの原住民がこの実を珍重するのは、醱酵させてお酒をつくるからだよ。付け加えると、この実はぼくたちにとっても、ブランデーがなくなったとき役に立つかもしれないんだ。もっともすぐ頭に回るから気をつけなきゃいけないけれどね。このトルルカを少しフレンチ・デンに持って帰って、実験してみよう！」

棘に守られているので、トルルカの実を集めるのは難儀だった。けれどもバクスターとウェッブが枝から実をはたきおとし、地面に落ちたのを鞄に集め、少年たちは再び出発した。

少し離れたところで、今度は別の樹の莢を採集した。これはアルガローバという南米近辺に生える植物で、やはり醱酵させると強い酒になる。今度はサービスもむやみにかぶりつくのはやめにした。それでよかったのだ。というのも、アルガローバははじめ甘く感じるが、すぐに耐えられないほど喉が渇いてくる。知らないでうっかりこの実を齧ると大変なことになる。

午後になるとさらにまた、オークランド丘まであと四分の一マイルというところで重要な発見があった。このあたりの森は少しようすが違っていた。ふんだんに注ぐ陽光と風通しのよさで、樹々はいっそうのびのびと育っていた。六十から八十フィートの高みで大きな枝をひろげ、その下をあらゆる類いの鳥たちがにぎやかにおしゃべりしながら飛び回っている。堂々としているのは南極ブナで、季節を通して柔らかな緑の葉をつけている。また、もう少し背が低いが劣らずみごとな冬の樹《ウィンター》もそこここで枝を張っていた。この樹の樹皮はシナモンのような風味なので、フレンチ・デンの料理長がソースの味を引きたてるのに使えるだろう。

そこでゴードンが見つけたのは「真珠の樹」とも呼ばれるコケモモ科の樹で、高緯度でも育ち、香りのよい葉を煎じると健康によい飲みものになるのだ。

「これはぼくらのお茶の代わりになるぞ！」ゴードンが言った。「この葉を摘んでいこう。今度また、冬のための貯えをとりに戻ってこよう」

オークランド丘の北端についたのはほぼ四時だった。この辺りの崖はフレンチ・デン周辺よりも低いようだったが、急に切り立っているので崖の上に登るのは不可能だった。とはいえ、あとは崖に沿ってジーランド川のほうへ戻ればいいのだから、問題はない。

二マイル先にいくと、せせらぎの音が聞こえた。崖に切り込んだ狭い峡谷を伝って泡立ち流れる急流だったが少し下流の浅瀬で難なく越えることができた。

「これは湖への最初の遠征の時見つけた川に違いない」ドニファンが言った。

「それは、石の堰があった川かい?」とゴードン。

「そのとおり。それにちなんで飛び石川って名付けた川だよ」

「よし、この川の右岸で一泊しよう」ゴードンが言った。「もう五時だし、もう一晩野宿するのなら、大きな樹に守られた小川のそばがいいだろう。明日の夜は、何も遮るものがなければ広間の寝台で眠れるよ!」

サービスはさっそくとっておいた野雁で夕食の支度をはじめた。献立は炙り焼き。昨日も今日も炙り焼きだ。けれども献立に変化をもたせられないからといって、サービスを責めるのは気の毒な話である。

そのあいだに、ゴードンとバクスターは森へ入っていった。ゴードンはなにか役立ちそうな樹か灌木を求めて。バクスターは、ドニファンのからかいをやめさせるために、輪縄とボーラを使う機会を求めて。

大木を通り抜けて百歩ほど歩いたとき、ゴードンがバクスターに手招きをした。指差す方を見ると、草の上で一群れのけものが跳ね回っている。

「ヤギかな?」声を低めてバクスターが聞く。

「少なくともヤギに似た動物だ!」とゴードン。「捕まえてみよう」

「生け捕りにするの?」

「そうさ、バクスター。生け捕りにしよう。ドニファンがいなくて幸いだった。彼はこうしている間にもたちまち一頭を殺してしまい、その他の獲物をみんな逃がしてしまっただろう。そっと近づいてみよう、姿を見られないように!」

六頭ほどいたこの優雅な動物は、これまで人間を見たことがないからだろう。まったく警戒していなかった。それでも何かを感じたのか、おそらく母親と思われるそのヤギの一頭が風のにおいを嗅ぎ、すぐにでもなかまたちと一緒に逃げられるようあたりを見張っていた。

突然ヒュルヒュルッと音がした。バクスターの手からボーラが放たれたのだ。群れから二十フィートほどしか離れていない。狙いを定め、力強く投げたそれは一頭の脚に絡みついた。他のヤギは森の奥へ逃げていった。

ゴードンとバクスターは、必死にボーラをほどこうともがくヤギへと走っていった。ヤギをとらえ、逃げられないようつなぐ。本能からか母親のそばを離れずついていた子ヤギも二頭、一緒につかまえた。

「やったぞ!」バクスターは誇らしげに叫んだ。「これ、ヤギかな?」

「ちがうね」とゴードン。「これはビクーニャというものだろう」

「乳もだすの？」

「そのとおり！」

「ビクーニャばんざい、だ！」

ゴードンの目に狂いはなかった。実際、ビクーニャはヤギに似ている。けれども脚が長く、毛は短くて絹のように柔らかい。頭は小さめで、角もない。この動物は南米の草原や、マゼラン海峡の辺りに棲んでいる。

ひとりは綱をつけたビクーニャを引いて、もうひとりは赤ちゃんビクーニャを一匹ずつ両腕に抱えて、野営へ戻った。ビクーニャのこどもたちは乳飲み子なので、飼いならすのも容易だろう。この三頭から家族が増えて、少年たちの小さな国の将来にも役立つかもしれない。予想通り、ドニファンは銃の一発もお見舞いできなかったことを悔しがった。けれどその彼も、動物を仕留めるのではなく生け捕りにするときは銃よりもボーラのほうが役立つ、ということを認めた。

夕食というよりも夜食であったが、楽しい夕べだった。樹に繋がれたビクーニャは抗いもせず草を食み、ビクーニャのこどもたちは母親のまわりを跳ね回っていた。

けれども夜は、北砂漠のように穏やかな夜というわけにはいかなかった。このあたりの森には、ジャッカルよりも恐ろしいけものが徘徊しているようだった。ジャッカルならば、狼のような唸り声と犬のような吠え声ですぐにそれとわかるのだが、それとも違う。明け方三時ごろ、ひやりとする出来事が起こった。野獣の吠え声がかなり近くから聞こえたのだ。

火のそばで銃を携え、番をしていたドニファンは、はじめはみんなを起こすほどではないと考えた。けれども吠え声が激しくなったので、ゴードンも仲間たちもおのずと起きてしまった。

「どうしたんだ……?」とウィルコックス。

「このあたりをうろついている野獣の群れにちがいない」とドニファン。

「きっとジャガーかピューマだ」とゴードン。

「どっちでも同じさ!」

「そんなことないよ、ドニファン。ピューマはジャガーほど怖くはない。でも群れをなしてきたら恐ろしいけものだ」

「いつでも迎え撃ちしてやるさ」とドニファン。

彼は身構え、仲間たちも拳銃で身を固めた。

「必ず仕留めるのではなければ撃つな」ゴードンが言った。「それに、やつらは火を怖れて近くまではこないと思う」

「近くにいるよ!」クロスが叫んだ。

ファンの吠え方からしても、すぐそばにいるらしかった。けれども森の深い闇の中では姿かたちを見極めることもできない。

おそらくけものたちは夜、この場所にやってきて喉の渇きをいやすのだろう。この場所に侵入者がいるのを見て、吠えることで怒りを伝えたのだ。けものたちはこのままそこで吠え続けるのだろうか？　あるいは、どうにかして恐ろしい結果になるかもしれないこの威嚇を、はねのけることができるだろうか？

突然、二十フィートもないところに光る点が現れ、暗がりの中で動いているものが見えた。次の瞬間、銃声が響いた。

ドニファンが撃った弾に、野獣はいっそう恐ろしいうなり声で答えた。彼と仲間たちは拳銃を手に、もしも野獣が襲ってきたら撃とうと身構えた。

バクスターが燃えさかる薪を一本取り、燃えるような眼の見えた方向に力一杯投げつけた。野獣の群れの一匹はドニファンの弾に撃たれたはずだ。次の瞬間、彼らは落とし穴森の深い闇に消えた。

「逃げていったぞ！」クロスが言う。

「さよなら、お気をつけて！」とサービス。

「戻ってこないかな？」とクロス。

「それはないだろう」ゴードンが答えた。「でも念のため、朝まで見張ろう」

薪をくべた焚き火は、暁の光が射すまで燃え続けた。少年たちは野営をたたみ、野獣の一匹が弾に倒れてはいないか見るために森の中へ入ってみた。二十歩程離れたところに大きな血溜まりが出来ていた。けものは逃げていた。ファンに追わせれば見つけることはたやすいかと思えたが、ゴードンは森の奥まで入っていくことは無意味だと考えた。

彼らが出会ったのがジャガーだったのかピューマだったのか、あるいは他の獰猛な野獣だったのかはわからない。いずれにせよ、大事なのは仲間たちは無事で、けがもないということだ。

少年たちは朝六時に出発した。飛び石川からフレンチ・デンまでの九マイルを一日で踏破しようと思ったら、ぐずぐずしている暇はない。

サービスとウェッブは二匹の赤ちゃんビクーニャをそれぞれ抱え、母親ビクーニャはおとなしくバクスターの後をトコトコついていった。

オークランド丘に沿って歩く道中の風景は、さして変わりがなかった。左手には森が続く。時には足を踏み入れることも叶わないほどうっそうと茂っていることもあれば、時にはぽっかりあいた空地をぐるりと囲むように集まって木が生えていた。右手は、砂利が縞模様に浮き出した石灰岩の絶壁。南に斜めに走るにしたがって、どんどん高くなっていく。

十一時に昼食のための休息をとった。今度は時間を節約するために鞄に入れて持ってきた食糧を食べ、早々にまた出発した。

一行の足取りは速く、遅れをとらせるようなことはもう起こるまいと思えた。ところが午後三時ごろ、木立のあいだにまたもや銃声が響いた。

ドニファン、ウェッブとクロスはファンを連れて、百歩ほど先を行っていた。あとの仲間たちは彼らの姿が見えなかったが、いきなり叫び声が聞こえた。

「そっちだ！　そっちだ！」

これは、ゴードン、ウィルコックス、バクスターとサービスに警戒しろと呼びかけているのだろうか？

突然やぶの向こうに大きなけものが現れた。バクスターは輪縄を頭の上でくるくると回すと、そのけものめがけて投げた。

輪縄がちょうどうまく首にかかり、けものは逃げようとしてもがき、もたついていた。けれどけものの力が強かったので、ゴードン、ウィルコックスとサービスが縄の反対の端を握り木の幹にゆわえつけなかったら、バクスターはそのまま引きずられていただろう。

ウェッブとクロスが森から姿を現した。すぐ後からついてきたドニファンは悔しがって叫んだ。

「けだものめ！　弾が外れるなんて！」

「バクスターは外さなかった」とサービス。「元気なままで生け捕りにしたんだよ！」

「関係ないさ、すぐに殺してやるから！」とドニファン。

「何だ！　殺すだって？」ゴードンが言った。「殺すだって、ぼくらの荷車を運んでくれるのに？」

「これが?」びっくりしてサービスが叫んだ。

「これはグアナコだよ」とゴードン。「グアナコは南米の農場では人気ものなんだ」

心の底では、グアナコが有用であろうとなかろうと、ドニファンはこの動物を殺せなかったことを悔しく思っていた。けれどもそれについては口をつぐみ、このチェアマン島の新種動物を見にいった。

自然史的観点からはグアナコはラクダの一種に分類されるが、実のところはアフリカに多く棲息するラクダとはちっとも似ていない。ほっそりした首、形のよい頭、敏捷さを示すひょろ長い脚。白い斑点のまじった、黄金色の毛並み。アメリカ産のもっとも美しい馬にも劣らない優雅さだ。もしもアルゼンチンの大農園でやっているように飼いならして手なずけることができたら、早駆け競争だってできるかもしれない。

この動物はとてもおとなしく、その後はじたばたせずじっとしていた。首を締めつけていた輪縄をバクスターが緩めてやると、そのあとは輪縄を引き綱のように使って楽々と誘導することができた。

ゴードンは輪縄とボーラが実際に使えることにとても満足していた。確かにドニファンの射撃の腕はすばらしいし、場面によっては頼りになる。けれどもそれは常に、火薬と弾丸が減っていくことを意味していた。ゴードンは仲間たちに、アメリカの原住民たちが使いこなしていた輪縄やボーラなどの武器を使うよう提案することにした。

地図によればフレンチ・デンまであと四マイルだ。少年たちは、夜になる前に戻れるよう足を速めた。

サービスは、フレンチ・デンに戻る前に、この優雅で力強いグアナコを馴《な》らしその上にまたがって堂々と帰還したいという強い願いをゴードンに話した。ゴードンは、訓練するには時間がかかることと、果してそういうことが可能かどうかわからない、ということをサービスに話した。

「こいつは、この間の大きな駝鳥のように暴れたり蹴ったりはあまりしてこないと思うんだ」

ゴードンはサービスにさらに言った。「でも、もしもグアナコがひとを乗せたがらなくても、少なくともぼくらの荷車はおとなしく引いてくれるかもしれない。だから辛抱おし、サービス。駝鳥に教わった教訓を忘れずに！」

六時になるころ、少年たちはフレンチ・デンに帰還した。

運動場で遊んでいたちびのコースターが、ゴードンたちの帰還を知らせた。ブリアンや仲間たちも走り出てきて、数日間の旅を経て帰った探検隊を歓声をあげて迎えた。

第十六章　島の動物たちとのタタカイ

ブリアンのジャックについての心配～囲いと飼育場づくり～楓糖～キツネ襲撃～スラウギ湾への新たな遠征～荷車～アザラシ狩り～クリスマスの祭～ブリアンばんざい

ゴードンの不在中も、フレンチ・デンではすべてうまくいっていた。ゴードンは、ブリアンの仕事ぶりにすっかり満足していた。それに小さいこどもたちもブリアンに心からなついていた。もしドニファンがもう少しおだやかな性格だったら、ブリアンのこういう資質を認めていたことだろう。けれども実際はそうではなかった。その一因にはウィルコックスやウェッブ、クロスに対してドニファンの威勢を見せつける理由もあっただろう。フランス人のブリアンに対抗するとなると、ウィルコックスやウェッブ、クロスは率先してドニファンの味方についた。なにしろふるまいをとっても、性格をとっても、ブリアンは英国人の仲間たちとはまったく違っていたのだ。

ブリアンはそのことは気にかけていなかった。彼は他の者にどう思われるか気にすることなく、自分の務めだと思うことをした。ブリアンにとって一番の悩みは、弟の不可解な態度のことだった。

少し前にもブリアンはジャックにそのことを尋ねていたが、答えはいつも同じだった。

「いや……兄さん、何もない！　何もないよ！」

「話したくないっていうのかい、ジャック？」ブリアンは聞いた。「ジャック。まちがっているよ！　何があったのかわからないけれどそれを話したほうがお前にとっても、ぼくにとってもずっと楽になるんだよ。お前はこの島にきてからどんどん気持ちが沈んで、悲しそうになっているね。ごらん、ぼくはお前の兄なんだ！　お前がなぜそんなに落ちこんでいるのか、知る権利があるんだよ！　何のために自分を咎めているんだ？」

「兄さん！」まるで秘密にしてきた後悔の念に耐えきれなくなったように、ジャックはとうとう答えた。「ぼくが何をしたかって？　兄さんなら、きっと、兄さんならぼくを許してくれる。でも他のみんなは……」

「他のみんな？　他のみんなだって？」ブリアンは叫んだ。「何を言っているんだ、ジャック？」

ジャックの目から涙が流れた。けれども、兄にどう説得されても、彼はこう言うだけだった。

「そのうちわかる……。そのうちわかるよ！」

こんな答えのあとでは、ブリアンはかえって心配になった。こんな年端もいかない少年にいったい何があったのか？　なんとしてもその理由を知らなければ、とブリアンは思った。そしてゴードンが遠征から戻ってすぐ、ブリアンは弟の告白めいた言葉について相談し、知恵を貸してほしいと頼んだ。

「それが何になる？」ゴードンは思慮深く答えた。「ジャックが言いたくなるときまで待っていたほうがいい。何をしたのか知らないが、きっとたいしたことじゃないのに、まだ小さいから重大に考えているんだろう。自分で言い出すまで待てばいいよ！」

翌日、十一月九日から、少年たちは仕事に取りかかった。作業は山ほどあった。まず、モコの要請を聞き届けなければならなかった。フレンチ・デンの周辺にしかけてあった罠からさまざまな獲物が獲れたが、それでも食糧貯蔵庫は貧しい状態になっていた。大きな獲物が不足していたのだ。そこで、火薬も弾丸も使わずにビクーニャやペカリ、ガキュリなどを捕らえるための罠をみんなで作った。

十一月は北半球の五月にあたる。この月、年長の少年たちはこうした作業に心を砕いた。帰還以来、グアナコとヤギに似たビクーニャと二匹のこどもたちは、フレンチ・デンから一番近い樹につながれていた。長い綱につながれていたので、ある程度の範囲を自由に動き回ることができる。夏のあいだはそれでいいが、冬になったら寒い季節に適した避難場所が必要になるだろう。そこでゴードンは、高い柵に守られた小屋と飼育場を造ろうと決めた。場所はオークランド丘のふもと、湖に面した側で、広間の玄関から出てすぐの位置がいいだろう。

少年たちはすぐ、作業にとりかかった。バクスターの監督のもと、本格的な作業現場がつくられた。のこぎりや斧など、船の大工箱から見つけた道具をみんなが器用に扱う姿は、見ているゴードンには気持ちのいいものだった。

中くらいの樹を根元から伐り出し、よく枝をはらったものを飼育場の杭にする。飼育場は十数頭の動物が楽々暮らせるような広さをとった。気の荒い動物にもひっくり返したり越えたりできないよう、地面にしっかり挿した杭に横木を渡す。小屋は、スラウギ号に使われていた板を使うことにした。おかげで材木をノコギリで切ってから板にするという、少年たちでは極度に難しい作業をしなくてすんだ。屋根の上には防水布を張ったので、嵐が来ても心配ない。ふんわりした敷き藁はしょっちゅう取り替え、新鮮な草や苔、木の葉もたっぷり用意する。動物たちを飼育するにも、これなら申し分ないだろう。飼育場の世話係となったガーネットとサービスは、グアナコやビクーニャが日々なついてくるので、毎日の苦労もすっかり報われていた。

その上、飼育場にはほどなく新入りがやってきた。最初は、森にしかけた罠にかかった第二のグアナコ。次に、ウィルコックスに助けられてバクスターが捕まえた、雄と雌のビクーニャ。ウィルコックスはボーラの扱いがめざましく上達していた。それに、ファンが追いつめて捕まえた第二の駝鳥さえもいた。けれども最初の駝鳥と同じようなことになるのは目に見えていた。サービスはまたもや頑固に飼いならそうとしたが、やはりどうすることもできなかった。

小屋が出来るまでは、グアナコとビクーニャたちは毎日、夜になると貯蔵室に入れていた。ジャッカルの叫び声やキツネの甲高い声、野獣の唸り声がフレンチ・デンのすぐそばに迫っていたので、外に出しておくのはあまりに危険だった。

ガーネットとサービスが動物たちの飼育に努める一方、ウィルコックスと何人かの仲間たちは罠をつくり、毎日見回っていた。それに、アイバーソンとジェンキンスのふたりのちびさんにも仕事があった。ゴードンの指示で飼育場の片隅につくられていた鳥のための飼育場で野雁やキジ、ほろほろ鳥やシギダチョウを飼っていたので、ふたりはこの鳥用飼育場の世話を任されたのである。ふたりは熱心に力をこめ仕事に打ち込んだ。

モコはいまやビクーニャのミルクだけでなく、羽のはえた連中からとる卵も自由に使えるようになった。ゴードンから砂糖を節約するよう言われていなかったら、もっとお得意のお菓子も作っていただろう。モコが腕をふるったお菓子が食卓にのるのは日曜日か祝祭日と決まっており、ドールとコースターはそれを幸せにほおばるのだった。

それでも、砂糖をつくるのは無理だとしても、何か砂糖に代わるものはつくれないだろうか？　ロビンソン物語の本を握りしめ、サービスは、探せばきっとあるはずだと主張するのだった。そこでゴードンが探してみたところ、落とし穴森の茂みの中に、とある樹が何本か生えているのを発見した。この樹は三ヶ月後に秋が訪れると、その葉を美しい赤紫に変える。

「楓だよ。この樹から糖蜜が採れるんだ」

「蜜でできた木だって！」コースターは嬉しげに叫んだ。

「ちがうよ、くいしんぼだなあ！」とゴードン。「蜜の採れる樹、だよ。さあ、舌をひっこめておくれ」

それは少年たちがフレンチ・デンに引っ越して以来、最大の発見のひとつだった。楓の幹に切れ目を入れて、ゴードンはそこに溜まった樹液を採った。これを固めると砂糖のような物質ができるのだ。サトウキビやサトウダイコンからつくるものよりは糖質が劣るかもしれないが、料理にはたいへん重宝した。

甘味料だけでなく、モコはトルルカの実とアルガローバを醗酵させて酒もつくった。大桶の中で、重いすりこぎであらかじめつぶしておいた実を醗酵させるとアルコール分のある液体がとれ、楓の糖蜜の代わりに熱い飲みものに甘みをつけるのに役立った。また、お茶の樹の葉を煎じると中国製のお茶にほぼ匹敵するような香りのよい飲みものになったので、少年たちは森に出かけるたびにこの葉を採ってくるようになった。

チェアマン島はその住人たちに、余分なものまでは与えなかったにせよ、少なくとも必要なものは与えてくれた。足りないものといえば新鮮な野菜だった。少年たちは缶詰の野菜を食べていたが、残りは百個ほどになってしまい、ゴードンはそれをなるべく倹約していた。ブリアンは野生のヤムイモを栽培しようと試みた。遭難したフランス人が崖の下の畑に植えていたヤムイモである。けれどもその試みは失敗に終わった。けれどセロリは、家族湖の岸辺にたっぷり生えていた。けちけち使う必要はなかったので新鮮な野菜といえば圧倒的にセロリとなった。

川の左岸に冬のあいだ張っておいた魚獲り網は、春の訪れと共に空中に張って狩猟用の網にした。そこでは、小さめのヤマウズラや、この島の沖のどこかの土地から渡ってくる顔白雁がかかった。

ドニファンは、ジーランド川の向こう岸に広がる南沼へ探検したいと考えていた。けれども、湖の大部分を覆い、増水時には海の水と交じるこの沼地を横断しようと考えるのはまだ危険なことかもしれない、と考えた。

ウィルコックスとウェッブは何羽かのアグーチを捕まえた。このけものは野兎のように大きく、白っぽくてややパサパサしていてウサギと豚の中間のような味だった。確かにこの足の速いけものを追い詰めるのは、ファンの助けをもってしても難しい。けれども巣にいるときは、巣穴の前でただ軽く口笛を吹いて気を引き、ようすを見に出てきたところを捕まえればいいのである。少年たちはまた、クズリやスカンクを捕まえることもあった。スカンクはテンに似ていて、白い縞の入った美しい黒い毛皮の動物だけれども追いつめるととても臭い屁を放つのである。それでもサービスたちはそれをつかまえた。

「どうしてあんな臭いにおいをがまんできるのかな?」ある日、アイバーソンが尋ねた。

「そうさね、習慣ってものさ!」とサービスが胸を張った。

川ではガラクシアという魚が獲れたが、湖にはもっと大きな魚がたくさんいた。たとえば美しい鱒。この魚はどう料理しても、少し塩分のある味が消えなかった。また、スラウギ湾の海藻のあいだではいつもそこに何千匹という群れで隠れているメルルーサという魚が獲れた。それに鮭がジーランド川を遡ってくる頃には、モコは鮭を塩漬けにして保存した。こうすれば冬にも美味しい魚が食べられる。

この頃、ゴードンに頼まれて、バクスターは弾力性のあるトネリコの枝で弓を、そして葦の先端に釘を入れた矢をつくっていた。ドニファンの次に狩りに秀でているウィルコックスとクロスがこの弓矢で野獣を仕留められるようにするためだ。

ゴードンは弾薬を使うことには反対だったが、そのゴードンもいつもの慎重さに少し目をつぶらなければならない事態が起こった。

ある日、それは十二月七日だったが、ドニファンが彼を脇に呼び、言った。

「ゴードン大変だ。飼育場がジャッカルとキツネに侵略されてるよ！　夜のあいだに群れを組んでやってきて飼育場を壊し、中で飼っている動物たちを殺していく。やっつけなきゃだめだ！」

「罠をつくることはできないかな？」ドニファンが何をしたがっているのか見て取ったゴードンは言った。

「罠だって？」とドニファン。「罠なんて……。ジャッカルならいいよ、やつらは頭が悪いから罠にかかることもある。でもキツネは別だ！　ウィルコックスがどんなに注意深く罠を張っても、あいつらはずる賢いし疑い深い。近いうちにぼくらの飼育場も壊されて、飼育場の鳥は残らずやられてしまうよ！」

「そうか、必要ならしかたない。弾丸を数ダース使うことを許可しよう。でも必ず命中させるようにしてくれよ！」

「いいとも、ゴードン。ぼくにまかせてくれ。明日の夜、あいつらがやってきたところを襲撃する。もう二度とやってこないよう、一網打尽にしてやる！」

一刻も早く退治する必要があった。この辺り、特に南米のキツネは、ヨーロッパのキツネよりもさらに悪賢いらしい。馬やその他の動物の手綱を嚙み切るほどの知恵も持ち合わせているので、大農園などでは絶え間なくキツネに悩まされているという。

夜が来て、ドニファンとブリアン、ウィルコックス、バクスター、ウェッブ、クロス、サービスはやぶや茂みが点在する辺りに隠れて待ち伏せしていた。やぶや茂みが点在するのは、湖畔の落とし穴森の近くである。

ファンはこの狩りには連れてこなかった。キツネたちを警戒させたくなかったからだ。それに、キツネは後を追っても意味がない。走って身体が熱くなっているときですら、キツネはにおいを残さない。たとえ残したとしてもごくかすかなにおいしかないので、どんな名犬でも嗅ぎわけることはできないのだ。

ドニファンと仲間たちが野生のやぶが点在する待ち伏せ場所に身を潜めたのは、十一時だった。

闇夜だった。

風のそよぎさえない、深い沈黙。乾いた草の上を忍んでくるキツネの足音もこれなら聞こえるだろう。

真夜中を少し回ったころ、ドニファンが動物の足音を聞き合図した。喉の渇きをいやしに、湖に向かっているらしい。

少年狩人たちは、キツネたちが集まってくるのを辛抱づよく待った。どうやら二十匹ほど集まっているらしい。まるで待ち伏せを警戒しているように、そろそろと近づいてくる。突然、ドニファンの合図で数丁の銃が火を噴いた。すべて命中だった。五、六匹のキツネが撃たれて転がった。他のキツネは怖れおののいて左右に跳ね、そのほとんどは弾に倒れた。

夜が明けると、待ち伏せ場所の草地には一ダースほどのキツネが死んでいた。三晩にわたってキツネ退治をくりかえしたので、それ以後、飼育場のいきものを荒らすやっかいな訪問者に悩まされることはなくなった。それに、美しい銀色の毛皮が約五十匹分とれた。これは敷物や衣服にして、フレンチ・デンでの暮らしに役立った。

十二月十五日、スラウギ湾への大遠征が行なわれた。空も晴れ渡り、ゴードンはこの遠征には全員を参加させることに決めた。小さなこどもたちは大喜びだった。

朝がきてすぐにでかければ、おそらく夜までに戻れるだろう。もしも遅くなるようなことがあれば、木陰で野営すればいい。

この遠征の主な目的は、遭難海岸を訪れるアザラシの狩りだった。夜や冬の長い夕べに使う灯油が、ほとんど底をついていた。フランス人の遭難者がつくったロウソクも、もう二、三ダースしか残っていない。船に積まれていた油は広間を照らす舷灯の灯油にしていたが、おおかた使いきってしまい、慎重なゴードンにとっては心配の種だった。

確かに、モコは野禽や反芻動物、齧歯類、家禽からとった脂を貯めていた。けれども日々の暮らしに使っていったら、どれだけもつかわからない。自然の恵みの中で、すぐに、あるいは加工して間もなく使えるような、灯油の代用になるものはないだろうか？　この小さな少年国では植物油が手に入らないなら、これからもずっと使えるような、動物の脂は手に入らないだろうか？

もし暖かい時期にスラウギ湾の浜辺で跳ね回っている、オットセイやアザラシをある程度の数仕留めることができれば、それに近い油が手に入る。でもなるべく急いだほうがいい。というのも、これらの水陸両棲の動物はやがてもっと南へ下り、南極海周辺に行ってしまう筈だからだ。

そのような重大な任務を負った遠征が計画された。よい結果を得られるように入念な準備もした。

しばらく前からガーネットとサービスは、二頭のグアナコが引き馬として役立つようしつけていた。バクスターはグアナコたちのために草で編み帆布で包んだ引き綱をつくってやった。グアナコに乗ることはまだできなかったが、少なくとも荷車を引かせることはできるだろう。そうなれば、少年たちが自分で引くよりもずっとありがたい。

この日、荷車には弾薬、食糧とさまざまな道具が積み込まれた。道具の中には大きなたらいと半ダースほどの空の樽も含まれていた。この樽にはアザラシの脂をつめて戻るつもりだった。フレンチ・デンに獲物を持ち帰って解体したら、いやなにおいが立ちこめてしまう。それよりも、現地で解体したほうがいい。

朝日が昇るとすぐに出発し、最初の二マイルは難なく進むことができた。荷車があまり速く進めなかったとすれば、それはジーランド川沿いの地面がでこぼこで、グアナコたちがうまく車を引けなかったからだった。でも難しかったのは沼地森を迂回し、森の木立のあいだを進んで行くときだった。ドールとコースターは足が痛いと訴えた。ブリアンが頼んだせいもあって、ゴードンはふたりが足を休めながら旅についてこられるように、荷車に乗るのを許した。

八時ごろ、一隊が湿地の端をのろのろと進んでいたとき、先を歩いていたクロスとウェッブの叫び声がした。ドニファンが真っ先に駆けつけ、他の者があとに続いた。

沼地森の泥の中、百歩ほど離れたところに、巨大ないきものがいた。ドニファンにはすぐにそれがなんだかわかった。よく太ったピンクのカバだった。カバは幸いなことに沼地につもった泥や落ち葉の中にたちまち姿を消したので、狩人が銃の引き金を引く間もなかった。そもそも、この動物を殺すなんてまったく無意味な考えなのだが。

「あの大きなどうぶつは何だったの？」ドールが尋ねた。あの姿を見ただけで心配になったらしい。

「あれはカバだよ」とゴードン。

「カバ！　へんな名前だね！」

「河馬——川に棲む馬という意味なんだよ」とブリアン。

「でも馬にはぜんぜん似てないよ」コースターの言うことはまったくもっともだった。

「まったくだ！」とサービス。「ぼくが思うに、あれはむしろ川豚だね！」

たいへんもっともな意見に、こどもたちは喜んで大笑いした。

ゴードン一行がスラウギ湾に到着したのは、午前十時を少し回ったころだった。ヨットの解体中に最初の野営をした、川の河口のそばで一行は足を止めた。

百頭ほどのアザラシが岩のあいだではしゃいだり、ひなたぼっこをしていた。岩礁の列の手前ではしゃぎまわるアザラシもいた。

これらの水陸両棲動物は、人間の存在にあまり慣れていないにちがいない。フランス人遭難者はおそらく二十年以上は前に死んでいるのだから、人間をまったく見たことがないのだろう。北極海や南極海で人間に追い回されるアザラシはたいてい用心深く、大人のアザラシが見張りをして仲間に危険を知らせるものだが、このアザラシたちには見張り役もいなかった。けれども、怯えたらすぐ逃げてしまうから、驚かさぬよう注意しなければならない。

スラウギ湾に到着するとすぐに少年たちは、アメリカ岬とにせ海岬のあいだに広がる水平線を眺めた。

海には船影などひとつもなかった。以前にも確かめたことだったが、この海域は船がよく通る航路からははずれているようだった。

それでもときには島の見えるところを船が通ることもあるだろう。その場合には、マストに括りつけた旗よりも、オークランド丘の頂か、いっそにせ海岬のてっぺんに、見張り小屋をつくり、そこから船の大砲をひと撃ちしたほうが注意を惹くはずだ。けれどもそれには、誰かがフレンチ・デンを離れて、昼夜見張りを続けなければならない。よって、ゴードンはその案は実行不可能と考えていたし、常に母国に戻ることを考え続けているブリアン自身もそれを認めないわけにはいかなかった。フレンチ・デンがオークランド丘のこちら側、スラウギ湾を見渡せる位置にないのは残念なことだった。

急いで朝食をとったあと、陽光に導かれてアザラシたちが浜でひなたぼっこをしに出てきたところで、ブリアン、ドニファン、クロス、バクスター、ウェッブ、ウィルコックス、ガーネットとサービスは、狩りの準備をはじめた。このあいだ、アイバーソン、ジェンキンス、ジャック、ドールとコースターは荷物と共に残り、モコが世話をする。ファンも、アザラシの群れの真ん中に突進されては困るので今回は留守番だ。留守番の少年たちには、森の外れにつながれて草を食んでいる二頭のグアナコの面倒をみる役目もある。

少年国のすべての銃や拳銃と、充分な量の火薬を持ってきてあった。今度ばかりはみんなの生活のためなので、ゴードンも出し惜しみはしなかった。

まず、アザラシたちの逃げ道を断つことが先決だ。仲間たちからこの作戦の指揮をまかされたドニファンの指示で、みんな土手に隠れながら河口まで進んだ。こうすれば、浜を包囲する形で岩礁に沿って突進することができる。

この計画は入念に実行された。若い狩人たちは互いに三十から四十歩はなれて、浜と海のあいだに半円の陣をつくった。

ドニファンからの合図で全員が立ち上がり、同時に銃声が響いた。どの弾も獲物に命中した。弾を逃れたアザラシは尾とひれをばたつかせて起き上がった。音に驚いて、弾むように波間に逃げまどう。拳銃の弾がその後を追う。ドニファンはその才能を発揮して、大活躍だった。仲間たちも懸命に、ドニファンの見本に倣った。

逃げるアザラシたちを最後の岩まで追って、狩猟は数分間続いた。死んだ、あるいはけがを負った二十数頭を残し、生き残ったアザラシたちは岩の向こうに消えた。

遠征は成功だった。狩りの少年たちは木陰の野営に戻り、そこで三十六時間すごせるように支度を整えた。

午後は、いやな仕事が待っていたが、だからこそゴードンは進んでその仕事に参加した。どうしてもしなければならない仕事なので、全員が覚悟をきめてとりかかった。まずは、岩礁で仕留めたアザラシを浜に引き揚げなければならない。このアザラシたちは中くらいの大きさだったが、それでも骨の折れる仕事だった。

そのあいだ、モコは大きなふたつの岩のあいだにつくったかまどの上にたらいをのせた。アザラシを一片が二、三キロの塊に切り分け、あらかじめ干潮のときに川から汲んでおいた真水を沸かした中に入れていく。数分間ぐらぐら煮ると透明な脂が溶けて表面に浮かぶので、それをすくって樽に詰めていく。

耐えられないほどの臭気があたりに満ちた。誰もが鼻をつまんでいたが、耳は塞がずにいたので、このいやな仕事についての冗談は聞こえてきた。お上品なドニファン卿ですら、いやな顔をせずこの仕事をこなし、翌日もこの作業が続いた。

二日目の終わり、モコは数百ガロンの脂を確保することができた。フレンチ・デンはこれで次の冬のあいだもずっと灯りを絶やさずにいられるだろうから、この辺で作業をおしまいにしても大丈夫だろう。アザラシたちは岩礁にも浜にも戻ってこなかった。時がその恐怖をやわらげるまで、スラウギ湾の海岸に姿を現すことはないだろう。

翌日は夜が明けるとすぐに野営をたたんだ。みなが満足していた。前の晩に、荷車には樽や道具を積み込んでおいた。帰りの荷はずいぶん重くなったし、家族湖へは上り坂だったので、グアナコたちはあまり速く進めないかもしれない。

出発するとき、島の内陸からアザラシの残骸を貪りに飛んできたノスリや鷹など無数の猛禽類のつんざくような叫び声があたりにこだましていた。やがて残骸も、あとかたなく食べられてしまうことだろう。

オークランド丘にひるがえる英国旗に最後の敬礼をしたあと、太平洋の水平線を最後に眺めた。そして一行はジーランド川の右岸を遡り、帰路についた。

帰り道では何事もなかった。道の悪さにもかかわらず、グアナコたちはりっぱに役目を果たし、年長の少年たちは道の悪いところではグアナコたちを助けたので、一行はフレンチ・デンに六時前に戻ることができた。

翌日とその後数日は、いつもの作業と勉強に戻った。アザラシ脂の灯油を舷灯で試してみたところ、あまり明るくはないものの広間と貯蔵室を照らすには充分なことがわかった。これで、長い冬の間も闇に包まれてすごす心配はない。

クリスマスが近づいていた。ゴードンはこの日を厳かに祝いたいと考えていた。もっともなことだった——それは遠い祖国への敬礼のしるしだし、遥か彼方の家族に心から贈る便りのようなものであったから。もしも自分らの声が届くなら、こう叫びたかった。「ぼくたちはここにいます！　全員が、無事で。生きています。……きっとまた逢えますから！　神さまがぼくたちを、そちらに運んでくださいますから！」そう、彼の地の、オークランドの家族がすでに失った望みを、少年たちはまだ抱くことができていた。いつかまた、逢えるという望みを。

こうしてゴードンは、十二月の二十五日と二十六日はフレンチ・デンの休暇にすると発表した。この二日間は仕事も休みにする。チェアマン島での最初のクリスマスは、ヨーロッパの多くの国々でそうであるように、一年のはじまりでもある。

この提案が熱狂的に迎えられたのは当然だった。もちろん十二月二十五日には祝宴が予定され、モコはとびきりのごちそうをつくると約束してくれた。サービスとモコがそのことについて秘密の話し合いを重ねる一方、ドールとコースターは夢中になってその秘密がなんなのか探ろうとしていた。そのうえ、貯蔵庫には盛大なごちそうをつくるのに充分な材料も揃っていた。

とうとうその日がやってきた。広間の玄関の上にはバクスターとウィルコックスがスラウギ号の三角旗や信号旗、各国の国旗を華やかに飾りつけ、フレンチ・デンは祝日の気分に包まれた。

朝一番に大砲の音がオークランド丘にこだまし、祝祭を告げた。これは船に載っていた二門の大砲のひとつを広間の切り込み窓に備えているものだった。ドニファンが礼砲として撃ったのである。

誰もがこの日のために一番いい服を着こんだ。空はみごとに晴れて、朝ごはんの前と後には湖畔の散歩や運動場でのさまざまな遊戯があり、これにはみんなが参加した。船には、英国で使う遊戯の道具があれこれ載っていた。大小のボール、クリケット用の槌、ラケットなどである。ゴム製のボールを打ってさまざまな距離に掘った穴にいれるゴルフや、革製のボールを足で蹴り上げるサッカーや、木で出来た楕円形の球を手で投げ、投げた方向の正確さを競うローンボウルズ、それにボールを壁に打ちつけるファイブズなどができた。

満ち足りた一日になった。小さいこどもたちも大いに楽しみ、すべてがうまく運んだ。口論も、けんかもなかった。確かに、ブリアンはドールやコースター、アイバーソンやジェンキンスを遊ばせるのに忙しかった（弟のジャックも参加させようとしたが、成功しなかった）。一方ドニファンは賢明なゴードンの助言も聞かず、いつもの仲間たち、ウェッブ、クロス、ウィルコックスと四人でみんなから離れていた。とうとう、もう一発の礼砲が、祝宴の支度ができたことを告げた。みんないそいそと、貯蔵室の食堂へ用意された晩餐の席についた。

大テーブルには、美しい白いテーブルクロスが敷かれ、大きな壺に植えて花をまわりに飾ったクリスマスツリーが中央に置いてあった。その枝には、英国とアメリカとフランスの、小さな旗が飾ってあった。

モコはこの日の献立で、普段以上の腕前を見せた。モコの手伝いをしたサービスも、みんなから賛辞の言葉を受けて誇らしげだった。献立はアグーチの蒸し煮、シギダチョウの焼き肉を煮込んだシチュー、芳ばしい香草で香りをつけた野兎の炙り焼き、羽を持ち上げくちばしを上に向けて盛りつけた野雁。野菜の缶詰三つ、それにクリスマス・プディング……そう、プディングさえあった。これは伝統的なコリント産の干しぶどうにアルガローバの実を混ぜた生地をピラミッド型に入れ、ブランデーに一週間漬けておいたものだ。デザートには赤ワインやシェリー、リキュール、お茶にコーヒー。おわかりと思うが、これはチェアマン島でのクリスマス

を祝う最高のごちそうだった。

ブリアンが心を込めてゴードンのために乾杯をし、ゴードンは自分たちの仮の小さな国のため、そして故郷の家族たちの思い出のために祝杯をあげた。

最後には心温まる場面もあった。コースターが立ち上がり、小さいこどもたちを代表して、ブリアンが彼らのためにいつも心を砕いてくれることに対し、感謝を述べた。

彼のためにみんなが歓声をあげたとき、ブリアンはこみあげる思いを隠すことができなかった。けれどその歓声は、ドニファンの心には響かなかったのである。

第十七章　新しいいくつかの発見

次の冬にそなえて～ブリアンの提案～ブリアンとジャック、モコの出発～家族湖の向こうで～東川～河口の小さな港～東の海～ジャックとブリアン～フレンチ・デンへの帰還

七日後に一八六一年がはじまった。ここ南半球では夏のさかりに新年が明けるのである。スラウギ号の若き遭難者たちが、ニュージーランドから遠く離れたこの島に漂着してから、ほぼ十ヶ月が過ぎていた。

このあいだに少年たちの境遇は少しずつよくなってきていた。物質的な面でいえば、これからも必要なものはまかなっていくことができるだろう。けれどもやはり、この見知らぬ土地で見捨てられた生活であることに変わりはないのだ。救出は外からしか望めない。その外からの助けはいつかやってくるのか？　夏が終わる前にそれは来るだろうか？　少年たちは、南極の風に凍る第二の冬をすごさねばならないのだろうか？　実にいままでは、病気もなしにやってこられた。年少組も年長組も、申し分なく元気に過ごしてきた。用心深いゴードンの厳しさに不平をもらす声も時々あったが、ゴードンが慎重に監督してきたおかげで、不注意なふるまいもやり過ぎもなくここまできたのだ。けれども、この年齢のこどもたち、とりわけ最も年少のこどもたちが必要とする愛情のことも考えにいれるべきではないだろうか？　つまり、もしも

現在がまずまずの状態でも、未来のことはまったくわからないのだ。なんとしても――とブリアンは、いつも考えていた――チェアマン島から離れたい！　しかし、もしもこの島が太平洋の群島に属していないとしたら、そしてもし最も近い大陸が数百マイルも彼方だとしたら、少年たちが持っている唯一の舟、このちっぽけなボートで、どうやってその長い距離を渡るような冒険ができるだろう？　もしも仮に、もっとも頑丈な年長の少年が二、三人、東に土地を探して舟で海を渡るとしたら、そのような試みが成功するチャンスがどれほどあるだろう！　太平洋を渡る舟を造ることは可能だろうか？　いや、無理だ！　それは少年たちの手には余る。そしてブリアンにとって、全員で助かること以外は想像できないのだ。

だから、待つのだ。まだ待つしかない。フレンチ・デンでの暮らしをより快適にするために働く、それしかない。この夏は次の冬を過ごすための準備で精一杯だけれど、せめて来年の夏には、この島をくまなく探検しよう。

だれもが決意をもって仕事に取り組んでいた。この地の緯度からして、冬が厳しいものになることは経験から学んでいた。何週間、何ヶ月ものあいだ悪天候が続き、室内に閉じ込められる。最も恐ろしい敵は、寒さと飢えだ。まずはそれらに備えなくてはならない。

フレンチ・デンで寒さと戦うというのは、つまり燃料の問題である。秋の日は短いとはいえ、ゴードンにとっては昼夜フレンチ・デンのストーブを燃やすに足りる燃料を集めない限り、一日の終わりはやってこないのだった。しかし、飼育場や小屋に飼われている家畜たちにも同じ心配をすべきではないか？　動物たちを貯蔵室にかくまうのは窮屈すぎるし、衛生の面からも好ましくない。家畜小屋や飼育場を住みよくしてやる必要がある。温度が低くならないようにすること、つまり、中をいつもちょうどよい温度に保てるような暖炉を作り、部屋を暖めてやる必要がある。新年明けて最初の月、バクスターとブリアン、サービスとモコはこの計画に専念していた。

冬を越すための食糧という同じく深刻な問題を解決するためには、ドニファンと仲間たちがせっせと狩りをしていた。毎日しかけておいた罠を見て回る。普段の食事で食べないものは、モコが丁寧に塩漬けや燻製にして保存していた。冬がどんなに長くても、こうした食べものがあれば安心できる。

とはいえ、探検の必要もあった。チェアマン島の中でまだ知られていない場所をすべて探索するというわけではなくても、少なくとも家族湖の東の部分を探索したい。そこには森があるのだろうか、あるいは沼地、砂漠なのか？　何か役に立つ資源はあるだろうか？

ある日ブリアンはゴードンに、新しい切り口からこのことをもちかけてみた。

「遭難したボードワンの地図は、これまでに確かめた限りでも正しく描かれている。でも東側を探検したほうがいいと思うんだ。ぼくたちには、彼が持っていなかったような精度のいい望遠鏡がある。彼には見えなかった土地が見えるかもしれないじゃないか？　彼の地図ではチェアマン島は孤島のように描かれているけれど、そうじゃない可能性もあるんじゃないか？」

「いつもそのことを考えているんだね」ゴードンが答えた。「すぐにでも発つのかい」

「うん、ゴードン。それに心の底ではきみもぼくのように考えているんだと思う。出来るだけ早く祖国へ帰れるように努力すべきじゃないかな」

「そうかもしれない」とゴードン。「きみがそう言うなら、探検隊を出そう」

「全員が参加する探検隊かい？」ブリアンが尋ねた。

「いや。六、七人でいいと思う」

「ゴードン、それでもまだ多すぎると思うんだ。そんなに多いのなら、湖の北か南をぐるりと廻っていかなきゃならない。そうなったら時間もかかるし、疲れも大きいと思わないか？」

「じゃあきみの提案を聞かせてくれ、ブリアン」

「フレンチ・デンからはボートで湖を横断して、向こう岸に行く。それには、二、三人で充分だ」

「誰が舟を操るんだい？」

「モコだ」とブリアン。「彼は小舟の操縦法を知ってる。それからぼく。ぼくも少しはわかる。帆を使い、風があれば、そして逆風のときは二組のオールを使えば、湖から流れ出している川までの五、六マイルは簡単に航海できる。地図によれば、この川は東側の森を貫いて流れている。だからその川を河口まで下るんだ」

「わかったよ、ブリアン。きみの考えに賛成する。誰がモコについていく？」

「だからぼくが行く。湖の北端への遠征に参加していないから、こんどはぼくがみんなの役に立つ番だよ。それから……」

「ええ？　ブリアン、役に立つだって！」ゴードンが叫んだ。「わが友ブリアン、きみはすでにぼくたちみんなのために、何度も何度も役に立っているじゃないか？　他のだれよりもきみはみんなのために身を捧げているじゃないか？　ぼくたち全員、きみに感謝するべきじゃないか？」

「よしてくれ、ゴードン！　みんなそれぞれにするべきことをやっているだけさ。じゃあ、賛成してくれるね？」

「賛成するとも、ブリアン。三人めはどうする？　ドニファンはすすめないな。きみたちはあまり仲がよくないから……」

「ああ！　よくわかっているよ。ドニファンは悪い奴じゃない。彼は勇敢だし、頭もいい。焼きもちやきでなければ、素晴らしい仲間になれると思う。でも彼も、少しずつわかってくれるだろう、ぼくはだれかの上に立ちたいとか抜きん出たいなんてちっとも思っていないってことを。そうしたら、世界でいちばんいい友だちになれるだろう。でもこの旅にはまったくちがう相手を考えているんだ」

「誰だい？」

「ぼくの弟、ジャックさ」ブリアンは答えた。「弟のことがますます心配なんだ。なにか良心のとがめることをしたらしいけれど、なんだか言わない。もしかしたら、遠征でぼくとふたりだけになれば……」

「そうだね、ブリアン。ジャックを連れていきたまえ。さっそく今日から準備をはじめよう」

「長い旅にはならないよ」ブリアンが答えた。「せいぜい一、二日になると思う」

その日のうちにゴードンは探検の計画をみんなに話した。ドニファンは自分が行けないことを悔しがってゴードンに文句を言ったが、ゴードンは、この旅の条件からして三人までしか行けないこと、ブリアンの案なのだから実行の方法はブリアンに任せることなどを説明した。

「つまるところゴードン！」とドニファンは言った。「ブリアンしかその資格がない、そういいたいんだね？」

ドニファンは目をとがらせて言った。

「きみは不公平だよ、ドニファン。ブリアンに対しても、ぼくに対しても！」と、ゴードンは言ったが、ドニファンはそれを最後まで聞かず、そしてもうなにも言わず、仲間のウィルコックスとクロス、ウェッブのところにいった。彼らのあいだでは不平不満を吐き出すことができるのだ。

水夫のモコは、一時的にでも料理長の持ち場を離れ、ボートの船長になれると知って喜びを隠さなかった。モコの不在中、貯蔵室のかまど担当は当然、サービスだ。サービスのほうも、誰かの手伝いではなく自分の気の向くままにシチューでもなんでもつくれると知ってわくわくしていた。またジャックも、兄のお伴をして数日間フレンチ・デンを離れることを喜んでいるふうだった。

ただちにボートが装備された。小さな三角帆は、モコが帆桁に結びつけ、マストに沿って巻いた。銃二丁、拳銃三丁、充分な量の弾薬、旅用の毛布三枚、食糧と飲みもの、雨が降った場合のフード付きレインコート、オール二組と予備にもう一組。短い遠征なのでこれで充分だ。

それから忘れてはならないのは、遭難者ボードワンの地図の写しに、少年たちがつけた新しい地名を書き込んだもの。

　二月四日の朝八時前、仲間に別れを告げてブリアン、ジャック、モコはジーランド川の岸からボートに乗り込んだ。よく晴れて、南西の微風が吹いていた。帆を張ると、モコは後部に座って舵をとり、ブリアンに帆足索《ほあしづな》の操作をまかせた。湖面は時おり吹く風にもほとんどさざなみが立つこともなかったが、舟は少し沖に出ると風の力を受け、速度を上げた。半時間も経つと、運動場から見送っていたゴードンたちには黒い点にしか見えなくなり、やがてそれも姿を消した。

　モコは後部、ブリアンは中央、ジャックは船首のマストの下にいた。一時間ほどはオークランド丘の頂が見えていたが、やがて水平線に沈んだ。対岸はさほど遠くないはずだが、まだ見えなかった。太陽が強まるとよくあるように、風がだんだん弱くなり、正午には時おり気まぐれに吹くだけになってしまった。

「風が一日吹かないと、しゃくだなあ」とブリアン。

「でもね、ブリアンさん」とモコ。「向かい風になったらもっとしゃくですよ！」

「モコ、きみは哲学者だな！」

「その言葉はどういう意味か知りませんけど、ぼくはなにがあってもいらいらしないようにしてるんです」

「それがつまり、哲学者ってことさ！」

「それなら哲学者でけっこうですが、とにかくオールを使うことにしましょう。夜になる前に向こう岸に着いたほうがいいでしょう。つまるところ、もしも辿り着けなかったら諦めるしかありませんから」

「きみのいうとおりだね、モコ。ぼくもオールをこぐから、きみもこいでくれ。ジャックに舵をとってもらおう」

「そうしましょう」と少年水夫は答えた。「ジャックさんがしっかり舵を取ってくれたら、順調にいくでしょう」

「どうやって操ればいいのか教えて、モコ」とジャック。「きみの言う通りやってみるから」

風が完全に止んでしまったので、モコはもうパタリともはためかない帆をしまった。三人は少しばかりの食事をいそいですませた。そのあと、水夫は船首へ、ジャックは船尾に座り、ブリアンはそのまま中央にいた。勢いよく滑り出したボートは、羅針盤によればやや北東を目指して進んだ。

湖面はぐるりと空に囲まれ、まるで大海にいるような広大な水の広がりの真ん中に舟は浮かんでいた。フレンチ・デンの向かい側に岸辺が見えないかと、ジャックは東のほうを注意深く見つめていた。

三時頃、望遠鏡をのぞいた少年水夫は、岸が見えてきたと告げた。しばらくしてブリアンも、モコが正しいことを確かめた。四時には、低い岸辺の上の樹々が見えてきた。これで、ブリアンがにせ海岬から眺めたときに対岸が見えなかったのも説明がつく。チェアマン島にはスラウギ湾と家族湖のあいだのオークランド丘以外に高地はないのだ。

あと二マイル半か三マイルで、東の岸に着く。暑さが厳しかったので疲れてもいたが、ブリアンとモコは力をこめてオールをこいだ。湖面はまるで鏡のようだった。澄んだ水の十一フィートか十二フィート底には水草がゆらめき、そのあいだを無数の魚が泳いでいるのが見えた。

夕方六時近くなって、とうとうボートは岸辺に着いた。岸の上では常磐樫《ときわがし》と海岸松《かいがんまつ》がこんもりした枝を広げている。ほどほどに高さのある土手には上陸できる場所がなかったので、三人は北へさらに半マイル進んだ。

「あれが地図に出ている川だね」

ブリアンは言って、湖の水が滔々と流れ出している川の入り口を指した。

「それじゃ名前をつけるべきでしょうね」とモコ。

「きみの言う通りだね、モコ。東に向けて流れる川だから、『東川』と呼ぼう」

「さて、あとは東川の流れにのって、河口までくだるだけですね」

「それは明日、とりかかることにしよう。ここで一晩泊まったほうがいいだろう。夜が明けたらボートを出そう。そうすれば川の両岸を観察できるから」

「ここで降りるの?」とジャックが尋ねた。

「そのとおり」とブリアン。「樹の下で一晩すごすんだよ」

ブリアン、モコ、ジャックの三人は小さな入り江の奥の土手に飛び移った。切り株にしっかりとボートをもやった後、武器と食糧を取り出した。大きな常磐樫の下で、枯れ枝を焚き火にした。ビスケットと冷たい肉で夕食をとり、地面に毛布を広げると、あとはもうぐっすり眠るだけだ。万が一のために銃には弾がこめてあった。けれども夜のあいだに何度か唸り声が聞こえたものの何事もなく夜が明けた。

「さあ、いくぞ！」六時半、真っ先に起きたブリアンが大声で言った。

数分後、三人はボートに乗り込み、川の流れを下っていた。

潮が引きはじめて半時間経っていたから、流れはかなり強く、オールを使う必要はなかった。ブリアンとジャックは船首に座り、モコは後部で、軽いボートを水の流れに乗せるためオールの一本を櫓のように使っていた。「もし東川が五、六マイルしかないのであれば、この潮に乗ってそのまま海に出られるかもしれませんよ。流れはジーランド川よりずっと強いですからね」

「そうだといいね」ブリアンが答えた。「戻ってくるときには、二回か三回の潮が必要ってことか」

「そのとおりです。ブリアンさん、もしお望みならすぐに引き返すこともできますよ」

「そうだね、モコ。チェアマン島の東の海に陸地があるのかないのか、確かめたらすぐに戻ろう」

そのあいだにもボートは、モコの見積もりでは一時間に一マイル以上の速度で進んでいた。その上、東川は羅針盤によれば東北東の方向に、ほとんどまっすぐに流れていた。川の両岸はジーランド川よりも切り立っていて、幅もたった三十フィートと狭い。だから流れが速いのだ。

ブリアンは川が突然急流にならないか、渦がないか、岸まで航行できないのではないかと心配していた。いずれにせよ、もしもなにか行く手に障害物があっても、それを察知するまでに時間はあるだろう。周囲は鬱蒼とした森だった。落とし穴森とほぼ似たような樹が生えているが、違いといえば常磐樫、コルク樫、松や樅の木が多いところだ。

他の樹では、ブリアンはゴードンほど植物に詳しくないものの、ニュージーランドでよく見かけたのと同じ樹があるのに気づいた。この樹は地表から約六十フィートの高さに傘のように枝を広げ、長さ三、四インチの円錐形の実をつける。先端は尖っていて、光沢のあるうろこのようなものに覆われている。

「傘松にちがいない！」ブリアンは叫んだ。

「もしも確かなら、ブリアンさん」とモコが言った。「少し止まりましょう。それだけの価値がありますよ」

櫓を操って、舟を左岸に寄せた。ブリアンとジャックは土手に飛び乗った。数分後、ふたりは松の実をたっぷり採って帰った。ひとつひとつには、薄皮に包まれた、ハシバミのような香りのする楕円形の実が入っている。少年国の食いしん坊たちのためには貴重な発見だ。それに、ブリアンの帰還後にゴードンが言ったことだが、この実からはすばらしい油が採れる。

また、家族湖の西に広がる森と同じくらいこの森にも獲物が多いのかどうか、調べておく必要があった。ブリアンは茂みのあいだを慌てて走っていく駝鳥の群れや、ビクーニャ、それにみごとな速さで駆けていくひとつがいのグアナコも目撃した。鳥についても、ドニファンがいたら何発か撃って仕留めていただろう。けれどもボートには充分な量の食糧が積んであったから、無駄に弾薬を使うのはやめようとブリアンは考えた。

十一時近くになって、鬱蒼と茂った樹々がまばらになり、梢の下には風通しの良い空地が見えはじめた。同時に、風に潮の香りがまじり、海が近いことを告げていた。

数分後、みごとな常磐樫の群生の向こうに突然、青い線が現れた。水平線だ。

潮はあいかわらずボートを運んでいたが、流れはゆっくりになっていた。川幅はいまや四十から五十フィート。やがて川面でも波を感じるようになるだろう。

海岸に並ぶ岩のそばに到着し、モコはボートを左岸に寄せた。モコが四爪錨《よつめいかり》を取り出して砂にしっかりと埋め込んでいる間に、ブリアンと弟は舟を降りた。

チェアマン島の東海岸にはこれまでとは違った風景が広がっていた。ここは奥まった湾で、ちょうどスラウギ湾と同じ緯度だ。けれども、スラウギ湾には岩礁に縁取られた幅広い砂浜が広がり、遭難海岸の後ろには崖がそびえているのに対し、ここには岩が積み重なっている。ブリアンがほどなく確認することになるが、ひとつの岩には二十もの洞穴があるのだ。

つまりこの海岸は、極めて住むのに適していた。もしもスラウギ号がこちら側に漂着していたら、そしてもし遭難のあと再び船を水に浮かべることができていたら、東川の河口の小さな自然の港に停泊させることも可能だったろう。そこなら干潮でも充分に水深があった。

まずブリアンは沖を、この広い湾の果ての水平線を眺めた。湾の端から端までは約十五マイル、先端は砂地になっており、まさに湾と呼ぶのがぴったりだ。

その湾は、がらんとしていた。いつもこうなのだろう。船影はひとつもない。空の深みに切り取られた水平線の線上にも、陸地も島も、その影さえ見えない。モコは、しばしば海上の霧と混同されるような遥か遠くの茫漠とした輪郭を見分けるのに慣れているのだが、そのモコが望遠鏡で眺めても何も見つからなかった。チェアマン島は東の海域においても、西の海域と同じようにぽつんと孤独に浮かんでいるのだ。遭難者の地図に、こちら側の陸影が描いてないのも、それが理由だったのである。

ブリアンはこうなることをいくらか予想していた。それゆえ、この湾にはただ「失望湾」と名付けた。

「さあ、いこう。ぼくたちが家路につくのは、この岸からではないからね」

「ああ、ブリアンさん。どの道を通ろうが、いつでも帰り道にはつけるもんですよ。さしあたり、昼食にしたらどうかと思うんですが……」

「いいね」とブリアン。「でも、早くしよう。ボートが東川を遡れるのは何時だい？」

「上げ潮に乗っていくなら、いますぐ出発しなけりゃなりません」

「それは無理だよ、モコ！　もっと見晴らしのいいところ、たとえば浜を見下ろす岩の上から水平線を観察したいんだ」

「ブリアンさん、それなら次の上げ潮まで待つほかないでしょう。夜十時までは東川に潮は上ってていきません」

「夜、舟で行くのは危険かな？」

「いいえ、安全に行けますよ。満月ですし。それに、川の流れはまっすぐだから、潮が続く限りは櫓を操るだけでいいんです。そして潮が引きはじめたらオールをこげばいい。もし流れが強すぎたらそこで停まって、朝が来るのを待つんです」

「それはいい。モコ、じゃあ決まりだ。十二時間の余裕があるのだから、くまなく探検できるね」

昼食の後は夕食の時間まで、少年たちは岩場まで迫る深い森に守られたこの岸辺を探索してまわった。フレンチ・デンの周辺同様に獲物は豊富なようだ。ブリアンは夕食のために、何羽かのシギダチョウを仕留めた。

この海岸を特徴づけているのは、あちこちに積み重なった花崗岩だった。巨石がただガラガラと積み重なる風景の壮大さは、カルナックの巨石群が人の手を経ずに無秩序に積み重なっていたらかくや、と思わせるものだ。そこには、ケルト族の住む地域では「シュミネ」と呼ばれる奥深い洞穴がいくつかあった。こうした洞穴には住みやすかっただろう。ここなら、少年たちの暮らしに必要な「広間」も「貯蔵室」もいくつでも見つかる。半マイルほどの距離でブリアンはそんな居心地のいい洞穴を一ダースも見つけた。

ブリアンが不思議に思ったのは、当然、なぜあのフランス人の遭難者がチェアマン島のこの地域に住まなかったのか？　ということだった。彼がこの地域にやってきたことは間違いない。この岸辺の海岸線は忠実にあの地図に再現されている。つまり、彼の居た軌跡がまったく残っていないのは、きっとこういうことだろう。フランソワ・ボードワンは東の端まで探検に来たけれど、やはりフレンチ・デンを住まいとした。なぜなら、沖から吹く突風から比較的守られているので、フレンチ・デンに残るほうが得策と考えたのだろう。この説明は可能性の高いものに思われたので、ブリアンは納得できた。

二時になり太陽が天頂を過ぎたころ、この島の沖の海を観察するのにもっとも適した時間と思われた。ブリアン、ジャックとモコは、大きなクマに似ている岩に登ろうと試みた。この岩は小さな港から百フィートほどの高さにそびえていたので、頂に登るのはなかなか難しかった。

頂から少年たちは後ろを振り返ってみた。家族湖まで森が続く。鬱蒼と茂る緑の幕に地表はすっかり隠れている。南の地域には黄色っぽい砂丘の筋が走る。それを遮るのは、北半球の荒涼とした土地によくあるような黒い樅の木だ。北では、湾の曲線は低地で終わっていて、広大な砂地になっている。要するに、チェアマン島では肥沃なのは中央部だけということになる。ふたつの岸から流れ出す湖の真水がさまざまな命に恩恵をもたらしているのだ。

ブリアンは望遠鏡を東の水平線に向けた。すべてがはっきりと見えている。半径七、八マイル内にもし陸地があるのなら、望遠鏡のレンズを通して見えるはずだ。

この方角には、何もない！　ただ広大な海が、空に縁取られて広がっているだけだ。

一時間のあいだ、ブリアン、ジャックとモコは入念にあれこれ観察した。さあ浜に戻ろうというとき、モコがブリアンを止めた。

「あれはなんでしょう……？」北東の方向を指差している。

ブリアンは望遠鏡を構えてその方向を見つめた。

水平線の少し上に、白っぽいしみのようなものが見える。雲と間違えやすそうなものだが、その日の空は晴れ渡っていた。長いこと望遠鏡で見つめ、ブリアンはそのしみが動かないこと、そして形が変わらないことを確かめた。

「あれが山じゃなかったら、いったい何だろう！　でも山はあんなふうに見えないだろうし」

数秒後には太陽がどんどん西に傾き、そのしみは消えてしまった。あそこに何か陸地があるのだろうか、あるいはあの白いしみは水に反射した光だろうか？　ジャックとモコは二番めの仮説が正しいと思っていたが、このことについてブリアンには疑問が消えなかった。

探検が終わって三人は東川の河口の小さな港に停めた舟に戻った。ジャックは樹の下から枯れ枝を集めてきた。焚き火を熾すとモコがシギダチョウの炙り焼きを作りはじめた。

おいしく食事をした後、七時近くになって、帰路につくための満潮を待つあいだ、ジャックとブリアンは浜辺の散歩にでかけた。モコは傘松があったら実を集めようと、左岸を上っていった。

東川の河口に戻ったころにはすでに夜になりかけていた。島をかすめる太陽の残照に沖の海はまだきらめいていたが、海岸はすでに薄闇に沈んでいた。

モコが舟に乗ろうとしたとき、ブリアンと弟はまだ戻っていなかった。遠くにいるはずはないので、心配はないだろう。

けれどそのとき、モコはすすり泣く声を聞いた。同時に、怒鳴るような声も。まちがいない、その声はブリアンだ。

兄弟はなにか危険な目にあっているのだろうか？　少年水夫はためらわず、小さな港を見下ろす岩の向こうへまわり、浜辺に駆けつけた。

そこで目に入ったものにはっとして、彼は足をとめた。

ジャックがブリアンの前にひざまずいていた。謝り、許しを乞うているようだった。モコの耳に届いたすすり泣きはこれだったのだ。

少年水夫はすぐに引き返したかった。でも遅すぎた。すべて聞き、すべて理解してしまった。ジャックが犯した過ちのことも、それを兄に告白していたのだということも。

「なんてことだ！　お前だったのか、お前がやったのか！　お前が原因だったのか……」

「許して……兄さん！　許してください！」

「お前が仲間たちを避けていたのはそのせいだったのか！　みんなを怖れていたのはそのためだったんだ！　ああ。このことは決して知られてはならない。絶対に、ひとことも……誰にもひとことも言うんじゃないぞ！」

この秘密を知らずにすんだら、どんなによかったろうとモコは願った。けれどもブリアンを前にして知らないふりをするなど辛すぎる。少しして、ブリアンがひとり舟に戻ったとき、モコは言った。

「ブリアンさん、聞きました……」

「なんだって！　ジャックのことを？」

「ええ、ブリアンさん……。でも許してあげてください」

「他のみんなも許すだろうか？」

「たぶん」とモコは答えた。「それにしても、みんなは知らない方がいいと思います。安心してください、ぼくはひとことも言いませんから！」

「ああ、モコ！」ブリアンはつぶやき、少年水夫の手を握りしめた。

舟が出るまでの二時間、ブリアンはジャックにひとことも言葉をかけなかった。ジャックは岩の陰に座ってじっとしていた。兄にすべてを話してしまったいま、悲しみにうちひしがれているようだった。

十時頃、上げ潮がはじまり、ブリアン、ジャックとモコは舟に乗り込んだ。もやいを解くとたちまち、速い潮流が舟を運んだ。落陽の少しあとに上った月が東川の水面を照らしていたので、夜中を過ぎるまでに難なく流れへ乗ることができた。引き潮になると少年たちはオールを握ったが、一時間かけても舟は一マイルも進まなかった。

ブリアンの提案で、夜明けまで錨を下ろし、上げ潮を待つことにした。朝六時に再び出発し、舟は九時には家族湖に入った。そこでモコが帆を上げると、横からの心地よいそよ風を受けて舟はフレンチ・デンを目指した。

数時間の航海のあいだ、ブリアンもジャックもほとんどしゃべらなかった。夕方六時ごろ、湖のほとりで釣りをしていたガーネットが舟に気づいた。ほどなくして岸に横づけした舟を、ゴードンがにこやかに迎えた。

第十八章　厳しい冬を迎えて

塩田づくり～竹馬～南沼への探検～冬支度～違う遊び～ドニファンとブリアン～ゴードンの仲裁～未来への不安～六月十日の選挙

モコに聞かれてしまった例の件について、ブリアンは誰にも……ゴードンにも、言わないほうがいいと考えた。探検の詳細については、広間に集まった仲間に話した。チェアマン島の東岸と失望湾の回りのこと。東川の流れや、自然の恵み豊かな湖のそばの森のこと。西の海岸よりも東の海岸のほうが住むのは楽かもしれないということや、それでもフレンチ・デンを離れる必要はないということも。島の東に広がる太平洋については、陸地はまったく見えなかったこと。ブリアンはまた、沖の水平線上に見えた不可解な白いしみのことにも触れた。おそらく水蒸気が渦を巻いただけと思うが、それは失望湾を再び訪れるときに確かめられるだろう。はっきりしたことは、チェアマン島の周囲にはどんな陸地もないということ、そして最も近い大陸や群島からも数百マイル離れている、ということだ。

生きるための闘いを、勇気をもって続けるしかないのだ。外からの救助を待ちながら。少年たち自身の手でこの島から脱出することは、もはや不可能であろうから誰もが仕事にうちこんだ。次の冬の厳しさに備えるために、あらゆる手段をとった。ブリアンは、これまで以上の熱意をもって働いた。同時に、彼は以前より言葉少なになって、弟と同じようにみんなから少し距離を置くようになった。ゴードンはこの変化に気付いていたが、ブリアンがまた、何か勇気を出さなければできないこと、何か危険を伴うことがあると必ずジャックを前面に押し出そうとすることにも気付いた。そしてジャックも、それを熱心に受け入れるのだ。けれどもブリアンの口からはひとこともゴードンからの問いを誘うような言葉はなかったので、兄弟のあいだでなにか説明があったのかとも思ったが、ゴードンからは何も聞かなかった。

二月はさまざまな仕事に明け暮れた。ウィルコックスが家族湖に鮭が遡ってきているのを発見したので、ジーランド川の両岸に網を渡してかなりの数の鮭を獲った。保存食をつくるためには大量の塩が必要だったため、何度もスラウギ湾へ往復する必要があった。バクスターとブリアンは海岸で、砂に形どった四角い枠の中に海水を入れ、水分が天日に干されて塩ができるしくみの、小さな塩田をつくっていた。

秋のはじめには、三、四人の少年がジーランド川の左岸に広がる南沼の湿地帯の一部を探検することができた。この探検を提案したのはドニファンで、彼の案にしたがってバクスターは軽めの円材で竹馬を何対かつくった。沼地にはところどころ浅い水溜りがあるので、この竹馬を使えば堅い地面に渡るまで足を濡らさずにすむというわけだ。

四月十七日の朝、ドニファン、ウェッブとウィルコックスは川をボートで渡って左岸に上陸した。三人は銃を肩にかけ、中でもドニファンは鴨撃ち銃を携えていた。フレンチ・デンの武器庫にあったもので、これを使う絶好の機会だろうと考えて持ってきたのだ。

上げ潮でも水面に頭を出している場所へ辿りつくため、岸に渡ると三人はさっそく竹馬をつけた。この旅にはファンもお伴していた。竹馬を必要としないファンは、脚が濡れるのもおかまいなしでバシャバシャと水溜りを渡った。

南西の方向に一マイルほどいくと、ドニファン一行は湿地帯の中の乾いた地面に着いた。獲物を追いやすいよう、ここで竹馬を外した。

南沼は見渡す限り広がり、果てが見えない。唯一、東側だけは水平線に青い海が細く伸びている。

獲物はふんだんにいた。シギ、尾長鴨、真鴨、クイナ、チドリに小鴨、それに黒鴨も無数にいる。この鳥は肉よりも羽毛が珍重されているが、きちんと料理すれば充分おいしい一皿になるのだ。ドニファンとふたりの仲間は、弾丸を一発も無駄にせずこれらの水鳥を数百羽でも撃ち落とすことができただろう。けれども三人は冷静にふるまって数十羽に留め、ファンは大きな沼の真ん中までそれらの獲物を取りにいった。

ドニファンは他の鳥、モコがどんなに料理の才能を発揮しても貯蔵室の食卓には到底のせられないような獲物も仕留めたくてうずうずしていた。それは渉禽類《しょうきんるい》（シギ類、チドリ類の他、サギ類、コウノトリ類、ツル類、クイナ類を含む）のヒバリチドリや、白く美しい冠毛をいただくアオツラサギだった。ドニファンはしかし、自分を抑えた。まったく無駄に火薬を使うことになるからだ。

けれども炎のような色の翼のフラミンゴの一群を目にしたときは、そうはいかなかった。フラミンゴは塩気のある水を好み、その肉はヤマウズラのようにおいしい。この鳥は整然とした隊列を組み、見張り役が危険を感じたときはトランペットのような警告の声を上げる。この美しいチェアマン島の鳥類見本を前にしてドニファンは我を失い夢中になった。ウィルコックスとウェッブも同じだった。共に鳥の方へと突進したものの、逃げられてしまった。三人は知らなかったのだが、鳥に見られないようにして接近すればずっと楽にフラミンゴを撃てただろう。銃声が響くと、フラミンゴは逃げ出すどころか驚いて立ちすくんでしまうからだ。

こうしてドニファンたちは、くちばしの先から尾まで体長四フィートの美しい水鳥を逃してしまった。警告に怯えて一群は南の空へ姿を消した。射程の長い鴨撃ち銃を使う暇さえなかった。

けれども三人の狩人は充分な獲物を仕留めたので、南沼への探検はまったく後悔していなかった。水辺に戻ると竹馬をつけ、最初の寒さがやってきたら獲物がもっと豊富になるからまた探検に出ようと話しながら、川岸まで戻った。

さて、ゴードンは、フレンチ・デンで厳しい寒さを越す準備を、冬が来る前にしておきたいと考えていた。家畜小屋や鳥の飼育場も暖めるには、たくさんの燃料が必要だ。そのためには落とし穴森のはずれまで、何度も往復しなければならない。二週間のあいだ、二頭のグアナコに引かせた荷車が一日に何度も川の土手を上ったり下りたりした。こうして薪もアザラシの脂もたっぷり備えたので、たとえ冬が半年かそれ以上続いても、フレンチ・デンは寒さも暗闇も心配がなくなった。

これらの仕事の中でも、時間割に沿った勉強を怠ることはなかった。年長の少年たちは順繰りに年少組を教えた。討論会ではあいかわらず、ドニファンが頭のよさをひけらかす傾向があった。これではあまりたくさんの友だちを惹きつけることはできない。彼のいつもの仲間をのぞいては、ドニファンはあまりよく見られていなかった。けれどもあと二ヶ月でゴードンの任期が終わって選挙になったら、ドニファンは自分が少年国の長の役を引き継ぐのだと考えていた。自尊心も手伝い、自分が後継者で当然と思っていたのである。最初の選挙のときに彼が選ばれなかったのは、なんとも不当ではなかったか！　不幸なことにウェッブ、クロス、ウィルコックスは彼のそうした考えをそそのかし、今度の選挙での情勢を探りながら、ドニファンが勝つのはまちがいなしと思っていた。

しかし、ドニファンは大多数の支持を得てはいなかった。とりわけいちばん小さい子たちが彼を支持するとは思えなかったし、またゴードンを支持するとも思われなかった。

ゴードンはこうしたすべてのことを見抜いていた。だから、再選の権利はあっても、その地位に留まるつもりはなかった。任期中に厳しくしなければならなかったために、彼を支持する声が減ったことを彼は察していた。彼のやり方は少し強硬だったし、もしかしたら実際的すぎる考え方が他の者たちの気に入らないこともあっただろう。そうしたゴードンへの不平が、選挙になったら自分に有利に働くことをドニファンは期待していた。

小さい子たちがゴードンに持っていた不満はとりわけ、彼の倹約についてのものだった。たとえば甘いお菓子をけちけちしすぎではないか！　それから、こどもたちが汚れたり破れたりした衣服でフレンチ・デンに帰ってきたとき、特に靴に穴を開けてきたときに、着るものを粗末にするなと、とても叱ること。穴の開いた靴は修繕が難しいので、靴に関する問題は重要だった。それにボタンをなくしたら大目玉だし、ときには罰だって喰らうことがあった！　実のところ、上着やズボンのボタンをなくすことはしょっちゅうだったので、ゴードンは全員に毎夕、ボタンの数が揃っていることを報告させた。揃っていない場合にはデザートをお預けにしたり、外出禁止にしたりするのだった。一方でブリアンは、ときにはジェンキンスのため、ときにはドールのためにとりなしていたので、すっかり人気を集めていた。しかもちび組は、厨房を司るふたり、モコとサービスがブリアンに忠実であることをよく知っていた。もしもブリアンがチェアマン島の長になったら甘いお菓子にけちけちしない、おいしい未来が開けると思われていたのである！

ブリアンはこうした問題にちっとも関心を持っていなかった。彼は休むことなく働き、弟にも手加減なく課題を与えた。どんな仕事もふたりはいちばんに始め、最後まで働くのだった――まるでこのふたりは、何か特別な任務を果たそうとしているかのようだった。

少年たちは、毎日勉強ばかりしていたわけではない。時間割には遊びも数時間、組み込まれていた。身体を動かして体調を整えることも、健康の条件のひとつだ。これには、年少組も年長組もみんな参加した。幹に綱を巻きつけて最初の枝に登ったり、棒高跳びもした。湖で泳ぐこともあったし、泳ぎを知らない者もじきに泳げるようになった。賞品をかけて徒競走もした。輪縄やボーラの練習もした。

また、英国の少年たちがよくやる遊びもあった。すでに述べたもの以外でも、クリケットや、野球によく似た「ラウンダーズ」、そして腕の力と即断力を競う「輪投げ《クォイッツ》」があった。このクォイッツについてもう少し詳しく話す必要があるだろう。というのもある日、ブリアンとドニファンのあいだでとても残念な場面が展開されたから。

四月二十五日の午後だった。運動場では八人の少年が二つのチームに分かれ、クォイッツのゲームで競っていた。片方はドニファン、ウェッブ、ウィルコックスにクロス。もう片方はブリアン、バクスター、ガーネットにサービスだ。

平らな地面の約五十フィート離れた箇所に、「ホブ」と呼ばれる鉄製の杭を埋め込む。競技する者はそれぞれ二つずつ輪《クォイツ》をもらう。真ん中に孔のあいた金属製の円盤で、中央の方が厚みがあり、円周にいくにつれ薄くなっていく。

この遊びでは、それぞれの競技者が自分の持ち輪を連続して投げる。狙いを定めて第一の杭、続いて第二の杭に向けて投げなければならない。輪が杭にかかったら二点。二つの杭に両方かかれば四点だ。輪が杭のそばに落ちたときは、ひとつだけの場合は一点、二つとも落ちれば合わせて二点となる。

この日の競技は白熱していた。片方のチームにはドニファンが、対抗チームにはブリアンがいて、互いに誇りを賭けて競っていたからだ。

すでに二ラウンドが終わっていた。最初のラウンドではブリアンのチームが七点で勝ち、第二ラウンドではドニファンのチームが六点で勝った。いまや両チームは決戦ラウンドを迎え、双方が五点を獲得していた。これから投げる二つの輪が勝負を決める。

「きみの番だよ、ドニファン」とウェッブが言った。「しっかり狙ってくれ！　最後の輪なんだ。勝たなきゃ！」

「静かにしてくれ」とドニファンが答えた。

彼は片方の足を前に出して姿勢をととのえ、右手で輪を握った。的を狙って身体を少し傾け、左にかぶさるような態勢をとっている。この自尊心の強い少年は、いわば精魂こめて勝負に挑んでいた。歯を食いしばり、頬は青ざめ、眉をしかめて鋭い目つきをしている。

ドニファンは注意深く手にした輪の狙いを定めたあと、五十フィート先の杭に向かって水平に力一杯投げた。

輪は、杭の真ん中に落ちる代わりに外側の縁が杭をかすめただけで落ちた。これでチームの得点は六点になる。ドニファンは悔しさを抑えきれず、足下の地面を蹴った。

「こんちくしょう、だねえ」とクロスが言った。「でもだからって負けたわけじゃないよ、ドニファン！」

「もちろん負けないさ！」とウィルコックス。「きみの投げた輪は杭のすぐ下に当たったもの。ブリアンが杭に命中させれば話は別だけど、できっこないに決まってるさ！」

次はブリアンの番だったが、実際のところ彼が投げる輪が杭の真ん中に落ちない限り、彼のチームは負けだった。というのも、ドニファンの投げた輪ほど杭に近いところに落とすのはほとんど不可能だからである。

「よく狙って、よく狙って！」サービスが叫んだ。ブリアンは答えなかった。彼はただ、ひとつのことだけを考えていた。チームのためになること。自分自身のためよりも、仲間たちのために勝つことを。

立ち位置を決め、狙いを定めて投げた。彼の投げた輪はすとんと杭にかかって落ちた。

「七点！」勝ち誇ってサービスが叫んだ。「勝ったぞ、ぼくらの勝ちだ！」

ドニファンが憤然と進み出た。

「いや！　勝ってない！」

「どうして？」バクスターが聞いた。

「ブリアンがいんちきをしたからさ！」

「いんちき、だって？」とブリアン。思わぬ言いがかりに顔が青ざめていた。

「そうさ、いんちきじゃないか！」ドニファンが言い返す。「ブリアンは越えちゃいけない線を守らなかった！　二歩前に踏み出したんだ！」

「嘘だ！」サービスが叫ぶ。

「そうだ、嘘だ！」とブリアン。「もしも仮にそれが本当だったとしても、それは単なる間違いに過ぎないだろう。ドニファンにいんちき呼ばわりなどされてたまるか！」

「へえ、たまらないのかい」ドニファンが肩をすくめて言う。

「そのとおり」ブリアンは怒りに我を忘れかけていた。「まず、ぼくの足がちゃんと線上にあったことを証明してみせよう」

「そうだ！　そうだ！」バクスターとサービスが叫ぶ。

「無理だ！　無理だ！」ウェッブとクロスが言い返した。

「砂の上の、ぼくの足跡を見ればいい！」とブリアン。「ドニファンも間違えようがないはずだ。彼の方こそ嘘つきだ！」

「嘘つきだって！」ドニファンは叫び、ゆっくりとブリアンに近づいた。

味方をするようにウェッブとクロスがその後をついてくる。一方、サービスとバクスターはもしもけんかになった場合のため、ブリアンの後ろに立った。

ドニファンは上着を脱ぎ捨て、シャツをひじまでまくると、ハンカチを拳に巻いてボクシングの態勢をとった。

冷静さを取り戻したブリアンは微動だにしなかった。仲間とけんかすること、そして小さい子たちにこんなお手本を見せてしまったことを恥じるかのように。

「ドニファン、ぼくを侮辱したのはまちがいだったな」ブリアンは言った。「そして今度はけんかを売るなんてまちがいを犯している」

「へえ、そうかい！」ドニファンは軽蔑しきった調子で言った。「挑戦を受けて立てない奴に挑戦するのは、いつだってまちがいらしいな！」

「ぼくが挑戦に乗らないのは」ブリアンが言った。「そんなものに乗らないほうがいいと思うからだ」

「きみが挑戦に乗らないのは」ドニファンも言った。「怖がっているからさ！」

「怖がっている？　ぼくが？」

「きみは臆病者なのさ！」

ブリアンは袖をまくり、毅然としたようすでドニファンの前に立った。ふたりのライバルはいまや向き合い、にらみあっていた。

英国人社会では、そして英国式寄宿学校でも、ボクシングは教育の一部である。さらに付け加えると、ボクシングに通じた少年は普通、他者に対して辛抱強く、穏やかだ。そして、できるだけけんかを避けようと努めるものである。

フランス人であるブリアンの方は、げんこつをかためて殴り合うようなことに興味を抱いたことはなかった。だから同じ年齢、同じ背の丈、同じような力の強さだとしても、巧みなボクサーであるドニファンと向かい合ったら、ブリアンは明らかに不利だった。

いまにも殴り合いになるすんでのところ、まさに最初の一撃が加えられようかというとき、ドールにしらせを受けたゴードンが駆けつけ、間に入った。

「ブリアン！　ドニファン！」

「嘘つき呼ばわりされたんだ！」とドニファン。

「その前に彼はぼくをいんちき呼ばわりし、それから臆病者と言ったんだ」とブリアン。

この時すでに、みんながゴードンの回りに集まっていた。一方、ふたりのライバルは数歩離れたところにいる。ブリアンは腕を組み、ドニファンはボクシングのポーズで身構えていた。

「ドニファン」厳しい声でゴードンが言った。「ぼくはブリアンのことを知っている。けんかをしかけたのは彼じゃない！　きみが挑発したんだろう」

「へえ、そうかいゴードン」ドニファンが答える。「ぼくもきみのことをよく知っているよ！　いつもぼくに反対するやつ、ってね！」

「そうされても仕方がないだろう！」とゴードン。

「そうかな！　だけど挑発したのがブリアンだろうとぼくだろうと、挑戦にのらないならブリアンは臆病者だ」

「きみのほうこそおかしいぞ！　仲間たちにも悪い手本じゃないか、どうかしているよ！　ぼくたちのこの深刻な状況の中で、誰かひとりがいつも仲間割れを起こそうとしている。いつも協力しあい、助け合わなきゃいけないっていうのに！」

「ブリアン、ゴードンに感謝するんだな！」ドニファンが言った。「ほら、構えてみろよ」

「いいかげんにしろ！」ゴードンが叫んだ。「みんなの長として、仲間同士のけんかは認めない！　ブリアン、フレンチ・デンに帰るんだ！　ドニファン、どこかで頭を冷やしてくれ。そして、きみに非があるとぼくが言うのも、長としての責任を果たしているだけだってことがわかったら戻ってくるがいい！」

「そうだ、そうだ！」と、ウェッブ、ウィルコックスとクロス以外の少年たちも叫んだ。「ブリアン万歳！　ゴードン万歳！」

ほとんど全員一致の状況の中では、従うしかない。ブリアンは広間に戻った。そしてその夜、みんなが寝るころにドニファンが戻ってきたとき、このことについて決着をつけようというそぶりは全く見せなかった。けれども彼が恨みを抱いており、ブリアンに対してまだ敵意を燃やしていること、ゴードンから受けたいましめを思い出していることは明らかだった。そして、彼はゴードンが示した和解策をはねつけた。

実に残念なことに、こうしたやっかいなもめごとはこの少年国の調和を乱そうとしていた。ドニファンにはウィルコックス、クロスとウェッブがいる。彼らはドニファンの言うことを聞き、ドニファンを支持していた。いつか近い将来、仲間割れが起こるのではないだろうか？　けれども、この日以来、何も問題は起こらなかった。誰も、ふたりのライバルのあいだに起こったことにふれなかったし、冬に向けての支度を整えるいつもの仕事が続いた。

寒い季節ももうすぐそこだった。五月の最初の週、すでにかなり寒くなっていたので、ゴードンは広間のストーブに昼夜火を焚くようにと指示を出した。まもなく家畜小屋と飼育場も暖めなければならなくなった。これは、サービスとガーネットが担当していた。

この時期、他の土地へ渡っていく鳥たちがいる。彼らはどこへ渡っていくのだろうか？　明らかに、チェアマン島よりも穏やかな気候の、太平洋のもっと北にある土地かアメリカ大陸へいくのだろう。

これらの鳥の中でも筆頭に挙がるのがツバメだ。この美しい渡り鳥は、長い距離もすごい速さで飛ぶことができる。いつも祖国へ帰ることを思い描いているブリアンは、スラウギ号の遭難の報せを届けるためにツバメたちの出発を利用しようと思い立った。ツバメを十数羽捕まえるのは至極簡単だった。なにしろ、貯蔵室に巣を作っているのだから。首から小さな布袋を下げ、その中に、太平洋のだいたいどの辺にチェアマン島があるのか記し、ニュージーランドの首都オークランドにこの報せを届けてほしい、と結んだ手紙を入れた。

ツバメたちを放ったとき、少年たちは胸がいっぱいになった。「さようなら！　また逢える日まで！」震える思いを胸に、北東の空に消えるツバメたちを見送った。

これがきっかけで救助が訪れる可能性は極めて低い。それでも、どんなに僅かでもあの手紙を誰かが受け取ってくれる可能性がある限りは、ブリアンがその機会を逃さなかったのは正しかった。

五月二十五日、最初の雪が降った。初雪は去年よりも数日早かった。冬が早く訪れたということは、寒さが厳しくなることを意味しているのだろうか？　それが気がかりだった。幸い、フレンチ・デンでは長い冬のあいだの暖房や照明、食べものもたっぷりあったし、南沼の鳥たちがジーランド川の土手に降りてきていた。

もう数週間前に温かい衣服の支給があった。衛生を守るためのきまりも、ゴードンががっちり守らせていた。

この時期フレンチ・デンは、少年たちの心を動揺させる、秘かな興奮状態にあった。ゴードンがチェアマン島の長に就任してからの一年が、六月十日で終わる。

そんなわけで、交渉やらひそひそ会議、さらには陰謀までが、この小さな世界を揺さぶっていた。ゴードンはこの話題には無関心だった。ブリアンは自分がフランス人なので、英国人が圧倒的多数を占める少年国の長に選ばれるなどとは夢にも考えていなかった。

おもてには出さなかったが、心の底で選挙の行方を案じていたのはドニファンである。明らかに、抜きん出て頭もよく勇気もあることは誰も疑わないから、選ばれるチャンスも大きかった——ただし、その強引で横柄な普段の態度、そしてどこかあらわになる妬み深い性格が災いしているようだった。

自分がゴードンの後継者になると信じて疑わなかったためか、自尊心が邪魔をして人に頼みごとをしたくなかったためか、ドニファン自身はその話題にも素知らぬふりをして距離をおいていた。けれども彼自身が表立って候補としてのアピールはせずとも、それは彼の友だちが引き受けた。ウィルコックス、ウェッブとクロスは、仲間たちにドニファンに投票するようはたらきかけていた。特に小さい子たちの票が鍵を握っていた。他に誰の名前も前面に出てこないので、ドニファンが自分の当選を確実と考えていたのもまず無理はなかった。

六月十日になった。

投票は午後に行なわれた。めいめいが、少年国の「長」としてふさわしいと思った人の名前を紙に書く。多数票を得た人が当選となる。モコは黒人だからという理由で投票権がもらえなかったから、少年国の構成員は十四人。半数が七人だから、もうひとり、つまり八人が同じ人の名前を書いたら、その人が新しい長になるというわけだ。

ゴードンの立ち会いのもと、二時に投票が始まった。アングロサクソン系の人々がこうしたことを行なうときによくあるように、厳かに執り行われた。

開票の結果は次のようなものだった。

ブリアン…………八票
ドニファン…………三票
ゴードン…………一票

ゴードンもドニファンも投票しなかった。ブリアンは、ゴードンに投票した。結果を聞いて、ドニファンは失望と心の底に渦巻く怒りとを隠すことができなかった。ブリアンは多数票を得たことにたいへん驚き、はじめは長の役職に就く名誉を辞退しようとした。けれども、ジャックを見た時、ひとつの考えが生まれたのだろう。こう言った。

「ありがとう、みんな。この務めを引き受けるよ！」

この日から、ブリアンは一年間、チェアマン島の少年国の長となったのである。

第十九章　家族湖でのスケート

マストのしるし～厳寒～フラミンゴ～スケート～ジャックのこと～ドニファンとクロスの反抗～濃霧～ジャック、霧の中へ～フレンチ・デンの大砲～黒い点～ドニファンの態度

ブリアンは面倒見がよく、少年国の運命が左右されるとなるとなんでも勇気をもって取り組んでいく。そしてみんなのためになるならば、いつも努力を惜しまず献身的に働いた。仲間たちが彼を選んだのは、それを認め、きちんと評価したかったからだ。ニュージーランドからチェアマン島へ流れ着くまでの航海で、スクーナーのいわば指揮を執ったときから、危険や苦痛の前にも決してひるんだことはなかった。たとえ生まれた国が違っても、年長、年少の隔てなくみんなに好かれていた。特に、彼はいつも熱意をもって小さい子たちの世話をしていたから、小さい子たちは全員一致でブリアンを支持していた。ただ、ドニファン、クロス、ウィルコックスとウェッブだけはブリアンの長所を認めようとしなかった。けれども心の底では、仲間たちの中でももっとも賞賛に値する少年に対して、自分たちが不公平であることも判っていた。

すでにある仲間割れの兆しがこの選挙の結果によって大きくなることを予想しながら、またドニファンとその仲間たちが何かよからぬ了見をおこすのではないかと怖れながらも、ゴード

ンはブリアンに対し祝福の言葉を惜しまなかった。ひとつには、ゴードンは公平な考えの持ち主なので選挙で決まったことに反対するなど考えられなかったし、もうひとつには彼自身、フレンチ・デンの帳簿の仕事に専念したかったのである。

ドニファンたちが極端なことをしでかす機会をつくらないよう、ブリアンは用心していたのだが、ドニファンと三人の仲間たちはこの日から、この状況をまったく支持していないことを態度に表しはじめた。

ジャックは、兄が投票結果を受け入れたのを見て驚いた。

「兄さんは、そうしたいの?」ジャックはすべてを言わなかったが、ブリアンはそれを補って低い声で答えた。

「そう、これまでにやってきた以上のことをしたいんだよ。おまえの過ちをつぐなうためにも」

「ありがとう、兄さん」ジャックは答えた。「ぼくもなんでもするからね!」

翌日からまた、長い冬の日々の単調な生活がはじまった。

厳寒が訪れてスラウギ湾に行けなくなる前に役に立つことをしておこう、とブリアンは考えた。

少年たちはオークランド丘のてっぺんに旗をつけたマストを立てている。数週間も沖からの風に晒されてきたので、旗はもう裂けてぼろぼろになっているはずだ。そこで、冬の嵐にも耐えられるようなものに付け替える必要がある。ブリアンの薦めでバクスターは、沼地の縁に沢山生えている灯心草を編んで、大きな球形のかごをつくった。これなら風が通り抜けるので、ぼろぼろにならずにもつことだろう。完成したかごを持って六月十七日に湾まで遠征し、英国旗の代わりにこのあたらしいしるしをつけた。これなら数マイル先からでも見えるはずだ。

ブリアンと仲間たちがフレンチ・デンに閉じ込められる日々が近づいていた。温度計はゆっくりとだが着実に下がっていき、厳寒がやってくることを示していた。

ブリアンはボートを陸に揚げ、崖の隙間にもたせかけて、継ぎ目が割れないように厚い防水布をかけた。次に、バクスターとウィルコックスが飼育場のそばの罠を点検し、また落とし穴森のはずれに新しく穴を掘った。それから、島の内側へ向かって吹きつける南風に運ばれた鳥たちがかかるように、ジーランド川の左岸に沿って網を張った。

そのあいだにもドニファンと彼の仲間のうち二、三人が竹馬をはいて南沼へ出かけた。彼らは決して手ぶらで帰ることはなく、弾丸を節約しながらも獲物を持ち帰った。ブリアンもゴードンと同じく弾丸を倹約していた。

七月の初め、川が凍りはじめた。家族湖にできた氷塊が、流れに乗って動き出した。やがてそれらはフレンチ・デンの少し下流に積み重なって氷の堤になり、水面は一面、厚い氷に覆われた。すでに零下十二度のこの寒さが続けば、湖も一面に凍りつくだろう。実際、しばらく冬の嵐が吹き荒れて湖が凍てつくのを遅らせたものの、そのあと風が南西に変わり、空が晴れると、気温は零下二十度近くまで下がった。

前の年につくられた冬の暮らしの時間割が、またはじまった。ブリアンは権威をふりかざすことなく、その決まりを守った。みんな彼に喜んで従ったし、とりわけゴードンは率先して従い、ブリアンの仕事をやりやすくしてくれた。それに、ドニファンとその一派も反抗的態度を見せなかった。彼らは落とし穴や罠、網など彼らが特に任されているものに専念していた。それでも彼らは自分たちだけで生活を続け、低い声でひそひそ囁きあい、食事のときも、夜のつどいのときも、みんなの仲間に加わろうとしなかった。何かたくらんでいるのだろうか？　わからなかったが、彼らを責めるべき点など何もなかったのでブリアンも口出しをしなかった。

ブリアンは誰にでも公平に接し、辛く難しい仕事は真っ先に引き受けた。弟にも手加減なく仕事をさせ、弟は兄に匹敵する熱意でそれを引き受けた。ゴードンも、ジャックの性格が変わってきたことに気づいていた。モコも、ブリアンへの打ち明け話以来、ジャックが仲間たちとの遊びにももっと素直に加わるようになったのを見て、喜ばしく思っていた。

寒さのため広間に閉じこもらねばならない冬の長い時間は、勉強にあてられた。ジェンキンス、アイバーソン、ドールとコースターは目に見えて進歩をとげていた。彼らに教えるために、年長の少年たちもおのずと学ばずにはいられなかった。長い冬の夕べ、少年たちは声を出して旅行記などを読み上げた。もっともサービスは、ロビンソン物語のほうがずっといいのに、と思っていたにちがいない。ときにはガーネットのアコーディオンが登場した。残念ながらへたくそな音楽家は自信たっぷりに弾きまくり、げっそりするような音楽を周囲にまきちらすのだった。みんなはこどものとき覚えた歌を、声を揃えて歌った。コンサートが終わるとみんな床に就いた。

そのあいだも、ブリアンはニュージーランドへの帰還を考え続けていた。その点で彼は、チェアマン島の少年国に秩序をもたらすことだけを考えていたゴードンと違っていた。ブリアンが長を務めた期間の特色は、故国へ帰るためにさまざまな努力をしたことだった。彼は、失望湾で見たあの白っぽいしみのことも考え続けていた。どこか近くの島の一部ではないだろうか？　もしそうだとしたら、その地へ辿り着くために、船をつくることはできないだろうか？けれどもこのことについてバクスターと話すと、バクスターは頭を振るのだった——そのような試みが自分たちの技量をはるかに越えていることを知っていたからだ。

「ああ、どうしてぼくたちはただのこどもなんだろう……そう、こどもだ！　大人でいなけりゃいけないのに！」

それがブリアンの嘆きの種だった。

冬の夜のあいだ、フレンチ・デンの周辺は守られてはいたが、いくつか警戒すべき事件があった。何度かファンが長々と吠えて警告し、野獣——これはたいていジャッカルだったが、家畜飼育場のまわりをうろついていることを教えてくれた。そんなときはドニファンや他の少年が広間の出入り口から飛び出して燃える薪を投げつけ、野獣を追い払った。

ジャガーやピューマが近くに現れたことも二、三度あった。けれども彼らはジャッカルのようには近づいてこなかった。距離が遠いので命中させることは難しいのだが、これらの獣は銃で追い払った。そんなわけで、飼育場を守るにもなかなか骨が折れた。

七月二十五日、モコは、ある鳥を料理することでその腕前の新境地を開く機会に恵まれた。

その料理は舌の肥えた美食家にも、腹をすかせた大食漢にも喜ばれるものだった。

ウィルコックスと彼に喜んで協力していたバクスターのふたりは、小さな動物や鳥、齧歯類などを捕まえるだけでは飽き足らなくなっていた。落とし穴森の大きな岩のあいだに生えていた若木をたわめて、大きな鳥を捕まえるための輪差をつくった。この手の罠はしばしばノロ鹿の通る森にしかけられ、獲物がかかることもまれではない。

落とし穴森にかかっていたのはノロ鹿ではなく、みごとなフラミンゴだった。七月二十四日の夜にこの輪に絡めとられ、もがいても抜け出せなかったのだ。翌日ウィルコックスがこの罠を見にいったときには、鳥は跳ね上がった若木に首を締めつけられ、すでに息絶えていた。このフラミンゴを丁寧に羽をむしり、内臓をとってきれいにし、香りのよい香草を詰め、ほどよく焼いた。翼もモモ肉もみんなに行き渡るほどたっぷりあったし、世界でも類い稀なる美味といわれる舌もめいめいが少しずつ分け前をもらったのである！

八月の前半には並外れて寒い日が四日あった。温度計が零下三十度を指しているのを、ブリアンは心配な気持ちで見ていた。空気はこれ以上ないほど澄みわたり、こうして温度が極端に下がるときにはよくあるように、風はそよとも吹かなかった。

この寒さのあいだ、フレンチ・デンの外に出ようものならすぐに骨の髄まで冷えた。小さなこどもたちは、ほんの一瞬でさえも外出は禁じられた。年長の少年たちも、たとえば家畜や家禽の飼育場を昼夜暖めるため薪をくべにいくなど、どうしても必要なとき以外は外出禁止だった。

幸い、この寒さは長くは続かなかった。八月六日には、風がまた東へ吹きはじめた。スラウギ湾と遭難海岸にはものすごい嵐が吹き荒れた。嵐はオークランド丘を背面から叩きつけたあと、丘を越えて猛威をふるった。それでもフレンチ・デンはびくともしなかった。地震でもないかぎり、堅固な壁が崩れることはないだろう。大型船を転覆させたり石造りの家をひっくりかえしたりするような途方もない突風も、崖を揺るがすことはできなかった。風でたくさんの木が根こそぎひっくりかえされたが、そのおかげで若き木こりたちの仕事はむしろ楽になり、薪をたっぷり補給することができた。

結局この突風のおかげで大気の状態がすっかり変わり、その意味では厳寒の終わりをもたらしたともいえる。この時期以降は温度も徐々に上がり、嵐の去ったあとは平均気温は零下七、八度を保っていた。

八月後半は過ごしやすかった。ブリアンは釣りをのぞく外での仕事を再開した。川と湖に厚い氷が張っていたので、釣りはまだできなかったのだ。沼地の獲物が落とし穴や罠、網にたくさんかかっていたので、厨房にはいつも新鮮な野獣や野禽の肉が豊富にあった。

そのうえ、飼育場には新しい客が増えた。野雁と尾長鴨の卵が孵《かえ》ったのに加え、ビクーニャが五匹の子を産んだので、サービスとガーネットはせっせと世話をした。

こうした折、氷の状態も手伝って、ブリアンは仲間たちとスケート大会をしようと考えた。木の靴底と鉄の歯で、バクスターは何組かのスケート靴をつくった。ニュージーランドでは冬のさなかによくスケートを楽しむため、少年たちは多かれ少なかれスケートの経験がある。みんな、家族湖の上で自分の才能を試せるとあって、わくわくしていた。

そんなわけで八月二十五日、午前十一時ごろ、ブリアン、ゴードン、ドニファン、ウェッブ、クロス、ウィルコックス、バクスター、ガーネット、サービス、ジェンキンス、ジャックはフレンチ・デンを出発した。アイバーソン、ドールとコースターは後に残り、モコとファンが彼らの世話を引き受けた。少年たちは氷の層が広がってスケートに適した場所を探した。

ブリアンは、誰かが湖の遠くまで行ってしまったときに呼び戻すため、船に備えてあったラッパを持参していた。みんな出発前に昼食をすませ、夕食までには戻るつもりだった。

家族湖もフレンチ・デンの周囲は氷塊がごろごろしているので、三マイルほど岸辺を北上してちょうどいい場所を見つけた。少年たちは落とし穴森の向かいに、東まで見渡す限り広がる平らに凍った湖面を見つけて足をとめた。それは、少年たちがスケートをするのにぴったりの練習場だった。

もちろん、ドニファンとクロスは銃をもってきていた。もしも機会があれば獲物を仕留めるためだ。ブリアンとゴードンはスケートには興味がなかったが、軽はずみな行動を未然に防ぐために同行しているのだった。

少年たちのなかで一番スケートがうまいのは、ドニファン、クロス、そしてとりわけ速さだけでなく複雑なターンもそつなくこなす点で、ジャックだった。

開始の合図の前に、ブリアンはみんなを集めて言った。

「言うまでもないけれど、どうか分別よくふるまって、技やスピードを見せびらかすようなまねはしないでほしい。氷が割れる危険がなくても、腕や足を折る危険があることを忘れないでくれ。ここから見えなくなる場所までいかないこと！　もしも遠くまで行きすぎたときは、ゴードンとぼくがここで待っていることを忘れないでほしい。それから、このラッパで合図したときには、みんなすぐここに戻ってくるようにしてくれ」

注意が終わってスケートをはいた少年たちは湖上に滑り出ていった。ブリアンはみんながスケートの才能を発揮するのをみて、ほっとした。最初は何人か転ぶものもあったが、それは陽気な笑いを誘う程度のものだった。

実際、ジャックはみごとだった。前へ、後ろへ、片足でも、両足でも、ときに背をのばし、ときにかがめ、完璧に安定したスピードで円や楕円を描いてみせる。弟がみんなとの遊びに参加するのをみて、ブリアンは心の底から嬉しかった。

みんなの拍手を浴びるジャックの腕前に、すべての競技に情熱を燃やすスポーツマンのドニファンが嫉妬したとしても不思議はない。さっきのブリアンの言葉にもかかわらず、ドニファンはどんどん岸辺から遠ざかっていった。その上、クロスについてくるよう合図していた。

「おい、クロス！　あっちに鴨がいるよ、あそこ、東に！　見えるかい？」

「うん、ドニファン」

「銃は持ってるな？　ぼくにもある。さあ、狩りだ！」

「でもブリアンに禁止されてる」

「ブリアンなんか知るもんか、いくぞ！　早く！」

瞬きもしないうちにドニファンとクロスは、家族湖の上を飛ぶ鳥の一群を追いかけて半マイル先までいってしまった。

「どこにいくんだ?」とブリアン。

「なにか獲物を見たんだろう。狩人の本能ってやつか……」ゴードンが答える。

「むしろ、反抗の本能だな!」とブリアン。「やっぱりドニファンか」

「ブリアン、彼らに何か心配なことが起こると思うかい?」

「わからないよ。でもみんなから離れるのは軽はずみだ。ごらん、もうあんなところにいる!」

速い速度で滑っていったので、彼らの姿はもう湖の水平線に浮かぶふたつの黒い点になっていた。まだ日が沈むまで間はあったので戻ってくる時間はあったが、それにしても軽率な行動だ。事実、一年のこの時期には、突然気象条件が変わる恐れもある。風の向きが変わるだけで、嵐や霧になりかねないのだ。

二時前になって、突如、水平線が厚い霧の幕に隠されてしまったとき、ブリアンの不安がどれほどのものだったか推し量れるだろう。

クロスとドニファンはまだ戻っていなかった。湖の上に溜まりつつあった霧は東の岸を隠していた。

「こうなるのを怖れていたんだ!」とブリアン。「彼ら、どうやって帰り道を見つけられるだろう?」

「ラッパを吹くんだ! ラッパを吹いて知らせるんだ!」すかさずゴードンが言った。

三度、ラッパが鳴り響いた。金管楽器のよく通る音が湖面の向こうまで長く響いた。もしかしたら、銃を撃って応答してくるかもしれない。ドニファンとクロスには、自分たちの居場所を知らせるにはそれしか方法がないのだから。

ブリアンとゴードンは耳を澄ました。けれど、銃声はひとつも聞こえてこなかった。

こうしているあいだにも霧はどんどん広がって濃くなり、霧の渦の先端は湖岸から四分の一マイルもない辺りまで迫ってきた。同時に上空へも広がっているから、数分もしないうちに湖はすっぽり霧に包まれてしまうだろう。

ブリアンはふたたび、目の届く範囲に残っていた仲間たちを呼んだ。すぐにみんな岸に戻ってきた。

「どうする?」とゴードン。

「クロスとドニファンが霧の中で完全に迷ってしまう前に、なんとしてもふたりを見つけなければならない！　ぼくたちの誰かが彼らが消えた方へと追っていって、ラッパをならして合図するんだ」

「ぼくがいくよ！」とバクスター。

「ぼくたちもいく！」二、三人が続いて声をあげる。

「ぼくにいかせて、兄さん！」ジャックが言った。「スケートで行けば、すぐにドニファンたちに追いつける」

「よし！」ブリアンは答えた。「ジャック、行ってくれ。銃声が聞こえないか、よく耳を澄ますんだ。ほら、このラッパを持って。これで自分の居場所を知らせるんだよ！」

「わかったよ、兄さん！」

ジャックは刻一刻とたちこめる霧の中に姿を消した。

ブリアン、ゴードンと他の少年たちは注意深くジャックのラッパの音に耳を澄ました。けれどもその音はどんどん遠ざかり、やがて聞こえなくなった。

半時間が経った。何の報せもなかった。湖の上で方角を見失ったクロスやドニファンの行方も、ふたりを探しにいったジャックの行方も知れないままだ。

もしも彼らが戻る前に夜の帳《とばり》が降りたとしたら、三人はどうなるのだろうか？

「もしぼくたちにも銃があれば、きっと……」とサービス。

「銃だって？」とブリアン。「フレンチ・デンにあるじゃないか！　一刻も無駄にできない……いこう！」

それは最善策だった。何よりまず、ドニファンやクロスと同じようにジャックにも、湖岸に戻るにはどの方角を目指せばいいか、知らせる必要がある。それには、フレンチ・デンへまっしぐらに戻り、そこから続けて発砲して合図するのが一番いい。

半時間のうちに、ブリアン、ゴードンや他の少年たちは三マイル離れた運動場へ舞い戻った。弾薬をけちけちしている場合ではない。ウィルコックスとバクスターは二丁の銃に弾をこめ、東に向けて撃った。

返事はない。銃声も、ラッパの音も聞こえない。

すでに三時半だ。オークランド丘の岩山の向こうに日が沈むと、霧はいっそう濃くなる。濃密な霧のカーテンに包まれて、もう湖の表面も見えなくなっていた。

「大砲だ！」とブリアン。

少年たちはスラウギ号に備えてあった二門の大砲のひとつ、いつもは広間の窓の切り込みから外を向いている大砲を運動場へ運び、北西の方角へ向けた。

信号用の砲弾をこめ、バクスターが信管の紐を引こうとしたとき、モコが砲弾の下に脂を塗った草のかたまりを入れてはどうか、と提案した。そのほうが大きな音が出るというのである。やってみたところ、モコの言う通りだった。

砲弾が発射された。ドールとコースターは思わず耳を塞いだ。

遮るもののない静寂の中で、わずか数マイル先からこの音が聞こえないはずはなかった。少年たちは、耳を澄ました。

何も聞こえない。

それから一時間というもの、少年たちは十分おきに大砲を撃った。ドニファンやクロス、ジャックが、フレンチ・デンの場所を示すためのこの連続した砲声を別の意味と取り違えるなど、ありえないことだ。そのうえ、この砲声は家族湖のどこにいても聞こえるはずだった。なぜなら霧は音を遠くまで伝えるものだし、その性質は霧の濃さに比例して強まるのだから。

とうとう五時少し前、銃声が聞こえた。二発、三発、まだ遠くからではあるものの、北東の方角からだ。

「戻ってきたよ！」サービスが叫んだ。

すぐにバクスターが、ドニファンからの合図に応えるよう一発撃った。

やがて、霧の向こうにふたつの影が現れた。岸に近づくにつれ、輪郭がはっきりしてくる。

運動場からのおーい、という声に、おーい、と応える声も聞こえてきた。

ドニファンとクロスだった。ジャックは一緒ではない。

ブリアンの心が堪え難い苦痛に締めつけられた。弟は、ふたりの狩人を見つけることはできなかった。ふたりは、ジャックのラッパの音さえ聞かなかったのだ。そのときクロスとドニファンは帰路につこうとして、湖の南を目指していた。けれどもジャックはふたりを探して東に向かっていたのだ。それにふたりは、フレンチ・デンからの大砲の音がなかったら、そもそも帰路を見つけることもできなかったろう。

霧の中にひとり残された弟のことをひたすら思い、ブリアンはドニファンを叱ることすら考えていなかった。けれども、ドニファンの反抗的態度のおかげで取り返しのつかないことになるかもしれないのだ。零下十五度の湖の上でジャックが一晩を明かすことになったら、そんな寒さに小さな弟はどう耐えられるだろうか？

「ぼくが行くべきだったんだ……弟の代わりに、ぼくが！」そう繰り返すブリアンをゴードンとバクスターは元気づけようとしたが、その努力もむなしかった。

何度かまた、大砲を鳴らした。もしもジャックがフレンチ・デンに近づいていたなら、大砲の音は聞こえているだろうし、ラッパで自分の位置をこちらに知らせてくるだろう。

けれども、最後の砲声はただ遠く消え去り、返事はないままだった。すでに夜になりかけていた。もうすぐ闇がこの島を包むだろう。それでも、好ましい変化も起こっていた。霧が薄くなりかけているのだ。穏やかな一日の後はいつも微風が吹いていたが、そんな微かな風が日の入りと共に訪れ、家族湖の湖面から霧を吹き払っていた。霧さえ消えれば、ジャックとフレンチ・デンのあいだに横たわるものは闇だけになる。

そうなると、取るべき手段はただひとつだ。ジャックに見えるように、湖岸に大きな焚き火をつくる。すでに、ウィルコックスとバクスター、サービスが運動場の中央に枯れ木を集めていた。そのとき、ゴードンが言った。

「待て！」

双眼鏡を手に、ゴードンはじっと北東の方角を見ていた。

「点が見えるんだ、動いている点が」

ブリアンもその双眼鏡を受け取ってのぞいた。

「ああ、神様、帰ってきた！　ジャックだ！　ジャックが見えた！」

みんなも声を限りに歓声をあげた。少なくとも一マイルは先にいるであろうジャックに、届けと願うように。

そのあいだにも、ジャックと岸との距離は見てわかるほどに短くなっていた。凍った湖面を矢のようにスケートで滑走してくる。あと数分でこちらに着くだろう。

「ひとりじゃないぞ！」驚きを隠さず、バクスターが言った。

よく見ると、ジャックの数フィート後ろから、ふたつの影がついてくる。

「なんだろう？」とゴードン。

「人間かな？」とバクスター。

「ちがう！　動物だ！」とウィルコックスが叫んだ。

「野獣だ！」とドニファン。

その目に間違いはなかった。銃を手にするとドニファンは、ジャックに向かって駆け出した。たちまちドニファンはジャックに近づき、野獣めがけて二発の弾を撃った。野獣はすぐさま後戻りすると、姿を消した。

それは二頭のクマだった。チェアマン島にクマもいたとは、少年たちは予想だにしていなかった。この恐るべきけものがこの島にいるのなら、なぜ少年たちはいままでその形跡すら見たことがなかったのだろうか？　この島に住んでいるのではなく、冬のあいだだけ氷塊に乗るなどして、このあたりの海域まで旅してくるということはありえないだろうか？　もしそうなら、チェアマン島のそばに大陸が広がっていることも、ありうるのではないか？　このことについてはまた、考えてみなければならない。

ともかく、ジャックは救われた。ブリアンは弟を両腕に抱きしめた。

勇敢な少年を、仲間たちは温かい言葉や抱擁、握手で歓迎した。ドニファンたちを探すためにラッパを鳴らし続けて返事が得られぬうちに、ジャック自身が霧の中で迷子になり、方角を

見失っていた。そのとき、大砲の音を聞いたのだった。

「フレンチ・デンの大砲に違いない！」そう思ったジャックは、その音がどの方角から来ているのか耳を澄ました。ジャックはそのとき、湖の北東へ数マイル離れたところにいた。音が聞こえる方へ、全速力で滑り出した。

霧が晴れはじめたとき、突然、ジャックは自分に向かって突進してくる二頭のクマの姿を見た。危険にもかかわらずジャックは冷静さを保ち、すぐにクマたちから逃げた。スケートの足の速さのおかげで、クマたちに追いつかれずに逃げることができた。だが、もしも転んでいたらジャックの命はなかっただろう。

みんなでフレンチ・デンに帰る途中、ジャックは兄にだけ聞こえるように声を低めて言った。

「ありがとう兄さん。ぼくにチャンスをくれて……」

ブリアンは答えず、ただ弟の手をぎゅっと握りしめた。

ドニファンが広間の入り口を通る時、ブリアンは彼に話しかけた。

「遠くにいかないようにと警告したし、きみがそれに反抗したためにこんな深刻な事態になった。きみのしたことは間違っているけれど、でもドニファン、ジャックを助けにいってくれたこと、きみに感謝しているよ」

「すべきことをしたまでさ」ドニファンは冷たく答えた。

ブリアンが真心をこめて差し出した手を、握ろうともしなかった。

第二十章　ドニファン隊の独立

湖の南端での休憩～ドニファン、クロス、ウェッブとウィルコックス～別離～砂丘地帯～東川～左岸を下る～河口到着

スケートの日から六週間後の十月十一日、午後五時近く、四人の少年が家族湖の南端で立ち止まっていた。

すでに、暖かい気候のきざしが感じられた。新芽の芽吹いた樹々の下で、大地にも春の色が戻りつつあった。湖面を気持ちのよい風が吹き抜ける。幅の狭い砂浜に縁取られた広大な南沼を、最後の陽光がかすめ、水面を照らした。木陰や崖のくぼみなど夜のあいだのねぐらに帰る無数の鳥たちが、甲高い声をあげながら群れをなして飛んでいく。冬の間も葉を落とさない松や常磐樫、数エーカーほども広がる樅の木の一群が、荒れたモノトーンの風景に色彩を添えていた。湖を縁取る草木はこのあたりで途切れ、ふたたび鬱蒼とした森を見つけるには左右どちらかの湖岸を数マイル北上しなければならない。

海岸松の木の下の焚き火が放つ煙を、風は湖の北へと運んでいった。二つの大きな石のあいだで燃えさかる炎が、二羽の鴨を炙り焼きにしている。夕食の後、四人の少年は他になすすべもなく毛布にくるまった。ひとりを見張りに残し、あとの三人は朝までぐっすりと眠った。

それはドニファン、クロス、ウェッブとウィルコックスだった。この四人がなぜ仲間たちと別れてここにいるのか、それはこんな理由による。

少年たちがフレンチ・デンで過ごす二度目の冬もあと約二週間を残すころ、ドニファンとブリアンの関係は悪化していた。選挙でライバルが当選したことでドニファンが悔しがっていたことを、みんな忘れてはいなかった。以前にも増して妬み深く、怒りっぽくなっていたドニファンは、チェアマン島の新しい長の指示にいやいやながら従っていた。ドニファンが公然と反抗しなかったのは、他の多くの少年たちから支持が得られないことをよくわかっていたからだった。それでもしばしばドニファンは悪意をむきだしにしてふるまったので、ブリアンもそれに対し、正当な抗議をしないわけにはいかなかった。狩人の本能とやらのせいか、あるいは自分のわがままを通したいのか、いずれにせよスケートの一件以来、反抗的態度はますますひどくなっており、ブリアンもとうとうそれをこらしめないわけにはいかなくなった。

事態を心配していたゴードンはブリアンを説得し、辛抱するという約束を交わしていた。けれども、ブリアンもこれ以上、我慢できなくなっていた。みんなの利益のため、秩序を保つためにはきちんと模範を示さなければならなかった。ゴードンはドニファンと話して目を覚まさせようともしたが、効きめはなかった。以前ならドニファンはゴードンの言うことを聞いたかもしれないが、もうそんなことはなかった。ドニファンはゴードンが自分のライバルの味方をしてばかりいることが、許せなかったのである。仲裁の努力もむなしく、ゴードンは近いうちにやっかいなことが起こると怖れた。

フレンチ・デンの住人たちが安らかに暮らすために欠かせないみんなの調和が、崩れていた。ぎくしゃくしていることは明らかで、みんな居心地が悪かった。

実際、ドニファンと三人の仲間は、食事の時間以外は離れて暮らしていた。クロス、ウェッブとウィルコックスは、以前よりももっとドニファンの影響を受けるようになっていた。天気が悪くて狩りに出られないときは、広間の隅に集まって、仲間うちだけでひそひそ話をしていた。

「あの四人はどうも、何かたくらんでるんじゃないかな」ブリアンはゴードンに言った。

「きみに対してじゃないだろう、ブリアン？　きみに代わって指揮をとろう、とか？　ドニファンだってそれはしないだろう。ぼくたちみんながきみの味方なのをわかっているはずだからね」

「もしかしたらウィルコックス、ウェッブ、クロスと彼は四人で、ぼくたちから離れようとしているのかもしれない」

「その怖れはあるね。そうなった場合、ぼくたちには彼らを引き留める権利はないだろう」

「彼らは、遠くにいこうとするつもりだよ……」

「そんなこと考えていないだろう？」

「いや、考えていると思う！　ウィルコックスが遭難者ボードワンの地図を写し書きしているのを見たんだ。その目的は明らかに……」

「ウィルコックスが？」

「そうだよ、ゴードン。本当のところ、こんなやっかいごとを終わらせるためなら、ぼくがこの役を他のひとに譲ったほうがいいんじゃないかと思う。たとえばゴードン、きみに。いや、いっそドニファンに！　そうすればこの敵対関係も終わるだろう」

「違うぞ、ブリアン！」ゴードンは強く言った。「そんなことをしたら、きみを選んだみんなに対する義務を果たさないことになる。自分に対する義務もだ！」

こうしたやっかいな対立の中で、冬が過ぎていった。十月の最初の数日で、寒さが目に見えてやわらぎ、湖面からも川面からも氷はすっかり溶けた。そして十月十日の夕べ、ドニファンは、ウェッブ、クロス、ウィルコックスと共にフレンチ・デンを離れることに決めた、と告げた。

「ぼくたちを見捨てるのか？」とゴードン。

「見捨てるのかって？　違うさ、ゴードン」ドニファンが答えた。「ただ、クロスとウィルコックス、ウェッブ、それとぼくは、島の別の側に住む計画を立てたんだ」

「どうしてなの、ドニファン？」とバクスター。

「ただ単に、ぼくたちの好きなように暮らしたいからだよ。それから、はっきり言うけど、ブリアンから命令されるのがいやなんでね！」

「ぼくのどこを咎めているのか、はっきり教えてもらえないか、ドニファン？」ブリアンが言った。

「別になにも。きみが、ぼくたちの長だってこと以外はね！」ドニファンが答えた。「このあいだまで少年国の長はアメリカ人だった。いまはフランス人が指揮をとってる！　この次はモコでも選ぶんじゃないか？」

「そんなこと、本気で言ってるんじゃないだろうね？」とゴードン。

「本気で言ってるのは、こういうことさ」軽蔑しきった調子でドニファンが言った。「きみたちは英国人じゃないやつばかり、この少年国の長に選びたがる。おれとおれの友だちは、それがいやだと言ってるんだよ！」

「いいだろう！」ブリアンが言った。「ウィルコックス、ウェッブ、クロス、そしてドニファン。行きたければ行けばいい。きみたちに必要なものできみたちにも平等に分配し得るものは、持っていってくれてかまわない」

「そのつもりだよ、ブリアン。明日、おれらはフレンチ・デンを発つ！」

「きみたちが、その決定を後悔しないことを祈るよ！」これ以上何を言っても無意味だと判断したゴードンは、そう言った。

ドニファンの計画とは、こういうものだった。

以前、ブリアンはチェアマン島の東部を探検した後で、東側でも充分によい状態で暮らせると報告した。海岸の岩には無数の洞穴があり、森の家族湖に面した側には砂浜がある。新鮮な真水は東川にふんだんにあり、川の両岸には鳥獣類の獲物も豊富だ。つまり、フレンチ・デンと同じように、そしてスラウギ湾よりもずっと、暮らしやすい。そのうえ、フレンチ・デンと東海岸との距離は直線で十二マイル。湖を渡るのに六マイル、東川を下るのにほぼ同距離となる。つまり、必要があればフレンチ・デンとの連絡もたやすい。

ドニファンはこれらの利点を真剣に考えた結果、ウィルコックス、ウェッブとクロスと一緒に島の反対側で暮らせると判断した。

ドニファンは失望湾まで行くのに、水路を使おうとは考えていなかった。家族湖の岸を南へ下り、南端を回って反対側の岸を北上し、東川を目指す。まだ未踏の地域をまず探検し、その後で森の中を流れる川を辿って河口に出る――そんな計画だった。約十五、六マイルの長い旅程だが、食糧は途中で狩りをすればいい。ボートを使うとなると彼よりも熟練した者の助けが必要になるが、この道順ならボートを使わずにすむ。ハルケット式のボートだけ持っていけば、東川を渡るのに使えるし、もし島の東側に別の川があった場合にも使えるだろう。

この最初の遠征は、失望湾の辺りを偵察することだけが目的だ。そこでドニファンと三人の仲間が住めるような場所を決めておいて、あとで戻って居を構える。荷物がかさばらないように、持っていくものは銃二丁、拳銃四丁、斧二挺、充分な量の弾薬、底釣り用の釣り糸、旅行用毛布、携帯用羅針盤ひとつ、軽量のゴム引きボート。食糧は数個の缶詰だけで、あとは狩りと釣りで必要をまかなう。この遠征は六、七日程度と彼らは考えていた。すみかを決めたら、フレンチ・デンに一旦戻り、スラウギ号から持ってきたもので、自分たちの持っていける権利があるものを集め、荷車に積んで持っていく。ゴードンや他の誰かが訪ねてきたいというのであれば歓待する。でも現在の状態で一緒に暮らしていくのは断固として拒否する。この点では、彼らは決断を変えるつもりはないのだった。

翌日、夜明けと共にドニファン、クロス、ウェッブとウィルコックスは、別離を悲しむ仲間たちに別れを告げた。おそらく彼らも、顔には出さなくとも心が揺れ動いていたのだろう。この計画を実行すると固く決心していたものの、それはかなりの部分、頑固さによるものだったのである。モコの操るボートでジーランド川を渡った後、四人はあまり急ぐことなく、先端に近づくにつれて幅が狭くなっていく家族湖や、南にも西にもその果てが見えない広大な南沼を偵察しながら進んでいった。沼地の縁などで道すがら何羽か鳥を仕留めた。弾薬を節約しなければならないことを判っていたので、ドニファンはその日に必要な獲物だけを撃つにとどめた。

曇り空だったが雨のおそれはなく、そよ風がずっと北東から吹いていた。この日、四人は一日かけて五、六マイルほど進んだだけだったが、五時には湖の南端についたのでそこで夜を明かすことにした。

そんなわけでドニファン、クロス、ウィルコックスとウェッブは仲間たちから離れていった。どんなことがあっても、離れるべきではなかったのに！　四人もすでに寂しいと感じていただろうか？　おそらく。けれども自分たちの計画を最後まで貫こうと、四人はチェアマン島の別の場所で新しい生活を築くことだけを考えていた。

夜はかなり寒く、大きな焚き火に火を絶やさずにいたせいでどうにかしのぐことができた。夜明けと共に四人とも起きて出発の支度をした。家族湖の南端はふたつの岸が鋭い角度をなして出会うところで、右岸はほぼまっすぐに北に向かって続いていた。東にはあいかわらず湿地が続いていたが、草のはえた地面は湖から数フィートの高さがあり、水に浸ってはいなかった。あちこちで土が盛り上がり、草に覆われ、まばらな木が陰をつくっていた。このあたりは主に砂丘でできているようだったので、ドニファンはここを「砂丘地帯」と名づけた。見知らぬ土地に入り込みたくはなかったので、そのまま湖岸を北上し、東川とブリアンたちが探検した浜を目指すことにした。砂丘地帯はまた別の機会に、端まで探検すればいい。

これを実行する前に、仲間たちとドニファンはこの計画について話し合った。

「もしも地図が正しければ、東川まで湖の南端から七マイルくらいだ。疲れ切ることなく、夜には着けるだろう」とドニファン。

「北東に向かって突っ切ればいいんじゃないか?」とウィルコックスが言った。「川の河口に出るような形で」

「そうすればかなり大幅に近道になるし」ウェッブも言う。

「そうかもしれない」とドニファン。「でも、よく知らない湿地地帯のまんなかを突っ切って、遅れる危険を冒すのが何かのためになるだろうか? 逆に、湖岸を行けば何か思わぬことが起こって道を塞がれる危険もずっと少ないよ!」

「それに、東川の流れる地域を探検するのも大事だからね」とクロスも加えた。

「そのとおり」とドニファン。「この川は浜辺と家族湖を直接つないでいるからね。それに、川沿いを下ればその周辺の森の様子も探ることができる」

話が決まり、四人は元気よく歩き出した。左手の湖面からは三、四フィートの高さの、右手には砂丘の広がる狭い土手を行く。地面はそれと感じられるほどの上り坂になっていたから、もう数マイルも行くと土地の様子がすっかり変わるだろうと思われた。

事実、十一時近くなるとドニファンと仲間たちは大きなブナが木陰をつくっている小さな入り江で立ち止まり、昼食にした。そこから東へは、見渡す限り鬱蒼とした森がひろがり、地平線も見えない。

ウィルコックスが朝仕留めたアグーチが昼食だった。この旅でモコの役割を果たすよう任命されたクロスがどうにかこうにかこしらえた。燃えさかる火で炙ってむしゃむしゃ食べ、飢えと同時に渇きも満たし、ドニファンと仲間たちは家族湖の岸辺を歩き続けた。

湖に沿って続く森は、落とし穴森の西側と同じような樹々が生えている。ただ、こちら側には常緑樹が多いようだ。白樺やブナよりも海岸松、樅、常磐樫が多く、どれも大樹だった。

ドニファンは、島のこちら側にも同じようにさまざまなけものがいることを知って大いに満足した。何度もグアナコやビクーニャを見かけたし、水を飲んでいた駝鳥の群れが急いで逃げていくところも目撃した。やぶの中には野兎のマーラ、トゥクトゥコ、ペカリ、それに獲物になる鳥たちがたくさんいる。

夕方六時、一行は休むことにした。岸が途切れて湖水が川となり流れ出している地点で、これは東川のはじまりにちがいない。小さな入り江の奥の木立の下に最近誰かが焚き火をした跡をドニファンが見つけたので、ここが東川であることはますます確かになった。それは、ブリアン、ジャックとモコが失望湾への探検のとき、最初の晩に野営をした跡だったのだ。

同じ場所で野営し、燃え残りの薪に火をつけ、夕食のあとは仲間たちが眠ったのと同じ樹の下で眠る――それがいちばん良案と思われたので、四人はそのようにした。

八ヶ月前、ブリアンがこの場所で休息したときは、仲間がチェアマン島の別の場所に住むという目的を持ってこの地を再訪しようとは夢にも思わなかった。

そしていま、フレンチ・デンの居心地のいい住まいから遠く離れ、クロス、ウィルコックスとウェッブはいくらか後悔しているのかもしれなかった。なにしろ、あそこに残るかどうかは彼ら次第だったのだから。けれども彼らの運命はすでにドニファンの運命と結びついていた。そしてドニファンは自分の間違いを認めるには自尊心が強すぎるし、計画を途中でやめるには頑固すぎ、自分のライバルに従うには嫉妬心が強すぎた。

朝がきて、ドニファンはすぐにでも東川を渡ろうと提案した。

「川を渡ればあとは河口に行くだけ、それもせいぜい五、六マイルだ！」

「それに」とクロス。「モコが松の実を集めたのは左岸だから、ぼくらも道すがら食糧を集められるよ」

そこでハルケット式ボートが広げられ、ドニファンがまず乗って、後ろに綱を残しながら対岸に渡った。川幅はこのあたりでは十三から十四フィートだったが、何度か櫂で漕いでたちまち対岸に渡った。次にボートの端に結んだ綱を引いてたぐりよせ、ウィルコックス、ウェッブ、クロスも次々に対岸に渡った。

全員が渡るとウィルコックスがゴムボートの空気を抜き、鞄のようにたたんで背負い、みな先へと進んだ。たしかに、ブリアンとジャック、モコがしたようにもっと大きなボートで東川を下ったほうが、疲れが少なかっただろう。けれどもゴムボートにはひとりしか乗れないので、ブリアンたちのような移動方法は諦めるしかなかった。

　この日の移動は、もっと難しかった。森はさらに鬱然と茂り、地面には草がぼうぼう伸び、この前の嵐で折れた枝がそこいら中に転がっている。しかもところどころに大きな水溜りがあって、迂回しなければならなかった。そんなわけで浜への到着は遅れた。道すがらドニファンは、遭難者のフランス人は落とし穴森に残したような形跡を、この森にはまったく残していないことに気づいた。けれども彼がここまでやってきたことは間違いない。なぜなら、その地図には、失望湾までの東川の流れが正確に記されていたからである。

　正午少し前に、傘松の生えている場所で昼食の休憩をとった。クロスがこの種子をたくさん集めてきたので、みんなでそれを食べた。そのあとの二マイルは、川からあまり離れないために、びっしり生えた茂みに入り込んだり、斧で路を切り開いたりしなければならなかった。

　こうした遅れがあったので、森のはずれに出ることができたころには夜の七時になっていた。暗くなっていたので、ドニファンには海岸の様子がもうわからなかった。かろうじて泡だつ線のようなものが見え、浜に押し寄せる長く重々しい海の轟きが聞こえた。

　ドニファンはその日はそこに留まり、星空の下で夜を明かすことに決めた。明日はきっと、河口から遠くない洞穴のひとつにもっとよい寝床を見つけられるだろう。

　そこを野営地にして、夕食というよりは時間からするともう夜食だったが、樹の下で集めた枯れ枝や松かさをくべた焚き火でほろほろ鳥を炙り焼きにして食べた。

用心のために焚き火を朝まで絶やさないことにした。最初の数時間はドニファンが見張った。ウィルコックスとウェッブ、クロスは大きな傘松の枝の下に寝そべると、歩きどおしだった長い一日の疲れですぐに寝入ってしまった。

ドニファンは一生懸命、眠気と戦い、なんとか我慢した。代わりに仲間の誰かを起こす時間になったとき、全員があまりにもぐっすりと眠っていたため、誰を起こすか決められなかった。それに、この野営周辺の森はとても静かで、フレンチ・デンと同じくらい安全だと思われた。

枝を一抱え焚き火に投げ込み、ドニファンは樹の下に横たわって目を閉じた。次に目を開けたときは、空と境を分つ海の果て、東の水平線から太陽が昇るところだった。

第二十一章　謎の漂着船

失望湾の偵察～クマ岩港～フレンチ・デンに戻る計画～島の北への探検～北の小川～ブナの森～猛烈な嵐～幻覚の一夜～夜明け

ドニファン、ウィルコックス、ウェッブとクロスがまず行動したのは、東川の河口に降りてみることだった。そこから四人は、はじめて目にするこの海をじっと見つめた。それは島の反対側の海と同様にからっぽの海だった。海の先に何も見えない。

「それにしても」とドニファンが言った。「こう考えるだけの理由はあると思うんだけど、もしチェアマン島がアメリカ大陸からそう遠くないとすれば、マゼラン海峡を出た船がチリやペルーの港に北上していくとき、東を通るんじゃないか？　だからやっぱり、失望湾に住んだほうがいいんだよ。それにブリアンはここに失望湾なんて名前をつけたけど、そんな縁起の悪い名前は似合わないってことがじきにわかると思うな！」

こんなふうに言いながら、ドニファンはフレンチ・デンの仲間たちとの仲違いの言い訳、あるいはなにがしかの口実を見つけようとしていたのかもしれない。それでも実際のところ、南アメリカの港を目指す船が見えるとすれば、それは太平洋のこちら側、チェアマン島の東側なのだ。

望遠鏡で水平線を観察した後、ドニファンはまずこの河口のあたりを調べてみようと言い出した。ブリアンが確かめたようにドニファンと仲間たちもまた、この自然がつくった小さな湾が、風や波から船を守ってくれる港になっていることを確かめた。もしもスクーナーがチェアマン島のこちら側から接近していたら、船は遭難を免れていたかもしれないし、無傷のまま係留して少年たちが祖国に帰るために使えたかもしれなかった。

港を形づくる岩の後ろにはすぐに森が迫っており、それは家族湖だけでなく、北へも向かっていて、地平線まで見渡すかぎり緑が広がる。海岸に林立する花崗岩に穿たれた洞穴については、ブリアンの言葉に誇張はなかった。ドニファンにとってはよりどりみどりであった。それにしても東川の岸辺からそう遠くないほうがいいだろう。やがてドニファンは、細かな砂の敷かれたちょうどよい洞穴を見つけた。その洞穴には小部屋のように引っ込んだ片隅がいくつかあり、フレンチ・デンと同じように心地よく暮らせるように見えた。この洞穴なら、少年たち全員でも広々と暮らせそうだった。部屋が連なったようなつくりになっているから、フレンチ・デンのように広間や貯蔵室しか使えないのではなく、洞穴の数だけ違った部屋を設けることができる。

この日、少年たちは海岸を一、二マイルにわたって調べることに費やした。ドニファンとクロスはシギダチョウを何羽か仕留め、ウィルコックスとウェッブは東川の河口から百歩ほど遡ったあたりで底釣りをした。ジーランド川を遡ってくるのと同じ類の魚が半ダースほどかかったが、とりわけ二匹はなかなか大きなスズキだった。北東に位置する、沖の荒波から入り江を守る岩礁には無数の穴があり、そこにはたくさんの貝類がいた。ムール貝、カサガイは豊富で、しかも良質だった。こうした貝類も、岩の下に揺れるヒバマタという海藻のあいだに入り込んだ魚も、四、五マイル先まで行く必要はなく、手の届く範囲で手に入る。

東川の河口偵察の際、ブリアンが巨大なクマに似た岩に登った話をしていた。ドニファンも、その奇抜な形に驚いた。そこで、この岩が見下ろす小さな港にはクマ岩港と名前をつけた。

午後になると、湾を一望するためにドニファンとウィルコックスがクマ岩に登った。けれども、島の東には船も、陸も、見えなかった。ブリアンが北東に見たという白いしみも見えなかった。太陽がすでに反対の西側の水平線に近づきすぎていたのかもしれないし、あるいはそんなしみは存在せず、ブリアンが幻覚を見たのかもしれなかった。

夜が訪れ、ドニファンと仲間たちは、りっぱな枝ぶりの榎《えのき》の下で食事をとった。低い枝は川面の上まで張り出している。その後で話し合ったのは、フレンチ・デンにすぐさま戻り、クマ岩港の洞穴に居を構えるための必要な品を取ってくるべきかどうか、ということだった。

「ぼくが思うに」とウェッブ。「すぐにでもやるべきだと思う。だって、家族湖の南を回っていくのは数日かかるじゃないか！」

「でも」とウィルコックス。「ここに戻ってくるときはボートで湖を渡って、東川を河口まで降りるほうがよくないかな？　ブリアンも前にそうしたんだし、ぼくたちもそうしないか？」

「そのほうが時間も節約出来るし、疲れもすくないだろうね」とウェッブ。

「ドニファン、どう思う？」クロスが聞いた。

ドニファンはこの提案について考えた。たしかに利点がある。

「そうだね、ウィルコックス。モコが操るボートに乗れば……」

「モコが同意すればね」ウェッブが疑わしげな口調で言った。

「なぜ同意しないっていうんだ？」とドニファン。「ぼくだって、ブリアンと同じように命令する権利があるんじゃないか？　それに、ただ湖を渡るだけなんだぞ」

「命令に従わせるんだ！」クロスが叫んだ。「もしもぼくたちの荷物をすべて陸から運ぶとしたら、永遠に終わらない！　それに、荷車じゃ、森の途中で動かなくなるだろう。だから、ボートでなきゃ……」

「もしもボートは渡せないって言われたら？」とウェッブ。

「渡せない、だって？」ドニファンが言った。「誰がそんなこと言うんだ？」

「ブリアンだよ！　だって少年国の長じゃないか！」

「ブリアンが、渡せない、だって？」ドニファンが言った。「あの舟は彼のもので、ぼくたちのものじゃないのか？　もしブリアンが渡せないなんて言うんだったら……」

ドニファンは最後まで言わなかった。けれども、このことについてだろうと、他のことについてだろうと、この少年はライバルからの指示には絶対に従うつもりはないのだ。

いずれにせよ、この話についてこれ以上議論しても無意味だ、とウィルコックスは言った。彼の意見では、ブリアンならば仲間がクマ岩での住まいを整えるための準備には当然手を貸すだろうから、そのことでカッカする必要はないのだ。あと残っているのは、すぐにフレンチ・

デンに戻るのか、という問題だけだ。

「絶対にそうするべきだと思う！」とクロス。

「じゃあ、明日か？」とウェッブ。

「いや」とドニファンが答えた。「出発する前に、この湾から足を伸ばして島の北部を偵察したいんだ。北岸に到達してから、四十八時間でクマ岩に戻れるだろう。あっちの方に、遭難したボードワンには見えなかった陸地があるかもしれないじゃないか？　つまり、そのために地図に描かれていない陸地が。この辺りの土地がどうなっているのか、それを確かめてから住まいを構えるほうが理屈にあっていると思う」

ドニファンの意見はもっともだった。そのせいで二、三日のずれが生じたとしても、すぐにこの計画を実行に移そうということになった。

翌日の十月十五日、ドニファンと三人の仲間たちは未明に出発し、海岸沿いに北を目指した。約三マイルのあいだ、海とやぶのあいだに大きな岩がごろごろしている地域を歩いた。岩の足下にはやっと百フィートほどの砂浜が伸びているだけだ。

最後の岩をすぎて、少年たちは正午に昼食の休憩をとった。

この場所では、もうひとつの川が湾に注ぎこんでいた。けれどもそれは南東から北西に流れており、湖から出ているものとは思われない。小さな入り江に注いでいるのは、島の北部を源として水を集めた川だろう。ドニファンはこの川を「北の小川」と名づけた。実際、川というには小さすぎたのだ。

ハルケット式ボートに乗って数回漕げば渡ることができた。川の左岸が森のはずれになっていたので、そのまま森に沿って進んだ。

道すがら、ドニファンとクロスが二発の弾を撃つことになった。それはこんな事情だった。三時頃、北の小川に沿って歩いていたとき、ドニファンは予定していたよりも北西に向かっていることに気づいた。目指しているのは北の海岸なので右に進路をずらそうとしたとき、突然クロスが叫んだ。

「見てくれ！　ドニファン、あそこ！」

指差していたのは、樹木のトンネルの下、小川の葦と長く伸びた草のあいだの、巨大な赤褐色の塊だった。

ドニファンはウェッブとウィルコックスに動かないよう合図すると、銃を構えたクロスと一緒に、動いていくその塊に音もなく忍び寄った。

それは巨大な動物で、もしも頭に角があって下唇が突き出ていれば、サイに似ていた。

その瞬間銃声が響き、すぐに二発めが続いた。ドニファンとクロスはほぼ同時に発砲した。五十フィート離れていたので、銃弾はその動物の厚い皮にはなんの効果も及ぼさなかった。動物は葦の中から飛び出し、急いで川を渡ると森に消えた。

それでもドニファンにはその動物が何か見きわめる時間が充分にあった。それは褐色の毛並みをしたまったく無害の水陸両棲動物で、しばしば南アメリカの大きな河のそばに棲んでいる、大きなバクの一種だった。この動物を撃っても何の得にもならないので、森に消えてしまったとしても――狩猟家の自尊心という点を除けば――とりたてて惜しいことではなかった。チェアマン島のこちら側にもやはり、見渡す限りの緑が広がっていた。草木はこんもりと茂り、とりわけブナが無数に生えていたので、ドニファンは「ブナの森」と名づけ、クマの岩や北の小川と共に地図に書き入れた。

日が暮れる頃には九マイルを歩いていた。あと同じくらいの距離をゆけば少年たちは島の北端に着くだろう。それは明日の仕事だ。

夜明けと共にまた歩きだした。急がねばならない理由がいくつかあった。天候が変わりそうだったのだ。西から吹いていた風が冷たくなりつつあった。雲が沖から迫ってきていたが、まだ空の高みにあったので、雨にはならないかもしれない。もしも嵐になったとしても、風に立ち向かうことを怖れる少年たちではなかった。けれども滝のように激しい雨を伴う強風はひどく歩きづらくなるから、探検をあきらめてクマ岩のすみかに戻るしかなくなるだろう。

横殴りに吹きつける風と闘いながら、少年たちは足を早めた。このうえなく辛い一日が終わり、さらにひどい夜がやってきた。事実、島を襲っていたのは嵐にほかならなかった。夕方五時には稲光の閃光と共に雷がガラガラガラガラと長く轟いた。

ドニファンと仲間たちはひるまなかった。目的を達成するという思いが彼らを勇気づけた。それに、この方向には広大なブナの森がまだ続いていたので、いつでも樹の下に身を隠すことができる。風が猛烈な勢いで吹き荒れていたから、雨の心配はなかった。それに、岸はもう遠くないはずだ。

八時ごろ、波の砕ける音が聞こえてきた。島の沖に岩礁があるにちがいない。すでに濃い霧がかかっていた空が、暗くなりはじめた。日中の明るさがまだ残っているうちに海の様子を見ておくためには急がなければならない。森の境の向こう側は四分の一マイルほど伸びた砂浜で、白く泡立つ波が北の岩礁にぶつかり砕けていた。

ドニファン、ウェッブ、クロスとウィルコックスは疲れ切っていたものの、まだ走る力はあった。少なくともまだ日があるうちに、太平洋のこちら側を見ておきたかったのだ。そこにあるのは果てしない大海だろうか、あるいはこちらの岸ともうひとつの島、あるいは大陸とを隔てる狭い海峡だろうか？

突然、少し前を歩いていたウィルコックスが立ち止まった。砂浜の端に浮かび上がる大きな黒い塊を指差している。鯨のような大きな海の動物が砂に打ち上げられているのだろうか？いや、むしろ、それは岩礁の外に投げ出され、打ち上げられた舟ではないのか？

そうだ！　それは右舷を下に横たわる小型艇（帆船の最大短艇）だった。その舟の数歩手前、満ち潮の残した海藻の帯のそばをウィルコックスは指差した。そこに横たわっていたのは、身動きもせぬふたりの人間の身体だった。

ドニファン、ウェッブとクロスは足を止めた。次に、何も考えず浜に向かって走り、砂に倒れたふたりの身体の前に立った。おそらく、死んでいる！

恐怖に囚われた少年たちは、慌てて樹の下に逃げ戻った。まだこのふたりに息があるかもしれないことも、助けを必要としているかもしれないことも頭に浮かばなかった。

すでに辺りはどんどん暗くなっていた。まだ時おり稲妻があたりを照らし出したが、それもやがて消えた。濃い闇の中で、突風の唸りに荒れ狂う海の轟きが重なり、響いた。

なんというひどい嵐だろう！　樹々がそこいらじゅうでめりめりと音を立てて裂けていた。木立の中に隠れるのも危険だったが、風にあおられた砂が霰のように吹きなぐってくるから浜辺で野営するのも不可能だった。

夜のあいだじゅう、ドニファン、ウィルコックス、ウェッブとクロスは、その場所にちぢこまったまま一睡もできなかった。焚き火ができなかったから、寒さは厳しく辛かった。というのも、火をつけようとすると火の粉が飛び散って、土の上に積み重なった枯れ木に火が移る恐れがあったからだ。

そのうえ、気持ちの昂りもあって目が冴えていた。あの小型艇はどこからきたのか？　あの遭難者たちはどこの国から来たのか？　小型艇でこの島にやってきたということは、この近辺に陸地があるのだろうか？　あるいは何か大きな船でやってきて、嵐のさなかに母船が沈んでしまったのだろうか？

さまざまな仮説が考えられた。嵐が少しおさまるほんのわずかな瞬間に、ドニファンとウィルコックスは身を寄せ合って小声で話し合った。

同時に、少年たちは幻覚にとらえられ、風が少しやわらいだ時、遠くに叫びを聴いたように思った。耳をすまし、こう思った——他の遭難者が浜辺をさまよっているのではないだろうか？　いや、ちがう！　錯覚にだまされているのだ。荒れ狂う嵐の中、助けを求める叫び声など響きはしなかった。そしていま少年たちは、あのとき恐怖に動揺し逃げたのはまちがいではなかったかと自問しはじめていた。風になぎ倒されても、もう一度浜に駆け戻りたいと思った。けれども漆黒の夜の中で、高潮の波しぶきに洗われた浜で、遭難して転がった小舟のあった場所や、浜辺に人が倒れていた場所を、どうして見つけることができるだろうか？

そのうえ、四人は気力も体力も一気に失いかけていた。長いこと少年たちだけで暮らし、自分たちは大人だという気がしていたのかもしれない。だがスラウギ号の遭難以来はじめて見る人間の姿、それも海が彼らの島に死体として投げ出した人間の姿を見て、彼らはまたこどもに戻ったような気持ちになっていた。

やっと落ち着きを取り戻した四人は、自分たちのなすべきことがわかってきた。

明日、夜が明けたらすぐに岸辺へ戻り、砂浜に穴を掘るのだ。そして彼らの魂が安らかに眠れるよう祈りを捧げ、あのふたりの遭難者を弔わなければならない。

夜がどれほど果てしなく、いつまでも続くと思われたことか！　恐怖をはらってくれる夜明けは二度と訪れないとさえ思われた。

もし時計を見て、時間がどれくらい経ったのか確かめることができたらと願いはしても、マッチをつけることは出来なかった。毛布をかぶってみても無理だった。クロスが何度かやってみたのだが、諦めるしかなかった。

そのときウィルコックスが、だいたいの時間を知るための別の方法を思いついた。彼の時計は二十四時間で十二回、竜頭《りゅうず》を巻かなければならない。つまり、竜頭がひとまわりすると二時間が経っているということになる。昨夜は八時に巻いたので、これから巻いてみて竜頭が何回転するかで、どのくらいの時間が経ったかわかるというわけだ。やってみると、四回しかまわらなかったので、いまはだいたい午前四時のはずだ。まもなく朝がやってくるだろう。

実際、そのあとほどなくして東の空に夜明けの白い光が射してきた。嵐はまだ衰えず、雲が海上に低く垂れこめていた。この調子ではドニファンと仲間たちがクマ岩港に戻る前に雨になるかもしれない。

でもなにより先に、あの遭難者たちを弔わなければならない。そこで、沖に集まった濃い靄を通して朝の光が射すと、少年たちは突風に押し戻されながらふんばって砂浜へ向かった。何度か、風になぎ倒されないように互いに支え合わなければならなかった。

舟は砂が小さく積み重なった近くにころがっていた。波が浜に残した砂の形からいって、風で高みを増した潮が舟を乗り越えて打ち寄せたらしかった。

ふたりの身体は、消えていた。

ドニファンとウィルコックスは砂浜を二十歩ほど進んだが、跡さえもなかった。跡はおそらく、引き潮が消したのだろう。

「あのひとたちは生きていたんだ！　起き上がることができたんだから！」ウィルコックスが叫んだ。

「どこにいったんだろう？」とクロス。

「どこにいったって？」ドニファンは言って、猛々しく波が砕け散る海を指差した。「あそこだ。引き潮が運んでいったんだ！」

ドニファンは岩礁の端まで這うようにして進み、望遠鏡を取り出して海面を眺めた。

死体はひとつも見えなかった。遭難した人たちの身体はすでに沖に運ばれてしまったのだ！

ドニファンは、舟のそばに残っていたウィルコックスとウェッブ、クロスのところへ戻った。

この難船の生存者は他にいないだろうか？

舟はからっぽだった。

それは商船の大型ボートで、前方には甲板があり、竜骨は三十フィートほどもあった。座礁したときの衝撃で右舷の喫水線部分の張り板が突き破られており、すでに航海できる状態ではなかった。残っているものといえば、根元から折れたマストの一部、船縁《ふなべり》の索止めにひっかかった帆の切れ端、ちぎれたロープくらいのものだ。食糧や道具、武器は、備品箱の中にも、小さな船首楼の下にもなかった。

船尾に描かれたふたつの言葉が、このボートの母船と、母港を示していた。

セバーン……サンフランシスコ
サンフランシスコ！　カリフォルニアの港のひとつだ。これはアメリカの船だった。

セバーン号の遭難者が嵐によって打ち上げられたこの岸辺の前には、ただ見渡すかぎりの大洋が広がっていた。

第二十二章　襲いかかるいくつもの不安

ブリアンの考え～ちびっこ大喜び～凧づくり～実験の中断～ケイト～セバーン号の生き残り～ドニファンと仲間たちを襲う危険～ブリアンの献身～ふたたびみんなで

ドニファン、ウェッブ、クロスとウィルコックスがフレンチ・デンを去ったときのことを、少年たちは誰も忘れなかった。彼らが去ってからというもの、少年国の暮らしは寂しいものになっていた。みんな、この別れをどんなに悲しい思いで見ていたことだろう。それにこの先、困った事態を招くかもしれなかった。確かにブリアンには自分を咎める理由など何もなかったが、それでも他の少年たちよりもっと、この別れに心を痛めているのかもしれなかった。なぜなら、分裂が起こったのは彼が原因だったのだから。

ゴードンは彼をなぐさめようとして言った。

「彼らは戻って来るさ、ブリアン。彼ら自身が思っているよりずっと早くにね！　ドニファンがどんなに頑固だろうと、状況は彼が考えるよりずっと大変だろう。天候が悪くなる前にフレンチ・デンに戻ってくると賭けてもいいよ！」

ブリアンは頭を振って、何も答えなかった。状況によって、いなくなってしまった少年たちが戻ってくるというのか？　そうかもしれない。でもそうだとしたら、状況はかなり悪くなるということではないか？

「天候が悪くなる前に」とゴードンは言った。つまり少年たちはチェアマン島で三度目の冬を迎えるのか？　いまから冬になる前に、何の救助もやってこないのだろうか？　太平洋のこのあたりは夏にも、商船が訪れることはないのだろうか？　そしてオークランド丘の頂に掲げたあの球形のかごを見ることはないのだろうか？

あのかごは確かに、島の地面から二百フィート上にあるというだけのものだから、限られた範囲からしか見えないはずだ。海を越えることができるような船をつくるという案をバクスターに相談して、無理だとわかってから、ブリアンはもっと高いところに信号を掲げる方法を探していた。ある日バクスターに、この目的のために凧を使えないかと相談をもちかけた。

「ぼくたちには布も綱もある。充分に大きなものをつくれば、かなり上空に上がるだろう。たとえば、千フィートだって！」

「ただ、風がない日は別だけどね」とバクスターは答えた。

「そういう日はめったにないし、穏やかな天気の日は地上に降ろしておけばいいさ。でもそれ以外の場合は、綱の端を地面に固定しておけば、風の向きが変わっても自然に風に乗って飛ぶだろう。どっちの方向に飛ぼうが、ぼくたちはおかまいなしだからね」

「じゃあ、やってみよう」とバクスター。

「それに、もしもこの凧が日中、遠くから、たとえば六十マイル向こうから見えるとしたら、夜だって凧のしっぽか骨組みに舷灯をくくりつけることで、それだけ遠くから見えるだろう?」

ブリアンの考えは実用可能なものだった。そしてそれを実行に移すのは、少年たちにとってはお手のものだった。なにしろ、ニュージーランドの草原で幾度となく凧揚げをしてきたのだから。

そんなわけで、ブリアンの計画を知ると、みんな大喜びだった。ジェンキンスやアイバーソン、ドールとコースターたち年少組はこのアイデアの楽しい面に夢中になって、これまで見たどんな凧よりもすごい凧のことを考えて心を躍らせた。そんな凧が空で風に揺れるところを、ぴんと伸びた綱でひっぱる。なんてわくわくするんだろう!

「長い長いしっぽをつけよう!」とひとりが言うと、

「うんとでっかい耳もつけよう!」ともうひとりが答える。

「ものすごいピエロの顔も描いちゃおうぜ。空で、手足をばたばたさせたら面白いぞ!」

「うなり紙もつけよう!」

みんな実に楽しんでいた。こどもたちはこの凧をただの遊びと考えていたが、実のところこれはとてもまじめなアイデアで、幸運な結果をもたらすかもしれないのだ。

バクスターとブリアンは、ドニファンと三人の仲間たちがフレンチ・デンを去った翌々日から、凧をつくりはじめた。

「たとえばさ」とサービス。「こんな凧をみたら、ドニファンたちも目をまん丸くするよ!ぼくのロビンソンが空に凧を揚げようって考えつかなかったのは残念だなあ」

「島のどこにいても、凧が見えるの？」ガーネットが聞いた。

「島だけじゃないよ」とブリアン。「まわりじゅうの海から見えるさ」

「オークランドからも見えるかなあ？」ドールが叫んだ。

「うーん、それは無理だろうね！」思わず微笑んでブリアンが答えた。「でもドニファンと仲間たちがこれを見たら、帰ってくる気になるかもしれないね」

この日以降の数日間、凧づくりに熱中した。バクスターの提案で、凧は八角形になった。家族湖のまわりに生える堅い葦を使って、軽くて丈夫な骨組みをつくった。通常のそよ風の力には充分耐えられる強さだった。この骨組みの上に、ブリアンはゴム引きの軽い布地を張った。これは、スクーナーの明かり取り窓にかぶさっていたものだった。水や空気を通さないので、布目を風が通り抜けることもない。綱には、少なくとも二千フィートはある長い小縄を用いる。これは測程儀を引くのに使うもので、目が詰まっており、かなりの張力にも耐えられた。

言うまでもないが、空気の層の上で傾いたときにバランスをとるために、この凧にはみごとな尾がつけられた。実に頑丈につくられていたので、少年たちのうち誰でもひとりを乗せて空に揚げることだって、さほどの危険なしにできそうだった。もっともそんなことが問題なのではなく、風に耐えられること、ある程度の高みまで揚げるため充分な幅があること、五十から六十マイル先でも見えるような大きさであることが大事なのだ。

もちろん、こんな凧を手で揚げることはできない。ちょっとでも風が吹くや、少年たち全員をひきずってものすごい速度で飛んでいってしまうだろう。スクーナーの巻き上げ機で綱を繰り出すのだ。運動場の真ん中にこの小さな水平巻き上げ機を運び、こどもたちが「空の巨人」と名づけたこの凧にどれほどひっぱられてもびくともしないように大地にしっかり固定した。この作業は十五日の夜に完了したので、ブリアンは翌日の午後に、少年たち全員が力を合わせる初凧揚げを予定した。

けれども十六日、その計画を妨げる出来事が起こった。嵐が到来したのだ。もしも凧が風に捉えられていたら、たちまちのうちに八つ裂きにされていただろう。

それは、ドニファンと仲間たちが島の北側で襲われたのと同じ嵐だった。時を同じくして、その嵐は例のボートとアメリカ人の遭難者たちを北の岩礁に打ち上げていた。ちなみに少年たちは後に、この岩礁を「セバーン岩礁」と名づけることになる。

さて、翌日の十月十七日、いくらか嵐はおさまりかけたものの風はまだ激しく、ブリアンは凧揚げをあきらめた。けれども午後になって風向きが変わり、天気もよくなってきた。風がかなりやわらぎ、南東の方向に吹きはじめたので、次の日は凧揚げを決行することにした。

十月十八日――この日は、チェアマン島の歴史において重要な位置を占める日となる。

それは金曜日だったが、ブリアンは迷信（金曜日に帆を張って海に出ると不吉――という船乗りの迷信か）などに囚われて二十四時間遅らせるべきではないと考えた。凧揚げにはちょうどよい安定した風が心地よく吹き続け、天候もぴったりだった。風の層の上でバランスを取れるように傾きをつけてあるので、かなりの高さに揚がるだろう。そして夜になったら舷灯をつけて揚げれば、その光は一晩中見えるに違いない。

少年たちは午前中いっぱいを、最後の準備に捧げた。それは結局、昼食の一時間後まで続き、そのあと全員で運動場へ出かけた。

「この凧をつくるってブリアンが思いついて、ほんとうによかったね！」とアイバーソンが言い、他のみんなも拍手をした。

一時半になっていた。凧は尾を長くのばして地上に広がり、風に乗る準備ができていた。あとはブリアンの合図を待つだけ——その時、ブリアンは合図を中断した。

彼はファンに気を取られていた。ファンが嘆くような不思議な吠え声をあげながら森のはずれに向かって駆けていったので、ブリアンは驚いたのだ。

「ファンはどうしたんだ？」ブリアンは言った。

「やぶの中に、なにかけものでも嗅ぎつけたのかな？」とゴードン。

「ちがう。あんな吠えかたはしないよ！」

「行ってみよう！」サービスが叫んだ。

「武器を忘れるな！」ブリアンも叫んだ。

サービスとジャックがフレンチ・デンに駆けつけ、弾をこめた銃をもってきた。

「いこう」とゴードン。

ブリアン、サービス、ジャックの三人にゴードンも加わり、落とし穴森のはずれに向かった。ファンはすでに森の中に入っていたが、姿が見えなくてもその声が聞こえた。ブリアンと仲間たちは五十歩もいかないうちに、一本の樹の前にいるファンを見つけた。その樹の根元には、ひとが倒れていた。

それは女のひとで、死んだように横たわっていた。厚い布地のスカートと上着に、ベルトのところで結んだ褐色のウールの肩掛け。身にまとっているものは手入れが行き届いていた。年の頃は四十歳から四十五歳くらいだろうか。頑丈そうな身体つきだったが、ひどく苦しい思いをしたような表情を浮かべている。疲れきって、きっと飢えもあるのだろう、意識を失ってはいたがその唇からはかすかな息がもれていた。

「息がある……！　まだ息があるよ！」ゴードンが叫んだ。「きっとお腹がすいて、喉も渇いているんだ……」

ジャックがフレンチ・デンに向かって駆け出し、ビスケットを少しと、ブランデーを入れた水筒を持ってきた。

ブリアンは女のひとの前にかがみ、きつく閉じた唇を開いて、気つけ薬にもなるブランデーを数滴たらした。

そのひとは少し身動きをして、まぶたを開いた。まず、取り囲んでいる少年たちを見回して、その目が輝いた。それからジャックが差し出したビスケットのかけらを貪るように食べた。このかわいそうな女のひとは、疲れよりも飢えのために死にそうになっていたらしかった。

けれどこのひとは何者なのだろう？　話しかけてみたら、お互いに言葉がわかるだろうか？

ブリアンの疑問は、すぐに答えを得た。

見知らぬ女性は身体を起こし、英語でこう言ったのだ。

「ありがとう。みなさん、ありがとう……！」

半時間後、ブリアンとバクスターはそのひとを広間に案内した。そこでゴードンたちの手助けを得て、必要なものをすべて彼女のために揃えた。

彼女は元気を取り戻すとすぐに、その身に起こったことを話しはじめた。

その女性はアメリカ人で、アメリカの西海岸に生まれた。名前はキャサリン・レディという。あだなはケイト。もう二十年ほど、ニューヨーク州の州都オールバニーに住むウィリアム・R・ペンフィールド家で篤い信頼を受け、一家のために働いていた。

ひと月前、ペンフィールド夫妻は両親のひとりが住むチリを訪れるため、カリフォルニア州の大きな港であるサンフランシスコへやってきて、そこからジョン・F・ターナー船長が指揮するセバーン号に乗船した。この船の行く先はバルパライソで、ペンフィールド夫妻の家族同然であったケイトもこの旅に同行していた。

セバーン号はいい商船だったから、出航前に雇われた乗組員の八人が極悪非道の荒くれ男でさえなければ素晴らしい船旅になったはずだった。けれども出航から九日後、乗組員のひとりウォルストンが仲間のブラント、ロック、ヘンリー、クック、フォーブス、コープとパイクに手伝わせて反乱を起こし、ターナー船長と副船長、そしてペンフィールド夫妻も殺したのだった。

これら謀反人の目的は、船を占領した後、その頃まだ南アメリカのいくつかの地方で行なわれていた奴隷貿易に使うことだった。

乗船者でふたりだけが命びろいをした。ひとりはケイト。他の乗組員よりも人のよいフォーブスが命乞いをしてくれたのである。もうひとりはセバーン号の航海士エヴァンズ。年の頃は三十歳だ。彼がいないと航海が出来ないので殺されずにすんだ。

その恐ろしい事件が起こったのは十月八日から九日にかけての夜で、セバーン号はチリの海岸から二百マイルほど離れた辺りを航海していた。

従わなければ殺すと脅されたエヴァンズは、アフリカ西海岸へ行くため、ホーン岬を回る進路をとっていた。

けれども何日か後に、原因不明の火事が船上で起きた。火の勢いは凄まじく、ウォルストンとその一味もセバーン号を救おうとしたが、船は完全に焼け落ちた。彼らのひとり、ヘンリーは火を消そうとして船から転落した。もう、船を見捨てて脱出するほかなかった。残った者たちが小型艇を降ろし、いくばくかの食糧と弾薬、武器を携えて船を離れた瞬間にセバーン号は炎に包まれた。

遭難者たちの置かれた状況は厳しかった。最も近い陸地とも二百マイル離れていたのだ。もっとも、もしケイトとエヴァンズ航海士が一緒に乗っていなかったとしたら、あの小型艇は極悪人たちもろとも大破してしまったほうがよかったのかもしれない。

翌々日には激しい嵐が襲い、事態はいっそうひどくなった。だが風が沖から吹いていたので、マストが折れ、帆がずたずたになった小型艇は、かろうじてチェアマン島に流れ着いた。十六日の夜、岩礁の上を引きずられながら運ばれ、肋材の一部が破損し、船板に穴があいた状態で砂浜に投げ出されたのだった。

ウォルストンと一味は嵐と戦った後でへとへとになっていた。寒さと疲れで弱りきっていた。小型艇が座礁したときには、ほとんど動けなくなっていた。遭難の直前にそのうちの五人が波にさらわれていた。そして数秒後、残りのふたりは砂に投げ出された。ケイトは小型艇の反対側に放り出された。

ケイト同様、ふたりの男は長いこと意識を失い倒れていた。意識が戻ったとき、ケイトはウォルストンや一味は死んでしまったにちがいないと思ったが、用心のためじっとしていた。朝になったらこの見知らぬ土地で助けを求めるつもりでいた。そのとき、午前三時ごろに小型艇のそばに足音が聞こえた。

それはウォルストン、ブラントとロックだった。小型艇が難破する前に海に投げ出されながらも、波に呑み込まれるのを免れたらしい。岩礁を越えて仲間のフォーブスとパイクが横たわっている場所へ辿りつき、彼らのおかげで倒れていたふたりは息をふきかえした。彼らが相談しているあいだ、数百歩離れたところにエヴァンズ航海士がいて、コープとクックに監視されていた。

彼らの会話で、ケイトにはっきり聞こえたのは次のようなものだった。

「ここはどこだ?」とパイク。

「知るか!」ウォルストンが答えた。「そんなこた、かまいやしねえ。ここにいないで東へ下るんだ。朝になったらなんとかなるだろう!」

「武器は？」とフォーブス。

「ここにあるぞ。弾もちゃんとあらあ！」ウォルストンが答え、備品箱から五丁の銃と弾薬をいく包みか取り出した。

「少ねえな」ロックが文句を言った。「こんな野蛮人の土地で切り抜けるにしちゃあ」

「エヴァンズはどこだ？」とブラント。

「エヴァンズはあっちだ」ウォルストンが答えた。「コープとクックが見張ってる。あいつはどうしても連れてかなきゃなんねえ。否応なしだ。もし反抗しやがったら、俺がいうことをきかせてやる」

「ケイトはどこだ？」とロック。「生き延びたかな」

「ケイトだと？」ウォルストンが言う。「心配ねえ！　舟が難破する前に転がり落ちたのを見たよ！　いまごろは海の底だ」

「そりゃ、いい厄介払いだったな」ロックが答えた。「おれたちのこと、あの女はちょっとばかり知りすぎてたからな」

「そう長いこと知ったままにさせておくつもりもなかったがな！」ウォルストンが付け足した。その意味するところは、間違いようがなかった。

これをすべて聞いたケイトは、セバーン号の水夫たちが姿を消したらすぐに逃げようと心に決めた。

やがて、ウォルストンと仲間たちは、足どりのおぼつかないフォーブスとパイクを支え、武器と弾薬、それから舟に残っていた食糧——つまり干し肉二、三キロ、タバコが少し、そして二、三瓶のジンを持って去った。彼らが遠ざかっていったのは、まさに嵐が猛威をふるっている最中《さなか》だった。

一味が遠くにいってしまうとすぐ、ケイトは起き上がった。上げ潮が砂浜に届き、そのままでいたら波にさらわれてしまうところだったから、ぐずぐずしている場合ではなかった。

ドニファン、ウィルコックス、ウェッブとクロスが遭難者を弔おうと砂浜に戻ったとき誰もいなかったわけだ。そのころすでにウォルストン一味は東の方へ下っており、ケイトは反対側から、家族湖の北端のほうへあてもなく進んでいたのである。

十七日の午後、疲れと飢えでへとへとになって湖の北端に辿り着いた。野生の木の実を食べてなんとかもちこたえ、湖の左岸を一晩中歩いた。そして翌十八日、半分死にかけて倒れていたところをブリアンたちに助け起こされたのである。

以上が、ケイトが語った事件のあらましである。それは極めて重大な事件だった。いままで少年たちが安全に暮らしてきたこのチェアマン島に、七人の男たちが、それも極悪人が上陸してきたのだ。もしフレンチ・デンを見つけたら、彼らは攻撃をためらうだろうか？　まさか！自分たちの利益のために、少年たちの持っているものを横取りし、食糧や武器、弾薬、工具などを取り上げようとするだろう。とりわけ工具は、セバーン号の小型艇を修理してふたたび海に出るのに役に立つ。そうなったら、ブリアンたちはどう抵抗できるだろう——いちばん年長の少年でさえ十五歳、いちばん年下の少年はまだ九歳なのに！　どんなに恐ろしい事態になるだろう！　もしもウォルストンがこの島に残っているとすれば、きっと攻撃してくるにちがいない。

それを聞いた時、ブリアンが思ったのはただひとつ、危険が待っているとすればドニファン、ウィルコックス、ウェッブとクロスの身がいちばんに危ない、ということだった。実際、もしドニファンたちがチェアマン島にセバーン号の遭難者がいることを知らなかったら、いったいどうやって警戒できようか？　しかも、悪党たちがいるのはいままさにドニファンたちが探検している島の東部だというのに。もし少年たちが一発でも銃を撃ったら、ウォルストンたちに居場所を知られてしまうではないか？　もし極悪人たちに捕らえられてしまったら、どんなひどいめに遭わされるだろう！

「ドニファンたちを助けにいかなければ」とブリアン。「明日になる前に知らせなきゃ」

「そしてフレンチ・デンに連れ戻すんだ！」ゴードンも言った。「これまでにも増して、みんなで団結する必要がある。悪党たちの攻撃にそなえるためにも！」

「そうだね！」とブリアン。「帰ってきてもらわなくちゃいけない……帰ってくるさ！　探しにいってくる！」

「きみがかい、ブリアン？」

「そう、ぼくが行くよ、ゴードン」

「どうやって？」

「モコと一緒にボートで行く。このあいだやったみたいに、数時間で湖を渡り、東川を下れるだろう。ドニファンたちには河口で会えると思う」

「いつ発つつもりだい？」

「夜だ。闇の中で湖を渡れば、見られる心配もない」

「ぼくも一緒にいこうか、兄さん？」ジャックが尋ねた。

「いや、全員がボートで戻ってこられるようにしないといけない。六人でもういっぱいだからね」

「じゃあ、これで決まりだね？」とゴードン。

「決まりだ！」ブリアンが答えた。

実のところ、ドニファンたちのためだけではなく少年たち全体のためにも、それが最良策だった。ドニファンをはじめとする四人の少年たちは力強い者たちばかりだ。攻撃された場合にも彼らがいると助かる。ともかく、二十四時間以内に全員がフレンチ・デンに戻るためには、もう一時間だって無駄にはできなかった。

こうなると、凧を空に揚げるなどの話ではない。そんなことをしたら、軽はずみもいいところだ。島の沖を行く船に合図するどころか、ウォルストンとその一味に少年たちの居場所を知らせることになってしまう。同様に、ブリアンはオークランド丘の頂に掲げた信号もすぐに取り外そうと決めた。

日が暮れるまで全員が広間にこもり、今度はケイトが少年たちの冒険譚を聞く番だった。この優しい女性は、自分のことは忘れて、少年たちのことを心配するようになっていた。もしも彼女がチェアマン島に一緒に残ることになったら、熱心に少年たちの世話をし、母のように愛情を注いでくれるだろう。すでにドールやコースターなどちびっこ組のことを、彼女は「パプース」という愛称で呼んでいた。これは小さいこどものことを指す、アメリカの西部開拓地域の言葉である。

サービスなどはすでに、彼女に「ヴァンドルディーヌ（金曜日ちゃん）」というあだなをつけようと提案していた。ケイトがやってきた今日が金曜日だったので、サービスは大好きな小説の中でロビンソン・クルーソーが一緒に暮らした友だちを「フライデー」と呼んだのにちなんだのである。

そしてサービスは、こう言った。

「悪党どもだって、ロビンソンに出てきた野蛮人みたいなものだよね！　いつでも野蛮人が出てくる場面があるんだ。でも最後にはみんな、やっつけられるんだよ！」

八時に出発の準備が整った。献身的でどんな冒険にもひるまないモコは、ブリアンの旅に同行できることを喜んでいた。

ふたりは少しばかりの食糧を備え、おのおのが拳銃一丁、短刀一本を携えて舟に乗り込んだ。仲間たちに別れを告げると、ふたりは家族湖に降りた闇の中へ消えていった。みんなはその姿を、心が締めつけられるような不安と願いを抱きながら見送った。日没と共に北からそよ風が吹きはじめた。このまま吹き続けてくれれば、行きと同じように帰りもボートを進めるのに好都合だ。

いずれにせよ、西から東にいくにあたって、そよ風は好調に吹き続けた。誰にも見られないことを願っていたブリアンには幸運なことに、その夜は真っ暗闇だった。羅針盤で方角を定めながらいけば、湖の対岸に着けるだろう。そこからは湖岸に沿って上るか下るかして、河の入り口を見つければいい。ブリアンとモコは対岸のようすをじっとみていた。もしも火が見えたら、それはおそらくウォルストン一味の居場所を示すものだろう。なぜなら、ドニファンたちは海岸の、東川の河口のあたりにいるはずだからだ。

二時間で六マイルを進んだ。風が少し強くなってきたが、ボートはそれほど影響を受けなかった。舟ははじめてやってきたとき接岸したのと同じ場所にやってきた。湖水が川に注ぐ場所に達するまで、半マイルほど岸に沿って進まなければならず、少し時間を取られた。向かい風だったので、オールを漕いで進まなければならなかった。水面にかぶさるようにして生えた樹々の下では、すべてが静かだった。森の奥からは、動物の金切り声も吠える声も聞こえない。黒々と茂る樹々の下に、怪しい火の明かりも見えなかった。

けれども十時半頃、ボートの船尾にいたブリアンがモコの腕を押さえた。東川から数百フィート手前の右岸に半ば消えかかった焚き火の炎が闇を通して見えたのだ。だれがそこで野営しているのか？　ウォルストンか、あるいはドニファンだろうか？　川の流れに入り込む前に確かめておかなくてはならない。

「モコ、ぼくをおろしてくれ」ブリアンは言った。

「一緒にいきましょうか？」モコが低い声で言う。

「いや。ぼくひとりで行ったほうがいい。近づくのを見られる危険が少ないからね」

ボートが接岸すると、ブリアンはモコにそこで待っているようにと言い、岸に飛び移った。手には短刀を握り、腰には拳銃が差してある。けれども、音を立てないで行動するために、拳銃は絶体絶命の危機になるまでは使わないつもりだった。

土手をよじのぼり、この勇敢な少年は樹の下をすべるように進んだ。

突然、彼は立ち止まった。燃えさしの焚き火が放つほのかな明かりの中、二十歩ほど先に、彼と同じように草の中を這って進む影が見えたのである。

その瞬間、恐ろしい吠え声が聞こえ、その塊が前方に飛びかかった。

それは巨大なジャガーだった。同時に悲鳴が聞こえた。

「うわっ、助けて！」

ドニファンの声だった。そう、ドニファンだった！　彼の仲間たちは、川岸に近い野営にとどまっていた。ドニファンはジャガーに組み臥され、腕を使うこともできずにもがいていた。叫びを聞いて目覚めたウィルコックスが駆けつけ、銃で狙いをつけて撃とうとしたとき、

「撃つな！　撃つな！」ブリアンが叫んだ。

ウィルコックスが彼と気づく前にブリアンは野獣に飛びかかった。野獣がふりむいた隙にドニファンはすばやく立ち上がった。

ブリアンはジャガーに短刀で一突きを喰わせ、脇に飛び退いた。電光石火のできごとに、ドニファンもウィルコックスも割って入る隙もなかった。致命傷を負ってジャガーは倒れた。そ

の瞬間、ウェッブとクロスがドニファンを助けるため駆けつけてきた。

獣を打ち負かしはしたが、ブリアンはけがを負っていた。その肩は鋭い爪に引き裂かれ、血が流れていた。

「きみ、どうしてここに？」ウィルコックスが叫ぶ。

「後から説明をする。いいから来るんだ！」ブリアンは答えた。

「きみに礼を言ってからだよ、ブリアン！」ドニファンが言った。「きみは、ぼくの命を救ってくれた……」

「きみがぼくの立場だったらきっと同じことをしただろう、それをしただけだよ！」ブリアンは答えた。「そのことはもういいから、ぼくについてきてくれ」

ブリアンの傷は深くはなかったが、それでもハンカチできつく縛っておく必要があった。ウィルコックスがその手当をするあいだ、ブリアンは四人の仲間たちにわけを話した。

死体となって引き潮に連れ去られたとドニファンたちが思っていたふたりの男は、生きていたのだ！　そしていま、島の中をさまよっている。しかも彼らは血で汚れた極悪人なのだ！　セバーン号の小型艇で彼らと一緒に難破した女のひとが、いまフレンチ・デンにいる。もはやチェアマン島は安全ではない！　ブリアンがウィルコックスに、ジャガーを撃つなと言ったのは、銃声が聞こえることを怖れたためだった。だからこそブリアンは、短刀をふるって獣に突進していったのだ。

「ああ、ブリアン！　ぼくはきみにはかなわない！」深く感動して、ドニファンは叫んだ。いつもの高慢な性格とは打って変わって、その声は感謝に満ちていた。

「ちがうよ、ドニファン。でも、きみたちがフレンチ・デンに帰ると言ってくれるまで、ぼくはきみの手を放さないぞ」

「そうだな、ブリアン。帰らなければ！」ドニファンは答えた。「ぼくを信じてくれ。これからはぼくが真っ先にきみの指示に従うよ！　夜が明けたらすぐに出発しよう！」

「いや、いますぐ行こう」とブリアン。「そうすれば、姿を見られる危険なしに戻れる」

「どうやって？」とクロス。

「モコが一緒に来ている。ボートで待っているんだ！　東川を下っていくつもりだったのが、焚き火の明かりがみえた。それがきみたちの焚き火だったんだ」

「そして駆けつけて、ぼくの命を救ってくれた！」ドニファンが言った。

ところで、なぜドニファンとウィルコックス、ウェッブとクロスは、東川の河口ではなくこちら側で野営していたのか？　説明は簡単だった。

セバーン岩礁の岸を出発してから、四人は十七日の夕方にはクマ岩に戻っていた。翌朝には東川の左岸を遡って湖を目指し、そこで一夜を明かしてから朝にはフレンチ・デンに向けて出発するつもりだった。

まだ夜も明けぬうちからブリアンと仲間たちはボートに乗り込んだ。六人が乗り込んでかなり窮屈だったので、慎重に操らねばならなかった。けれども風の向きは好都合であり、モコの操縦もうまかったので、舟は無事に湖を渡った。

朝の四時ごろ、彼らがジーランド川の土手に降り立ったとき、ゴードンや仲間たちがどんなに熱烈に彼らを迎えたか！　大きな危険が迫っているとしても、少なくともいま、フレンチ・デンには全員が揃っていた。

第二十三章　警戒とその準備

事の顚末～予防策～以前と違う生活～乳牛の木～知らねばならないこと～ケイトの提案～ブリアンのアイデア～会議～明日へ

少年国もこれで全員が揃い、おまけに新しい顔ぶれも増えた。海での恐ろしい出来事によってチェアマン島の海岸に投げ出された、ケイトである。そのうえ、フレンチ・デンではいま、みんなの心がひとつになっていた。もうこれから先、この調和が乱れることはないだろう。少年国の長になれなかったことをドニファンがまだ少し悔やしがっていたとしても、少なくとも彼はみんなのところに完全に戻ってきたのだ。そう、あの数日の別離が、よい実を結んだのである。自尊心が高いあまり、自分の過ちを認めようとせず、仲間にも何も言わずとも、ドニファンは自分が強情っぱりだったために愚かなことをしでかしてしまったことを、よく理解していた。ウィルコックス、クロスにウェッブも同じように感じていた。ブリアンが自分の身もかえりみず助けに駆けつけてくれたことで、ドニファンの心は揺り動かされた。その思いをドニファンはもう二度と忘れはしないだろう。

それにしても、極めて深刻な危険がフレンチ・デンに迫っていた。力強く、武器も携えた七人の極悪人たちがいつ攻撃してくるかわからないのだ。ウォルストンの関心は、チェアマン島を一刻も早く立ち去ることだろう。けれども自分たちにはない貯えや備えのある小さな少年国のことを知ったら、迷うことなく攻撃してくるに違いない。そうなったらウォルストン一味の方が圧倒的に有利だ。ウォルストンとその一味が島を去るまでは、少年たちはジーランド川から遠く離れないよう、またどうしても必要な場合でなければ家族湖の周辺にも行かないよう、細心の注意を払う必要があった。

さて、ドニファン、クロス、ウェッブとウィルコックスの四人がセバーン岩礁からクマ岩まで行ったとき、セバーン号の水夫たちがいることを示すものを何か見聞きしなかったのだろうか？

「いや」とドニファン。「実のところ、東川の河口に戻るのに、ぼくたちは北に上ったときと同じルートは通らなかったんだ」

「それでもウォルストンが東の方向に去っていったことは確かなんだね？」とゴードン。

「その通り」ドニファンが答えた。「でも彼らは海岸沿いに行ったんだろう。ぼくらはブナの森をまっすぐ突っ切って戻ったんだ。地図を見てごらん。失望湾のすぐ上で、島は大きく張り出しているだろう。あの辺りは広いから、悪党たちは小舟を置いてきた地点からそう遠く離れずに、あのどこかに隠れる場所を見つけることができただろう。それより、チェアマン島はいったいどこに位置するのか、ケイトさんに教えてもらえないだろうか？」

このことについてはゴードンとブリアンもすでにケイトに尋ねていたが、彼女は答えることができなかった。セバーン号の火事のあと、エヴァンズ航海士は小型艇の舵を取り、南アメリカ大陸からなるべく離れないように舟を進めていた。だからチェアマン島も南アメリカ大陸にほど近いはずだ。けれども、エヴァンズは嵐によって流されてきたこの島の名前を口にしなかった。それでも南アメリカ大陸沿いの無数の群島は比較的近いはずだから、ウォルストンはそこに辿り着こうとするはずだし、さしあたって東海岸にそのままとどまっているはずだ。実際、あの小舟を修理してまた海に出せるようにしたら、すぐにでも南アメリカ大陸を目指すだろう。

「あるいは」とブリアンが言った。「ウォルストンは東川の河口にやってきて、ドニファンたちの通った跡を見て、もっと奥まで調べようと思ったかもしれない！」

「どの跡だって？」ドニファンが答えた。「焚き火の燃えかすのことかい？　でもそれを見てなんと考えるかな？　この島に誰かが住んでいるってこと？　もしそうだったら、彼らはむしろ身を隠すことを考えるんじゃないかな……」

「そうだね」とブリアン。「この島に住んでいるのが、一握りのこどもたちだけだと気づかない限りは！　ぼくたちの正体を知られないようにしよう！　そういえばひとつ聞きたいんだけど、ドニファン、失望湾を通ったとき、銃を使ったかい？」

「いや。めったにないことだけどね」ドニファンは微笑んで言った。「ぼくはふだん、銃を撃ちたがるほうだからね。でも、あの海岸を離れたとき、すでに充分獲物を仕留めていたんだ。だから弾を撃ってぼくらの存在を知られたということはない。昨晩は、ウィルコックスがジャガーを撃とうとしたけど、撃たずにすんだ。幸いきみがやってきて、自分の命もかえりみずにぼくを助けてくれたおかげさ！」

「言ったじゃないか、ドニファン。きみがぼくの立場にいたらきっとそうしただろう、それをしたまでだよ！　これからは、一切銃を使わないことにしよう。落とし穴森へいくのもやめだ。貯えで生きていくんだ！」

言うまでもなく、フレンチ・デンに戻ってからというもの、ブリアンは傷に必要な手当を受けていた。その傷も、まもなく完全に治った。まだ腕を動かすのに少し不自由を感じたが、それもやがてなくなった。


十月が終わろうとしていた。ジーランド川周辺にはまだウォルストンがやってきた気配はなかった。小舟を修理して、島を立ち去ったのだろうか？　あり得ないことではなかった。ケイトは、一味が斧を持っていたことを覚えている。水夫たちがポケットに入れている頑丈な短刀もあるはずだし、セバーン岩礁のあたりには樹もたくさんある。

けれども、それがはっきりしないうちは、ふだんの生活を変える必要があった。バクスターとドニファンがオークランド丘の頂に立っていたマストを取り除きに行った以外は、もう遠征もなしにしていた。

オークランド丘に行ったとき、ドニファンは、東の方向にこんもり丸くしげった森を望遠鏡で眺めてみた。ブナの森の後ろに隠れた海岸まではとても見ることはできなかったが、もしもどこかで煙が見えたら、ウォルストン一味は島のそのあたりにいるということだ。けれども東の方向には何も見えなかったし、またスラウギ湾の沖もいつもの通りからっぽだった。

遠出が禁じられ、また銃を使うこともできないので、少年国の狩人たちは大好きな狩りをあきらめなくてはならなかった。幸い、フレンチ・デンのすぐそばに仕掛けた罠にはふんだんに獲物がかかっていた。それに、飼育場のシギダチョウや野雁もずいぶん増えていたので、サービスとガーネットは何羽かを食卓のために犠牲にした。お茶の樹からはたっぷり葉っぱを収穫してあったし、煮詰めるとすぐに甘い糖蜜になる楓の樹液も充分に集めてあったので、落とし穴森まで集めにいく必要はなかった。もしも少年たちがまた自由に出入り出来るようになる前に冬になったとしても、舷灯の灯油もたっぷり備えてあったし、缶詰も獲物もあった。あとは、沼地森に入って薪をこっそりつくり、ジーランド川の土手を通って運んでくるだけだ。

このころ、フレンチ・デンの暮らしを豊かにしてくれる発見がもうひとつあった。植物に詳しいといえばゴードンだが、これはゴードンではなくケイトのお手柄だった。

沼地森のはずれに、高さ五十から六十フィートの樹々が群生しているところがあった。いままで斧で切り倒さなかったのは、その幹が繊維質でとても固く、広間や飼育場の囲い地の燃料としてあまり向かなかったせいである。その樹の葉は細長くて先が尖っており、枝の節から交互に生えていた。

十月二十五日、はじめてその樹を見たとき、ケイトはこう叫んだ。

「あら、乳牛の木だわ！」

一緒にいたドールとコースターは笑い出した。

「乳牛の木だって！」とひとりが言えば、

「乳牛が食べるの？」ともうひとりが返す。

「いいえ、パプース、違いますよ」ケイトが言った。「そんな呼び名がついているのはね、お乳を出すからなの。それも、ビクーニャのお乳よりも美味しいお乳をね！」

フレンチ・デンに戻ると、ケイトはゴードンにこの発見について話した。ゴードンはすぐにサービスを呼び、三人は一緒に沼地森のはずれに戻った。その木を観察したゴードンは、これは北アメリカの森にも多く生えている「ガラクテンドロン」ではないか、と考えた。その推察は間違っていなかった。

なんと貴重な発見だろう！　ガラクテンドロンの幹に切り込みを入れると、見るからにミルクのような汁が出てくる。それを凝固させると、とてもおいしいチーズのようなかたまりができる。それに、蜜蠟のように純粋なロウも採れるから、品質のよいロウソクも作れる。

「さあ、これが乳牛の木なら……いやむしろ木の乳牛かな、とにかく乳を搾《しぼ》ってみようよ！」サービスが叫んだ。

この陽気な少年は知らずのうちに、「木の乳を搾る」という、原住民が使うのと同じ表現を使っていた。

ゴードンがガラクテンドロンの幹に切り込みを入れた。ケイトが持ってきた壺に、二パイントの汁が採れた。それは白っぽい美味しそうな汁で、牛乳と同じような成分を含んでいる。牛乳よりも栄養に富み、とろりと濃くて、味もよいのである。フレンチ・デンに持ち帰るやすぐに壺は空っぽになり、コースターは子猫のように口のまわりをまっしろにしていた。モコは、この新しい食材でいろんなことができると考えて満足そうだった。それに、けちけち使う必要もないのだ。ガラクテンドロンの「群れ」は遠くないから、この植物性の乳をふんだんに供給してくれるだろう。

実のところ、何度言っても言い過ぎにはならないほど、チェアマン島には少年たちの必要を満たすに充分なものが備わっているのである。もしもここで長期間暮らさなくてはならないとしても、少年たちの生活は保証されていた。それに、まるで母のように献身的に面倒をみてくれるケイトが加わったことで、日々の暮らしにはいっそう安らぎが生まれていた。

以前のチェアマン島ではあんなに確かだった安全が、なぜいま脅かされなければならないのだろう？　ブリアンと仲間たちが、まだ未知の島の東を探検できたら、どんな発見があっただろうか？　けれどいまは、そこに行くことも出来ないのだ。いつかまた探検に出ることができるだろうか？　怖れるものといえば野獣と出会うことだけだった頃のように。野獣のほうが、人間のかたちをした野獣に比べたら、危険はずっと少ない。いまは、その人間という野獣に対して、昼も夜も警戒しなければならないのだ。

そのあいだも、十一月に入るまで、フレンチ・デンの周辺には怪しい形跡は見られなかった。ブリアンは、セバーン号の水夫たちが本当にまだこの島にいるのか疑問に思ったほどだった。けれども、セバーン号の小型艇が、マストは折れ、帆は破れてぼろ同然、暗礁で船板がぼこぼこになるほどのひどい状態だったことを、ドニファンたちがその目で確かめたではないか？確かに、もしもチェアマン島のそばに大陸か群島があるとしたら——エヴァンズ航海士ならそれを知っているはずだ――そして、どうにかこうにか小型艇を修理したら、比較的短い距離を航海できるのではないか？　つまり、ウォルストン一味が島を去ったことだって、考えられるのだ。それを確かめさえすれば、いままでの暮らしに戻れるのだ。

家族湖の東の地域へ偵察にいくことを、ブリアンは何度か考えた。ドニファン、バクスター、ウィルコックスの三人も、しきりについて行きたがっていた。けれども、もしウォルストン一味に囚われ、その結果、こちらが恐れるに足りない相手だとわからせてしまったら、大変なことになる。いつもためになる助言をしてくれるゴードンも、ブリアンがブナの森への偵察をしようとするのを思いとどまるよう忠告した。

そんなときケイトが、ブリアンたちが偵察に行った場合の危険を免れるようにと、ひとつの提案をした。

「ねえ、ブリアン」ある晩、少年たちが広間に集っているとき、ケイトが言った。「明日、夜が明けたら、ここを出てもいいかしら？」

「ケイト、あなたが出て行くんですって？」ブリアンは答えた。

「そうよ！　こんな不安な状態の中で、長いこといられないでしょう。ウォルストンたちがまだこの島にいるのかどうか探るために、嵐で難破した場所に行ってみようと思うんです。もし小型艇がまだあそこにあったら、ウォルストンはまだ立ち去っていないということ。もしも舟がなければ、もう何も怖がることはないということよ」

「ケイト、あなたがしようとしていることは」とドニファンが言った。「ブリアンやバクスター、ウィルコックスとぼくがしようとしていたことではありませんか！」

「そうね、ドニファン」ケイトは答えた。「けれど、あなたがたにとっては危険なことも、わたしにとってはそうではないかもしれないわ」

「けれども、ケイト」とゴードンが言った。「もしウォルストン一味に捕まったらどうするんです？」

「そうなったら、逃げ出す前にいたのと同じ状況に戻るだけのことよ！」

「あのならず者が、あなたを厄介払いしようとしたら？　それはかなり、あり得ることでしょう？」とブリアン。

「一度逃げ出すことができたのだから、二度目だってうまく逃げ出せるわ」とケイトは答えた。「フレンチ・デンへの道だってもう知っているんですもの！　それに、もしエヴァンズと一緒に逃げ出すことができたら……。あなたたちのこと、彼に話すつもりです。あの勇敢な航海士がいたら、あなたがたにとっても、どんなに役立ち、助けになることでしょう！」

「もしエヴァンズに逃げ出す機会があったら」とドニファンが言った。「もう逃げ出しているのではないですか？　彼だって助かりたいでしょう……？」

「ドニファンの言うとおりですよ」ゴードンも言った。「エヴァンズ航海士は、ウォルストン一味の秘密を知っている。アメリカ大陸に向けて小型艇を操ってもらいさえすれば後はエヴァンズには用無しだから、奴らは彼を容赦なく殺すでしょう！　だから、エヴァンズが奴らの元をまだ離れられないとしたら、きっと監視されているからですよ」

「もしかしたらエヴァンズはすでに脱走を企てて、命を落としているかもしれないんですよ」とドニファン。「ケイト、もしあなたが捕まったら……」

「信じて。捕まらないように出来るだけ気をつけるから！」

「そうだとしても、そんな危険を冒すことは許しませんよ」ブリアンが言った。「それよりも、ウォルストンたちがまだチェアマン島にいるのかどうか偵察するのに、もっと危険が少ない方法を探すべきでしょう！」

ケイトの提案は退けられた。軽はずみな行為は避け、警戒を続けるしかないのだ。もしウォルストンたちが島を離れる方法を見つけたとしたら、冬が来る前に離れるだろう。

一方、もしウォルストン一味がまだこの島にいるとしても、内陸部を探検しようとしている様子はなかった。何度か、ブリアン、ドニファンとモコの三人で、夜の闇にまぎれて家族湖沿岸を回ってみたが、向こう岸にも、東川のそばの木立の下にも怪しい火は見えなかった。

それにしても、ジーランド川と湖、森と崖に囲まれた一角に閉じ込められてすごすのはとても辛いことだった。ウォルストンたちの存在を確かめ、どのあたりで野営をしているのか見つけ出す方法はないものか、ブリアンは絶えず考えていた。夜のあいだに、ある一定の高さから見下ろすことができればそれが判るのではないか。

ブリアンは、その考えに取りつかれた。残念ながら、崖はせいぜい二百フィートの高さしかないし、それ以外にチェアマン島には大きな山などない。ドニファンと二、三人の少年たちで、何度かオークランド丘の頂にも登ってみた。けれどもそこからでは家族湖の対岸も見えない。

だから東の水平線の向こうにどんな煙や、火の光があったとしても、見えないのである。失望湾の最も近い岩のあたりの焚き火を発見するのにも、さらに数百フィート上からでなければ見えないだろう。

ブリアンの頭に、思いきった考えが浮かんだのはそんなときだった。向こう見ずとも言えるその考えを、はじめはブリアン自身もあたまから追い払おうとした。けれども払っても払いきれず、ついには頭の中にその考えがすっかり刻まれた。

凧揚げの計画が中止されたままになっているのを、誰も忘れてはいまい。ケイトがやってきて、セバーン号の遭難者たちが東の海岸をさまよっているとわかってからというもの、島のどこからでも見えるような凧を空に揚げるという計画は断念しなくてはならなかった。

けれども、もはや信号として凧を使うことができなくても、偵察に使うことはできないだろうか？　この偵察は、少年たちの安全を確保するためにどうしても必要なのだ。

そう、ブリアンの頭から離れなくなっていたのは、そのことだった。前世紀（十八世紀）の終わり頃、凧からぶら下がってひとりの女性が空を飛んだことがあると、ブリアンは英国の新聞で読んだ事があった。凧は、その危険な空の冒険のために特別につくられた凧だった（原作者註――ブリアンが考えたことは、数年後にフランスで実行された。それは幅二十四フィート、長さ二十七フィートの八角形の凧で、重さは骨組みが六十八キログラム、布とロープが四十五キログラム、合わせて百十三キログラムだったが、七十キログラムの砂を詰めた袋をやすやすと宙に持ち上げたのだった）。

ひとりの女性が成し遂げたことに、少年が挑戦してみてもいいではないか？　少々の危険は伴うけれども、それがなんだというのだ。この試みで得られる結果を思えば、危険なんてたいしたものではないだろう。あらかじめ注意深く準備すれば、この作戦は成功するのではないだろうか？　このような凧を揚げるための揚力を計算することはブリアンには出来なかったけれども、すでに凧はあるのだから、それをもっと大きくして頑丈にすれば足りるはずだと考えた。そしてそれを夜の闇の中、空中に数百フィートも揚げることができれば、きっと失望湾と湖のあいだの焚き火の光も見えるはずだ。

あとは仲間の賛同を得るだけだ。十一月四日の夜、ブリアンはゴードン、ドニファン、ウィルコックス、ウェッブ、バクスターとサービスを呼んで、凧を使う計画について話した。

「凧を使うって……？」とウィルコックス。「どういうことだい？　空中に揚げるのか？」

「その通り」とブリアン。「空中に揚げるために作ったんだから」

「昼間に？」バクスターが尋ねた。

「いや。ウォルストンたちに見つかってしまうからね。でも夜なら……」

「だけど舷灯を吊るしたら、奴らに気づかれてしまうよ！」とドニファン。

「舷灯を吊るすつもりはないよ」

「じゃあ、目的はなんだい？」ゴードンが尋ねた。

「セバーン号の水夫たちがまだ島にいるのか、確かめるためだよ！」

ブリアンは、この計画に仲間たちが首を横に振ったり笑ったりすることを心配しながら、手短かにその考えを話した。仲間たちは笑おうなんて思いもしなかった。ゴードンだけはブリアンが本気かどうか疑っているようでもあったが、他の少年たちはみな賛成したがっているふうだった。少年たちはもう少々の危険には慣れっこになっていたので、この状況の中では凧を使った夜間飛行も充分できそうに思えたのだった。それに、以前の安全な生活を取り戻すためなら、なんでもやってみる覚悟だった。

「それにしても」とドニファンが言った。「ぼくたちが作った凧を使うなら、ぼくたちの誰を乗せるにしても重すぎやしないか」

「その通りだ」ブリアンが答えた。「凧をもっと大きくして、頑丈にしないといけない」

「でも凧が人間の重さに耐えられるかどうか、まだわからないよね」とウィルコックス。

「それは問題ないよ！」バクスターが請け負った。

「それに、同じようなことをしたひとがいるんだよ」百年ほど前に凧で空を飛ぶことに成功した女性のことを話し、ブリアンは言い添えた。「つまりすべては、凧の大きさと、出発するときの風の力にかかっているんだ」

「ブリアン、だいたいどのくらいの高さに上がれたらいいと思っているんだい？」バクスターが尋ねた。

「六、七百フィートの高さに行けたら、島のどこにある焚き火でも見えるんじゃないかな」

「それじゃあ、やってみようよ！」サービスが声を上げた。「ぐずぐずしないでさ！　好きなようにあちこち行けないなんて、もうまったくうんざりなんだもの！」

「ぼくたちだって、罠を調べに行くこともできないしさ！」ウィルコックスも言った。

「ぼくはもう一発も銃弾を撃ってないんだぞ！」とドニファンも言った。

「明日からとりかかろう！」とブリアン。

ゴードンとブリアンだけになったとき、ゴードンが聞いた。

「本気なのかい？　大きな凧で飛ぶなんて……」

「少なくとも試してみたいんだよ、ゴードン！」

「危険だぞ！」

「思うほどには危険じゃないかもしれないさ！」

「そして、この試みで命をかけて空に行くのは誰なんだい？」

「きみが一番さ、ゴードン」とブリアン。「くじに当たればね」

「くじで決めようっていうのか、ブリアン？」

「いや、ゴードン。自分の意志で行くと決めた者がいくべきだよ」

「もう誰か決めているのかい、ブリアン？」

「たぶんね」

そう言ってブリアンは、ゴードンの手を握った。

第二十四章　闇夜の大凧作戦

最初の試み～もっと大きな凧を～二度目の試み～明日、ふたたび～ブリアンの提案～ジャックの提案～告白～ブリアンの考え～真夜中の飛行～見えたもの～強風

十一月五日の朝、ブリアンとバクスターは作業を始めた。凧をもっと大きくする前に、いまの状態でどれほどの重さを持ち上げることができるのか調べるのが先決だった。凧そのものの重さを含まずに六十から六十五キロのものを持ち上げるため、表面積をどれくらいにしたらいいのか。科学的な方程式はわからないけれど、手探りでも実験してみればわかるだろう。

最初の実験をするのに、夜を待つ必要はなかった。ちょうど南西からそよ風が吹いている。湖の東岸から見えるような高さまで凧を揚げなければ、この風を利用して実験ができるとブリアンは考えた。

そして実験は申し分ない出来だった。普通の風の力で、現在の凧は十キロの重さの袋を持ち上げることができた。スラウギ号に積まれた器材の秤で、荷の重さをあらかじめ測っておいたのである。

少年たちは凧を地上に降ろし、運動場の上に横たえた。

まずバクスターが、外側の枠組みから中心に向かってロープを結び、凧の骨組み全体を強化

した。雨傘の柄から外に向かって張り出した骨組みが傘全体を強化するのと同じ理屈である。次に、そこに新たな枠組みを足して表面積を大きくし、そこに新しい布を張っていく。これには、ケイトがずいぶん活躍した。フレンチ・デンには針も糸もたっぷりあるし、ケイトは針仕事が得意だったからだ。

ブリアンとバクスターがもっと力学に強かったら、凧の重さ、表面積、重心、風圧の中心点(これはつまり凧の中心点と同じ)、そして綱を付ける位置など、凧をつくる上で大切な要素をもっと考えにいれただろう。こういう計算が出来れば、凧の揚力やそれによってどんな高さまで上昇可能か、算出できる。それにそういう計算からは、綱がどれほどの力に耐えなければならないかもわかったことだろう。張力に耐える強さの綱を使うことは、偵察する者の安全を確保するためにいちばん大切だからだ。

幸いなことに、綱はスクーナーの測程儀に使われていた測程索で、少なくとも二千フィートの長さがあり、この目的にぴったりだった。もし強い風が吹いたとしても、綱を凧につける位置を注意深く選んでおけば、凧はそれほど強く「引く」こともない。つまり、綱をつける位置を選ぶことで、風の向きに対して凧が傾く角度や凧そのものの安定性が決まるのだ。

新しい用法のためには、凧にはもう尾を付ける必要がなくなった。ドールとコースターはそれを残念がったが、どうしようもない。凧が頭から「まっさかさまにつっこむ」のを防ぐには、持ち上げるひとの重さでもう充分なのだ。

何度か試してみたあとブリアンとバクスターは、骨組みの下から三分の一の辺りに籠を繋ぎ留めるのがいいと考えた。布地を横に張っている腕木の一本に結びつけるのだ。その腕木の二点から垂らした綱で、籠を凧の二十フィートほど下に吊るすわけである。

綱は約千二百フィート用意した。たわんだとしても、地上七百から八百フィートの高さに揚げるには充分だろう。最後に、綱が切れたり骨組みがバラバラになったりする危険を考えて、凧は湖の上に向かって揚げるのがよかろうということになった。墜落してもそこからの水平距離はさほどではないので、よい泳ぎ手なら西の岸まで泳いで戻れるだろう。

完成した凧は表面積が七十平方メートル、八角形をしており、半径は十五フィート近く、一辺は約四フィートだった。頑丈な枠組みと風を通さない布で出来たこの凧は、六十キロの重さも簡単に持ち上げることができた。

偵察者が乗る吊り籠には、柳の細枝で編んだ籠を使った。船の上で、さまざまな用途に使われていたものだ。少年がひとり、脇のあたりまですっぽり入るくらいの大きさで、自由に動けるほどの幅があり、いざというときはすぐに抜け出せるほど口が大きく開いている。

この作業は一日や二日で出来るものではない。十一月五日の朝に始めて、七日の午後にやっと完成した。さっそくその夜、凧の揚力と空中での安定性を確かめるための予備実験を行なうことになった。

この数日のあいだは、特に変わったことはなかった。何度か、少年たちは交代で崖に登り見張りをした。北は落とし穴森のはずれからフレンチ・デンまで、南は川の対岸一帯、西はスラウギ湾、そしてウォルストン一味が島を出る前におそらくやってくるであろう家族湖の岸辺にも、怪しい影は見当たらなかった。オークランド丘の辺りでも銃声などまったく聞こえなかったし、見渡すかぎり一筋の煙もたなびいてはいなかった。

ブリアンと仲間たちは、悪党一味がチェアマン島を去ったのだと期待してもよいだろうか？ すっかり安心して、以前の暮らしに戻ることができるだろうか？

それは、凧の計画を実行することで確かめられるのだ。

解決すべき最後の問題は、吊り籠に乗る者が地上に降りようと判断したとき、それをどうやって知らせるかということだった。

ゴードンとドニファンがそれについて尋ねたとき、ブリアンはこう答えた。

「ウォルストンたちに見られてしまうから、光を放つ信号はだめだ。バクスターとぼくで考えたんだが、凧を揚げる綱と同じ長さの細い紐に、あらかじめ鉛の錘りを通しておく。その紐の片方の端を吊り籠に付け、もう片方の端は地上に残る者の誰かが握っておく。凧を降ろしてほしいときは、その錘りを籠から地上に向けて滑らせる、というのはどうだろう？」

「うまい考えだ！」ドニファンが感心した。

こうしてすべての準備ができ、あとは実験を待つばかりになった。月は、午前二時まで昇ってこない。南西からはいい風が吹いていた。実験をするならこの夜が最適と思われた。

夜九時、あたりは漆黒の闇に包まれた。いくつかの厚い雲が、星のない夜空をよぎっていく。ある程度まで揚がったら、凧はフレンチ・デンの周辺からですら見えなくなるかもしれない。

年長組も年少組も、この実験の手伝いをすることになっていた。これはいわば「予行演習」

だから、思いがけない出来事が起こっても、はらはらすることもなく気楽に見守ることができる。

運動場の中心にはスラウギ号の巻き上げ機が置かれ、凧に引っ張られないようにしっかりと地面に固定された。長い綱はやすやすと繰り出せるように丁寧に巻きあげられ、信号用の紐も同時に繰り出せるようにしてある。ブリアンは、吊り籠の中にちょうど六十キロの重さの袋を入れた。少年たちの中でもっとも身体が大きいものよりもさらに重い錘りだ。

巻き上げ機から約百歩離れたところに凧は置かれ、ドニファン、バクスター、ウィルコックスとウェッブがそのそばで待機していた。四人はブリアンの合図で骨組みにつけてある紐を少しずつひっぱって、凧を起こすのだ。凧がバランスを取り、傾斜の角度がうまく合って風をはらんだら、巻き上げ機の操作を担当するブリアン、ゴードン、サービス、クロスとガーネットが凧の揚がるにつれて綱を繰り出していくのである。

「用意！」ブリアンが言った。

「準備完了！」ドニファンが答えた。

「始め！」

凧は少しずつ起き上がり、少し身を震わせると風の向きをとらえた。

「綱を繰り出せ！　繰り出せ！」ウィルコックスが叫ぶ。

巻き上げ機はたちまち、ぴんと張った綱をどんどん繰り出していった。凧と吊り籠はゆっくりと空に揚がっていく。

ウォルストン一味の耳を考えると少し軽はずみではあったが、「空の巨人」が地上を離れたときは思わず歓声があがった。けれどもすぐに凧は闇夜に姿を消した。これはアイバーソン、ジェンキンス、ドールとコースターにとってはがっかりだった。彼らは家族湖の上を飛ぶ凧を見逃すまいと期待していたのだ。ケイトが四人に言った。

「がっかりすることはありませんよ、パプース！　危険がなくなったら、昼間にも凧揚げをしましょうね。おりこうにしていたら、あの巨人にうなり紙をつけて飛ばすことだってできるんですから！」

もう姿は見えなかったが、凧が一定の速度で綱を引いているのは感じることができた。上空で安定した風が吹いている証拠だ。凧の引く力も程よく、それは凧とのバランスを取る吊り籠がちょうどよい具合に安定している証拠でもあった。

状況が許すかぎり、納得のいくまで実験をしたいと思っていたブリアンは、綱がいっぱいに伸びきるまで繰り出した。ぎりぎりまで繰り出したときの綱の張り具合にも何も異常はないと、確かめることができた。巻き上げ機は千二百フィートの綱をすべて繰り出し、凧はおそらく七、八百フィートの高みにいるはずだった。ここまでで十分もかからなかった。

実験が終わったので、綱を巻き戻すために少年たちは代わる代わる巻き上げ機のハンドルを回した。もっとも、この第二段階の作業のほうがずっと時間がかかった。千二百フィートの綱を全部巻き戻すまで、たっぷり一時間を要したのだ。

気球と同じで、衝撃を与えずに降ろそうとする場合は凧も降ろす作業のほうがずっと難しい。

けれども凧が安定していたので、こちらもすべてうまくいった。やがて八角形の凧が闇の中から現れ、出発した場所からそう遠くないところに静かに身を横たえた。

空に舞い上がったときと同じように、歓声が帰ってきた凧を迎えた。あとは、凧が風に運ばれないよう地に横たえておくだけだった。すでにバクスターとウィルコックスが、夜明けまで凧を見張る役を買って出ていた。

翌日、十一月八日の夜同じ時刻に、いよいよ計画を実行するのだ。

フレンチ・デンに戻ろうというブリアンの合図を、みんなが待っていた。

ブリアンは何も言わず、何か深く考え込んでいるふうだった。

何を考えているのだろう？　例外的ともいえる状況の中で行なった凧揚げの危険について考えているのだろうか？　あるいは、この吊り籠に誰かひとり仲間を入れて空に揚げることの、責任について考えているのだろうか？

「帰ろう」ゴードンが言った。「もう遅いよ」

「ちょっと待ってくれ」ブリアンが止める。「ゴードン、ドニファン、待ってくれ……提案があるんだ！」

「聞こう」とドニファン。

「ぼくたちは、こうして、凧を揚げてみた。そして実験は成功した。条件が良かったからだ。風も弱すぎず、強すぎず、安定していた。明日、天気はどうなるだろうか？　風は、凧を湖の上に揚げてくれるだろうか？　ぼくには、計画の実行を明日に延ばさないほうがいいように思えるんだ……！」

計画を実行することは決まっているのだから、これはもっともな意見ではあった。

ブリアンの提案に誰も答えなかった。こんな危険を伴う計画なのだから、少年たちの中でもっとも大胆な者とて、ためらったとしても無理もない。

けれども、ブリアンが「誰が乗る？」と言ったとき――

「ぼくが行く！」そう声をあげたのはジャックだった。

ほとんど同時に、

「ぼくだ！」ドニファンとバクスター、ウィルコックス、クロスとサービスも叫んだ。

それに続いた沈黙を、ブリアンは破ろうとはしなかった。

次に口を開いたのはジャックだった。

「兄さん、これを引き受けるのはぼくの役目なんだ。そう、ぼくなんだ！　お願いだから、行かせてください……！」

「なぜ、きみなんだ？　ぼくや、他のだれかではなくて？」ドニファンが尋ねた。

「そうだよ！　なぜなんだ？」バクスターも尋ねた。

「ぼくが、しなきゃいけないからなんだ！」ジャックが答えた。

「しなきゃいけない？」とゴードン。

「そうだよ！」

ゴードンは、いったいジャックが何を言っているのか尋ねるつもりでブリアンの手を握ったが、その手が震えているのに気づいた。もしもこれほど暗い夜でなかったら、ブリアンの頬が青ざめ、伏せたその目から涙が流れているのにも気がついたはずだ。

「さあ、兄さん！」ジャックは、その年頃のこどもとは思えないほどきっぱりした口調で言った。

「答えてくれ、ブリアン！」ドニファンが言った。「ジャックは、これを引き受ける資格は彼にあると言う。でもその資格は、ぼくたちみんなが彼と同様、持っているんじゃないか？　なぜ彼はそんな主張をしているんだ……？」

「ぼくが何をしたか……」ジャックは答えた。「ぼくが何をしたか、みんなに言うよ！」

「ジャック！」ブリアンが叫んだ。弟がしゃべり続けるのを止めようとしたのだ。

「いや」ジャックは思いが昂って途切れ途切れの声で続けた。「打ち明けさせて……！　重すぎるんだ！　ゴードン、ドニファン、きみたちがここにいるのは……みんなが、家族と離れてここにいるのは……この島にいるのは、ぼくなんだ。ぼくひとりのせいなんだ！　スラウギ号が沖に運ばれたのは、それは、ぼくの不注意で、いや！　ぼくがふざけて、いたずらのつもりで、船をオークランドの埠頭に停めていた舫《もや》い綱をほどいたからなんです！　そう、いたずらで！　そして、船が離れていくのを見たぼくは、頭がおかしくなってしまって……まだまにあったのに、誰も呼ばなかった！　そして一時間後……真夜中に、沖に流されて！　ああ！　ごめんなさい、ぼくのともだち、ごめんなさい！」

少年は泣きじゃくっていた。ケイトがなだめようとしたが、無理だった。

「さあ、ジャック！」そのとき、ブリアンが言った。「おまえは、自分の罪を打ち明けた。そして、命をかけてそのつぐないを……自分のした過ちを、少しでも、つぐないたいというんだね？」

「そのつぐないは、もう、したじゃないか？」ドニファンが、持ち前の高貴な心を動かされて叫んだ。「ジャックはこれまでにも何度も、ぼくたちみんなのために危険に身をさらしてきたじゃないか？　ああ、ブリアン、やっとわかったよ。なぜきみが、危険なことがあると、いつもそれをジャックにやらせてきたのか。なぜジャックがいつも、それを喜んで引き受けてきたのか！　なぜあの霧の中、ぼくとクロスを探すために、自分の命の危険もかまわずに、ジャックが走り回ってくれたのか！　ああ、ジャック！　ぼくたちは心から、きみを許すよ。きみはもう、過ちをつぐなう必要はないんだよ！」

みながジャックを囲み、その手を握った。ジャックは胸を震わせ、嗚咽《おえつ》が止まらなかった。これでみんなにもわかったのだ。チェアマン寄宿学校でもいちばん陽気でいちばんいたずら者だったこの少年が、なぜあんなにもふさぎこみ、みんなから離れてひとりぼっちになろうとしていたのか。そして、兄に命じられたり、なによりも自分から進んで、危険なことがあるたびに命をかけてみんなに尽くしていたわけも。それでもこの少年は、まだ足りないと信じていたのだ！　それでもなお、みんなのために働きたいと望んでいるのだ！　口がきけるようになると、ジャックは言った。

「みんな、わかったでしょう？　だからぼくがいくんだ。ぼくだけが、いくんだ！　そうでしょう、兄さん？」

「よし、ジャック。いいだろう！」ブリアンは言って、弟を抱きしめた。

ジャックの告白を前に、自分にこそ資格があるのだというその主張を前に、ドニファンたちはもう何も言うことはできなかった。さっきよりも少し強くなりはじめた風に、ジャックをゆだねるしかなかった。

ジャックは、仲間たちと握手を交わした。それから、砂の詰まった袋を降ろしたばかりの吊り籠に乗り込もうとする前に、巻き上げ機の数歩後ろに立ち尽くしていたブリアンをふりかえった。

「お別れに抱きしめてもいいかい、兄さん！」ジャックは言った。

「ああ、いいとも！」ブリアンは、気持ちを押し殺しながら答えた。「いや、むしろ……ぼくに、抱きしめさせてくれ。行くのはぼくなんだから！」

「兄さん？」とジャック。

「きみが？」ドニファンとサービスも言った。

「そう、ぼくだ。弟の罪をつぐなうのが本人だろうと、兄貴だろうと、たいした違いはないだろう！　だいたい、ぼくがこの実験を思いついたとき、だれか他の者に行かせようと考えたなんて思うかい？」

「兄さん！　お願いだ……」

「だめだよ、ジャック！」

「それなら、ぼくが行く番だよ」とドニファンが言った。

「だめだ、ドニファン！」言い返す隙など与えない強い調子で、ブリアンが答えた。「ぼくが行く。どうしても、そうしたいんだ」

「そうだと思ってたよ、ブリアン」友の手を握りしめながら、ゴードンが言った。

その言葉を最後に、ブリアンは吊り籠に乗り込んだ。具合よく身体を落ち着けると、凧を起こすよう合図をした。

風に身を預けた凧はゆっくりと揚がりはじめた。そして、巻き上げ機を操るバクスター、ウィルコックス、クロスとサービスが綱を繰り出しはじめると同時に、ガーネットが信号用の紐をその手の中で滑らせた。

十秒も経たないうちに、「空の巨人」は闇に消えた。一度目の出発のときのような歓声はもうなく、深い沈黙の中でブリアンも「巨人」と共に姿を消した。

凧は落ち着いた速さでゆっくりと揚がっていった。微風が吹き続けていたので、凧は安定していた。左右に揺れることもほとんどなかった。危険な状況を招くような揺れも、ブリアンはまったく感じなかった。彼はただじっと、籠を吊るしている二本の綱を握っていた。籠はブランコのように、かすかに震えていた。

はじめにブリアンを襲ったのは、奇妙な印象だった。空気の流れに乗って震えているこの大きな凧にぶら下がり、空中に吊られているのだ！　まるでなにかこの世のものとは思えない大きな鳥に持ち上げられているような、あるいは真っ黒で巨大な蝙蝠《こうもり》の翼につかまっているような、そんな気分だった。けれども持ち前の気丈な性格のおかげで、空の旅のあいだも冷静さを保つことができた。

凧が運動場の地面を離れてから十分ほどして、かすかな揺れが走り、上昇が終わったことがわかった。綱がすべて繰り出されたところで凧はまだ少し上昇しようとして、その時いくつか、軽い衝撃が走った。高度は六百から七百フィートくらいだろう。

ブリアンは落ち着いて、まず鉛の玉を通した紐をぴんと張った。それから、辺りの観察をはじめた。片方の手には籠を吊るした綱を握ったまま、もう片方の手で望遠鏡を覗いた。足下には深い闇が広がっていた。湖も、森も、崖も、細部がまったくわからない暗い塊だった。

島の輪郭は、取り巻く海からくっきり浮き出して見えた。この高みからは、その全体を見渡すことができた。

もし昼間この高みまで上り、光に照らされた水平線を見ることができたら、もしもこの島の周辺四十マイルか五十マイルの距離に陸地があるのであれば、それが他の島であろうと、大陸であろうと、その姿をとらえることができるだろう。

西や北、南の空は霧に覆われ何も見えなかったが、東の方だけは雲が切れ、星がいくつか瞬いていた。

そしてまさにそちらにかなり強い光が見えた。その光は下に渦巻く靄にまで反射しており、ブリアンの関心を引いた。

「あれは炎の光だ！」ブリアンはひとりごちた。「ウォルストンがあのあたりで野営しているのだろうか？　いや……！　あれはもっとずっと遠いところにある火だ。島のずっと先にあるようだ……。じゃあ、火山の噴火だろうか？　すると、東のあの辺りには、陸地があるんだろうか？」

失望湾をはじめて探検したとき、望遠鏡の視界にとらえた白っぽいしみのことを、ブリアンは思い出した。

「そうだ、あれはたしかにあっちの方だった。あのしみは、氷河の反射だったんだろうか？　つまり東には、チェアマン島からそう遠くないところに、陸地があるんだ！」

ブリアンはその光に望遠鏡を向けた。周囲が暗いせいで、いっそう際立って見えた。間違いない、氷河の近くに火山性の山があり、それらは大陸か群島かわからないけれど、ここから三十マイルと離れていないのだ。

そのとき、ブリアンはもうひとつの光に気づいた。ずっと彼に近く、五、六マイルしか離れていない。つまり島の上の、家族湖の東にある木立の中に、もうひとつの光が輝いていた。

「森の中だ。いや、森はずれの、海岸線の方だ！」

けれどもその光はまるでついたり消えたりしているようで、目を凝らしても、なかなかもう一度見つけることはできなかった。

ああ！　ブリアンの心臓は高鳴り、望遠鏡をきちんと向けられないほどに手が震えていた。とにかく、野営の火を見たのだ。東川の河口からそう遠くないところに、ブリアンはそれを見たのだ。やがて彼は、その火がまた木立の間でまたたいていることに気づいた。

つまり、ウォルストン一味はあの辺りで、クマ岩港のそばで、野営している！　セバーン号の殺人鬼たちはチェアマン島を去ってはいなかったのだ。少年たちはいまも一味の攻撃の危険にさらされ、もはやフレンチ・デンも安全ではない！

ブリアンを大きな失望が襲った。明らかに、ウォルストンたちは小型艇を修理することができず、海を渡って近くの陸地に行くことを諦めなければならなかったのだ。

そしてこの辺りの海域に陸地がある！　それはもう疑いようがなかった。

ブリアンは偵察を終え、これ以上空の冒険を引き延ばしても無駄と考えて、下に降りる準備をはじめた。風はかなり強くなっていた。揺れも強くなって籠が動き、着陸が難しくなりそうだった。信号用の紐がぴんと張っていることを確かめてから、ブリアンは鉛の玉を滑らせた。

それは数秒後に、ガーネットの手のひらに届いた。

たちまち巻き上げ機の綱が凧を地上にたぐりよせはじめた。

凧が降りていくあいだも、ブリアンはさっき見た光を観察し続けた。火山の噴火の光と、もっと近い、海岸の野営の光。

ゴードンたちはブリアンの合図を今か今かと待っていた。ブリアンが空中で過ごした二十分間が、地上の仲間たちにとってどれほど長く感じられたことか！

ドニファン、バクスター、ウィルコックス、サービスとウェッブは巻き上げ機のハンドルを懸命に回した。彼らもまた、風がさっきより強くなり、不規則になってきたことに気づいていた。綱に伝わる衝撃からも、それは感じられた。風の反動を受けているに違いないブリアンのことを考え、仲間たちは不安をつのらせた。

千二百フィートも繰り出されていた綱を巻き上げるため、少年たちはハンドルをせっせと回し続けた。風がさっきよりも強まり、ブリアンからの合図が届いてから四十五分後にはかなりの強風になっていた。

そのとき、凧はまだ湖の水面から百フィートほどのところに浮かんでいたはずだった。

突然、激しい衝撃が走り、ドニファン、バクスター、ウィルコックス、サービスとウェッブはそれまで引っ張り合っていた綱がなくなって、反動で地面に投げ出されそうになった。凧の綱が切れたのだ。

恐怖の叫びの中、誰もがひとつの名前を何度も呼んだ。

「ブリアン！　ブリアン……！」

数分後、ブリアンは岸辺に上がり、大声で呼んだ。

「兄さん！　兄さん……！」ジャックが叫び、真っ先にブリアンを抱きしめた。

「ウォルストンはまだ島にいるぞ！」

仲間たちが集まってくると、まずブリアンはそれを告げた。

綱がちぎれたとき、ブリアンは、垂直に落ちていくというよりも比較的ゆっくりと斜めに運ばれていくのを感じた。凧がある種のパラシュートのような役割を果たしたからである。湖の水面を打つよりも先に、吊り籠から脱出する、それが肝心だ。籠が水面に沈もうとした瞬間、ブリアンは頭から飛び込んだ。泳ぎは得意だから、四十から五十フィートほどの距離を泳いで岸に辿りつくのは造作もなかった。

そのあいだにも凧は錘《おも》りを失い、空中の巨大な漂流物のように風に乗って、北東の方に運ばれていった。

第二十五章　ふくれあがる恐怖

セバーン号の小型艇～コースターの病気～ツバメの回帰～失望～猛禽類～銃弾に殺されたグアナコ～パイプの軸～もっと念を入れた警戒～激しい嵐～外の銃声～ケイトの叫び

その晩はモコがひとりで見張り番を務めた。翌日、少年たちは前夜の興奮で疲れきって、目を覚ましたのはずいぶん遅くなってからだった。それでもゴードン、ドニファン、ブリアンとバクスターは目を覚ますとすぐに貯蔵室に集まった。貯蔵室ではケイトがいつものように働いていた。

四人は、この極めて不安な状況について話し合った。

ウォルストン一味が島に来てから、三週間が経っている——そうゴードンは話しはじめた。まだ小型艇の修理ができていないとすれば、それはそうした類いの仕事をするのに必要な道具を持っていないからだ。

「そうに違いない」ドニファンも言った。「なにしろ、あの小舟はそんなにひどい損害を受けていたわけじゃないんだ。もしもぼくらのスラウギ号が座礁した後、あの程度の壊れかたで済んでいたら、もう一度海を渡れるように修理できてたと思うな！」

もしウォルストンがこの島をまだ去っていないとしても、その理由がチェアマン島に住み着くことだとは思えない。なぜなら、もしそうだったらすでに島の内陸部も探検しているだろうし、そうなればフレンチ・デンだって見つかっていただろう。

このことに関して、ブリアンは上空から見えたことについて話した。つまりこの島より東の方、かなり近いところに陸地があるに違いないと伝えたのである。

「ぼくたちが最初に東川の河口を探検したとき、白いしみのようなものが水平線の少し上に見えたって言ったのを覚えているよね？　そのときぼくはそれをどう説明したらいいのかわからなかったけれど……」

「でもウィルコックスとぼくはそれらしきものを何も見なかったけどな」ドニファンが言った。

「ぼくたちもそのしみを探したんだけど……」

「モコもぼくと同じようにはっきり見てるんだ」ブリアンは答えた。

「それならそうかもしれないさ！」とドニファン。「でもブリアン、なぜぼくたちが大陸か群島のそばにいると思うんだい？」

「こういうことさ」ブリアンは言った。「昨日、そちらの方向の水平線のあたりを見ていた時、光を見たんだ。島の海岸線の向こうに、くっきりと。あれは火山の噴火しかあり得ない。この海域には近くに陸地がある、そう結論づけたのはそれに基づいているんだ！　セバーン号の水夫たちだってそのことを知らないはずはないから、そこに辿り着こうとしているはずだ」

「間違いない！」バクスターも相槌を打った。「ここに残ったって、あいつらに何の得になるのさ？　あいつらがまだここにいるってことは、まだ小型艇を修理できてないってことだよ！」

ブリアンが仲間たちに伝えたことは極めて重要なことだった。チェアマン島が、これまで信じていたような太平洋の真ん中の孤島ではないという確信をみなに与えたからである。けれども、さしあたりもっと重大なのは、ウォルストン一味がいま東川の河口のあたりにいるということだ。セバーン岩礁の海岸から十二マイル、こちらに近づいたことになる。そこから東川を遡れば湖に着くし、南岸を半周すればフレンチ・デンなのだ！

こうした事態に備えて、ブリアンはこれまでより厳しい対策をとらなければならなかった。今後は、どうしても必要な場合以外は外出禁止。必要に迫られて外出する場合も、ジーランド川右岸から沼地森までの範囲に限る。同時にバクスターは飼育場の囲いや広間と貯蔵室の出入り口を、やぶや茂みで隠した。それから、オークランド丘と湖のあいだに出ることも禁止された。少年たちにとって、もう充分厳しい生活を強いられているのに、その上こんなに事細かくあれこれ用心しなければならないのは実にやりきれないものだった。

このころまた、もうひとつ心配の種があった。コースターが熱を出し、その命すら危ぶまれるほどだったのである。ゴードンはスラウギ号の薬箱に頼らなければならなかったが、もしも間違った薬を飲ませたらと気が気ではなかった。幸いケイトがコースターを看病してくれた。女性ならではの聡明さと優しさでもって、昼夜休むことなく面倒をみてくれたのだ。その献身的な看病のおかげでコースターは熱も下がり、回復のきざしが現れるや、ぐんぐん元気を取り戻していった。コースターはもう少しで命を落とすところだったのだろうか？　それについてはわからない。けれどもケイトの賢く的確な看護がなかったら、この小さな病人は衰弱していたことだろう。

本当に、ケイトは、少年たちに惜しみなく母を思わせる優しさを注いでくれた。

「こういう性分なのよ！」と彼女はよく言っていた。「編みものしたり、あれこれいじりまわしたり、お料理したりするのが好きなんですよ！」

ケイトがもっとも気にしていたのは、フレンチ・デンの寝具や肌着の繕いもののことだった。もう二十ヶ月も使っているので、すっかりすり切れてしまっているからだ。もしも使えなくなったら、替わりをどうしたらいいだろう？　それに、靴。みんなできるだけ大切に履いてきたし、天気のよいときにははだしで歩くこともためらわなかったけれど、どれもかなり傷んでいた。将来のことを考えると、どれもこれも心配の種だった。

十一月の前半にはよくにわか雨が降った。それから十七日になると、気圧計が安定し、暑い日が続いた。樹々も茂みも、すべての植物は緑の濃さを増し、花をつけはじめた。南沼には、いつもの鳥たちが戻ってきた。沼地での狩りができないドニファンや、網を張ることのできないウィルコックスは悔しがったが、ウォルストン一味が家族湖の南岸に来ていたら見つかってしまうだろう。

鳥たちは島のこのあたりに群がるだけでなく、フレンチ・デンのそばの罠にもかかっていた。ウィルコックスはある日、こうした罠にかかった鳥の中に、冬は北の温暖な土地へ渡る鳥を見つけた。ツバメだ。その首にはまだ例の小さな袋をつけていた。その袋には、スラウギ号の遭難者たちへの報せが入っているのだろうか？　いや……！　少年たちのメッセージを持って飛び立ったその鳥は、誰からの応答も携えることなく戻ってきたのだった。

何をすることもできない毎日を、みんな広間に閉じこもってすごした。日々の出来事を記録する係のバクスターも、書くことがなくなってしまった。

憂慮すべきことに、いちばん元気な者たちの心さえも失望が蝕んでいくのが感じられた。もっともゴードンだけは別で、彼は自分の管理するこまごまとした物事に打ち込んでいた。ブリアンでさえも、みんなには悟らせまいと必死で努力していたが、時おり心が沈むのだった。彼は仲間を元気づけようと、勉強を続けさせ、討論会を開き、本の朗読を勧めていた。絶えず、みんなに故郷や家族のことを思い出させ、いつかきっと帰れるからと励ましもした。みんなの心を奮い立たせようとしてあれこれやってみたのだが、あまり成功しなかった。ブリアンが最も恐れていたのは、自分自身が絶望に打ちのめされやしないかということだった。けれども、それは免れた。やがて極めて重大なことが起こり、全員がそれに集中しなければならなくなったからだ。

十一月二十一日午後二時頃、家族湖の岸辺でドニファンが釣りをしていたときのことだ。二十羽ほどの鳥たちが川の左岸の上空を、耳障りな鳴き声をあげながら飛び回っているのに気づいた。カラスに少し似ていたけれど、カラスではないらしい。カラスと同じような叫び声をあげる貪欲な鳥の一種らしかった。

鳥たちの動きに変わったところがなければ、ドニファンはその一群に気を取られることもなかったろう。鳥たちは大きな円を描いて飛び回り、その円は地上に近づくにつれて小さくなっていき、ついにひとつの塊のようになって地面に急降下した。

地上で、鳥たちの叫び声はいっそう大きくなった。鳥たちが姿を消した背の高い草の中に何があるのか、ドニファンにはよく見えなかった。

動物の死骸があるに違いない、とドニファンは思った。いったいどうなっているのか知りたくなって、フレンチ・デンに戻ると、ジーランド川をボートで渡してくれるようモコに頼んだ。ふたりはボートに乗り、十分後には土手のやぶのあいだを進んでいた。たちまち鳥たちは飛び上がり、食事の邪魔をしにきたおせっかいな人間たちに文句をいいたてた。

そこに横たわっていたのは幼いグアナコだった。まだ身体は温かく、死後数時間も経っていないようだった。

ドニファンとモコは猛禽類たちの食事の残りを横取りしようという気は毛頭なかったので、そこを立ち去ろうとしたが、そのとき疑問が湧いた。ふだんグアナコたちは東の森から離れることなどほとんどないのに、このグアナコはなぜ、そしていったいどうやって、沼地のはずれまでやってきたのだろう?

ドニファンはグアナコを調べた。脇腹に、まだ血の流れている傷口がある。ジャガーや他の肉食獣が襲った傷口ではない。

「このグアナコは銃で撃たれたんだ!」とドニファンは言った。

「ここにその証拠が!」ナイフで傷口を探って銃弾を取り出したモコが答えた。

その銃弾は船に搭載する銃のもので、狩猟用のものではなかった。つまり、ウォルストンかその仲間が撃った弾に違いない。

ドニファンとモコはグアナコの死骸を猛禽類たちにまかせ、フレンチ・デンに戻ると、仲間たちにこのことを報告した。

ドニファンも他の少年たちもこのひと月というもの銃は一発も撃っていないのだから、グアナコがセバーン号の水夫に撃たれたことは明白だった。けれども重要なのは、そのグアナコがいったいいつ、どこでその銃弾を撃ちこまれたかということだ。

さまざまな仮説を検討してみたが、おそらく撃たれたのは五、六時間以内のことだろう、ということになった。グアナコが砂丘地帯を横断して、川の土手に辿りつくまでそれくらいの時間はかかるだろう。つまり、午前中にウォルストン一味の誰かが湖の南端に近づいて狩りをしたということ、そして一味は東川を越えて、少しずつフレンチ・デンに近づいているということだ。

いますぐ危険がそこまで迫っているわけではないにしても、状況は悪化している。島の南部は広大な平原で、いくつかの小川に遮られ、ところどころに沼地があり、砂丘の隆起があり、そこにいる獲物では一味の日々の食糧をまかなうことができないのだろう。ウォルストンはまだ砂丘地帯を横切っていない可能性が高い。それに、そこまで近くで銃を撃っているなら風に乗ってその音が運動場までも届くはずだが、怪しい音は聞いていなかった。だから、フレンチ・デンはまだ見つかっていないと考えてよさそうだった。

それにしても、いっそう厳重な警戒態勢を敷く必要がある。もしも攻撃をかわすチャンスがあるとしたら、洞穴の外で絶対に不意打ちに遭わないようにすることだ。

三日後、さらに重大な発見があり、みなの不安をつのらせた。それは、少年たちの安全がこれまで以上に脅かされているのだと認めざるをえないようなものだった。

二十四日の朝九時ごろ、ブリアンとゴードンはジーランド川の向こう岸へ出かけた。湖と沼地のあいだの狭い小道を横切って、弾丸避けのようなものをつくれないか、調べるためだった。もしもウォルストン一味がやってくることがあらかじめわかった場合、ドニファンや銃の巧い者たちが盛り土に隠れて素早く待ち伏せすることができるかもしれない。

川の向こう岸について三百歩ほど行ったあたりで、ブリアンがバリッと音のする何かを踏みつけた。貝殻だろうと考えて、ブリアンは気にも留めなかった。高潮が南沼まで入り込んでくるとき、無数の貝殻を運んでくるのだ。けれども後ろを歩いていたゴードンが足を止めた。

「待て、ブリアン、ちょっと待ってくれ！」

「どうした？」

ゴードンは身を屈め、ブリアンが踏みつけたものを拾い上げた。

「ごらん！」

「貝殻じゃない。これは……」とブリアン。

「パイプだ！」

それは黒っぽいパイプで、火皿の根元から煙管が折れていた。

「ぼくたちは誰もパイプなんか吸わないから、これを失くしたのは……」とゴードン。

「一味の誰かってことだ」ブリアンが答える。

「ただし、チェアマン島にぼくらより前に来ていた、あの遭難者ボードワンのものでなければ、だけど……」

だが、火皿の割れたところを見るとまだ新しく、二十年以上前に死んだフランソワ・ボードワンのものであるはずがなかった。誰かが最近、ここに落としていったものだ。火皿に残った煙草のかすが、疑う余地のない証拠だった。つまり、数日前、もしかしたら数時間前に、ウォルストン一味の誰か、あるいはウォルストン自身が、家族湖のこちら側まで来たということだ。

ゴードンとブリアンはすぐにフレンチ・デンに取って返した。ブリアンがパイプの火皿を見せると、ケイトがそれをウォルストンが持っているのを見たことがある、と証言した。

間違いない。悪党どもは、湖の南端を回って近づいている。もしかしたら夜のうちにジーランド川の岸辺まで進んできたのかもしれない。もしフレンチ・デンが見つかったら、そしてもしウォルストンがそこにいるのは少年たちばかりだと知ったら、こう考えるのではないだろうか——あそこには道具や弾薬、食糧など、彼らにないものや不足しているものがすべてある。奇襲攻撃をしかければ、屈強な七人の男たちが十五人の少年たちを打ち負かすなんてたやすい、と。

いずれにしても、一味がどんどんこちらに近づいていることはもはや疑いようもなかった。さしせまる危険を前に、ブリアンは仲間たちと相談して、さらに厳重な警戒態勢をととのえた。昼のあいだはオークランド丘の頂に見張り役を立たせ、沼地の方からでも、落とし穴森の方からでも、湖の方からでも、怪しいものが見えたらすぐに合図をさせる。夜は年長の少年ふたりが、ひとりは広間、ひとりは貯蔵室の出入り口に立って、外で怪しい物音がしないか番をする。扉はすべて支えをつけて補強し、いざとなったらすぐにでもバリケードが築けるよう、大きな石をフレンチ・デンの内部に積んでおいた。岩壁に開けた細い窓は二門の大砲の砲眼となった。片方の大砲はジーランド川の岸に、もう片方は家族湖に向いて置かれた。銃や拳銃にも弾丸を装塡し、いざとなったらすぐ使えるようにした。

十一月二十七日のことだった。この二日というもの、たまらない暑さだった。巨大な雲が重く垂れこめ、遠くの雷鳴が嵐を告げていた。気圧計も、天気が荒れることを示していた。その晩、ブリアンと仲間たちはいつもより早く広間に引き上げた。ここしばらくしていたように、ボートを引き揚げて貯蔵室に収納する用心も忘れなかった。扉をしっかりと閉め、祈りをすませ、遠い地の家族にあてた言葉を送り、あとは床に就くだけだった。

九時半頃、嵐はすでに猛威をふるっていた。岩壁の切り込み窓から入り込む激しい稲妻の反射で、広間は鋭い光に照らされた。雷鳴の轟きが絶え間なく響いている。オークランド丘の岩壁も耳をつんざくばかりの大音響に震えているようだ。雨や風を伴わないこうした天候が、もっとも恐ろしい。動かない雲が中に蓄積した電気を放電し続け、一晩鳴り続けてもまだ雷鳴が終わらないことがあるのだ。

コースター、ドール、アイバーソンとジェンキンスは寝台の上でちぢこまり、次の雷鳴が近いことを示すびりびりと耳をつんざくような音がするたびに飛び上がった。けれども、この堅固な洞穴の中では恐れるものは何もない。崖の頂に雷が二十回、いや百回落ちようとも恐れることはないのだ。フレンチ・デンの厚い岩壁は、電流も突風も通さないのである。時おり、ブリアンやドニファン、バクスターが起き上がり、入り口の扉をわずかに開いては外の様子をうかがったが、すぐに稲光に目がくらんで戻ってきた。空はまるで燃えるようで、空を裂く閃光を映した湖もまた、巨大な炎に揺らいでいるかのように見えた。

十時から十一時まで、一瞬の途切れもなく稲妻と雷鳴が続いた。深夜少し前にようやく、空の荒れはおさまりだした。雷鳴の間隔がだんだん長くなり、激しさも衰え、遠ざかりはじめた。風が吹きはじめ、地表近くに垂れこめていた雲を吹き払った。ほどなく、たらいをひっくり返したような激しい雨が降りはじめた。

小さなこどもたちはようやく安心しはじめた。もうとっくに就寝時間だったが、小さな頭がふたつ、みっつ、毛布の下から顔をだした。ブリアンや仲間たちがいつもの警戒態勢を整えてから床に就こうとしたとき、ファンが奇妙に落ち着かない様子をみせた。立ち上がると広間の出入り口へと駆けてゆき、低い唸り声をあげている。

「ファンはなにかを嗅ぎ取ったんだろうか?」犬をなだめようとしながら、ドニファンが言った。

「これまでにもこんなふうに奇妙な態度をみせたことがあったけど、このりこうな犬は一度も間違ったことがなかったよ！」とバクスター。

「眠りにつく前に、どういうことか確かめる必要があるね」とゴードンも言った。

「そうしよう」とブリアン。「でも、誰も外に出るんじゃない。すぐにでも戦える準備を！」

誰もが銃や拳銃を手にした。そして、ドニファンが広間の出入り口へ、モコが貯蔵室の出入り口へと近づいた。ふたりとも扉に耳を近づけて聞き耳をたてたが、外では何も音が聞こえない。けれどもファンはあいかわらず、落ち着かない様子を示している。やがてファンは、激しく吠えだした。ゴードンにも抑えることができなかった。困ったことになった。外は静まっていたので、岸辺を歩く足音だって聞こえたかもしれないのだ。となれば当然、ファンの吠え声は外にも聞こえているだろう。

突然、銃声が響いた。雷鳴とは間違えようもなかった。フレンチ・デンから二百歩も離れていないところで発射されたようだった。

全員が身構えた。ドニファン、バクスター、ウィルコックスとクロスは銃をかまえ、誰か押し入ってくる者があればすぐに発砲できるよう、ふたつの出入り口のそばで待機した。他の者は、こういうことがあったときのために用意していた石を、扉の前に積みはじめた。そのとき、外で叫び声がした。

「助けてくれ……助けてくれ！」

外に誰かがいるのだ。死の危険に直面した誰かが、助けを求めている……。

「助けてくれ！」もう一度声が聞こえた。扉から数歩の距離だった。

ケイトが扉に身を寄せ、耳をすましていた。
「あの人よ！」と、彼女は叫んだ。
「誰です？」とブリアン。
「開けて、開けて！」とケイト。
扉が開いた。ずぶぬれになったひとりの男が、広間に飛び込んできた。
それはセバーン号の航海士、エヴァンズだった。

第二十六章　大人の航海士

ケイトと航海士～エヴァンズの話～小型艇の遭難後～ウォルストンとクマ岩港～凪～フレンチ・デンの発見～エヴァンズの逃亡～川を越えて～計画～ゴードンの提案～東の地～チェアマン・ハノーバー

あまりにも思いがけないエヴァンズの出現に、ゴードンも、ブリアンやドニファンも、驚いて立ち尽くした。次の瞬間、衝動的に、まるで救世主に出会ったかのように航海士のそばに走りよっていた。

エヴァンズは年の頃、二十五から三十で、肩幅が広くたくましい体つきをしていた。目はいきいきとして、額は広く、聡明で好ましい印象を与える。足取りはしっかりとして落ち着きがある。顔の半分はもじゃもじゃのひげで隠されていたが、それはセバーン号の難破以来、ひげを剃る機会がなかったからだろう。

足を踏み入れるや否や、エヴァンズは後ろを振り返り、しっかりと閉じた扉に耳をあてた。外で何も聞こえなかったので、彼は広間の中に進み出た。天井から下がった舷灯光の下、彼を取り囲む少年たちの顔を見回すと、呟いた。

「そうか、こどもたちか……！　こどもたちばかりなんだ……！」

突然、その瞳が輝き笑顔になると、両腕を広げた。

ケイトが彼のそばに近づいた。

「ケイト……！　ケイト、生きていたなんて！」

エヴァンズはまるで、死者の手ではないことを確かめるようにケイトの手を握りしめた。

「そうよ！　あなたと同じように生きているわ、エヴァンズ！」ケイトは答えた。「神様があなたをお救いくださったように、わたしも救われたの。そして神様は、この子たちを救うためにあなたをお遣いくださったんだわ！」

航海士は、広間のテーブルのまわりに集まった少年たちを目で数えた。

「十五人か。戦えるのはせいぜい五、六人だね。……でもかまいはしない！」

「エヴァンズ航海士、ぼくたちはすぐにでも、攻撃されるんでしょうか？」ブリアンが聞いた。

「いや、それはないと思う。少なくともいまは！」エヴァンズは答えた。

みんながどれほど航海士の話を、特に小型艇がセバーン岩礁で難破してから何が起こったのかを聞きたがったかは、言うまでもない。年長組も年少組も、自分たちにとってこれほどの重要な話を聞き終るまでは、とても眠る気などなかった。けれどもその前に、エヴァンズはびしょぬれの服を脱ぎ、何か食べる必要があった。服が濡れていたのは、ジーランド川を泳いで渡ったからだった。疲れと飢えでへとへとだったのは、この十二時間ほど何も食べていないからだ。なにしろ、朝から一瞬たりとも気を休めることができなかったのだ。

ブリアンはすぐにエヴァンズを貯蔵室に案内した。そこでエヴァンズはゴードンが用意した水夫用の服に着替え、その後でモコが運んできた冷えた肉とビスケット、熱々のお茶、そしてグラスにたっぷりのブランデーで食事をした。

十五分後、エヴァンズは広間のテーブルの前に腰掛け、セバーン号の船乗りたちがこの島に難破したあとの出来事を話した。

「小型艇が浜に近づく数秒前に、ぼくもふくめて六人の男が岩礁の岩の上に投げ出された。誰もたいした傷は負わなかった。軽い打撲程度で、傷などなかった。でも真っ暗闇の中、沖から押し寄せる荒れ狂う波を逃れて岸に辿り着くのはやはり大変なことだった。

それでも、長い間もがきながら、なんとか波の手から逃れたんだ。ウォルストン、ブラント、ロック、クック、コープとぼくの六人だった。一味の中では、フォーブスとパイクの姿がなかった。波に投げ出されたのか、小型艇が岸辺に運ばれたときに一緒に助かったのか、そのときはわからなかった。ケイトはもう波にさらわれてしまったものと信じこんでいたから、こうしてまた会えるなんて夢にも思わなかった」

そう語りながらエヴァンズは、セバーン号の虐殺を共に免れた、この勇気ある女性と再会できた喜びや驚きを隠そうともしなかった。ふたりとも人殺したちに捕らえられながら、ふたりともいまは（これから先のことはわからなくても）奴らの手から逃れているのだ！

エヴァンズは続けた。

「浜辺についてから、小型艇を探すまでしばらくかかった。舟が打ち上げられたのは夜の七時くらいだと思うけれど、砂浜の上で転覆しているのを見つけたのは真夜中近かった。つまり、はじめは南下していたんだ、あの岸を……」

「セバーン海岸ですね」ブリアンが言った。「ぼくの仲間たちがそう名づけたんですよ。仲間たちはあの小舟を見つけたんです。ケイトがぼくたちに遭難のことを話してくれる前に、すでに……」

「前に、だって?」エヴァンズは驚いて尋ねた。

「ええ、エヴァンズ航海士」ドニファンが言った。「ぼくたちは、セバーン号が遭難したあの晩、あの場所にいたんです。あなたがたの乗組員が砂浜に投げ出されているのも見ました!でも朝になってふたりを埋葬しようと戻ってみたら、ふたりとも消えていたんです」

「なるほど、そういうわけだったのか」エヴァンズは答えた。「フォーブスとパイクはてっきり溺れたものと思っていた……天にかけて、そのほうがよかったかもしれない。七人のならず者のうち、ふたりがいなくなるならね! でもふたりは舟のそばに投げ出されていた。ウォルストンたちがふたりを見つけ、ジンを飲ませて生き返らせた。

奴らにとっては幸いなことに——つまり、ぼくたちにとっては不幸なことに——、小型艇の備品箱は座礁したときにも無事だったし、海水も入っていなかった。次の上げ潮で舟が壊れることを恐れて、弾丸も、五丁の銃も、セバーン号が火事になったときに慌てて積んだ食糧の残りも、すべてを運び出した。それが終わって、東に向けて歩き出したんだ。そのとき、ロックだと思うが、一味のひとりが、ケイトがいないと言い出したんだ。ウォルストンは答えてこう言った。『波に運ばれちまったのさ! いい厄介ばらいをしたってわけだ!』。そこでぼくは考えた。この連中は、ケイトが必要なくなったので厄介ばらいができたと言って喜んでいる。航海士のぼくも使い途がなくなったら厄介払いするだろう、と。

でもケイト、あなたはどこにいたのです?」

「舟のそばにいたんですよ。あの海辺でね」ケイトは答えた。「難破したあと、投げ出されたままに。彼らはわたしの姿が見えなかったけれど、ウォルストンたちが話していたことは全部聞こえたの……。彼らが去ったあと、起き上がって、反対側の方へと逃げたんです。それから四十二時間後、空腹で半分死にかけていたとき、この勇敢なこどもたちに助けられ、このフレンチ・デンにやってきたのよ」

「フレンチ・デンだって?」エヴァンズはおうむ返しに言った。

「この洞穴につけた名前なんです」ゴードンが答えた。「ぼくたちがやってくるよりもずっと前に、難船したフランス人がここに住んでいたんです」

「フレンチ・デンに、セバーン海岸だって?」エヴァンズは言った。「きみたちは、この島のあちこちにそうやって名前をつけていたんだね。素敵だなあ!」

「そうですよ、エヴァンズ航海士。素敵な名前でしょう」サービスが言った。「他にもあるんです。家族湖、砂丘地帯、南沼、ジーランド川。それに、落とし穴森……」

「すばらしい! すばらしい! 後で……明日にでも……全部教えてもらおうじゃないか! とにかくいまは、ぼくの話を続けよう。外で怪しい物音はしていないね?」

「いません」広間の出入り口そばに立っていたモコが答えた。

「よろしい！」エヴァンズは言った。「じゃあ、続けよう。舟を離れて一時間ほど行くと、森のはずれについたので、そこで野営をした。その翌日から数日間、舟が乗り上げた浜に引き返して、修理しようとした。でも、道具と言えばただの斧しかなかったから、破損した船板を張り替えることはできなかったし、ほんの短い距離だって海に出られるようには修理できなかった。それに、あの場所はこうした作業をするにはとても不便だった。

そんなわけで、そこを離れてもう少し荒れていない場所を探すことにした。狩りをして食糧をまかなえるところ、それに真水のある川の近くに。なにしろ、食糧は底を尽きかけていた。岸辺を十二マイルほどあるいた後、小さな川に辿り着いた……」

「東川だ！」とサービス。

「そうか、東川か！」エヴァンズは答えた。「そこにある広い湾の奥に……」

「失望湾だ！」とジェンキンス。

「おやおや、失望湾かい？」エヴァンズは微笑みながら言った。「そこでは、岩場の中に港が……」

「クマの岩！」コースターがはりきって言った。

「おちびさん、クマの岩だね！」エヴァンズは頷いて答えた。「その場所に移り住むのはたやすかった。それに、舟をあそこに運べば、最初の嵐でずいぶん壊れてしまったが、修理できるかもしれないということになったんだ。そんなわけで戻って、なるべく軽くしてみると、舟は水に浮いた。舷側まで水に浸かってしまうけれど、海岸に沿ってどうにか舟を運んだ。そしていまはあの港にあるから、安全だ」

「舟はクマ岩港にあるんですね？」ブリアンが言った。

「そのとおりだよ。もし必要な道具さえあれば、修理できると思う」

「エヴァンズ航海士、道具なら、ぼくたちが持っていますよ！」ドニファンが叫んだ。

「そう！　ウォルストンもそう考えたんだ。この島に人が住んでいることや、しかもそれがだれか知ったときにね！」

「どうしてそんなことがわかったんです？」ゴードンが尋ねた。

「それはこういう具合さ。八日前、ウォルストンと仲間たち、そしてぼくは――なにしろ、連中はけっしてぼくをひとりにしなかったからね――森の中を偵察に出かけた。三、四時間歩いて、東川を遡っていくと、広々とした湖に出た。そこから川が流れ出していたんだ。そしてそこで、何を見つけたと思う？　驚いたことに、なにか巨大な仕掛けが岸辺に流れ着いていたんだ。葦で作った骨組みに、布が張ってあって……」

「ぼくたちの凧だ！」ドニファンが叫んだ。

「湖に落ちた、ぼくたちの凧だ」ブリアンも言った。「風に流されて、そこまで漂っていったんですね」

「ああ、そうか！　あれは凧だったのかい？」エヴァンズは聞き直した。「なんてこった、そこまではわからなかった。ずいぶん頭をひねったんだがね！　いずれにしても、それは自然に生えてくるようなものじゃなかった。島で誰かがつくったものだ。つまり、この島には誰かが住んでいる！　それはいったい誰なのか？　ウォルストンはそれを知りたがった。ぼくの方は、その日から、逃げようと決心を固めた。この島の住人が誰であれ、たとえそれが野蛮人であれ、セバーン号の殺人鬼たちよりはましに決まっているからね！　その瞬間から、やつらはぼくを昼となく夜となく見張りはじめた」

「でもどうやってフレンチ・デンが見つかったんですか？」バクスターが尋ねた。

「すぐに話すよ」エヴァンズは答えた。「でもぼくの話を続ける前に、教えてくれ。あの巨大な凧を、いったい何に使ったんだい？　なにかの信号かい？」

ゴードンが、その凧を何の目的でつくったか、ブリアンがなぜみんなのために命をかけて凧にぶら下がり夜間飛行をしたか、どんなふうにしてウォルストンたちがまだ島にいることを探ったかを話した。

「きみは、勇敢な少年だ！」エヴァンズは言い、ブリアンの手を取ると友情をこめて握った。「わかるね。その日から、ウォルストンが考えたことはただひとつ、この島に誰が住んでいるのかを探ることだった。もし原住民だったら、仲良くすることができるだろうか？　もし遭難者だったら、自分たちに必要な道具を持っているだろうか？　その場合、舟がまた海に出られるように修理するための協力を惜しむだろうか？

奴らは調査をはじめた。かなり慎重にね。少しずつ湖の右岸の森を調べながら、南の端に向けて降りていった。でも、人っ子ひとり見なかった。島のそのあたりでは、銃声だって一度も聞こえなかった」

「それは、ぼくたちが誰ひとり、フレンチ・デンを離れないようにしていたからですよ。銃を使うことも禁止していました！」

「それでも、きみたちは見つかってしまったんだ！」エヴァンズは答えた。「でも、どうしようもなかったと思うよ。それは、十一月二十一日から二十二日のことだった。ウォルストンの仲間が湖の南端を回って、このすぐそばにやってきたんだ。不幸なことに、ある一瞬、崖の岩壁に光が走ったのが見えた。おそらく、扉が一瞬開いたときに、きみたちの舷灯の光がもれたんだろう。その翌日、ウォルストン自身がやってきて、川岸から少し離れたところで背の高い草に身を隠し、夕方ずっと偵察していたんだ」

「ああ、知っています」ブリアンが言った。

「知っていたって……？」

「ええ。なぜって、その場所でゴードンとぼくとがパイプのかけらを拾ったからです。ケイトに見せたら、ウォルストンのものだと覚えていました！」

「そのとおりだ！」エヴァンズが答えた。「そのときに失くしたんだ。帰ってきてから、ずいぶん悔しがっていたよ。けれども、そうやって君たちの所在地が知られてしまった。彼が草の間に隠れていたとき、きみたちの大部分が川の右岸で行ったり来たりしているのが見えたらしい。少年たちしかいない、七人の大の男がいれば簡単に捩じ伏せられるだろう、と！　ウォルストンは戻ると、仲間たちにそのことを話した。彼がブラントとしていた話を聞いて、このフレンチ・デンに対してどういう攻撃をしかけようとしているかわかった」

「怪物だわ！」ケイトが叫んだ。「こどもたちに、情けをかけようって思わないのかしら……」

「そのとおりだよ、ケイト」エヴァンズは答えた。「セバーン号の船長や乗客に対してだって、情けのひとかけらもなかったじゃないか！　あなたの言うとおり、やつらは怪物だ。あの中でも、もっとも血も涙もないウォルストンが指揮を執っている。いつか奴が、自分の犯した罪の罰を受けることを願うよ！」

「でもエヴァンズ、あなたはとうとう逃げ出せたのね。神様のおかげで！」ケイトが言った。

「そうなんだ、今朝、ウォルストンや他のやつらは、ぼくの監視をフォーブスとロックにまかせてどこかにいってしまった。そのとき、いまがチャンスだと思った。このふたりの極悪人の目をくらまし、遠くに逃げるには、とにかく隙をついて飛び出すことにかかっている、と！

朝十時頃だった。ぼくが森に飛び込むのとほぼ同時にフォーブスとロックはそれに気づいて、ぼくを追跡しはじめた。彼らは銃を持っていたが、こちらは身を守るものといったら船員用のナイフ一本と、あとは脱兎の如く走るだけさ！

追跡は一日中続いた。森を斜めに横切り、湖の東岸に出た。まだ湖の南端を回らなければならなかった。というのも、きみたちが西に流れる川の土手にいるって聞いていたからね。

まったく、あんなに死にもの狂いで、あんなに長く走ったのは生まれてはじめてだ！　十五マイルの距離を、一日中走っていたんだから！　まったくひどいもんさ！　悪党たちもぼくと同じような速さでついてくるし、やつらの弾丸ときたらそれよりずっと速いわけだからね。何度か、弾丸が耳をかすめた。考えてもみたまえ！　ぼくは彼らの秘密を握っているんだ。もしぼくが逃げおおせたら、やつらの悪事も明るみにでてしまう！　だから何としてでもぼくを捕まえようと必死だったのさ。まったく、もしやつらが銃を持っていなかったら、ぼくはナイフを手に堂々と待ち構えたことだろう！　殺《や》るか殺られるか、だ！　そうさ、ケイト、あいつらの野営に連れ戻されるくらいなら死んだほうがましだからね！

　それでも、夜になったらやつらも追跡をあきらめるかと思っていた。とんでもない！　すでに湖の端を回ってこちら側の岸を北上していたんだが、フォーブスとロックはあいかわらずついてくる。数時間前から怪しい空模様だったが、ついに荒れてきた。それで逃げるのがいっそう大変になった。というのも、稲光に照らされて、土手の葦のあいだにいるこっちの姿が見えてしまうからだ。ついに川まであと百歩くらいのところに辿り着いた。もしやつらを残したまま向こう岸に辿り着ければ、こっちのものだ！　連中も川の向こうにフレンチ・デンがあるのを知っているから、川を渡ろうとまではすまいと思ったんだ。

　だからぼくは走り続け、川の左岸に辿り着いた。そのとき稲妻が辺りを照らし出した。その瞬間、銃声が響いて……」

「それが、ぼくらが聞いた銃声ですね？」とドニファン。

「違いない！」エヴァンズは答えた。「その弾はぼくの肩をかすめた……。ぼくは、川に飛び込んだ。数度水をかいて、こちら側に辿り着き、草の陰に隠れた。するとロックとフォーブスが向こう岸にやってきて、話しているのが聞こえた。『当たったかな？』『決まってるさ！』『じゃあいまごろ、やつは水の底だな？』『もちろん。いまごろはおだぶつさ！　いい厄介払いをしたぜ！』そう言ってふたりは足早に立ち去った。

そう、厄介払いできたのはこっちのほうさ！　ぼくにとっても、ケイトにとっても。悪党どもめ、ぼくが死んだかどうか、そのうちにわからせてやる。とにかくそれから少し待って、草むらから離れ、きみたちのいる崖のほうに向かった。すると犬の吠える声がしてきた。ぼくは、呼んでみた……するとフレンチ・デンの扉が開いたっていうわけさ」

それから、エヴァンズは湖の方を指差しながらつけ加えた。「さあ、諸君。あの悪党どもを退治して、この島から追い出そう！」

彼の言葉には強い力がみなぎっていたので、少年たちはみな彼についていく決心をかため、立ち上がった。

今度は、少年たちがエヴァンズに、これまでの二十ヶ月のことを話す番だった。スラウギ号がニュージーランドを離れたときのこと、この島に辿り着くまで太平洋を渡った長い航海のこと、フランス人の遺難者の遺品を見つけたこと。フレンチ・デンに少年国をうちたてたこと、夏のあいだに行なった探検や、冬のあいだに打ち込んだ勉強や仕事。ウォルストン一味がやってくる前の、比較的安全で危険のなかった暮らしのこと。

「そして、この二十ヶ月のあいだ、この島からは沖を通る船を一隻も見なかったんだね？」エヴァンズが尋ねた。

「少なくとも、ぼくたちは一隻も見かけませんでした」ブリアンが答えた。

「目印になるものは、つくったのかい？」

「ええ！　崖のてっぺんにマストを立てたんです」

「それでも効き目はなかったんだね？」

「ええ、エヴァンズさん」ドニファンが言った。「でも六週間前に外したんですよ。ウォルストンに見つからないように」

「それは賢明だった！　でももう、あのごろつきたちは諸君のことをかぎつけてしまった！夜も昼も、警戒を解かないようにしよう！」

「それにしてもなぜ」とゴードンが言った。「なぜぼくたちは、正直なひとたちではなくあんなひどいやつらを相手にしなければならないんだろう？　正直なひとたちだったら、喜んで助けたのに！　ぼくらの状況だって、もっと豊かになったのに！　でもこれからは戦わなければならない。ぼくら自身のいのちを守るために。これは戦いだ。どうなるか見てろ！」

「いままでだって、神様が守ってくださったのだから、これからだってお見捨てにはならないわ！」ケイトが言った。「あなたがたのところに、勇敢なエヴァンズを遣わしてくださったのだから……」

「エヴァンズ！　エヴァンズばんざい！」少年たちは声をひとつにして叫んだ。

「ぼくを信じてくれ」航海士は答えた。「ぼくも、きみたちを信じている。きっとわれわれの身を、守り抜こう！」

「でも」とゴードンが言った。「もしも戦いを避けるすべがあったら……もしウォルストンがこの島を立ち去ると約束したら？」

「どういうことだい、ゴードン？」ブリアンが尋ねた。

「つまり、あの小型艇を使うことができたら、一味はこの島を離れるはずだ！　そうでしょう、エヴァンズさん？」

「そのとおり」

「じゃあ、もし彼らと話をして、必要な道具を貸すといったら、彼らは承知するんじゃないだろうか？　セバーン号の殺人鬼たちと話し合いをするなんてぞっとすることだけど！　でも彼らを厄介払いするためなら、血が流れるかもしれない攻撃を避けるためなら、それもあり得るかもしれない。エヴァンズ航海士、どう思いますか？」

エヴァンズは、じっとゴードンの意見に耳を傾けていた。その提案からは、軽はずみな熱狂に安易に身を委ねない現実的な精神と、どんな状況でも冷静に判断しようとする性格がうかがえた。みんなの中でも最もまじめな少年に違いないとエヴァンズは思った——実際、そのとおりだった。そして、この意見は検討に値する、と考えた。

「ゴードン君」エヴァンズは言った。「あの悪党どもから解放されるためなら、実際のところ、どんな手段を使ってもいいだろう。だから、もしも小型艇を修理することが出来、彼らがこの島を立ち去ると約束するなら、どんな結果になるかわからない戦いをはじめるよりずっといい。けれども、ウォルストンは信用できるだろうか？　やつらと話をはじめたら、ウォルストンはフレンチ・デンに奇襲をかけ、きみたちが持っているものを奪おうとしないだろうか？　きみたちが難破船からお金を持ち出していると考えないだろうか？　いいかい、あのごろつきたちは、きみたちが好意で何をしようが、悪事を働くことしか考えないんだ。感謝の気持ちというものを、あいつらはこれっぽちも持っていないんだよ。彼らと話をするということは、まるですべてを……」

「だめだ！　だめだ！」バクスターとドニファンが叫んだ。仲間たちも力強くふたりに同意したので、エヴァンズはほっとした。

「だめだ！」ブリアンも言った。「ウォルストンやその一味とは関わらないほうがいい！」

「それに」とエヴァンズは続けた。「やつらが欲しがっているのは道具だけじゃない。弾薬もだ。あいつらもまだ、攻撃をしかけるに充分な弾薬は持っている。それは確かだ。けれども、武装して別の土地に行くとなると、いま手持ちの弾薬ではとても足りないだろう。だからその分、きみらに求めてくるだろう、強引に要求してくるだろう！　そうしたら、くれてやるのかい？」

「絶対にだめだ！」ゴードンが答えた。

「そうなれば、力ずくで奪おうとするだろう。そうなれば結局、戦うしかなくなる。しかも、きみたちにとって、いっそう不利な条件で！」

「エヴァンズ航海士、あなたの言うとおりです」ゴードンは言った。「迎え撃つ準備を固めて、あとは待ちましょう！」

「それがいい！　待つことにしよう、ゴードン君。それに、待つのには他にも理由があるんだよ」

「どういうことです?」

「聞いてくれ。ウォルストンはセバーン号の小型艇を使わなければ、この島を出られないんだったよね?」

「もちろんです!」ブリアンが答えた。

「あの小型艇は、修理をすれば海に出られる。それはぼくが請け合う。ウォルストンがあの舟を修理できなかったのは、道具がなかったからだ」

「そうでなければ、もうとっくに島を出ているでしょう!」とバクスターが言った。

「そのとおりだ。つまり、もしもあの舟を修理する道具を与えてやったら、確かに、やつらはフレンチ・デンを襲撃する考えを諦めるかもしれない。そしてきみたちにかまわず、さっさと島を出て行くかもしれない」

「ああ、そうなったらいいのに!」サービスが叫んだ。

「とんでもない! そうなったら、セバーン号の小型艇がなくなってしまったら、どうやってぼくたちが島を出るんだい?」

「なんですって、エヴァンズさん」ゴードンが言った。「その舟を使って、島を出ようと考えているんですか?」

「ニュージーランドまで? 太平洋を渡っていく、と?」ドニファンも尋ねた。

「太平洋だって? 諸君、ちがうよ。そう遠くはない港に辿りつくためさ。そこで、ニュージーランドへ、オークランドへ戻る機会を待つんだよ!」

「それは本当ですか、エヴァンズさん?」ブリアンが叫んだ。

他の少年たちも同時に航海士に尋ねたがった。

「その小型艇で、何百マイルも航海できるんですか?」バクスターが尋ねた。

「何百マイル、だって?」とエヴァンズ航海士。「とんでもない! たったの三十マイルでいいんだよ!」

「この島のまわりには、ただ海が広がっているのではないんですか?」ドニファンが聞いた。

「西に向かえば、そのとおり!」エヴァンズは答えた。「でも南、北、東の海はただの海峡だから、六十時間もあれば簡単に渡れるよ!」

「近くに陸地があるとぼくたちが考えていたのは、まちがっていなかったんですね?」ゴードンも尋ねた。

「もちろん、まちがっていないさ。しかも、東にあるのは大きな陸地だよ」

「そうだ、東に!」ブリアンが叫んだ。「あの白いしみ、それにあっちの方にみた光は……」

「白いしみ、と言ったね?」エヴァンズが答えた。「それは氷河にちがいない。そして光というのは火山の火だろう。火山の位置は地図に載っているはずだ。ああ、そうか! 諸君。きみたちは自分たちがどこにいると思っているんだい?」

「太平洋の真ん中にぽつんと孤立した島だと思っていました!」ゴードンが言った。

「島には違いない。でもぽつんと孤立してはいない! 南アメリカ沿岸の、数知れぬ群島のひとつなんだよ! きみたちはこの島の岬や湾、川に名前をつけたんだったね。この島はなんと呼んでいたんだい？」

「チェアマン島です。ぼくたちの、寄宿学校の名前をとったんです」ドニファンが言った。

「チェアマン島か！　よろしい、じゃあこの島にはふたつ名前があるわけだ。もうすでに、ハノーバー島と呼ばれているんだからね！」

　このあと、いつものように警戒の手筈をととのえてから、みな床に就いた。航海士のためには、新しい寝台をひとつ広間に置いた。少年たちの心にはふたつの思いが去来して、なかなか眠りにつけなかった。ひとつは、血なまぐさい戦いへの予感であり、もうひとつは故郷へ帰れるかもしれないという期待だった。

　エヴァンズ航海士は明日、ハノーバー島の正確な位置を地図で教えてくれると言っていた。モコとゴードンが見張るなか、フレンチ・デンの夜は静かに過ぎていった。

第二十七章　悪党たちの策略

マゼラン海峡～海峡を囲む陸地と島々～港の数々～未来への計画～力ずくか、罠か？～ロックとフォーブス～にせの遭難者～温かいもてなし～十一時から真夜中のあいだ～エヴァンズの一発～ケイトの仲裁

南アメリカのマゼラン海峡では、およそ三百八十マイルの長さの水路が東から西へ、大西洋側のビルヘネス岬から太平洋側のピラル岬へと、弧を描いている。海抜三千フィートの山々がそびえる起伏に富んだ沿岸と、その奥に無数の小さな港が隠れた入り組んだ湾には、航行する船が真水を補給できる水場も多い。辺りを囲む深い森には鳥獣が多く棲み、数えきれないほどたくさんの入り江に何千もの滝が流れ落ちて水音を轟かせる。この海峡は、東から来る船にとっても、西から来る船にとっても、エスタドス島とティエラ・デル・フエゴの間のル・メール海峡を通るよりも短い航路だし、天候もホーン岬のあたりよりもずっと穏やかだ。これが、一五二〇年、ポルトガルの有名な航海者マゼランの発見した海峡である。

半世紀のあいだ、マゼラン海峡周辺を訪れたのはスペイン人ばかりだった。彼らは、ブルンスウィック半島に、ファミーヌ港を築いた。スペイン人に続いて、ドレイク、カヴェンディッシュ、チャイドレー、ホーキンスら英国人がやってきた。続いて、デ・ウェールト、デ・コー

ルト、デ・ノールト、さらには一六一六年にル・メール海峡を発見したル・メールとスハウテンらのオランダ人も訪れた。一六九六年から一七一二年にかけてはドジェンヌ、ボーシェーヌ・グアン、フレジエらのフランス人もやってきた。この時代以降は十八世紀末の有名な航海者たち、アンソン、クック、バイロン、ブーゲンヴィルなどがこの海域を通るようになった。

それ以降、とりわけ、風向きや潮の向きにかまわず、悪天候のなかでも大洋を渡ることのできる蒸気船が登場してからというもの、マゼラン海峡は大西洋と太平洋のあいだをつなぐ水路として船が頻繁に行き交うようになった。

翌日の十一月二十八日、エヴァンズがスティーラーの世界地図を開いてブリアン、ゴードンや仲間たちに見せたのは、このマゼラン海峡周辺だったのである。

海峡の北は南アメリカの最果ての地、パタゴニアや、ギヨーム（ウィリアム）王の土地とも呼ばれるブルンスウィック半島。海峡の南には、ティエラ・デル・フエゴやデソラシオン島、クラレンス諸島、オステ島、ゴルドン島、ナバリノ島、ウォラストン島、スチュワート島などの大きな島々や、無数の小さな島々によってなるマゼラン群島が連なり、そのはずれには二つの大洋に挟まれたエルミテ群島がある。「隠者の島」を意味するこの島の南端にあるのがホーン岬、アンデス山脈の連なりの最果てである。

マゼラン海峡の東は、パタゴニアのビルヘネス岬とティエラ・デル・フエゴのエスピリトゥ・サント岬のあいだで二ヶ所ほど水路が狭まり、そのまま大洋に続いている。

けれども西はそうではない、とエヴァンズは言った。西側には、大小の島々や群島、海峡、水路、入り海などが無数に入り組んでいる。マゼラン海峡は、ピラル岬とレイナ・アデライダ群島のあいだの水路から、太平洋に注いでいる。その周辺には、ネルソン海峡からはじまって、チリ沿岸に接するチョノス群島からチロエ群島まで、数えきれないほどの島々がそこここで群れ、連なっているのである。

「さて、ごらん」とエヴァンズは付け加えた。「マゼラン海峡の北に、ひとつの島がある。南はケンブリッジ島、北はマドレ・デ・ディオス島とチャタム島から水路ひとつで隔てられた島だ。南緯五十一度、この島がハノーバー島だよ。きみたちがチェアマン島と名づけ、これまでの二十ヶ月のあいだ暮らしてきた島だ！」

ブリアン、ゴードンとドニファンは地図の上にかがみ込み、その島を興味深げに眺めた。すべての陸地から遠く離れていると思っていた島は、こんなにも南アメリカ大陸沿岸の近くにあったのだ。

「なんだ、チリとは、海峡ひとつで離れていただけじゃないか！」ゴードンが言った。

「そうだよ」とエヴァンズ。「でも、ハノーバー島と南アメリカ大陸のあいだの島は無人島ばかりだ。それに大陸に渡れたとしても、チリかアルゼンチンのどこかの町へ辿り着くには、何百マイルも歩かなければならなかっただろう！　きっとへとへとに疲れてしまうし、草原に住むプエルチュ族はよそ者を嫌うから、危険もあっただろう。だから、きみたちがこの島を離れなかったのはむしろよかったと思うよ。この島には生きていくのに必要なものは揃っているからね。それに、神のお導きで、我々みんなで島を出ることができそうだからね！」

ハノーバー島を取り巻く水路は、ところによってはわずか十五から二十マイルの幅しかなかった。モコなら、天気のよい日にボートで充分に横断できる距離だ。ブリアンやゴードン、ドニファンたちが、島の北部や東部を探検したときにこれらの陸地を発見できなかったのは、これらの島々の標高が極めて低いためだった。例の白いしみは内陸部の氷河だった。そして噴火していた山は、マゼラン地方の火山のひとつだったのだ。

それから、ブリアンが地図を注意深く眺めていて気づいたことだが、少年たちが偵察を行なったのは、偶然にも、隣接した島からもっとも離れた地点だった。確かに、ドニファンがセバーン海岸に辿り着いた日は、嵐のために水平線が霧に覆われ、ごく近いところしか見えなかった。さもなければ、チャタム島の南の端が見えたかもしれなかった。失望湾にしても、ハノーバー島の奥深くに入り込んでいるから、東川の河口からも、クマ岩の上からも、東の島々や、またわずか二十マイルしか離れていないエスペランサ島が見えなかったのだ。隣接した陸地を見るためには、北岬へ行けば、コンセプシオン海峡の向こうにチャタム島やマドレ・デ・ディオス島の南端が見えただろう。南岬へ行けば、レイナ・アデライダ群島かケンブリッジ島の端が見えたことだろう。そして、砂丘地帯の端まで行けば、オウエン島の頂や、南東の地の氷河が見えたことだろう。

こうした島の端まで、少年たちは足を伸ばしたことがなかった。フランソワ・ボードワンの地図については、どうしてこれらの島々や陸地が書き込まれていないのか、エヴァンズにも説明がつかなかった。このフランス人の遭難者はハノーバー島の地形をかなり正確に記していたから、隅々までも足を運んでいたはずだ。数マイル先まで霧がたちこめて、視界が限られていたのだろうか？　そうとでも考えるしかなかった。

さて、セバーン号の小型艇を手に入れて修理することができたら、エヴァンズはどちらに向けて航海するつもりだろう？

それをエヴァンズに尋ねたのは、ゴードンだった。

「きみたち」とエヴァンズは答えた。「ぼくは、北にも東にも進路を取らないつもりだ。水路をいくほうがいいと思う。確かに、もしもうまく風をとらえることができたら、船はチリのどこかの港に辿り着けるだろうし、そこで温かく迎えてもらえるだろう。でも、この沿岸の海はひどく荒れるんだ。群島の間の水路なら、いつも航海がずっと楽だからね」

「なるほど」とブリアン。「このあたりの海域に、ひとの住む町が見つかるでしょうか？　そしてそういう町から、故郷に帰る手段も見つかるでしょうか？」

「それは心配いらないよ」とエヴァンズ。「地図をごらん！　レイナ・アデライダ群島の水路を抜けたあと、スミス海峡からどこに出ると思う？　マゼラン海峡だ。この海峡の入り口付近、デソラシオン島のそばにタマールという小さな港がある。そこへ辿り着けば、もう帰り道についたようなものだよ」

「もしその港に大きな船がなかったら、船が通りかかるまで待つのですか？」ブリアンが尋ねた。

「いや、ブリアン君。マゼラン海峡をもっと先まで行ってみよう。大きなブルンスウィック半島があるだろう？　ここの、フォルテスキュ湾の奥のガラント港には、大きな船舶がよく寄港している。もっと先へいく必要があれば、半島の南のフォワード岬を廻るんだ。そこにはセント・ニコラス湾やブーゲンヴィル湾があり、この海峡を通る船の大部分が停泊する。それから、そのもっと先にはファミーヌ港が、さらに北にはプンタ・アレナスがある」

航海士の意見は正しかった。一旦、海峡に入れば、小型艇が停泊できる港がたくさんある。そうなればオーストラリアやニュージーランドに向かう船にも出会うことができるだろうし、故郷にも必ず帰れるだろう。タマール港やガラント港、ファミーヌ港にはわずかな物資しかないかもしれないが、プンタ・アレナスに行けば必要なものはすべて手に入るだろう。チリの政府によってつくられたこの大きな港には、沿岸に沿って広がる村があり、美しい教会の尖塔がブルンスウィック半島のみごとな樹々の上にすっくと伸びている。この港が繁栄しているのに対し、十六世紀の終わりにつくられたファミーヌ港はもはや廃れた村でしかない。

さらにいまでは、もっと南に下ると、学術調査のための探検隊が訪れる植民地もある。ナバリノ島のリウィア基地や、ビーグル海峡に面したティエラ・デル・フエゴ島のウシュアイアなどがそうだ。とりわけウシュアイアは、英国の宣教師たちの努力のおかげでこの地方の調査に大いに役立っている。また、マゼラン群島にはデュマ、クルーエ、パストゥール、シャンジィ、グレヴィなどフランス語の名前がついた島が多いことから、フランス人たちも多くの足跡を残していることがわかる。

だから、マゼラン海峡にさえ到着すれば、少年たちが助かることはまず確実だ。マゼラン海峡に辿り着くためには、セバーン号の小型艇を修理しなければならない。修理するためには、まず小型艇を手に入れなければならない。そしてそれは、ウォルストン一味が手も足も出せないようにしない限り、無理な話なのだ。

もしもあの船が、セバーン海岸でドニファンたちが見つけたあの岸辺にいまもあるのだとしたら、手に入れようと試みることもできただろう。ウォルストンたちはいま十五マイルも離れた失望湾の奥にいて、こうした作戦のことも露知らぬはずだ。ウォルストンたちがやったように、エヴァンズも小型艇を操って、東川の河口ではなく、ジーランド川の河口へ持ってくることもできただろう。そしてそこから川を遡り、フレンチ・デンまで持ってくるのだ。そこでなら、航海士に教わりながら、一番いい状態で修理ができる。帆やマストを装備した船に武器や食糧品、その他残しておくのは惜しい品々を積み込んだあと、悪党どもが攻撃してくる前に島を離れるのである。

残念ながら、この計画はもはや実行不可能だった。島を出るには、攻撃に出るにせよ、守勢に立つにせよ、船を力ずくで手に入れなければならない。セバーン号の水夫たちに打ち勝つ以外、方法がないのである！

エヴァンズのおかげで、少年たちはすっかり力強い思いがした。ケイトがこれまでにも少年たちに、熱のこもった言葉でエヴァンズのことを話してきたではないか！　航海士が髪を切り髭を剃ってからというもの、勇敢で誠実そうなその顔立ちに少年たちはますます力づけられていた。力強く勇敢であると同時に、ひとのためにはどんなことも辞さない、気だてがよく意思の強い性格であることがうかがえるのだった。

実のところ、ケイトの言ったとおり、エヴァンズはまさに天がフレンチ・デンのこどもたちに遣わしてくれた、本物のおとなだったのである！

まず、エヴァンズは、ウォルストンたちに抵抗するためにどんな備えがあるのか確認したいと言った。

貯蔵室と広間は防御に適したつくりだとエヴァンズは言った。片方はジーランド川とその土手に面し、もう片方は湖岸と運動場に面している。切り出し窓のおかげで、身を隠しながらも外に向かって発砲できる。包囲されても八丁の銃で遠くから攻撃してくる相手を撃つことができるし、フレンチ・デンに近づいてくるようなら二門の大砲で砲弾を浴びせることもできる。もしも白兵戦になったときは、拳銃や斧、船員用のナイフが役立つだろう。

ブリアンが、二つの出入り口から押し入られるのを防ぐため、洞穴の内に石を積み上げておいたことに、エヴァンズも賛成した。少年たちは洞穴の中にいれば比較的強くても、外に出ると弱い。忘れてはならない。相手は七人の男たち。それも屈強で、武器を使い慣れており、人殺しだって平気でやってのける男たちなのだ。

「エヴァンズさん、相手はひどい極悪人だと思いますか？」ゴードンが尋ねた。

「そのとおりだ、ゴードン君。ひどい奴らだよ！」

「ひとりだけ、たぶん、まだ人の心を失っていないひとがいるわ」とケイト。「フォーブスはわたしの命を助けてくれたんですもの……」

「フォーブスだって?」とエヴァンズ。「とんでもない! 悪事をそそのかされたのか仲間が怖いのか知らないが、やつもセバーン号の虐殺に手を貸しているんだからね! それに、あのごろつきはロックと一緒にぼくを追跡してきたじゃないか? まるでけものを撃つみたいにぼくを撃ってきた! ぼくが川で溺れ死んだと思って、大喜びしたのもあいつじゃないか? あ、ケイト。彼がほかの奴らよりも心根がましだなんて、ぼくは思わないよ! やつがあなたを助けようとしたのは、まだあなたを利用できると思ったからだ。それに、あいつら一味がフレンチ・デンを攻撃するときも、あいつはひとり後に残ったりはしないでしょう!」

それでも、数日が何事もなく過ぎた。オークランド丘での見張りも、なにも怪しいものを見聞きはしなかった。エヴァンズにとってもこれは、意外だった。

ウォルストンのねらいはわかっているし、事を急《せ》いているのもわかっている。ではなぜ、十一月の二十七日から三十日にかけてなにも起こらなかったのか、エヴァンズは疑問に思った。

そこで、思いついた。ウォルストンはフレンチ・デンに入りこむために、力ずくではなく、策略を使おうと考えているのだ。エヴァンズはさっそくいつも一番よく話しているブリアンとゴードン、ドニファンとバクスターを呼んで、その考えを打ち明けた。

「我々がフレンチ・デンに閉じこもっているかぎり、ウォルストンはどちらかの出入り口からも入ることはできない。誰かが、中から開けてやらないかぎりはね! だから、罠を使って中に入り込もうとしているんだ」

「どうやって?」とゴードン。

「たぶん、こういうことだと思う」エヴァンズは答えた。「わかっているだろうが、ウォルストン一味が悪党たちだと指差すことができるのは、ケイトとぼくしかいない。やつらが、きみたちの少年国を攻撃してくるような悪党だ、と教えてあげられるのもね。そして、ウォルストンは、ケイトは難破したとき死んでしまったと思っている。ぼくについては、ロックとフォーブスに撃たれて、川で溺れ死んだはずだ、と。厄介払いができてせいせいしたと喜んでいたのは、きみたちにも話したね。つまり、ウォルストンはきみたちが何も知らないと思っているんだ。セバーン号の水夫たちがこの島にいるってことさえも。だから、水夫をひとりかふたり送ってよこせば、遭難したひとを迎えるように迎え入れるだろうと思っているんだ。あのごろつきどものひとりでもこの中に入れれば、中から扉を開けて一味を招き入れることができる。抵抗も無駄、ってことさ！」

「それなら」とブリアンが言った。「ウォルストンか一味の誰かが助けを求めてやってきたら、銃で迎えてやればいい」

「丁寧に迎えてやるほうが、うまいやり口かもしれないよ！」ゴードンが言った。

「ああ、そうかもしれないぞ、ゴードン君！」エヴァンズが答えた。「そのほうがいいだろう！　罠には罠で迎え撃ちだ。いざとなったら、どうすべきかわかるだろう」

翌日の朝も、とりたてて何事もなくすぎた。エヴァンズ航海士はドニファンとバクスターと一緒に、オークランド丘のふもとに群生した木立に隠れながら、落とし穴森の方へ半マイルほど偵察に出かけもした。何も怪しげなしるしはなく、三人についていったファンも警戒のようすを見せなかった。

けれどもその夕方、日没の少し前に、警報があった。崖の上で見張りに立っていたウェッブとクロスが慌てて降りてきて、ふたりの男が近づいていると告げたのだ。ふたりは、ジーランド川の向こう岸、湖の南端からこちらに向かっていた。

ケイトとエヴァンズは、見つからないように注意しながら貯蔵室の切り出し窓から近づいてくるふたりを観察した。それはウォルストン一味の、フォーブスとロックだった。

「やっぱり」とエヴァンズ。「罠をしかけるつもりだ。難船してほうほうのていで逃げてきた水夫を装ってここにやってくるんだろう！」

「どうする……？」とブリアン。

「温かく迎えてやるんだ」とエヴァンズ。

「悪党を温かく迎えるなんて！」ブリアンが叫んだ。「ぼくにはできない」

「じゃあぼくがやろう」ゴードンが答える。

「頼んだぞ、ゴードン君！」エヴァンズが言った。「やつらに、ぼくとケイトのことを悟られないようにするんだ。時機をみはからって、飛び出していくから！」

エヴァンズとケイトは、廊下の小部屋のひとつに身をひそめ、廊下の扉を閉じた。ほどなくして、ゴードンとブリアン、ドニファン、そしてバクスターの四人がジーランド川の岸辺に駆けつけた。四人の姿を見て、ふたりの男はひどく驚いたふりをした。ゴードンもまた、同じように驚いたふりをした。

ロックとフォーブスは疲れきったように見せかけていた。水際まで来ると、川越しにこんなやりとりがあった。

「あなたがたは、誰ですか？」

「この島の南で難破したばかりなんだ！　セバーン号という、三本マストの船だよ！」

「英国人ですか？」

「いや、アメリカ人だ」

「あなたがたの仲間は？」

「みんな死んじまった！　俺たちふたりだけが遭難を生き延びたんだ。だが、もうへとへとだ……！　あんたがたは誰なんだい？」

「チェアマン島に移住してきた者です」

「移住者のみなさん、俺たちに同情して助けてくれないだろうか。ご覧のとおり、何もかも失っちまった……」

「おふたりを、歓迎します！」ゴードンが答えた。

ゴードンの合図で、小さな土手に繋いであったボートにモコが乗りこみ、オールを数回こぐと、ふたりの水夫をジーランド川の右岸に連れてきた。

ウォルストンにあまり選択の余地がなかったのはわかるが、どうみてもロックの顔つきは、人相を読み取ることに慣れていない少年たちにとってさえ、とても信頼感を与えるようなものではなかった。誠実そうな顔つきにみせかけようとしていたが、狭い額と後ろに突き出た頭、異様に突き出た下あご――このロックという男はまったく悪党づらだった。フォーブスのほうは、ケイトによればまだいくらかひとの心を失っていないということだったが、多少はましな顔つきをしていた。ウォルストンがフォーブスをよこしたのもそのためなのだろう。

ふたりはそんなわけで、にせ遭難者を演じていた。それにしても、あまり細かな質問を受けたら疑われると思ったのか、ふたりは空腹よりも疲労で参っているのだと言い、少し休みたいからフレンチ・デンで一晩休ませてほしいと要求してきた。そこで、ふたりをフレンチ・デンへ案内した。フレンチ・デンに入る時、ふたりが不自然なほどに内部をじろじろ観察していることに、ゴードンは気づいた。ふたりは、少年たちが武器を持っていること、特に切り出し窓に据えた大砲を見て、かなり驚いていた。

ロックとフォーブスが、自分たちの難船の話は明日詳しくする、今日は早く床に就きたいと言ってきたので、少年たちもこの嫌らしい芝居からようやく解放されることになった。

「干し草が一山あれば、俺たちはそれでいいんだ」とロックが言った。「でもあんたがたの邪魔はしたくないから、ここのとは別の部屋があれば……」

「ありますよ！」とゴードンが答えた。「台所に使っている部屋ですが、明日までお休みください！」

ロックとフォーブスは貯蔵室に入ると、さっと見回して、出入り口が川に面していることを確かめた。

実のところ、遭難者に対してこれほどのもてなしがあっただろうか！　無邪気なこどもたちを打ち負かすには頭をひねる必要もない。悪党たちは、そう思ったにちがいない。

ロックとフォーブスはこうして、貯蔵室の片隅に横になった。とはいえ、ふたりきりだったわけではない。モコもここに寝ていたからだ。でもふたりは、この少年のことなど気にしていなかった。もしも片目を開けて見張りでもしていたら、首を絞めて殺すつもりなのだろう。示し合わせた時間に、ロックとフォーブスは貯蔵室の扉を開けるのだろう。そして四人の仲間と一緒に川辺をうろつきながら待っていたウォルストンが押し入ってきて、フレンチ・デンを乗っ取るつもりにちがいなかった。

九時頃、ロックとフォーブスが寝入ったと思われるころ、モコが入ってきて寝台に横になった。何かあればすぐに警告を発するつもりだ。ブリアンたちは廊下で待機していた。次に、廊下の扉を閉めると、エヴァンズとケイトも少年たちと一緒になった。エヴァンズが予想したとおりの展開だった。

「いいか、気をつけるんだ」エヴァンズは言った。

二時間が過ぎた。ロックとフォーブスのふたりは悪だくみの実行を次の晩まで延期にしたのだろうか、とモコが考えはじめたそのとき、貯蔵室の中でかすかな音がした。

天井から吊り下った舷灯のかすかな光の中で、モコは、ロックとフォーブスが寝床を離れ、出入り口のそばへと這っていくのを見た。

この出入り口は、内側に大きな石を重ね、補強してあった。不可能とは言わないまでも、簡単に押し入ることのできないバリケードだ。

ふたりの水夫は、この石をひとつずつ取り除きはじめた。ひとつ、またひとつと右側の壁に積み上げていく。数分で、扉の前の石はすっかり片付けられた。あとは内側から扉を閉めているかんぬきを外せば、フレンチ・デンには楽々と押し入ることができる。

ロックがかんぬきを外して扉を開けようとした瞬間、誰かの手がその肩を掴んだ。ふりむいたロックは、舷灯に浮かび上がったその姿を見て叫んだ。

「エヴァンズ……！　エヴァンズがここに……！」

「諸君！　いまだ！」エヴァンズが叫んだ。

ブリアンと仲間たちが貯蔵室になだれこんだ。バクスターとウィルコックス、ドニファンとブリアンの四人の少年たちに押さえこまれたフォーブスは、身動きがとれなくなった。

ロックはすばやく身をかわしてエヴァンズを押しのけるとナイフを突き出した。ナイフの刃はエヴァンズの左腕を軽くかすめた。次の瞬間、ロックは開いた扉から外に飛び出した。十歩もいかないうちに、銃声が響いた。

それは、エヴァンズがロックに向けて撃った銃の音だった。どうやら逃亡者には当たらなかったらしい。叫び声もまったく聞こえなかった。

「ちきしょう……！　あのごろつきを逃がしてしまった！」エヴァンズが叫んだ。「でも、もうひとりは……少なくともひとりは減ったというものだ！」

ナイフを持った手をエヴァンズが振りかざした瞬間、

「頼む！　助けてくれ！」少年たちに取り押さえられたフォーブスが叫んだ。

「そうよ、エヴァンズ、お願い！」ケイトも、エヴァンズとフォーブスのあいだに身を投げて叫んだ。「どうか助けてあげて！　このひとは、わたしの命を助けてくれたのだから！」

「いいでしょう」エヴァンズが答えた。「ケイト、あなたの言うとおりにしましょう。少なくとも、いまのところはね！」

フォーブスはきつく縛り上げられ、廊下の小部屋のひとつに閉じ込められた。

次に、貯蔵室の扉を閉めて再びバリケードを積み上げたあと、少年たちは夜明けまで警戒を解かなかった。

第二十八章　めまぐるしい暗闘

フォーブスへの尋問～状況～偵察計画～力の見積もり～野営跡～ブリアン失踪～ドニファン、助けに走る～重傷～フレンチ・デンからの悲鳴～フォーブスの幻～モコの大砲

翌日、一睡もしない夜をすごし疲れきっていたが、少年たちは誰も、わずかな休息を取ることも考えられなかった。もはや疑いようはない。策略が失敗したウォルストンは力ずくでかかってくるだろう。エヴァンズの撃った弾を逃れたロックは仲間の元に戻り、たくらみが見破られたいま、フレンチ・デンに侵入するには力で扉を破るしかないと報告しているに違いなかった。

夜明けになるとすぐ、エヴァンズ、ブリアン、ドニファン、ゴードンの四人は警戒しながら広間の扉を滑り出た。太陽が昇ると朝の靄は少しずつ露に変わり、やがて姿を現した湖の水面は、東から吹くそよ風にさざ波を立てていた。

フレンチ・デンの周辺は、ジーランド川の川岸から落とし穴森のはずれまで、静けさに包まれていた。飼育場の中では、飼っている動物たちがいつものように歩き回っていた。運動場を駆け回るファンも、何も不安げなようすは見せなかった。

まずエヴァンズは、地面に足跡がないか調べた。案の定、辺りは、とりわけフレンチ・デン

のそばは、足跡だらけだった。足跡はいろんな方向についており、夜の間にウォルストンとその一味が川の土手まで来ていたこと、貯蔵室の扉が開くのを待ち構えていたことを示していた。

砂の上に、血の跡はひとつもなかった。つまりロックはエヴァンズの撃った弾からは傷を受けなかったということだ。

けれども、わからないことがあった。ウォルストンは、にせ遭難者たちと同じように家族湖の南から来たのだろうか、それとも北から南下してフレンチ・デンに来たのだろうか？　もしその場合、ロックは仲間と落ち合うために、落とし穴森の方へ逃げていったのではないか？

この点をはっきりさせるため、ウォルストンがどっちの経路をとったのか、フォーブスを尋問することになった。フォーブスは答えるだろうか？　もし答えたとしても、本当のことを言うだろうか？　ケイトに命を救われたことで、その心に少しでも善良な感情が芽生えてはいないだろうか？　フレンチ・デンの少年たちに温かい歓迎を要求しながら、少年たちを裏切ったことを、忘れているだろうか？

フォーブスを問いただそうと、エヴァンズは広間に戻った。フォーブスを閉じ込めていた小部屋の扉を開け、縄を解いてから、広間に連れて行った。

「フォーブス」とエヴァンズは言った。「きみとロックの考えていた企みは失敗に終わった。ウォルストンの計画がどんなものか、知りたい。きみなら知っているはずだ。話してくれるか？」

みんなの前に連れ出されたフォーブスは頭を垂れ、エヴァンズとも、ケイトとも、少年たちとも目を合わせようとせず、黙りこくっていた。

ケイトが言った。

「ねえ、フォーブス。この前、あなたの仲間たちがセバーン号の船長たちを虐殺するなかでわたしのことも殺そうとしたとき、少しは情けのあるところを見せてくれたわね。もっと恐ろしい人殺しからこのこどもたちを救うために、何もしようとは思わないの？」

フォーブスは答えなかった。

「フォーブス」と、ケイトは繰り返した。「もう殺されても仕方ないときに、この子たちは、命を助けてくれたのよ！　あなただって、まだひとの心は残っているでしょう？　いままでした悪事の償いが、少しでもできるのよ。これまでどんなにひどい悪事に手を貸してきたか、考えてもごらんなさい」

押し殺したようなため息が、フォーブスの口から漏れた。

「ああ！　どうしたらいいんだ？」低い声でささやく。

「教えてくれ」とエヴァンズ。「昨晩、どういう手はずになっていたのか。これから、どうなるのか。扉を開けて、ウォルストンや仲間たちがここに入ってくるのを待っていたんだな？」

「そうさ！」とフォーブスが答えた。

「そして、お前たちを温かく迎えたこのこどもたちを殺すつもりだったのか？」

フォーブスはさらに深く頭を垂れ、今度は答えることもできなかった。

「ウォルストンと仲間たちは、どっちの方角からここにやってきたんだ？」

「湖の北だ」とフォーブス。

「ロックとお前は南から来たんだな?」

「そうだ」

「島の他の場所には行ったのか? たとえば西側とか?」

「まだだ」

「奴らはいま、どこにいる?」

「知らねえ……」

「他に知っていることはないのか、フォーブス?」

「いや……エヴァンズ、もうない!」

「ウォルストンはまた襲撃をかけてくると思うか?」

「そうだ!」

明らかに、ウォルストン一味はエヴァンズの銃撃にたじろぎ、策略が見破られたことを知って、一旦遠ざかっているほうが賢明と考え、好機をうかがっているのだろう。

フォーブスからはこれ以上聞き出せないと見て取ったエヴァンズは、フォーブスを再び小部屋に戻し、外から扉を閉めた。

状況は依然として極めて深刻だった。ウォルストンはいま、どこにいるのだろう? 落とし穴森の木立の下で野営しているのだろうか? フォーブスはそれには答えられなかった。答えたくなかったのかもしれない。しかしなによりも、この点をはっきりさせなくてはならない。

危険がないわけではないが、落とし穴森へ偵察にいこうとエヴァンズは考えた。

昼ごろ、モコは捕虜に食べものを持っていった。気落ちしているのか、フォーブスは手をつけようともしなかった。この惨めな男の胸に、何が去来しているのだろう？　良心が、悔恨の念に目覚めはじめたのだろうか？　それは誰にもわからない。

昼食の後、エヴァンズは少年たちに、落とし穴森の外れに偵察に行く案について話した。悪党たちがまだフレンチ・デンのそばにいるのかどうか探るためだ。この提案は、異議なく受け入れられ、不都合な事態に備えるため準備がはじまった。

フォーブスが囚われの身となったいま、ウォルストン一味は六人になった。一方、少年国側は少年たちだけでも十五人、ケイトとエヴァンズを入れると十七人だ。けれども、小さいこどもたちは直接戦うことはできない。そこで、エヴァンズたちが偵察に出ているあいだ、アイバーソン、ジェンキンス、ドール、コースター、ケイト、モコ、ジャックが一緒に広間に残り、バクスターが守りにつくことになった。年長の少年たち、ブリアン、ゴードン、ドニファン、クロス、サービス、ウェッブ、ウィルコックスとガーネットが、エヴァンズに同行する。たくましい六人のおとなの男たちに対して八人の少年では、勝負にならないだろう。でも、少年たちは一人一人が弾丸も拳銃も持っている。ウォルストンの方は、セバーン号から持ってきた五丁の銃があるのみだ。この条件では、距離を置いた戦いのほうが有利だろう。ドニファン、ウィルコックス、クロスは射撃がうまいし、アメリカ人の水夫よりも腕は確かだ。それに、弾薬ならたっぷりある。ウォルストンの方は、エヴァンズ航海士によれば、弾薬ももう二、三包しか残っていないはずだった。

午後二時、エヴァンズの指揮のもと、偵察隊が出発した。バクスター、ジャック、モコ、ケイトと小さなこどもたちはフレンチ・デンに残り、すぐに扉を閉めた。けれども、万が一の事態が起こった場合にエヴァンズ航海士や少年たちがすぐに避難できるよう、バリケードはしていない。

また、南と西の方は心配する必要がなかった。なぜなら、そちら側から来るにはウォルストンはスラウギ湾の方から来て、ジーランド川の谷間を遡らなければならないからだ。それには時間がかかりすぎる。それに、フォーブスの答えによれば、一味は湖の北にいるという。ウォルストンは島のこちら側はよく知らないはずだ。そこでエヴァンズは、後ろから奇襲をかけられる心配はないと考えていた。攻撃が来るとしたら、北しかない。

少年たちとエヴァンズ航海士は、オークランド丘に沿って注意深く進んだ。飼育場の向こう側では、やぶや群生した木立が続くので、姿を隠しながら森へ近づくことができる。

いつも先頭に立って歩こうとするドニファンを抑えて、エヴァンズが先に立って歩いた。フランス人遭難者の塚を通り過ぎたところで、エヴァンズは、斜めに横切って家族湖の岸に近づくのがいいだろうと判断した。

ゴードンがなだめようとするのも聞かず、ファンは耳をぴんと立て、鼻を地面につけて、何かを探していた。まもなく、何かを嗅ぎ当てたふうだった。

「気をつけろ！」ブリアンが言った。

「ああ」とゴードン。「けものの跡じゃない！　ファンのようすを見てくれ！」

「茂みのあいだに隠れるんだ」エヴァンズが言った。「ドニファン君、きみは射撃の名手だ。もしあの悪党どもが射程内に姿を見せたら、頼むぞ！　いまこそきみの腕の見せ所だ」

ほどなくしてみんな、最初の木立に到着した。落とし穴森のはずれのその場所には、つい最近野営した跡があった。薪の燃えかすが残っているし、灰もまだ冷えきっていない。

「間違いない。ウォルストンたちは、ここで一晩を過ごしたんだ」ゴードンが言った。

「それも、数時間前までいたようだ」とエヴァンズ。「崖の方に戻ったほうがいいかもしれない」

そう言い終わらないうちに右手で銃声が響いた。弾がブリアンの頭をかすめ、少年が寄りかかっていた樹に命中した。

ほとんど同時にもう一発の銃声が響き、叫び声がした。五十歩ほど離れた木立の下で、黒い影が倒れた。

ドニファンが、最初の銃撃の後に煙が見えたあたりに見当をつけて撃って命中したのだ。

ファンが走り出した。ドニファンもはやる心を抑えきれず、犬の後を追って走り出した。

「行くぞ！」エヴァンズが叫んだ。「彼をひとりきりにするな！」

すぐに全員がドニファンに追いつき、草の上に倒れて身動きもしない男を取り囲んだ。

「パイクだ！」とエヴァンズ。「死んでいる！　もしも悪魔が今日狩りに出ているのなら、手ぶらで帰りはしないってわけだ。これでひとり減った」

「他のやつらも遠くないでしょう！」クロスが言った。

「ああ、そうだろう！　見つからないようにするんだ。ひざをついて、身体を低く！」

三発目の銃声がした。今度は左手からだった。

弾はサービスの額をかすめた。身体を屈めるのが一瞬、遅れたのだ。

「怪我は？」走りよって、ゴードンが叫んだ。

「なんでもないよ、ゴードン！　なんでもない！」とサービス。「ただのかすり傷だ！」

離ればなれにならないようにする必要があった。パイクが死んでも、ウォルストンとまだあと四人の仲間たちが近くの木の陰に隠れているはずだ。エヴァンズと少年たちは草の陰に隠れながら身を寄せて、どこから攻撃が来ても防御できるように身構えた。

突然、ガーネットが叫んだ。

「ブリアンはどこだ？」

「姿が見えない！」とウィルコックス。

確かに、ブリアンが消えていた。ファンがいっそう激しく吠えたてている声がする。あの勇敢な少年は、一味の誰かと格闘しているのかもしれなかった。

「ブリアン！　ブリアン！」ドニファンが叫んだ。

軽はずみだったかもしれないが、全員がファンの後を追った。エヴァンズも引き止めることはできなかった。みんな、こちらの木からあちらの木へと身を隠しながら進んで行った。

「危ない、エヴァンズさん、気をつけて！」クロスが突然叫び、身を投げるようにして腹這いになった。

エヴァンズが本能的に頭を屈めたそのとき、一発の弾丸が頭の上をかすめた。次の瞬間、森の中をウォルストン一味の誰かが逃げていくのが見えた。

それは、前夜取り逃がしたロックだった。

「ロック、お前か！」エヴァンズは叫んだ。

エヴァンズは発砲したが、ロックは突然姿を消した。まるで、地面に呑み込まれたかのようだった。

「また取り逃がしたか？」とエヴァンズ。「ちきしょう！」

すべてが数秒間の出来事だった。突然、近くで犬の吠え声が響いた。続いて、ドニファンの声がした。

「しっかりしろ、ブリアン、しっかり！」

エヴァンズと他の少年たちは声のする方へ急いだ。二十歩ほど向こうで、ブリアンがコープと格闘していた。

この悪党はブリアンを地面に投げ倒し、ナイフを突き立てようとしていた。まさに一撃を与えようとしたその瞬間、拳銃を撃つ間もなく、ドニファンがコープの前に身を投げた。

ナイフは、ドニファンの胸に刺さった。ドニファンは声もあげず倒れた。

エヴァンズとガーネット、ウェッブが逃げ道を塞ごうとしているのを見て、コープは北に向かって逃げた。そちらに向けて数発の銃が同時に火を噴いた。コープは姿を消し、ファンも追いつけずに引き返してきた。

ブリアンは飛び起きるとドニファンに走りより、頭を持ち上げるように起こすと、生気を取り戻させようと努めた……。

エヴァンズと他の少年も急いで弾丸を充塡すると、駆け寄ってきた。

実際のところ、戦いはウォルストンに不利な展開だった。パイクは死に、コープとロックも戦闘能力を失っているはずだった。

不幸なことに、ドニファンは胸を一突きされていた。致命傷に見えた。目を閉じ、顔は血の気が引いて蠟のように真っ白だった。身動きもせず、ブリアンの呼びかける声も聞こえないようだった。

エヴァンズは傷を負った少年の上にかがむと、上着をはだけ、血で染まったシャツを裂いた。左胸の第四肋骨のあたりに小さな三角形の傷口があり、血が流れていた。ナイフの切っ先は心臓に達したのか？　そうではなさそうだ。ドニファンはまだ息をしている。けれども肺に達している可能性はあった。呼吸がひどく弱くなっていた。

「フレンチ・デンに運ぼう！」とゴードンが言った。「あそこに戻らないと、手当ができない」

「ドニファンを助けるんだ！」ブリアンが叫んだ。「ああ！　ぼくの大切な仲間！　ぼくを助けるために、きみが身を投げ出すなんて！」

ドニファンをフレンチ・デンに運ぶことに、エヴァンズも同意した。いまなら戦いも一瞬、止んでいるようだったから、尚更そうした方がいいだろう。おそらくウォルストンは形勢が不利になっているのを見て、落とし穴森の奥に退却しようと決めたらしい。

エヴァンズにはひとつ、気がかりなことがあった。ウォルストンとブラント、クックの三人を見かけなかったことだ。一味の中でもとりわけ凶悪なのが、この三人なのだ。

その容態からして、ドニファンは揺らさずに運ばなければならない。すでにガーネットとサービスが急いで枝を組み、担架を作っていた。ドニファンはその上に寝かされたが、やはりまだ意識が戻らない。四人の仲間がそっと担架を持ち上げ、他の者は銃弾を込めた銃や拳銃を手に、そのまわりを囲んだ。

一行はまっすぐにオークランド丘のふもとへと進んだ。湖の岸に沿っていくより、この方がいい。崖に沿って進むなら、左手と後方にだけ気を配ればいいからだ。この辛い行進を妨げることは、何ひとつ起こらなかった。時折、ドニファンが苦しそうな息をもらすと、ゴードンが止まれの合図をし、ドニファンの息づかいを確かめる。そうして数秒後、みんなまた歩き出すのだ。

行程の四分の三はこんな調子で進んだ。フレンチ・デンまであと八百から九百歩ほどだったが、出入り口は崖の突起に隠れて見えなかった。

突然、ジーランド川の方から叫び声が聞こえてきた。ファンがすぐさま、そちらに向かって駆け出した。フレンチ・デンが、ウォルストンとその仲間ふたりに襲われているのだ。

これは後から判ったのだが、ことの顚末はこんなふうだった。

ロックとコープ、パイクが落とし穴森でエヴァンズ一行を待ち伏せしているあいだに、ウォルストン、ブラントとクックは飛び石川の水の涸れた跡を遡り、オークランド丘によじ登っていた。丘の上を急いで横切ったあと、三人はジーランド川の土手へと通じる谷を降りた。貯蔵室の扉からほど近いあたりだ。そして石でバリケードをしていない扉を押し破り、フレンチ・デンに侵入したのである。

エヴァンズ航海士は、すぐさま決断を下した。ドニファンをひとりで放っておくわけになどいかない。ドニファンのもとには、クロス、ウェッブとガーネットが付き添う。ゴードンとブリアン、サービスとウィルコックスはエヴァンズと一緒にフレンチ・デンの方へ、最も近道で駆けつける。数分後、運動場が視界に入ったとき、そこに見えたのはすべての希望を奪うような光景だった。

ウォルストンがこどもをひとり抱えて広間の扉から現れ、川へと向かっていくところだった。それはジャックだった。ケイトがウォルストンに飛びつき、ジャックを悪党の手から引き離そうとしていた。

一瞬後、ウォルストンの仲間のブラントが、ちびのコースターをつかまえて出てきて、やはり同じ方向に連れ去ろうとしていた。

ブラントにはバクスターが飛びかかっていたが、乱暴に押しのけられ、地面に押し飛ばされていた。

他のこどもたち、ドール、ジェンキンス、アイバーソンは姿が見えない。モコもだ。もうすでに、フレンチ・デンの中で打ち倒されてしまったのだろうか?

そのあいだにもウォルストンとブラントは足早に川岸に向かっていた。川では、クックが貯蔵室から引っ張り出してきたボートに乗って待機していた。

左岸に行ってしまったら、三人に追いつくことはできない。やつらの逃げ道を塞ぐ前に、ジャックとコースターを人質に、クマ岩の野営に連れ去ってしまうだろう！

エヴァンズ、ブリアン、ゴードン、サービスとウィルコックスは、息が切れるほどの全力で走った。ウォルストンとクック、ブラントが川の向こう岸に行ってしまう前に、運動場に駆けつけなければならない。いまいる場所から発砲すると、ジャックやコースターに弾が当たってしまう危険がある。

けれども、ファンがいた。ファンは、ブラントの喉元目がけて飛びかかっていった。ブラントは犬から身を守ろうとしてコースターを手放した。そのあいだにもウォルストンはジャックを引きずってボートの方へと急いだ。

そのとき、ひとりの男が広間の扉から飛び出してきた。

フォーブスだった。

閉じ込められていた小部屋の扉を破って、悪党一味のところへ戻るために駆けつけたのだろう。ウォルストンはそうと信じて疑わなかった。

「こっちだ、フォーブス！　早く！　早くしろ！」そう叫んだ。

エヴァンズは足を止め銃を構えた。そのときフォーブスはウォルストンに飛びかかった。

ウォルストンは予期せぬ攻撃に驚き、ジャックを手放した。そしてふりむきざまにフォーブスをナイフで一突きした。フォーブスはウォルストンの足下に崩れた。

それは一瞬のあいだに矢継ぎ早に起こった。エヴァンズ、ブリアン、ゴードン、サービスとウィルコックスはまだ、運動場まで百歩ほど離れた地点にいた。

なんとか犬を振り払ったブラントとクックが待つボートに連れて行こうとして、ウォルストンは再びジャックを捕まえようとしていた。

けれどもそれは叶わなかった。ジャックが持っていた拳銃で、ウォルストンの胸の真ん中に一発、撃ち込んだのである。重傷を負ったウォルストンは、ふたりの仲間のところへ這っていった。ふたりの手下はウォルストンを抱きかかえ、力いっぱいボートを漕ぎ出した。

そのとき、ものすごい砲声が轟き、砲弾が川面を叩いた。モコが、貯蔵室の切り出し窓から大砲を撃ったのだ。

もはや、落とし穴森の木立に姿をくらましたふたりの悪党を除いては、チェアマン島はセバーン号の人殺し一味から解放された。悪党どもはジーランド川の流れに乗って、海の方へと運ばれていった！

第二十九章　誇りと勝利

胸に去来するもの～戦いの英雄～悪党の末路～森への偵察～クマ岩港～船の修理～ドニファンの経過～二月五日、出航～さらばスラウギ湾～チェアマン島の最後の岬

あらゆる出来事が矢継ぎ早に起こったことにより全員の気持ちが昂ったあとで、少年たちにはごく自然な反応が起きていた。戦いに勝ったということが信じられず、なにか打ちのめされたような気持ちになった。危険は去った。過ぎ去ってみると、予想したよりもずっと大きな危険だったと思われた。実のところ、そのとおりだったのだ。確かに、落とし穴森のはずれでの最初の戦いのあと、少しは優勢になった。けれどもフォーブスの予期せぬ加勢がなかったら、ウォルストン、クックとブラントに打ち負かされていただろう。モコだって、誘拐犯と一緒にジャックとコースターを撃ってしまう危険があったら、大砲を撃つこともできなかった。そうなったら、あのあと何が起こっていただろう？　ふたりの少年を取り戻すために、いったいどんな要求に屈することになっていただろうか？

ブリアンと仲間たちが冷静になってこれらの状況を考えてみると、思い返すだけでもぞっとするほどだった。けれど、その恐怖もやがて消えた。ロックとコープがどうなったのかまだわからなかったものの、チェアマン島にはおおかた安全が戻ったのである。

戦いの英雄たちは、その功績にふさわしい祝福を受けた。貯蔵室の切り出し窓から的を外さずに大砲を撃ったモコ、ウォルストンに向かって冷静に拳銃を撃ったジャック。それに「ぼくだってピストルがあったら、同じようにしたさ！」と言ったコースターも！

コースターをさらっていこうとした悪党ブラントに嚙みついた犬のファンも、みんなからたっぷり撫でてもらった上に、モコからは髄の詰まった骨のご褒美もあった。

モコの大砲のあと、ブリアンが担架に横たわるドニファンのところへ取って返したのは言うまでもない。数分後、まだ意識を失ったままのドニファンが広間に横たえられた。エヴァンズに助け起こされたフォーブスは、貯蔵室に寝かされていた。夜を徹して、ケイト、ゴードン、ブリアン、ウィルコックス、そしてエヴァンズは、重傷を負ったふたりの看病を続けた。

ドニファンがひどい重傷を負っていることは明らかだった。それでも、規則正しく呼吸をしていたから、コープのナイフは肺までは達していなかったようだ。傷の手当てをするのに、ケイトは、アメリカの西部でよく使われる木の葉を使った。ジーランド川の岸辺に群生している茂みから採れるものだ。榛《はん》の木の葉だった。よくもんで傷口に当てると傷の内側の化膿を防ぐのである。なにしろ、化膿がいちばん怖かった。けれども、フォーブスのほうはそういかなかった。ウォルストンはフォーブスの腹を刺していたからだ。フォーブスも、自分が瀕死の重傷を負っていることを知っていた。意識を取り戻したとき、寝台にかがみこんで手当てをしていたケイトに呟いた。

「ありがとう、優しいケイト！　ありがとう。もういいんだ。おれはもうだめだから」

その目には涙があふれていた。

「希望を持つんだ、フォーブス！」エヴァンズが言った。「お前は罪の償いをした……生きるんだ」

惜しみない手当ての甲斐もなく、この不幸な男の容態は刻一刻と目に見えて悪くなっていた。苦痛がやわらぐわずかなあいまに、フォーブスは心配そうな目をケイトやエヴァンズに向けるのだった。彼は、血を流した。その血は、その過去を償うために流れたのだ。

明け方の四時ごろ、フォーブスはこときれた。悔やみながら逝きはしたが、まわりの者たちから許され、神からも赦されて。神はこの男に長い苦しみを与えはしなかった。ほとんど苦しむことなく、最期の息を引き取ったのである。

少年たちは翌日、フランス人遭難者が眠る場所のすぐそばに穴を掘って、フォーブスを埋葬した。いまではふたつの十字架が、ふたつの墓のありかを示している。

そのあいだも、ロックとコープの存在は、依然として危険だった。このふたりが少年たちに危害を加えることはないとはっきりするまでは、完全に平和が戻ったとは言えなかった。

エヴァンズは、クマ岩港に出かける前に、このふたりと決着をつけようと考えた。

ゴードン、ブリアン、バクスター、ウィルコックスとエヴァンズは、銃を肩にかけ、拳銃を腰に携えて、その日のうちに出かけた。ファンもついていく。彼らの跡を辿るには、犬の本能に頼るのがいちばんだからだ。

この捜索は困難でもなく、また長く続くものでもなかった。そして、危険さえもなかったのである。ウォルストン一味のこのふたりの残党を恐れる必要は、もうなかった。落とし穴森の茂みの中から血の跡をたどっていくと、銃弾を受けた場所から数百歩離れたところでコープが死んでいるのが見つかった。戦いのはじめに殺されたパイクの骸も、同じように見つかった。まるで地面に呑み込まれたかのように思いがけなく姿を消したロックについては、エヴァンズが事の顚末を発見した。この悪漢は、銃弾で致命傷を負ったあと、以前にウィルコックスが掘っておいた落とし穴に落ちたのだった。三人の死体はこの落とし穴に埋め、墓をつくった。もう恐れるものはなにもなくなった。エヴァンズ航海士と少年たちはこの朗報をたずさえ、フレンチ・デンに戻った。

ドニファンの負った傷がこんなにも重傷でなかったら、フレンチ・デンのみんなの喜びは完璧なものだった。みんなの心にはいま、希望が開きはじめていた。

翌日、エヴァンズとゴードン、ブリアンとバクスターは、すぐにでも取りかかるべき、ある計画について話した。なによりも大事なのは、セバーン号の小型艇を手に入れることだ。それには、クマ岩へ遠征しなければならないし、滞在の必要もあるだろう。航海できるような状態に修理するためだ。

そこで、エヴァンズ、ブリアンとバクスターが、湖を渡り、東川を下ってクマ岩に向かうことになった。水路を取るのがいちばん確かだし、いちばん近道だ。

ボートは川の水が渦を巻いているあたりで見つかった。砲弾はボートの上を通ったので、ボートそのものは無傷だった。船の修理のための道具と食糧、武器と弾薬を積みこみ、斜め後方からの風を受けて、十二月六日の朝、エヴァンズの指揮のもとボートは出発した。

家族湖の横断には、さほど時間はかからなかった。そよ風がずっと安定して吹いていたので、風が弱まったり、帆脚索をきつく引っ張ったりする必要もなかった。十一時半前、ブリアンは航海士に、湖が東川へ注ぎ込む小さな入り江を教えた。干潮にのって、ボートは東川を下っていった。

河口からさほど遠くないところ、クマ岩のそばの砂浜に、小型艇が陸揚げされていた。どんな修理が必要か細かく調べてから、エヴァンズは言った。

「諸君。確かに我々は道具を持ってきた。ところが、肋材と外板にする材木がない。一方、フレンチ・デンにはスラウギ号の船体からとってきた板や曲げ板材がある。だから、もしこの船をジーランド川まで持っていくことができれば……」

「ぼくもそう思っていました」ブリアンが答えた。「無理でしょうか?」

「そんなことはないと思う」エヴァンズが言った。「セバーン海岸からクマ岩まで、この小型艇を運ぶことができたんだ。クマ岩からジーランド川までだって行けるんじゃないかな? あそこでなら作業もずっと簡単にできる。フレンチ・デンから出帆してスラウギ湾を目指そう。そしてそこから海に出るんだ!」

もしこの計画が実行できれば、願ってもないことだ。そこで、小型艇はボートに繋いで、翌日の満潮を利用して東川を遡ることに決めた。

まずエヴァンズは、フレンチ・デンから持ってきた槙皮《まいはだ》(マキの幹の内皮を柔らかく砕いたもの。

舟や桶などの板のつぎ目の水もれを防ぐために用いる）で、船の舷側に空いていた浸水穴をなんとか塞ごうとした。この最初の作業は日が暮れる前にやっと終わった。

その晩は洞穴の奥で過ごし、夜は静かに過ぎた。それは、ドニファンと仲間たちが失望湾にやってきた最初の晩、ねぐらにしたのと同じ洞穴だった。

翌朝、小型艇をボートに繋ぎ、エヴァンズとブリアン、バクスターは満潮と共に出発した。櫂を使って、満潮のあいだはうまく進んだ。けれども干潮がはじまると、すでに浸水して重くなっていた小型艇を曳くには大変な苦労を要し、家族湖の岸辺に着いたのは午後五時だった。

この状態で闇の中を航行するのは賢明ではない、と航海士は判断した。

それに、夕暮れになって風も弱くなっていた。夏にはよくあることだが、朝日が射したらまた風が吹きはじめるのだろう。

三人はその場所で野営することにした。大いに食欲を発揮して食事をとり、大きなブナの木の根に頭をもたせかけてよく眠った。足下の焚き火は暁のころまでパチパチと燃えていた。

「さあ、いくぞ！」朝の光が湖面を照らすや、航海士はそう叫んだ。

期待したとおり、日が昇ると同時に北東からの風が吹きはじめた。フレンチ・デンを目指すのに、願ったりの風だった。

帆を上げたボートは、舷側まで水に浸かった重い船を曳いて、西へと向かった。家族湖を渡るあいだ、何も問題は起こらなかった。万が一小型艇が沈んだときの用心に、エヴァンズは航海中いつでも曳き綱を切れるようにしておいた。もしもそうなったら、ボートも一緒に引きずられて沈んでしまうからだ。しかし、小型艇が水底に沈んだりしたら、出帆は永遠に延期になってしまい、チェアマン島でこれから長い歳月をすごすことになる。

午後三時ごろ、ようやくオークランド丘の頂が西に見えた。五時、ボートと小型艇はジーランド川に入り、低い土手の陰に停泊した。エヴァンズと仲間たちを歓声が迎えた。あと数日は帰ってこないものとみんな思っていたからだ。

三人が出かけているあいだ、ドニファンの容態は少しよくなっていた。勇敢なこの少年は、ブリアンが手を握っても応えられるようになっていた。傷は肺まで達していなかったので、呼吸も以前より楽になっていた。まだ食事には厳しい制限があったものの体力も取り戻しつつあり、ケイトが二時間ごとに取り替える薬草の湿布のおかげで傷口ももうすぐ癒えるだろう。治癒にはおそらく時間がかかる。けれどもドニファンは生命力が強いから、全快は時間の問題にすぎないだろう。

翌日から、船の修理作業がはじまった。まず、船を陸揚げするのに一苦労した。全長三十フィート、主船梁の部分で幅が六フィートあるから、少年たちとケイト、エヴァンズ航海士を含めた十七名も充分乗れるだろう。

陸揚げが完了し、作業は滞りなく進んだ。エヴァンズは腕利きの船乗りであるだけでなく腕利きの大工でもあったので、修理作業にも精通していた。バクスターの助けも重宝だった。材木には事欠かなかったし、道具もあった。スクーナーの船体の残骸を使って、折れた梁曲材、外れた外板、壊れた横木などを繕うことができた。それから、古い槙皮を松脂に浸して詰め直すと、船体の継ぎ目を完全に防水することができた。

この小型艇は、船首から三分の二あたりまで甲板がついていた。悪天候のときには避難場所があるということだ。それに、夏の後半には悪天候の心配はほとんどなかった。乗船者たちは、甲板の上でも下でも好きなところにいればいいのである。メインマストには、スラウギ号のトップマストを使った。エヴァンズの指示に従い、ケイトがスラウギ号の予備の前檣帆を切って、船尾につける小帆や船首の三角帆をつくった。こうして艤装すれば船はうまく均衡がとれ、どんな天候でも風を利用して走ることができる。

この作業には三十日を要し、ようやく完了したのは一月八日だった。あとはいくつか、細かな調整をすればいいだけだ。

航海士は、小型艇の整備にあらゆる配慮を払おうとしていた。マゼラン群島の水路を抜けられるように、そしてもしブルンスウィック半島の東岸のプンタ・アレナスの町まで行く必要があったときには、数百マイルでも航行できるように。

付け加えておくと、この期間中に、クリスマスと一八六二年元旦の祝いが盛大に行われた。少年たちは、この一年をチェアマン島で終えることにならないよう祈った。

この時期までにはドニファンもかなり回復してきて、まだ足取りは弱いものの、広間を出られるようになった。新鮮な空気と栄養に富む食事のおかげで、目に見えて力を取り戻していた。それに、仲間たちはドニファンが数週間の航海に耐えられるようになり、ぶり返す心配がなくなるまで航海に出るつもりはなかった。

そのあいだにフレンチ・デンではいつもの暮らしぶりが戻っていた。勉強や授業、討論会などは多かれ少なかれなおざりになっていたので、ジェンキンス、アイバーソン、ドールやコースターなどは、これは休暇みたいなものだと思っていたようだ。ウィルコックスとクロス、ウェッブは南沼の周辺や落とし穴森で狩りを再開した。ゴードンの忠告にもかかわらずみんな輪縄や仕掛け罠を使わなくなり、いつも銃を持って出かけていた。あちこちで銃声が響き、モコの台所には新鮮なけものの肉がたっぷり届けられた。おかげで、航海のために缶詰をとっておくことができる。

もしもドニファンがこの少年国の狩猟隊長の役割に復帰することができたら、弾薬を倹約することも気にかけずに獲物を追いかけたことだろう。仲間たちと一緒にそれができないのは、彼にとって辛いことだった。けれども軽率な真似はまだ慎まなければならなかった。

とうとう、一月もあと十日を残すころ、エヴァンズは船に荷を積みはじめた。確かに、ブリアンと仲間たちはスラウギ号から救い出したものをすべて持っていきたかった。けれどもそれだけの場所がない。選択をしなければならなかった。

まずゴードンは、スラウギ号から持ってきたお金を持っていくことにした。故郷に帰るため、必要になるかもしれないからだ。モコは、十七人を賄えるだけの食糧を積み込んだ。航海は三週間ほどかかるようだが、それだけでなく、航海中に不測の事態が起こってプンタ・アレナスやガラント港、タマール港に着く前に群島のどこかで下船しなければならなかった場合にも備えて、たっぷり持っていくことにした。

次に小型艇の備品箱に弾薬の残りを入れ、フレンチ・デンから銃や拳銃も運び出して収めた。ドニファンは二台の大砲も持っていくことを望んだ。だが、もし船が重くなりすぎるようだったら、大砲は途中で捨てなければならないだろう。

ブリアンは着替え用の服と、書棚の本のほとんど、それから貯蔵室のかまども含め、船上で調理するための道具を積むことにした。航海用の時計や望遠鏡、羅針盤、速力測定器、標識灯などの航海に必要な機器類、それにハルケット式ボートも忘れてはならない。ウィルコックスは網や釣り糸の中から、航海のあいだ釣りをするのに使える道具を選んだ。

飲み水については、ジーランド川から汲み上げた水をゴードンの指示で小さな樽に詰めた。これらの樽は、船の底部の内竜骨に沿って並べた。ブランデーやジンもまだ残っていたし、トルルカの実やアルガローバでつくったリキュールも忘れなかった。

二月三日、ついにすべての荷を積み終えた。あとはドニファンが旅に耐えられるほど元気になるのを待つだけだ。

この勇敢な少年は、笑いながらもう大丈夫だと答えた。傷はほぼ癒えていた。食欲も戻って、あとは食べ過ぎないよう用心するだけだった。いまではブリアンやケイトの腕に支えられ、毎日数時間、運動場を散歩するほどになっていた。

「出発しよう、出発しよう……！」とドニファンは言った。「早く出かけたくてたまらないよ。海の風にあたればすっかりよくなるさ！」

こうして、出発は二月五日に決まった。

前の晩、ゴードンは飼育場の動物たちをみんな自由にしてやった。グアナコ、ビクーニャ、野雁、その他の鳥たち。みんな世話になったことなどおかまいなしで、あるものは一目散に駆け出し、あるものは大急ぎで羽ばたいて逃げていった。自由を求める本能というのは抗いがたいものらしい。

「恩知らずめ！」ガーネットは悪態をついた。「あんなに面倒をみてやったのに！」

「それが世の中というものさ！」サービスがおどけた調子で言ったので、その哲学的考察にみんな、どっと笑った。

翌日、少年たちは小型艇に乗り込んだ。エヴァンズはボートを後ろに着けて曳き、はしけとして使うことにした。

舫い綱を解く前に、ブリアンと仲間たちは最後にもう一度、フランソワ・ボードワンとフォーブスの墓の前に集まった。墓の前で黙禱《もくとう》し、最後の祈りを捧げた。それが、この不幸な男たちへの少年たちの最後の手向《たむ》けだった。

ドニファンは、船尾で舵を取るエヴァンズのそばに乗り込んだ。ブリアンとモコは船首で帆脚索を握っていた。とはいえ、ジーランド川を下るには、風に頼るよりも川の流れに頼ったほうがよかった。

他の者たちは、ファンも含めて、甲板内部の好きな場所に陣取った。

舫い綱が解かれ、オールが水を叩いた。

長いあいだ少年たちの安全なすみかとなってくれたフレンチ・デンに向かって、みんな熱い思いをこらえきれず、手を振りながら涙を流す少年も多かった。ゴードンだけは、ここを離れるのが辛そうだったが――。少年たちは、土手に茂る木立の向こうにオークランド丘が消えるのを見つめ続けた。

ジーランド川を下るのに、小型艇は川の流れよりも速く進むことはできなかった。そして川の流れはゆっくりなのだ。昼頃、沼地森の湿地のあたりで、エヴァンズは錨を降ろさなければならなかった。

というのも、川のこの辺りでは川床が浅いので、荷物をたくさん載せた船は座礁してしまう恐れがある。満潮を待ってから、潮が引くのにまかせて下ったほうがいい。

待ち時間は六時間ほどだった。みんなはこのあいだにおいしい食事をとり、ウィルコックスとクロスは南沼のはずれにシギを撃ちにいった。

船尾から、ドニファンは右岸の上を飛んでいたみごとなシギダチョウを二羽撃った。もうすっかりよくなっている証拠だった。

船が河口に着いたときはすっかり遅くなっていた。闇の中で船を操って岩礁のあいだを抜けるのは難しい。慎重な船乗りであるエヴァンズは、翌日まで待ってから海に乗り出そうと考えた。

安らかな夜だった。日が暮れるとともに風も止み、ミズナギドリやカモメなど海鳥たちも岩の穴に引っ込んでしまったので、完全な静寂がスラウギ湾を包んだ。

翌日、陸からの風が吹けば、海は南沼の果てまで穏やかになるだろう。三十マイルほど航海するのに、その風を利用する必要がある。もしも風が沖から吹いていたら、波のうねりが激しくなり航海が難しくなるからだ。

夜が明けるとすぐ、エヴァンズは前檣帆と、船尾の小帆、船首の三角帆を揚げさせた。こうして小型艇は、熟練した航海士に操られてジーランド川から海へと出帆した。

その瞬間、みんなはオークランド丘の頂を見つめていた。そして、みんなの視線はスラウギ湾の最後の岩に向けられた。アメリカ岬を回ると、その岩も見えなくなった。

船の斜桁に英国旗が掲げられ、大砲が轟いた。

八時間後、小型艇はケンブリッジ島の砂浜に隣接した水路に入り、南岬を回って、レイナ・アデライダ群島に沿って進んでいた。

やがて、北の水平線にチェアマン島の南端が沈んで消えた。

第三十章　新たなる出航

水路のあいだで～マゼラン海峡～蒸気船グラフトン号～オークランドへの帰還～ニュージーランド首都での歓待～エヴァンズとケイト～おわりに

マゼラン群島の水路を抜ける旅については、さほど大きな事件もなかったので、細かく記述することもない。天候もずっとよかった。それに、これらの水路は幅がせいぜい六、七マイルなので、突風が吹いても大波が立つには至らなかった。

水路には船影ひとつなかった。この海域の原住民は必ずしもよそ者を歓迎するとは限らないので、出会わないほうがむしろよかった。一度か二度、夜の間に、島の内陸に火が見えることもあった。けれども原住民たちは、浜辺には姿を現さなかった。

ずっと追い風を受けて走っていた小型艇は、二月十一日に、レイナ・アデライダ島の西岸とギヨーム王半島の山に挟まれたスミス海峡を通り抜け、マゼラン海峡に出た。右手にはセント・アンの頂がそびえている。左手のボーフォール湾の奥には、みごとな氷河が連なっていた。少年たちがいまでもチェアマン島と呼んでいるあの島、ハノーバー島の東岸からブリアンが見たのは、これらの氷河のうちでも最も標高の高いものだった。

船上ではすべてがうまくいっていた。とりわけ、潮の香りに満ちた空気は、ドニファンの身体によかったのだろう。ドニファンはよく食べ、よく眠り、もしもロビンソンのような暮らしをまた仲間たちと送ることになったらいつでも下船できるほど元気になっていた。

十二日の昼、小型艇から、ギヨーム王半島の方角にあるタマール島が見えた。その港、いやむしろ入り江には、まるでひとけがなかった。そこで、そこには停泊せずにタマール岬を回り、エヴァンズは南東へ、マゼラン海峡を下ることにした。

片方には、長く伸びたデソラシオン島の平坦で荒れた岸が続いていた。チェアマン島に溢れていた豊潤な緑はどこにも見られなかった。もう片方にはぎざぎざとまったく不規則に、コルドバ半島の海岸線が刻まれている。エヴァンズはここで南の水路を辿り、フォワード岬を回ってブルンスウィック半島に沿って北上し、プンタ・アレナスを目指そうとしていた。

けれども、そこまで旅する必要はなかった。

十三日の朝、船首に立っていたサービスが叫んだ。

「右舷に煙が見えるぞ！」

「釣り人の焚き火の煙だろうか？」とゴードン。

「いや！　蒸気船の煙だ！」エヴァンズが答えた。

実のところ、そちらの方角では陸地は遠すぎて、釣り人の焚き火の煙が見えるはずもなかった。

すぐにブリアンが前檣帆の帆綱に飛びついてマストのてっぺんに登り、叫んだ。

「船だ！　船だ……！」

たちまち大きな船が姿を現した。それは八百トンから九百トン級の蒸気船で、時速十一から十二マイルの速さで進んでいた。

小型艇から歓声が湧き起こり、合図の銃声が響いた。

蒸気船は小型艇に気づいた。十分後、小型艇は蒸気船グラフトン号に近づいていた。それは、オーストラリアへ向かう蒸気船だった。

グラフトン号のトム・ロング船長はすぐに、スラウギ号の冒険を知らされることになった。スクーナー船スラウギ号が行方不明になった事件は、英国でもアメリカでもよく知られていたから、トム・ロング船長は急いでこの小型艇の乗客たちを船に迎えた。船長は、オークランドまでまっすぐに船を向けようとさえ申し出てくれた。グラフトン号はオーストラリアの南、メルボルン市に向かっていたから、航路からもそれほど外れずにすむ。

航海はあっという間だった。グラフトン号は二月二十五日にオークランド港に到着した。チェアマン寄宿学校の生徒たち十五人が、ニュージーランドから千八百里（約七千二百キロ）彼方へ流された日から、二年の月日が流れていた。

家族の喜びようは言葉に尽くせるものではなかった。何しろ、少年たちはみな太平洋に呑まれてしまったと信じこんでいたのだから。嵐で南アメリカ大陸まで流された少年たちが、ひとり残らず戻ってきたのだ。

グラフトン号が若い遭難者たちを連れて帰った知らせは、たちまち町中に広まった。家族が少年たちを腕に抱きしめたとき、町中のひとびとが駆けつけて歓声をあげた。

チェアマン島で何が起こったのか、人々がどんなに知りたがったことか！　その好奇心は、すぐに満たされた。まず、ドニファンがこのことについて何度か講演をした。講演会は大成功だったので、ドニファンも大いに満足した。それから、バクスターが毎時に至るほど細部にわたり記録していた日誌、「フレンチ・デン日誌」が出版された。ニュージーランドの読者のためだけでも、幾千部も刷る必要があった。さらに、ヨーロッパとアメリカの新旧両大陸でも、あらゆる言語に翻訳して、この日誌が出版された。スラウギ号の遭難事件に関心を抱かない人はいなかったのである。ゴードンの聡明さ、ブリアンの献身、ドニファンの勇敢さ、年長組も年少組もみんなが頑張ったこと。これらは、世界中の賞賛の的となった。

ケイトとエヴァンズ航海士が熱烈に歓待されたことは、言うまでもない。こどもたちを救うために、ふたりがどんなに献身したことか！　広く募金が集められ、勇気あるエヴァンズ航海士に商船チェアマン号が贈られた。この船がいつもオークランドを母港にするという条件のもと、エヴァンズは「チェアマン号」の船主兼船長になった。そして、航海を終えてニュージーランドに戻ってくるたびいつも「仲間の少年たち」の家族から篤いもてなしを受けるのだった。

あの素晴らしい女性、ケイトには、ブリアンやガーネット、ウィルコックスなど多くの家庭から、雇い入れの申し込みが相次いだ。ケイトは結局、ドニファンの家庭に落ち着くことになった。彼女の献身がドニファンの命を救ったのだから。

さて、「二年間の休暇」（この物語の原題）と名づけるにふさわしいこの物語から引き出せるのは、次のような教訓だろう。

寄宿学校の生徒たちが、十五人の少年たちと同じような条件のもとに休暇を過ごすことは、きっとないだろう。けれども、すべてのこどもたちに知っておいてほしい――規律と熱意、そして勇気があれば、どんなに危険な状況であろうと、きっと切り抜けることができる。何よりも、忘れないでほしい。スラウギ号の若き船員たちは、年少組は年長の少年たちのように、そして年長の少年たちはほとんど大人のように、難しい試練や状況をくぐり抜けることで、成長を遂げたのだ。

訳者あとがき　渡辺葉

十五人の少年が未知の島で出会う冒険を綴ったこの本は、幼い頃毎日眺めていた本棚でも、ひときわ魅力を放つ一冊でした。「じゅうごしょうねんひょうりゅうき」という題名をはじめて耳にしたのはおそらくやっと本を読めるようになった頃、「おとうさん、いちばん好きな本はなに？」と尋ねたときのこと。父から聞いたその題名の「少年」「漂流」という言葉の組み合わせの、少し不安な、けれど冒険の気配に満ちた響きに驚いた感覚を、いまも覚えています。島への漂流、未知の風景や動物たち、生き延びること、冒険。ヴェルヌの本はそれから、何度も取り出して読みふける大切な「ともだち」になりました。

それは父、椎名誠が作家として本格的に活動をはじめ、同時にドキュメンタリーの取材などで世界各地の聞いたこともない大陸や島々へ旅をしはじめた時期でもありました。携帯電話など無い時代。一度旅に出たら数ヶ月から半年、音沙汰なしになることもしばしば。どんな土地にいるんだろう？　どんなごはんを食べ、どんな空を見ているんだろう？　長き不在のあと帰ってくる父は日に焼けた顔をくしゃくしゃにして笑いながら、わが家のテーブルに異郷のにおいのするおみやげを並べ、旅の話をしてくれました。旅の話の向こうに蜃気楼のように浮かぶ、見知らぬ世界。冒険物語の舞台と、父が旅してきた見果てぬ土地は、どちらも魔法の気配を含んで、想像の向こうに広がるのでした。

本書『二年間の休暇』（原題）の初出は一八八八年。元旦より一年「Magasin d'éducation et de récréation」（「学びと遊び」誌）に連載されたあと、同年十一月に編集者ピエール＝ジュール・エッツェルのエッツェル社から単行本として出版されました。訳出にあたっては、原本には Le Livre de Poche 版『Deux ans de vacances』を用い、英語訳では Fredonia Books 版『Adrift in the Pacific: Two Years Holiday』（訳者不詳）を、和訳では朝倉剛氏訳、福音館書店『二年間の休暇』と、大友徳明氏訳、偕成社『二年間の休暇』を参考にしました。ヴェルヌの文章には時折思いがけなく難解なものがあり、既英・和訳を参考にしても判りづらい部分は、フランス人の友人 David Sere 氏に相談して翻訳を進めました。

小説でもノンフィクションでも、原作者の声に耳を澄ませながら訳出するうち、原作者が感じていたであろう「書きたいことがどんどん湧いてきて飛ぶように筆が進む」感じを追体験することがあります。ヴェルヌは少年たちを見守る視点を貫きながらも、物語が進むにつれ、映画のカメラワークでいえば場面ごとの登場人物にあわせ移動撮影するような勢いがついてきます。「ヴェルヌさんの頭のなかではこの時、次の場面、またその次の場面がどんどん展開していったのだろう」と思いながら翻訳するうち、遠き十九世紀のフランスで紙にペンを走らせた文豪そのひとが抱き続けた少年の心が伝わってくるような気がすることもありました。

ヴェルヌは作家として世に出るまで、様々な職業に就きながら苦労していたようです。法律家であった父親の言いつけでパリに上京し法律を学びながら、演劇に魅せられて芝居の世界に身を投じたヴェルヌ。『三銃士』の作者である友人のアレクサンドル・デュマに薦められ脚本を何本か書いたものの、それだけでは生活が苦しく、株式仲買人をして暮らしを立てながら小説を書き始めたそうです。三十五歳のときに上梓した『気球に乗って五週間』が評判になり、文豪ヴェルヌが誕生したのでした。

彼の作品は冒険小説やSFの先駆として語られるけれど、本作品の物語を推し進めていく原動力は「人と人のあいだに流れるもの」にあります。ブリアン、ジャック、ゴードン、ドニファン、モコ、彼らのあいだに流れるそれぞれの思い。島に隠された数々のひみつ、仲間割れ、葛藤、新たに登場する敵など様々な冒険を乗り越えながら少年たちが育てていくものが、ヴェルヌの筆を駆り立てたのではと思います。

ヴェルヌの本にはじめて出会ったあの日から、長い年月が経ち、大洋と大陸を隔てたニューヨークで、翻訳を進めていた夏。「砂鉤島《すなかぎとう》」と呼ぶ小さな島に友人たちと出かけ、寄せては返す大西洋の波に足を浸しながら、チェアマン島に流れ着いた少年たちが見た南半球の海と浮かぶ雲に思いを馳せました。末筆ながら、本書を父と共同作業して訳すという幸せな機会をくださり、翻訳に際しても多くの支えと導きをくださった新潮社の楠瀬氏に、心からの感謝を申し上げます。

二〇一五年八月、ニューヨークにて

訳者あとがき　椎名誠

この本の著者であるジュール・ヴェルヌはわが人生にもっとも大きな影響を与えた作家である。小学校五年か六年の頃、本書『十五少年漂流記』を学校の図書室で借りて読んだ。ぼくには兄姉《きょうだい》がたくさんいて、みんな読書好きだったので、自宅の本棚にはいろんな本が並んでいた。それらは小学生には難しい内容のものがほとんどだったけれど自分でなんとかわかる本を選んで読むという癖がついていった。

小学校の図書室はそういう意味では当然ぼくにもわかる本ばかりが並んでいた。そして読書する喜びはヴェルヌのこの痛快な小説によって大きく開花し加速された。

同じ頃スウェン・ヘディンの『さまよえる湖』を読んだ。どちらを先に読んだかはもう忘れたが、小学生のぼくにはまだフィクションとノンフィクションの区別がついていなかった。どちらの本も興味本位、面白そうな書名にひかれて読んだというところで共通しているが、やがてヴェルヌの書いている痛快冒険物語は、つまりは創作であるということがわかってきた。でもぼくにとってはどちらにしても未知の世界に挑んでいく、という痛快さは同じで、そのあとさらにヴェルヌの書いているスケールの大きな沢山の冒険ものからＳＦに至るまで読む本のジャンルの幅を広げていった。その一方スウェン・ヘディンの本を軸にして世界の冒険、探検ノンフィクション等実際に地球上にある「とびきりのワンダーランド」へ突っ走って行った。

子供のころに出会えたこのふたつの異なった本の世界は、未知なるものを探索し小さなことでも自分なりに知り得ていくという喜びをさらにふくらませていくばかりだった。とくに辺境への旅――というものにぼくはどんどん傾倒していくようになる。

具体的には小説であってもノンフィクションであっても、とにかくそこに書かれているような世界を自分の眼で見たいという思いがはっきりし、いま振り返ると、やがてそれは自分の人生の歩み方に大きく関わっていったのだった。

例えばそれは、ぼくの「本を書く」仕事につながっていったが、ヘディンをはじめとした数多くの探検家が歩んだ場所を自分の目で確かめたいという夢のもとに、実際に彼ら先人たちの後を追う旅に出る――という行動にもつながっていった。

その最も大きな刺激的な旅は、ヘディンが探検したタクラマカン砂漠。そしてシルクロードの要衝である楼蘭と、そのそばに広がる、つまりはさまよえる湖「ロプ・ノール」をめざす探検行だった(一九八八年、日中共同楼蘭探検隊)。少年の頃に胸躍らせて読んでいた、今はもう荒漠たる砂漠に変わっているロプ・ノールの跡を自分の足で踏みしめることができたのである。この感動は大きかった。

同じように、その頃読んだアラン・ムーアヘッドの『恐るべき空白』にあるバークとウィルズの探検隊が摂氏六十度という炎熱の下でほぼ全滅したクーパーズ・クリークや、ダーウィンがビーグル号で走破したパタゴニアの荒涼とした巨大な辺境など、いつの間にかぼくは習性のようにして読書体験で頭の中に思い浮かべていた実際の場所へ次々に足を運んでいくという行動に常に揺り動かされていった。

本書の『十五少年漂流記』は小説であるから、ヘディンやムーアヘッドの書いたノンフィクションのように実在の場所というものはない。でもそれは小説としての社会や世界を作り出していくものであるから、しだいに読書家から小説家になっていった当方としては、改めて新しい興味を抱く世界でもあった。

十九世紀にフランスで小説を書いていたヴェルヌは、まだ船によって移動するしかなかった当時の限られた取材手段のなかで、少年たちがスラウギ号とともに漂着した無人島の世界をどのようにしてあんなふうに生き生きした描写で紡ぎ出すことができたのだろうか。そういうことが小説の作り方という技法の面からも大きな興味になっていった。

この話についての推測は後述するとして、本来もっとも早くくわしく書いておかねばならない本書の魅力についてここで思った通りのことを書いてみたい。

八歳から十四歳までの年齢幅のある、しかも国籍が何カ国かに分かれる少年たちが繰り広げる、大人の管理保護の目が一切ない、危険ではあるけれど、読む者（とくに同世代の少年）にとってはあらゆるところで痛快なエピソードの連続が、まずは圧倒的に素晴らしい。さらにこれはぼくが今さら特筆することでもないが、この十五人の少年たちが大人が誰もいない、というよりも人間が一人もいない島に上陸し、自分たちだけの体力と力と知恵によって生きていくその様々な冒険を含んだ挑戦を繰り返していく。読む者にとって、これほど不安と期待の駆け巡る巨大な夢と冒険の世界はないだろう。少年たちがそれぞれ個性を発揮して共同生活の中で得意とする能力を活かしあう、という状況も心がおどる。こうした設定と完成度によって『十五少年漂流記』のエピゴーネンは生まれなかった（ウィリアム・ゴールディング『蝿の王』についての解釈は別として）。

子供のころ、最初に読んだ本書は、おそらく子供向けにやさしく表現された抄訳であったのだろうと思う。そのあと数年して大人向けに書かれた全訳ものを読んだ。当然ながら子供のころ読んだものよりも話の内容が具体的に詳しくどんどん書かれているので、まったく別なものを初めて読むような大きな感動と興奮を覚えた。特に少年たちがいかにして自分たちの住まいを工夫し充実させ、自然の世界から食べ物を確保し生きる為の挑戦を続けていくかという過程がぞくぞくするほど痛快で、まさに読んでいる途中で本を伏せて眠るのが惜しくなるような純粋な読書の喜びを知ったのだった。

やがて福音館書店の『二年間の休暇』に出会い、原題名がこちらのほうであるということを知り、それとともに出版社や翻訳者によって全体の長さが、それとわかるほど長短あることに気がついた。さらにSFに興味を持つようになったとき、当然SFの父ともいわれるジュール・ヴェルヌの諸作品を読んでいくのだが、世界中にヴェルヌ作品を専門に研究している文学者などがいることも知り、興味の枝葉は思わぬところに広がっていった。その中で共通認識として知ったのは、訳者が違ってもその原文は英文訳書から邦訳されたものであり、原版であるフランス語からの直訳ものは、当時ぼくの知る限り抄訳以外は殆ど存在していないということだった。

そういう後日の周辺事情と重なるようにして、主に外国のヴェルヌ研究家の中に『十五少年漂流記』のモデル島論争というのがあることを知った。その組織の研究会雑誌の一文でぼくが目を見張ったのは、モデル島はヴェルヌ作品研究学者によって（本書に何度も書かれているように）長いことマゼラン海峡のハノーバー島であるとされていることだった。けれどそれに異論を唱えるヴェルヌ文学の研究者もいた。その論点の最たるものは、スラウギ号がもやいをはずされて太平洋に漂流してから、いかに台風の荒海に翻弄され流され続けたとしても、マゼラン海峡まで漂流ということは、小説といえども納得できないという指摘だった。物語の展開から考えて、漂着した島はニュージーランドからもっと近い距離でなければ理屈に合わない、という視点から別のモデル島がいくつか論議されていた。

浮かび上がってきたのはニュージーランド領のチャタム島であった。本島から千キロほど東にある（これは日本の関東地方から小笠原諸島あたりと同じぐらいの海洋距離になる）。その島なら、いくつかつじつまが合っていく。けれど逆にその島だとありえない現象もまたいくつか指摘されていた。簡単にいうと、それは物語に出てくる数々の動物についてだった。『十五少年漂流記』の面白さのひとつは、彼らが生きるために島のいたるところから食べ物になるものを探していき、魚貝類を手づかみのようにして採る様子や、罠や落とし穴の工夫、そして狩猟など様々な捕獲作戦と、そこでひとつひとつ具体的にあげられていく動物たちの種類やその習性が詳しく書かれていることである。

そのような熱心な研究概説書などを読んでいるうちに、自分で実際にそのモデルとなった島に行ってじかに確かめてみたらどうだ、という発想に拡大していった。

実行したのは二〇〇五年三月で、最初はとにかく長いことモデルの島といわれていたマゼラン海峡のハノーバー島に向かった。

「五月二十一日号」という変わった名前の船をチャーターし、二泊三日かけて目的のハノーバー島に到着した。到着する前から、ここは少年たちが二年間も厳しい生活を強いられていた無人島とはあきらかに違う！　という確信を大きなものにしていた。なぜならそのあたりには似たような島がたくさんあり、群島海域といってもいいような環境にあったからだ。

ハノーバー島に上陸し、最初の山の頂に立ったとき、一番近い島まで手漕ぎのボートでも半日とかからないという風景に幻惑されつついささかの失望も感じた。長いことヴェルヌ研究者によって語られていたハノーバー島モデル島説はそこを実際に見たぼくの中でまったく取りかえしのつかないようにしてくつがえってしまった。

間もなく本書にもしばしば出てくるチリのプンタ・アレナスからサンチャゴに移動し、そこから太平洋を横断してニュージーランドのオークランドまでの航空路があることを知った。さらにウェリントンからチャタム行きの飛行機が出ていることがわかったとき、なにか胸の奥が燃えるような気分になった。

古めかしい双発機でチャタム島に向かう。手にしていた出版社の異なる何種類かの『十五少年漂流記』に描かれているチェアマン島の地図と、眼下のチャタム島はほとんど同じ形であることを飛行機の窓から確認し、ついに本物のモデル島を見つけたという強い感慨を得た。

チャタム島には小説の世界でしかありえないと思っていたふたつの大きなラグーンが実際にあって、それはなんと淡水湖であった。

『十五少年漂流記』に書かれている家族湖と同じ条件であった。少年たちはその大きな湖を、最初、海と認識していたが、彼らの仲間の忠実で勇気ある犬のファンが海と思われた水を飲んでいるのを見て、それが淡水であることを知った少年たちの喜びは、子供のころにこの本を読んでぼくが感じた喜びのひとつとしていまだに大きな感動の記憶となっている。チャタム島のラグーンでは、まさしく現地の人が飼っている犬が浅瀬を泳いだりその水を飲んだりして遊んでいた。百年以上へだてて小説の世界と同じ風景をぼくは目の当たりにしていたのだった。

こうしていくつかの謎が現地に行ったことによって少しずつ解けていった。たとえば動物相の問題である。本書に出てくるラクダの一種であるグアナコは、主にパタゴニアに生息する生物であり、ピューマをはじめとした獰猛な四足動物も南米だからこそ生息しているのだ。サービスがなんとか乗りこなそうとして失敗した小型ダチョウも南米のものだ。ヴェルヌがハノーバー島をモデルの島のひとつとしたのはそういった豊富な動物群が物語の展開に必要だったからなのだろうとぼくは解釈した。その当時は取材のために現地に行くには船で何カ月もかけて、それこそ新たな冒険そのものの覚悟で挑まねばならなかっただろう。

最大の謎と興味は、十九世紀のフランスに暮らしていたヴェルヌがどうしてそのようにはるかに離れた二つの島の形態や生物の生態を詳しく知ることができたのだろうかということである。これはその時代の世界各国の国威発揚の機運と、それに伴う世界各国のおびただしい情報をいかに正確に早くつかみとるかという国際戦略にからんでいるのではないか、と解釈した。フランスだけでなく当時のヨーロッパの列強は、侵略を含めた数々の植民地の開拓と支配の策略を持って世界の情報を収集していた。その当時チャタム島は国際子午線会議における子午線を決めていく過程で大きな問題になっていた（子午線がチャタム島をニュージーランドから分離してしまうのだ。それによってひとつの国が二日間にわかれて存在してしまうことになる）。ヴェルヌはそれらの国際戦略組織のいくつかと何らかのつながりを持ってそのような情報を知り得ていたのではないか、と推察した

（これらの詳細な見聞録は拙著『十五少年漂流記』への旅』（新潮選書）に詳しくまとめた）。

本書はフランス語原版からの、たぶん初めてであろう全訳である。共訳者の渡辺葉はニューヨーク在住のぼくの娘であり、ぼくはその訳文をところどころ省略したり、表現や文章の組み立て補修の仕事をした。

フランス語原文はそのままでいくと恐ろしく大時代的な表現になっていた。ちょっとたとえに飛躍はあるかもしれないが、その文体は『十五少年漂流記』を講談で聞かされているようにも感じたのである。娘は英語の翻訳本を何冊か手がけているが、フランス語の翻訳は初めてだったので航海術など専門用語の解説などに相当な時間をかけていたようだ。そういうものもできるだけ生かすようにして意訳していったが、それらをしっかり加えていくとかなり長いものになってしまうので、すまぬすまぬと詫びながらかなり省略していったことを共訳者や読者におわびしたい。

振りかえってみればまあこんなふうに、このヴェルヌの『十五少年漂流記』という心熱く燃え上がらせる作品は、不思議な縁のもと、わが人生のかたわらに常に大きな影響力をもって存在していたのである。

二〇一五年猛暑の初台にて

装画・挿画
信濃八太郎
装幀
新潮社装幀室

SHINCHO MODERN CLASSICS

DEUX ANS DE VACANCES

Jules Verne

新潮モダン・クラシックス

十《じゅう》五《ご》少《しょう》年《ねん》漂《ひょう》流《りゅう》記《き》

発行 2015.8.30.
2刷 2025.6.30.

著者 ジュール・ヴェルヌ

訳者 椎《しい》名《な》誠《まこと》
渡《わた》辺《なべ》葉《よう》

発行者 佐藤隆信

発行所 株式会社新潮社
〒162-8711 東京都新宿区矢来町 71
電話 編集部 03-3266-5411 読者係 03-3266-5111
http://www.shinchosha.co.jp

印刷所 錦明印刷株式会社
製本所 加藤製本株式会社

乱丁・落丁本は、ご面倒ですが小社読者係宛お送り下さい。
送料小社負担にてお取替えいたします。
価格はカバーに表示してあります。

ISBN978-4-10-591004-4 C0397

林芙美子　女のひとり旅　角田光代　橋本由起子

あ、やっぱり淋しい一人旅だ――尾道、屋久島、門司、パリほか、芙美子が人生の節目で旅し、愛した場所を、心はずむ彼女の紀行文を読みながらたどる。《とんぼの本》

漂流者は何を食べていたか　椎名誠

突然投げ出された荒海で、何を食べればいいのか。ウミガメ、海鳥、シロクマ……未知の生き物が命をつなぐ。大の漂流記マニアが選ぶ壮絶なサバイバル記。《新潮選書》

ノミのジャンプと銀河系　椎名誠

ノミの跳躍から宇宙の彼方まで、SF傑作も手がけるマルチ作家が、科学や自然の面白さを縦横無尽につづった初めてのスーパー・サイエンス・エッセー。《新潮選書》

水惑星の旅　椎名誠

「水」が大変なことになっている！　水格差、淡水化装置、健康と水、雨水利用、人工降雨、ダム問題――。現場を歩き、水を飲み、驚き、考えた、警鐘のルポ。《新潮選書》

犬から聞いた話をしよう　椎名誠

犬は人間のいちばん長い友達――。さまざまな人生の時の中で、さまざまな旅の途上で、著者が犬たちと紡いだ大切な「会話」。待望の犬、犬、犬の写真＆エッセイ集！

カーテンコール　筒井康隆

「おそらくわが最後の作品集」と言う巨匠が最後の挨拶《カーテンコール》として残す、痙攣的笑い、恐怖とドタバタ、胸えぐる感涙、いつかの夢のごとき抒情などが横溢する傑作掌篇小説集！

笑犬楼vs.偽伯爵
筒井康隆
蓮實重彦

同世代の巨匠二人が胸襟を開いた豪奢な対話と往復書簡。話柄は大江健三郎の凄味や戦前の余裕から、映画や猥歌、喫煙、そして息子の死まで。魅惑滴る一冊愈々刊行。

映画はやくざなり
笠原和夫

名作「仁義なき戦い」はこうして生まれた――やくざ取材術から高倉健、鶴田浩二、深作欣二ら名優・名監督の秘話、そして伝説の作劇法まで。天才脚本家の過激な遺作集。

努力とは馬鹿に恵《あた》えた夢である
立川談志

漱石が三代目小さんについて言ったように、僕たちは談志がいてくれて幸せだった――。現代落語の沃野を拓いた〈最後の名人〉が、技芸と人生を論じ尽くすエッセイ集。

全身落語家読本
立川志らく

革命的落語本質論、命懸の歴代名人論、詳細無比の演目論など炎の全身落語家・立川志らくが熱弁講義。素人も通も、驚愕必至。いま「落語」は完璧に蘇る。

《新潮選書》

落語進化論
立川志らく

声質、語りの速度、所作といったプレイヤーとしての身体論から、「抜け雀」「品川心中」「死神」等の新たな落ちの創造に至るまでを、全身落語家が熱く語る。

《新潮選書》

大家さんと僕
矢部太郎

1階には風変りな大家のおばあさん、2階にはトホホな芸人の僕。一緒に旅行するほど仲良くなった〝二人暮らし〟の日々はまるで奇跡。泣き笑い、ほっこり実話漫画。